图书在版编目（CIP）数据

死亡收藏者 /（爱尔兰）约翰·康奈利著；赵安琪
译. — 北京：北京日报出版社，2024.6
ISBN 978-7-5477-4713-1

Ⅰ. ①死… Ⅱ. ①约… ②赵… Ⅲ. ①长篇小说－爱
尔兰－现代 Ⅳ. ① I562.45

中国国家版本馆 CIP 数据核字 (2023) 第 214361 号

EVERY DEAD THING
By John Connolly
Copyright © 1999 by John Connolly
Published by arrangement with Darley Anderson Literary, TV and Film Agency,
through The Grayhawk Agency Ltd.
Simplified Chinese translation copyright © 2024 by Dook Media Group Limited
All rights reserved.

中文版权：© 2024 读客文化股份有限公司
经授权，读客文化股份有限公司拥有本书的中文（简体）版权
图字：01-2023-5967号

死亡收藏者

作　　者：	［爱尔兰］约翰·康奈利
译　　者：	赵安琪
责任编辑：	王　莹
特约编辑：	吴　韬　　顾珍奇
封面设计：	梁剑清
出版发行：	北京日报出版社
地　　址：	北京市东城区东单三条8-16号东方广场东配楼四层
邮　　编：	100005
电　　话：	发行部：（010）65255876
	总编室：（010）65252135
印　　刷：	三河市中晟雅豪印务有限公司
经　　销：	各地新华书店
版　　次：	2024年6月第1版
	2024年6月第1次印刷
开　　本：	880毫米×1230毫米　1/32
印　　张：	14
字　　数：	385千字
定　　价：	59.90元

版权所有，侵权必究，未经许可，不得转载
凡印刷、装订错误，可联系调换，联系电话：010-87681002

读客悬疑文库

认准读客读悬疑，本本都是大师级。

John

死亡收

[爱尔兰] 约翰·康奈利 著

EVERY
DEAD
THING

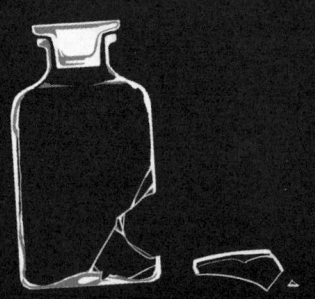

北京日报出版社

John Connolly

EVERY DEAD THING

目 录

第一部　　　　　　001

第二部　　　　　　139

第三部　　　　　　227

第四部　　　　　　359

第一部

"我是死去的一切……我再次化生自空无、黑暗、死亡——不存在的东西。"

约翰·但恩
《夜祷,作于圣露西节,白昼最短的一日》

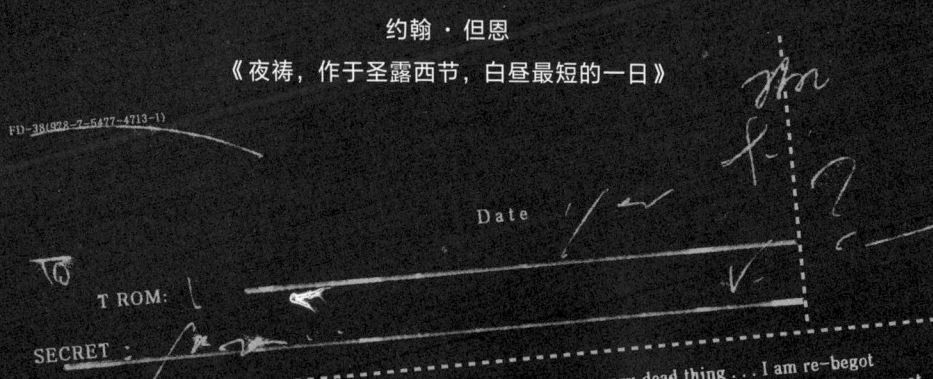

For I am every dead thing . . . I am re-begot
Of absence, darknesse, death; things which are not.

引　子

　　车里冷得像坟墓一般。我更喜欢把空调冷气开到最大，用不断下降的气温使自己保持清醒。收音机的音量很小，但是在引擎声之间，我依然听到了一段模糊而持续不断的旋律。那是R.E.M.乐队早期的歌，歌词的内容与肩膀和雨有关。我已经距离康沃尔桥大约8英里[1]远，很快就会到达南迦南，然后是迦南，随后穿过州界，进入马萨诸塞州。白天正在失去血色，慢慢变成黑夜，我前方明亮的太阳也正在越发暗淡。

　　她们死去的那晚，最先到来的是巡逻警车，在黑暗中映出红色的灯光。两位巡警迅速而谨慎地走进屋子，因为他们接到的电话来自同行——打电话的警察是受害者，而不是受害者的求助对象。

　　当他们走进我们位于布鲁克林的家，进入厨房，看见我的妻子和孩子的尸体时，我双手抱头，坐在走廊中。我看见其中一位警察简单地查看了楼上的房间，另一位警察查看了客厅和餐厅。厨房一直在召唤他们回去，让他们为命案现场做证。

　　我听见他们和重案现场组用对讲机通话，告诉那些人这可能是一桩双尸命案。我从声音里能听出他们非常震惊，却依然尽可

---

[1] 英制单位，1英里约为1.61千米。——编者注（若无特殊说明，本书注释均为编者注）

能冷静地讲述着自己看到了什么，这是优秀的警察应该做到的。或许他们还会怀疑这件事是我干的。他们是警察，比任何人都更清楚人们会做出怎样的事，哪怕是自己的同行。

于是，他们沉默着，一个站在车旁边，另一个来到走廊，站在我身旁。警探们把车停在了外面，随后，救护车也来了，一行人进入我们家。邻居们聚在自己家的台阶上和大门口，有些还凑过来，想知道发生了什么——这对带着一个金发小女孩的年轻夫妇到底怎么了。

"是鸟哥？"我听出是科尔在说话，于是揉了揉眼睛。一阵抽泣使我全身颤抖。沃尔特·科尔站在我身边。麦吉站在远处，他的脸被巡逻警车的灯光照亮，但依然很苍白，他一定是被眼前的景象吓坏了。外面传来更多停车的声音。一位紧急医疗救护员来到门口，转移了科尔的注意力。"医疗救护员来了。"一位巡警说。那个身材瘦长、面色苍白的年轻人站在他旁边。科尔点了点头，指向厨房。

"鸟哥，"科尔重复道，这一次语气更加急迫、强硬，"你能告诉我这里发生了什么吗？"

我把车停在花店前的停车场。一阵微风吹过，我的上衣后摆就像是孩子的手，轻轻触碰着我的双腿。店里很凉，比一般的花店凉快，弥漫着玫瑰的香气。玫瑰永远不会过时，也不会过季。

一个男人弯着腰，仔细地查看着一小盆绿色植物厚实的蜡质叶片。我进来时，他缓慢而痛苦地直起身。

"晚上好。"他说，"需要买什么吗？"

"我想买些玫瑰，要十二朵。不，还是二十四朵吧。"

"二十四朵玫瑰，好的。"他体格魁梧，秃头，或许刚刚六十岁出头。他走路的动作很僵硬，膝盖几乎无法弯曲。他的手指因关节炎而肿胀。

"空调坏了。"他说。经过墙上陈旧的控制开关时，他调节了一下，然而什么都没有改变。

商店很老旧，远处的墙边有一间长长的温室，正面罩着玻璃。他打开温室的门，小心地从里面的桶中取出玫瑰。他数了二十四朵，然后关上门，把它们放在柜台的塑料布上。

"需要礼品包装纸吗？"

"不用，塑料纸就行。"

他看了我一会儿。他打量我的时候，我几乎听到了玻璃杯破碎的声音。

"我在哪里见过你吗？"

在城市里，人们的记忆很短暂。在远离城市的地方，记忆会持久一些。

补充犯罪报告

纽约警察局　案件编号：96-12-1806

罪行：　　谋杀

受害者：　苏珊·帕克，女性

　　　　　　詹妮弗·帕克，女性

地点：　　霍巴特街1219号，厨房

日期：　　1996年12月12日

时间：　　晚上9点30分前后

作案方式：刺杀

武器：　　锋利的武器，可能是刀（未找到）

记录人员：沃尔特·科尔警司

详细情况：

1996年12月13日，我收到警员杰拉尔德·克什警探的

请求来到霍巴特街1219号,调查一桩有人报告的谋杀案。

报案人是二级警探查尔斯·帕克,他自述与妻子苏珊·帕克发生争吵,在晚上7点离开家。他前往汤姆的橡树酒馆,一直待到12月13日凌晨1点30分左右。他回到家,从前门进屋,发现走廊里的家具被弄乱了。他走进厨房,看到了妻子和女儿的尸体。根据他的陈述,他的妻子被绑在厨房椅上,女儿的尸体似乎从旁边的厨房椅被移到了妻子的尸体上。他于凌晨1点55分报警,并在现场等候。

根据查尔斯·帕克确认,受害者是苏珊·帕克(其妻子,三十三岁)和詹妮弗·帕克(其女儿,三岁),二人在厨房遇害。苏珊·帕克被绑在地板中央的一把厨房椅上,面向门口。另一把椅子放在旁边,椅背栏杆上还绑着绳子。詹妮弗·帕克仰面躺在母亲大腿上。

苏珊·帕克光着脚,身穿蓝色牛仔裤和白色衬衫。衬衫被扯破了,拉到腰间,露出胸部。牛仔裤和内裤褪到小腿的位置。詹妮弗·帕克也光着脚,穿着一件带有蓝色花朵图案的白色睡裙。

我请犯罪现场技术员安妮·明格拉进行了完整的调查。随后,法医克拉伦斯·霍尔确认受害者死亡,并同意将尸体运走,我跟着到了医院。安东尼·勒布医生在我的见证下使用强奸取证套盒,并把它递给我。我收集了如下证据:

  96-12-1806-M1:苏珊·帕克(受害者1号)身穿的白色衬衫;

  96-12-1806-M2:受害者1号身穿的蓝色斜纹棉布牛仔裤;

  96-12-1806-M3:受害者1号身穿的蓝色棉布内裤;

96-12-1806-M4：受害者1号的阴毛采集样本；

96-12-1806-M5：受害者1号的阴道洗液；

96-12-1806-M6：受害者1号的右手指甲缝碎屑；

96-12-1806-M7：受害者1号的左手指甲缝碎屑；

96-12-1806-M8：受害者1号的右前侧头发采集样本；

96-12-1806-M9：受害者1号的左前侧头发采集样本；

96-12-1806-M10：受害者1号的右后侧头发采集样本；

96-12-1806-M11：受害者1号的左后侧头发采集样本；

96-12-1806-M12：詹妮弗·帕克（受害者2号）身穿的白/蓝棉布睡裙；

96-12-1806-M13：受害者2号的阴道洗液；

96-12-1806-M14：受害者2号的右手指甲缝碎屑；

96-12-1806-M15：受害者2号的左手指甲缝碎屑；

96-12-1806-M16：受害者2号的右前侧头发采集样本；

96-12-1806-M17：受害者2号的左前侧头发采集样本；

96-12-1806-M18：受害者2号的右后侧头发采集样本；

96-12-1806-M19：受害者2号的左后侧头发采集样本。

  又是一场激烈的吵架。糟糕的是，它发生在我们做爱之后。从前的争吵死灰复燃：我总是喝酒；我忽视了詹妮[1]；我常常感到痛苦，自怨自艾。我冲出房子时，苏珊的哭喊声跟随着我闯入了夜晚寒冷的空气。

  走去酒吧需要二十分钟。喝下第一口野火鸡威士忌后，我身上的紧张感消失了。我放松下来，进入了熟悉的喝醉时的情绪：先是生气，然后伤感、悲哀、懊悔、憎恶。等到我离开时，酒吧只

---

1 詹妮弗的昵称。

剩下那些常客，一群醉鬼围在自动点唱机前，与范·海伦乐队展开了歌喉的较量。我在门口被绊了一下，摔下外面的台阶，膝盖被底部的砾石磕破了，疼痛难忍。

我踉跄地往家走，身体虚弱，恶心想吐。我摇摇晃晃地走在马路上，那些车为了避开我猛然转向，司机的脸上写满了惊恐和愤怒。

我走到家门口，摸索钥匙。由于插入钥匙时太用力，我把下方的白色油漆刮掉了。门锁下方有很多刮痕。

打开前门，进入走廊，我便发现有些不对劲。我离开的时候，房间里很暖和，暖气开到了最大，因为詹妮弗在冬天很怕冷。她是个漂亮的孩子，但身体很脆弱，就像瓷器一般。现在，房子里和外面一样冷。一个红木花架倒在地毯上，花盆碎成了两半，周围是溅出来的花土，圣诞花丑陋的根从泥土中露出来。

我叫了一声"苏珊"，又用更大的声音叫了一次。我听见后门"砰"的一声撞在厨房的水槽上。我当时已经醒酒，走上通往几间卧室的楼梯，刚踩到第一个台阶。我本能地想要掏我的柯尔特三角精英手枪，但它被放在我楼上的桌子上。当我面对苏珊，面对又一段我们濒死婚姻的新篇章之前，我把它弃置在楼上。我立刻咒骂了自己。后来，那把枪成为我全部失败、全部悔恨的象征。

我小心地朝着厨房走去，指尖划过左侧冰冷的墙壁。厨房的门半掩着，我缓慢地用手推开它。"苏茜[1]？"走进厨房时，我唤了一声。我的脚在又黏又湿的东西上轻轻滑了一下。我低下头，看到了可怕的一幕。

---

1 苏珊的昵称。

花店里，那个老人困惑地眯起了眼睛。他和蔼地在我面前晃了晃手指。

"我一定在哪里见过你。"

"没有吧。"

"你住在这附近吗？是迦南，还是蒙特利，或者奥蒂斯？"

"不，我住在别的地方。"我用目光告诉他，他不该继续追问这个问题。我看出他让步了。我本想用信用卡付钱，最终放弃了。我从钱包里数出对应的现金，放在柜台上。

"别的地方。"他重复道，还点了点头，仿佛这句话对他来说别有深意，"一定是很大的地方。我遇到过很多来自那里的人。"

但我已经走出了花店。我离开时，看见他站在窗边，正盯着我看。水滴从玫瑰的花茎缓缓落下，在我身后的汽车地板上汇成水坑。

补充犯罪报告（接上）
案件编号：96-12-1806

苏珊·帕克坐在一把松木厨房椅上，面向北边的厨房门。她的头顶距离北侧的墙壁10英尺[1]7英寸[2]，距离东侧的墙壁6英尺3英寸。她的手臂被扭到背后……

并用细绳绑在椅背的栏杆上。她的两只脚分别被绑在两条椅子腿上。她的脸几乎全部被头发遮住，似乎沾满了血，看不到皮肤。她的头向后耷拉着，张开的喉咙就像是另一张嘴，发出沉默的、暗红色的叫喊。我们的女儿斜躺在苏珊身上，一只胳膊耷拉在她妈妈的两腿中间。

---

1 英制单位，1英尺约为30.48厘米。
2 英制单位，1英寸约为2.54厘米。

她们周围一片鲜红，像是可怕的复仇者的舞台，正在上演血流成河的悲剧。血染红了天花板和墙壁，仿佛房屋本身也受到了致命的伤害。地板上的血又浓又厚，似乎将我的影子吞入了深红色的黑暗中。

苏珊·帕克的鼻子受伤了，伤势是撞向墙壁或地板造成的。靠近厨房门的墙壁上有一块血渍，其中包含了骨头碎片、鼻毛和鼻腔黏液……

苏珊试着逃跑，为她和我们的女儿呼救，但是她没有逃到门口。他抓住了她，揪着她的头发，将她的脸往墙上撞。她血流不止，十分痛苦。他把她拖回到椅子上，在那里将她杀死。

詹妮弗·帕克四肢伸展，仰面躺在母亲的大腿上，另一把松木厨房椅放在她母亲所坐的椅子旁边。椅背上缠绕的绳子与詹妮弗·帕克手腕及脚踝上留下的痕迹吻合。

詹妮的周围没有那么多血，但是喉咙上深深的刀口也将血溅在了她的睡裙上。她脸朝向门口，头发垂在面前，遮住了脸，其中几缕粘在了胸前的血渍上。她光着脚，脚趾在地砖上方晃动着。我只看了她一会儿，因为死去的苏珊和活着时一样吸引我，虽然我们一起度过的时光已经成为废墟。

当我看着她时，我感觉自己的身体正顺着墙滑下来。我发出一阵哀号，那声音来自我的内心深处，既像野兽，又像孩童。我望着这个美丽的女人，她是我的妻子。她的眼窝空荡荡的，充满了血，将我拉入黑暗中，包裹起来。

两位受害者失去了双眼，或许凶手使用了锐利的刀具，类似解剖刀。苏珊·帕克的胸部皮肤受损严重。从锁骨到肚脐也有大片伤口，从右胸一直延伸到右臂。

月光从她们身后的窗子照进来，在光洁的台面、瓷砖墙壁和水槽的钢制水龙头上投下一道冷冷的光辉。它照亮了苏珊的头发，为她那裸露的肩膀镀上了一层银色。

尸体的损伤非常严重……

她们面部的皮肤严重缺失。

天空迅速暗了下来，车灯映照着光秃秃的树枝、修剪过的草坪、整洁的白色邮箱、停在车库前的一辆儿童自行车。风更加猛烈了，离开了树的遮挡，我便感觉到它在拍打汽车。我正驶向伯克希尔山区的贝基特市与华盛顿市。我快要到了。

房屋没有强行闯入的迹象。我们记录了整个房间的尺寸，并绘制了草图。此时，尸体已经被送走。采集指纹得出如下结论：

厨房／走廊／客厅——有效指纹后来被确认属于苏珊·帕克（96-12-1806-7）、詹妮弗·帕克（96-12-1806-8）和查尔斯·帕克（96-12-1806-9）。

厨房内的房屋后门——没有有效指纹。表面的水痕表明这扇门被擦拭过。没有抢劫的迹象。受害者的皮肤上没有检测出指纹。

查尔斯·帕克被带到凶杀科进行陈述（见附件）。

坐在审讯室里，我知道他们要做些什么。我自己也审讯过许多人。他们会用一些奇怪的审讯专用语来审问我，就像我以前审问别人一样。"你记得自己接下来打算做什么吗？""你能想起酒吧里其他喝酒的人的位置吗？""你注意到后门门锁的异样了吗？"这些行话晦涩难懂。正如酒吧中总是弥漫着烟雾，任何刑事案件中都充斥着这些法律术语。

当我陈述事实的时候，科尔向汤姆的橡树酒馆的酒保确认，我当时确实在那里，我的妻子和女儿应该不是我杀的。

即使如此，他们依然对这一点存在异议。他们反复询问了我的婚姻状况、我和苏珊的关系、我在谋杀案发生前几周的行踪。我可以从苏珊的保险中获得一大笔赔偿，他们也问到了这个问题。

根据法医的结论，苏珊和詹妮弗死于我发现她们四小时之前。她们的脖子和下颌已经僵硬，这证明她们在晚上9点30分左右已经死去，或许还会更早一些。

苏珊的死因是颈动脉破裂，但詹妮……她的死因是大量肾上腺素涌入体内，导致心室颤动及死亡。詹妮是一个安静、敏感的孩子，她脆弱的心脏一直是个隐患。凶手还没来得及对她造成致命伤，她就被吓死了。法医说，她身上的伤口是在死后造成的，但苏珊的情况无法确定。他也不知道，为什么詹妮弗的尸体会在死后被移动。

有待后续报告

沃尔特·科尔警司

我的不在场证明是因为醉酒：别人杀死我的妻子和女儿时，我正在酒吧喝威士忌。但我依然会梦见她们。有时她们微笑着，和生前一样美丽；有时她们面目模糊，全身是血，就像在死亡现场看到的那样。她们把我带入更幽深的黑暗中,在那里,爱无处安放,罪恶四处埋伏,还有无数空洞的眼睛和少了什么的脸。

我到达那里时,天已经黑了,大门上了锁。墙壁很矮,我轻松地爬了进去。我小心翼翼地走着,以免踩到纪念碑或鲜花。最终我站在她们面前。即使在黑暗中,我也知道在哪里找到她们,而她们也能找到我。

有时,在半梦半醒之间,她们会来找我。那时街道依然昏暗而宁静,或者天刚蒙蒙亮,晨曦从窗帘的缝隙映入,房间里先是有了微弱的光线,然后慢慢明亮起来。在黑暗中,我看到我的妻子和女儿走过来,安静地看着我,她们的身体因暴虐的死亡而染遍鲜血。她们走向我,气息在微风中拂过我的脸颊,手指在树枝间敲打我的窗户。她们来看我时,我便不再是孤身一人。

1

女侍者五十多岁，穿着黑色紧身超短裙、白色衬衫、黑色高跟鞋。她的每个部位都露出了一些肉，就好像在穿好衣服来上班之前又莫名地变胖了一些。每次给我的咖啡续杯时，她都叫我"亲爱的"。她没有说过其他的话，对我来说这样刚好。

我已经在窗边坐了一个半小时，看着街道对面的褐色砂石建筑。女侍者一定很想知道我还要待多久，会不会买单。窗外，阿斯托里亚的街道上挤满了想淘便宜货的人。在等待胖子奥利·沃茨出现的过程中，我已经读完了一整张《纽约时报》，中间完全没有打盹儿。我渐渐失去了耐心。

心情不好的时候，我偶尔会考虑不再订工作日的《纽约时报》，只订周日版，毕竟它比较厚。另一个选择是阅读《华盛顿邮报》，但我需要剪下优惠券，穿着拖鞋去商店里买。

或许那天我对《纽约时报》非常不满，所以再也不想看到送报员了。那天的报纸上写着：汉斯·麦吉，一位州最高法院的法官即将在12月退休。虽然有人说他是纽约最糟糕的法官之一，但他或许会被任命为城市健康与医疗集团的理事。

一看到麦吉的名字，我就很难受。20世纪80年代，他曾审理过一个案子：一位年轻女士被一个五十四岁的男人强奸。男人名叫詹姆斯·约翰逊，是佩勒姆湾公园的工作人员，此前曾因抢劫、人身伤害和强奸被定罪。

陪审团裁定，要求犯人对受害者赔偿350万美元。麦吉驳回了这个结论，他是这样说的："一个无辜的女性被毫无理由地强奸，这正是人们在现代社会中需要面临的风险之一。"当时，他的判决显得很无情，推翻结论的理由也很荒唐。现在，我的家中发生了这样的事。再次看到他的名字，我只觉得他的观点更加可恨，它预示着，善良永远也敌不过邪恶。

我不再想麦吉，而是把报纸整齐地折好，用手机拨通一串号码，然后看向对面略显破旧的公寓楼上层的一扇窗户。铃声响了三下，一个女人接起电话，小心翼翼地说："您好。"她的嗓音就像是酒吧的门在布满灰尘的地板上摩擦，我能听出她既抽烟又酗酒。

"跟你那个死胖子男友说一声，我来接他了，最好不要让我追着他跑。"我说，"我很累，现在又这么热，我可懒得跑。"我说话一直很简洁。我挂掉了电话，在桌子上留下5美元，走到大街上，等待胖子奥利·沃茨惊恐地出现。

此时正值盛夏，空气潮湿。虽然第二天就会下一场雷阵雨，之后便没有这么热了，但现在很热，人们穿着T恤、宽松的便裤，戴着昂贵的太阳镜。如果很不幸，你还身居要职，那么一旦远离了空调，你的制服下一定会汗流如雨。今天连一丝风也没有。

两天前，在本尼·洛那间位于布鲁克林高地的办公室里，只有一台孤零零的风扇试图驱走炎热。透过打开的窗子，我能听到大西洋大道上有人在讲阿拉伯语，也能嗅到半条街区之外摩洛哥之星餐厅传来的气味。本尼是一个三流的保释代理人，他本以为胖子奥利能待到审判结束。对于胖子奥利对司法系统的信任程度，他做出了误判。也正因如此，他始终是一个三流的保释代理人。

悬赏捉拿胖子奥利·沃茨的金额适中，而且有些底层人士要比大多数弃保潜逃犯更加聪明。胖子奥利的保释金为5万美元，因为他没有向执法人员说明那辆1993年的雪佛兰贝雷塔、1990年的奔驰

300SE，以及数辆配置精良的SUV越野车究竟归谁所有。这些车都是胖子奥利通过非法渠道获得的，也是他被起诉的原因。

一位巡警熟知胖子奥利的名声，而且眼睛尖得像无法无天的黑暗世界中一道不太耀眼的闪光。他在防雨布下面发现了奥利的雪佛兰，并要求检查车牌。从此，胖子奥利开始走下坡路。他的车牌都是假的，因此他被搜查、被逮捕并接受了审讯。他什么都不肯说，一接到保释的消息就收拾行囊，逃到山里去了，这是为了不被追问是谁把车交给他保管的。据说这些车来自萨尔瓦托·桑尼·费雷拉——一个著名黑帮头目的儿子。近来有些谣言，声称几周前费雷拉和他的父亲闹翻了，但没有人提到具体的原因。

"黑帮，真他妈烦！"本尼·洛那天在办公室抱怨道。

"那胖子奥利要怎么对付？"

"我他妈怎么知道？你要不要给费雷拉打个电话？"

我看向本尼·洛。二十多岁时，他便开始秃顶，现在已经全秃了。他那光秃秃的脑袋闪烁着点点汗珠。他的脸很红，脸颊和下巴上的肉像融化的蜡一般垂下来。他的办公室很小，位于一家清真商店楼上，充满了汗味和发霉的味道。我不知道自己为何要接下这份工作。我有钱——保险金、卖掉房子的钱、我和妻子共同账户中的余额，还有一些退休金。本尼·洛给的钱也不会让我更开心。也许我只是想抓住胖子奥利。

本尼·洛大声咽了咽口水，说："怎么了，你为什么这样看着我？"

"我们是老相识了，本尼，对吧？"

"你什么意思？就因为我们认识，你就想要更多信息？说吧，想知道什么？"他假模假样地笑着，将两只胖手摊开，仿佛在做祷告。"想知道什么？"他又问了一遍。他的声音发颤，这一次他真的害怕了。我知道在谋杀案发生后的几个月，人们一直在谈论我做了什么事、我可能做了什么事。本尼·洛的眼神告诉我,他也听到了这些传言,而且认为它们可能是真的。

胖子奥利潜逃了,这不太对劲。他应该不是第一次因为偷车接受审讯,只不过这次警方怀疑他和费雷拉有关系,所以抬高了保释金。但奥利有很好的律师,不然他和汽车业唯一的关联便只能是曾经在赖克斯岛[1]制造过车牌。他本没有必要逃跑,也不必冒着生命危险在这种事上出卖桑尼。

"没什么,本尼,没什么。你要是听到了其他的消息就告诉我。"

"好的,好的。"本尼放松下来,"我会第一个告诉你。"

离开他的办公室时,我听见他嘟囔了几声。我不知道他说了什么,但能够猜个大概。本尼·洛或许把我称作杀人犯,和称呼我的父亲一样。

第二天的大多数时间,我都在通过巧妙询问确认奥利现任女友的位置。那天上午我还花了五十分钟,轻松确定奥利是否和她在一起——我给当地的泰国食品店打电话,询问他们上周是否给那个地址送过菜。

奥利很喜欢泰国菜。和大多数在逃犯一样,他在出逃时也没有放弃这个习惯。人们很难做出改变,这也让这些蠢货更容易被找到。他们会订阅从前喜欢的杂志,在从前喜欢的地方用餐,喝从前喜欢的啤酒,照常给喜欢的女人打电话,照常跟情人睡觉。在我扬言要打给卫生检查员后,一家名叫曼谷阳光屋的东方风格的廉价汽车旅馆承认,他们曾给阿斯托里亚的一个地址送过餐,订餐者是莫妮卡·马尔瓦尼。因此我才会在那里喝咖啡,读《纽约时报》,并打电话叫奥利起床。

---

[1] 纽约市伊斯特河中的岛屿,设有赖克斯岛监狱及多家拘留所、教养院。囚犯劳改项目中包含制造车牌。

在我挂掉电话四分钟后，奥利果然打开了2317号房间的门，蠢得好像脑容量只有十瓦灯泡大小。他探出头来，然后笨拙而拖沓地跑下台阶。他的样子很滑稽，秃脑袋上只有几缕头发，穿着一条棕褐色的裤子，松紧带勒在巨大的肚子上。莫妮卡·马尔瓦尼一定很爱他才会跟他在一起吧，毕竟他没有钱，长得也很丑。不知为何，我竟然对胖子奥利·沃茨有些好感。

他刚踏上人行道，就有一个穿着灰色运动服、戴着兜帽正在慢跑的人出现在街角，跑向奥利，用消音手枪朝他开了三枪。奥利的白衬衫瞬间血迹斑斑，他倒在了地上。那个人站在他身边，用左手向他的脑袋又开了一枪。

有人尖叫起来，我看见一个褐发女郎，应该是刚刚失去爱人的莫妮卡·马尔瓦尼。她在公寓门口停下脚步，然后跑向人行道，跪在奥利旁边，一边用双手抚摸他那沾满了血的秃头，一边哭泣着。假装慢跑的人已经向后退开，正踮起脚尖弹跳着，就像一个等待比赛铃响的拳击手。忽然，他停下来，转过身，朝着女人头顶开了一枪。她倒在了奥利·沃茨身上，背部挡住了他的头。路人被吓得躲向车子后面，或是躲进商店。街道上的车纷纷停了下来。

慢跑的人逃走时，我正手握史密斯威森手枪，快要穿过街道。他低下头，跑得很快，枪依然握在左手中。虽然他戴着黑手套，却没有把枪留在案发现场。或是这把枪很特殊，或是这个杀手太蠢。我倾向于后者。

我快要追上他时，一辆茶色车窗的黑色雪佛兰凯普瑞斯伴着轮胎摩擦声从小巷里驶出，正在等着他。如果我不开枪，他就会逃走。如果我开枪，警察就会来找我的麻烦。我做出了选择。就在他快要靠近那辆车时，我射出了两发子弹，一发打中了车门，另一发把他的右臂打出一个洞，流了很多血。他转过身，朝我的方向胡乱开了两枪，我看到他的眼睛很大、很亮。他异常亢奋。

他想要上车,但那辆车迅速开走了。司机被我开枪的举动吓到,把杀死胖子奥利的凶手丢在了那里。他又开了一枪,打碎了我左边那辆车的车窗。我能听到人们在尖叫,远方有警笛声正在靠近。

他冲进一条小巷,听见我在他身后追赶的声音,便回过头来瞥了一眼。转过弯,一颗子弹从我的头顶呼啸而过,击碎墙壁,碎裂的混凝土砸在我身上。我抬起头,看见他已经跑完了半条巷子,正靠着墙继续前进。跑到道路尽头的转角后,他便会消失在人群中。

巷子尽头没有什么人,我决定冒险开枪。此时太阳在我身后,我直起身,连开两枪。他的右肩被其中一颗子弹击中而前屈。我隐约看到周围的人像鸽群被石头砸了一般纷纷散开。我让他放下枪,但他笨拙地转过身,用左手举起了枪。我略微失去平衡,在20英尺外又开了两枪。一颗中空弹命中了他的左膝。他倒在小巷墙边,手枪滑向几个垃圾桶和黑色垃圾袋,对我不再构成威胁。

我朝他靠近,看见他面色苍白,嘴角痛苦地抽搐着,左手在受伤的膝盖附近抓来抓去,但没有碰到伤口。他的眼睛依然很明亮。我听见他笑了一声,试图从墙边起身,利用那条好腿离开。当我离他只有15英尺时,他的笑声被前方刹车的声音盖住了。我抬起头,看见黑色雪佛兰停在巷子尽头,副驾驶一侧的车窗放了下来。枪口的闪光打破了车内的黑暗。

杀死胖子奥利的凶手猛地一跳,跌倒在地上。他抽搐了一下,我看到他的运动服背部有一块正在扩散的鲜红血渍。车里的人又开了一枪,他的后脑勺喷出一股血,脸磕在了肮脏的水泥地上。我朝着垃圾桶跑去,想要用它当掩体。这时,一颗子弹击中了我头顶上方的墙壁,在墙上钻了个洞,许多灰土落在我身上。很快,雪佛兰便摇上了车窗,朝着东边驶去。

我跑到慢跑者倒下的地方。血从他身上的各个伤口流出来,在地面形成暗红色的阴影。警笛声靠近了,我看见围观的人聚集在阳光下，望着我伫立在尸体旁。

几分钟后，巡逻警车来了。我把枪放在面前的地上，将许可证放在它旁边，双手举过头顶。杀死胖子奥利的凶手躺在我脚边，血聚在他的头部周围，黏稠的血水慢慢地汇入下水道。在一个巡警的监视下，他的同伴用超出必要限度的力气将我抵在墙上搜身。搜我身的警察很年轻，应该只有二十三四岁，非常狂妄自大。

"靠，山姆，我们遇上了怀亚特·厄普[1]，"他说，"跟《正午》[2]里的枪战一模一样。"

"怀亚特·厄普跟《正午》没关系。"我纠正他，他的搭档查看了我的身份证。作为回答，那个警察在我肾脏的位置狠狠地打了一拳，我疼得跪了下来。我听见了更多的警笛声，还有救护车的哀鸣。

"你很幽默嘛，枪法不错。"年轻的警察说，"为什么开枪打他？"

"当时你不在，"我疼得咬牙切齿，回答他，"你要是在，我就开枪打你了。"

他正要铐住我，我听到了一个熟悉的声音："把手铐收起来，哈利。"我回过头，看向他的同伴山姆·里斯。我当警察的时候就认识他，他也认出了我。他似乎不大喜欢见到我。

"别管他。他以前是警察。"

我们三个都沉默了，只等着其他人过来。

又来了两辆蓝白相间的警车，然后驶来一辆泥褐色的雪佛兰新星，一个便衣警察下车站在路缘。我抬起头，看见沃尔特·科尔走向我。自从他升职当了警督，我已经将近六个月没见过他。他穿了一件长款的棕色皮大衣，在炎热的天气中显得很奇怪。"奥利·沃

---

[1] 怀亚特·厄普（Wyatt Earp，1848—1929），美国西部拓荒时代中的传奇执法者，因其在1881年墓碑镇OK牧场枪战中击毙三名违法牛仔而知名。
[2] 美国西部主题电影，1952年上映。

茨？"他歪着头，指着凶手。我点了点头。

他从我身边走开，找本辖区穿着制服的警察和警探说话。我注意到他流了许多汗。

"你可以到我车里来。"他回到我身边后，对我说道，同时用明显厌恶的目光盯着那个名叫哈利的警察。他招呼另外一些警探到身边，谨慎而冷静地总结了一番，然后朝我挥手，让我到他的新星汽车上去。

"衣服不错啊。"我们一起走向他的车时，我赞赏道，"有多少姑娘被你迷住了？"

沃尔特眨了一下眼："这是李送我的生日礼物。要不然这么热的天，我穿它干什么？你开枪了吗？"

"开了几枪。"

"你不知道法律禁止在公共场合开枪吗？"

"我知道，但我不确定那个倒在地上的人知不知道，也不确定那个开枪打他的人知不知道。你可以设计一张宣传海报。"

"太逗了，上车吧。"

我照办，然后车子驶离了路缘。当我们穿过拥挤的街道时，围观的人都好奇地望着我们。

2

胖子奥利·沃茨、他的女友莫妮卡·马尔瓦尼和至今不明身份的枪手已经死了五个小时。凶杀科的两个我不认识的警探审问了我。沃尔特·科尔没有参与审问。审问结束后,他们只给我倒过两次咖啡,一直没有理我。其中一个警探离开房间询问事情时,我瞥见了一个穿着深色亚麻布西装的瘦高男人,他的衬衫领子像刀子一般锋利,红色的丝绸领带连一道褶皱也没有。他一看就是个联邦探员,自负的联邦探员。

审讯室的木桌有些旧了,坑坑洼洼的,或许有几百或几千个咖啡杯在上面留下了咖啡渍。在左手边靠近角落的地方,有人刻了一颗碎掉的心,也许是用指甲刻的。我还记得这颗心,因为上次坐在这个房间时,我也看到了它。

"靠,沃尔特……"
"沃尔特,他不应该来这里。"
沃尔特看着靠在墙边以及懒洋洋地围坐在桌子旁的警探们。
"他不在。"他说,"你们就当没看到他吧。"
审讯室里添了一张桌子,又放了许多把椅子。我还在休事假,距离离职还有两周的时间。我的家人们已经死去了两周,截至此时,调查没有任何结果。经过快要退休的卡弗蒂警督的同意,沃尔特组织了一场会议,与会人员包括涉及此案的警探和一两个本市最优秀的凶杀案探员。会议包括头脑风暴和讲座两部分，讲课人是雷切尔·乌尔夫。

乌尔夫是一位很优秀的犯罪心理学家，但是警方基本不向她咨询。他们有自己的心理学家——拉塞尔·温盖特医生。但沃尔特曾说过："温盖特根本不会侧写[1]。"他是个伪善、自视甚高的浑蛋，但也是警局专员的哥哥，这让他成为一个伪善、自视甚高，但很有影响力的浑蛋。

当时温盖特正在塔尔萨参加弗洛伊德信徒的会议，沃尔特趁机邀请了乌尔夫。她大概三十岁，神情严肃但不乏魅力，穿着深蓝色的职业装，赤褐色的长发披在肩头，坐在上座。她跷着二郎腿，右脚上挂着一只蓝色的高跟鞋。

"你们都知道鸟哥为什么要来。"沃尔特说，"如果你们遇到了这种事，也会想来的。"我曾逼迫和哄骗他让我来听报告。我找了一些我本来没有权利去找的人帮忙，沃尔特最终妥协了。我不后悔做了这些事。

房间里的其他人依然不希望我在场，从他们的神情我便能够知道。他们从我和沃尔特身上移开视线，或是耸肩，或是努嘴。但我不在意。我只想听听乌尔夫会说些什么。沃尔特和我坐下来，等待她讲话。

乌尔夫从桌子上拿起一副眼镜戴上。在她的左手旁边，那颗破碎的心映出木头的光泽。她看了一眼笔记，从中抽出两页纸，讲了起来。

"我不知道你们对案情是否熟悉，所以会讲得慢一些。"她停顿了片刻，"帕克警探，有些内容你听起来会很难受。"她的声音里没有歉意，只是在简单地陈述事实。我点了点头，于是她接着说："我

---

[1] 犯罪侧写，通过案件类型、犯案手法等信息分析罪犯人格特征的调查方法。

们要讨论的杀人行为与性有关,属于性虐待杀人。"

我用指尖抚摸着雕刻的心形,木纹的触感暂时将我带回了现实。审讯室的门开了,透过门缝,我看见那个联邦探员从这里经过。一个职员拿着印有"我爱纽约"的白色杯子走进来。咖啡的味道很浓郁,仿佛从早晨一直煮到现在。我放入奶精时,它的颜色只是略有变化。我抿了一口,苦得龇牙咧嘴。

"与性有关的杀人常常涉及一些性行为,它们往往是一系列摧残的开始。"乌尔夫抿了一口咖啡,接着说,"凶手剥去了死者的衣服,在乳房和下体造成了一些伤口,这似乎暗示此次犯罪与性相关,但死者体内并没有异物插入的痕迹。

"也有证据表明,这是一场虐待性的谋杀。成年受害者在死前受到了折磨。她的躯干正面和面部的皮肤被剥去了。再结合性的因素,你们要面对的是一个性虐待狂,他通过暴虐的身体和精神摧残获得满足。

"我想——我猜测他是一个白人男性,具体原因我后面会讲。他想让这位母亲亲眼看到自己的女儿被折磨、被杀死,然后再折磨并杀死这位母亲。目睹受害者对折磨的反应,性虐待狂会获得快感。本案共有两位受害者,她们是一对母女,能够对彼此的遭遇做出反应。他将性幻想转化成了暴力、折磨,最后是死亡。"

审讯室门外有人说话,我听见他们的声音抬高了。其中一个说话者是沃尔特·科尔,其余的我辨识不出。声音又低了下来,但我知道他们在谈论我。我很快就会清楚他们想做什么。

"对这类人而言,最主要的目标群体是陌生的白人女性,但有些人也会把男性或孩子作为目标。有时，受害者与施暴者在现实生活中认识的人有相似之处。

"选择受害者时，他们经过了系统的追踪和监控。凶手可能已经对这家人观察了一段时间。凶手了解丈夫的习惯，知道他一旦去了酒吧，就会在那里待很久，这样凶手就有足够的时间做完想做的事。但在本案中，我认为凶手没有完成全部的步骤。

"本案的犯罪现场有些特殊。首先，犯罪性质决定，施暴者需要与受害者单独相处一段时间。在某些案件中，施暴者改装了自己的住处，在那里与受害者会面，或者他会在改装的汽车或货车中行凶。在本案中，凶手没有这样做。我认为他可能喜欢危险的感觉。同时他也是为了留下深刻的'印象'，我找不到更好的词了。"

留下深刻的印象，就像是戴着鲜艳的领带去参加葬礼。

"凶手对犯罪进行了精心策划，以便在丈夫回家时给他带来极有可能造成心理创伤的冲击。"

或许沃尔特说得对，我不该来听案件陈述。乌尔夫冷静的陈述将我的妻子和女儿变成了这个暴虐的城市中又一个恐怖的数据，但我希望她能说一些让我产生共鸣，并能够为后续的调查提供线索的内容。对凶杀案来说，两周已经是很长的时间。除了非常幸运的情况，一个案件如果两周后依然没有进展，调查便会陷入停滞。

"我们似乎可以推断出，这个凶手的智力超出常人，喜欢游戏和赌博。"乌尔夫说，"他营造出恐怖的作案现场，或许可以证明他和受害者的丈夫有个人纠葛。但这只是推测，这种类型的犯罪一般没有针对性。

"通常，犯罪场景可以分为有准备、无准备和两者结合这三种类型。有准备的凶手会针对特定的受害者详细地策划谋杀，这种控制欲会在犯罪现场体现出来。受害者符合凶手设置的条件：年龄、发色、职业、生活方式等。和本案一样，他们常常将受害者捆绑起来。既然凶手将绳子带到了犯罪现场，就说明他有控制欲并做了详细策划。

"在性虐待案件中，谋杀的行为通常与色情有关。它像是一种仪式，通常很漫长，而且要确保受害者直到死亡前的一瞬都是清醒的。换句话说，凶手不想过早地结束受害者的性命。

"然而，在这个案子中他没有做到，因为詹妮弗·帕克，也就是那个女孩的心脏很脆弱，当大量肾上腺素在她体内分泌后，她便死了。再加上她母亲试图逃脱，脸撞到墙上受了伤，可能暂时失去了意识。我想凶手大概感觉到场面失控了。有准备的犯罪场景变成了无准备的犯罪场景。在剥掉受害者的皮肤时，他无法抑制自己的愤怒和沮丧，于是开始摧残尸体。"

我想要离开。看来我想错了，听这场报告不会有什么收获。

"我之前说过这类案件的特征，但是在其他几个重要方面，本案并不符合性虐待案件的普遍情况。我认为摧残尸体或是愤怒和失控的结果，或是为了掩饰什么。凶手还进行了其他的仪式化行为，并且希望通过摧残尸体让我们忽视那些举动。破坏部分皮肤很可能是关键。他想要展示某些效果——虽然并没有完全呈现出来。"

"为什么你这么确定凶手是白人男性？"乔伊纳问，他是个黑人，也是凶杀科警探。我和他一起工作过一两次。

"性虐待者主要是白人男性。不是女性，也不是黑人男性。"

"看来和你无关了，乔伊纳。"有人说。大家笑了起来，房间里的紧张气氛有所缓和。有两个人看向我，但是大多数人都假装我没有在场。大家都是专业人士，只希望收集到更多关于凶手的信息。

乌尔夫等待着笑声散去："研究显示，在与性有关的杀人凶手中，43%是已婚人士，50%有孩子。不要以为你们要找的人是个疯狂的独行侠。他可能是当地家长协会的骨干或少年棒球联盟的教练。

"他可能会在工作中与其他人接触，所以他或许擅长社交，并利用这一点接近受害者。他从前或许有过反社会行为，但不一定很严重，也不一定留下案底。

"性虐待者通常对警察和武器很着迷。他也许会关注调查的过程，所以要留意那些打电话提供线索或交换信息的人。他应该有一辆干净、保养得很好的车。干净是因为这样不至于很显眼，保养得很好是因为他要保证自己不被困在犯罪现场或附近。车可能被改装过，方便运送受害者，后门和后窗的把手都被拆除，后备厢安装了隔音装置。如果你们觉得某个人很可疑，就检查后备厢里有没有多余的燃料、药物、水、绳子、手铐和捆绑带。

"如果你们获得了搜查令，需要搜寻与性和暴力有关的物品：色情杂志、视频、低端犯罪工具、震动棒、夹钳、女人的衣服，尤其是内衣。其中有些物品可能属于受害者，他也会拿走别的私人物品。也要留意日记和笔记，里面或许会有受害者的细节信息、一些性幻想，甚至可能记下了整个犯罪过程。这个人也可能收藏了一些警用装备，对警方办案的流程有所了解。"乌尔夫深吸一口气，坐回椅子上。

"他还会再次作案吗？"沃尔特问。房间里沉默了片刻。

"可能会，但这只是一种假设。"乌尔夫回答。沃尔特看起来有些困惑。

"你的意思是这只是第一起案件。这个案子加入VICAP计划了吧？"

VICAP计划创建于1985年，全名为"联邦调查局暴力罪犯刑事拘捕计划"。工作人员会针对已破案、未破案及未遂的凶杀案撰写报告，重点关注涉及诱拐、随机或无动机、与性相关的案件。当发生失踪案件并怀疑发生谋杀，以及发现身份不明的尸体且明显或疑似死于谋杀时也会做报告。这些报告将会提交给联邦调查局位于匡蒂科的研究所，由国家暴力犯罪分析中心进行研究，判断类似的特征是否出现在系统内的其他案件中。

"已经提交了。"

"申请侧写了吗?"

"申请了,但结果还没出来。小道消息说,这次的作案手法和之前的案子都不一样,主要是破坏面部这件事。"

"他为什么要破坏死者的面部?"乔伊纳又问。

"我也在思考。"乌尔夫说,"有些凶手会留下属于受害者的纪念物,也可能与伪宗教或献祭有关。抱歉,我真的无法确定。"

"你认为他以前做过这样的事吗?"沃尔特问。

乌尔夫点了点头说:"可能吧。如果他以前杀过人,一定把尸体藏了起来。这次他的行为有一定的变化。或许他以前只是默默地杀人,现在却想要登上公众舞台。他可能希望引起人们的注意。但他对自己这次的行动并不满意,或许会让他回到老路上。当然,另一种可能是,他会进入一段休眠期。

"如果让我猜测,我认为他已经在更加仔细地策划下一次行动。他这次犯了错误,我觉得他没有达到想要的效果。下一次,他一定不会犯错。如果没有事先抓到他,他一定会造成很大的影响。"

审讯室的门开了,沃尔特和另外两个人一起走了进来。

"这位是来自联邦调查局的特工罗斯,这位是来自抢劫科的警探巴斯。"沃尔特说,"巴斯参与了沃茨的案子,特工罗斯负责调查有准备的犯罪。"

从近处看,罗斯的亚麻套装昂贵而考究。巴斯穿着杰西潘尼[1]的外套,相比之下像个粗人。两个男人靠墙面对面站着,点了点头。沃尔特和巴斯都坐下了,但罗斯依然倚墙站着。

"你还有什么没有告诉我们的吗?"沃尔特问。

"没有。"我说,"知道的我都说了。"

---

1 美国大型零售商店,注重提供低价格商品。

"特工罗斯认为桑尼·费雷拉是杀死沃茨和他女友的幕后黑手，而你还知道更多。"罗斯从衣袖上拾起什么东西，厌恶地把它丢到地板上。我觉得他把那个东西当成了我。

"桑尼没有理由杀死奥利·沃茨。"我回答，"我们现在讨论的是偷车和制造假车牌。奥利不可能从桑尼那里骗到任何有价值的东西，他对桑尼的了解还不如陪审团十分钟的调查。"

罗斯动了动身体，坐在桌子边缘，说："事情过了这么久，你却又出现了，真奇怪——有六七个月了吧？——忽然又死了这么多人。"他自顾自地说着，仿佛没听到我的话。他大概四十岁，或许已经四十五岁了，但是精神很好。他的脸上布满皱纹，似乎生活并不愉快。我从伍里奇那里听说过他。伍里奇已经离开了纽约，到新奥尔良办事处担任联邦的助理特工。

房间里一阵沉默。罗斯盯着我看了一会儿，又无聊地移开了视线。

"特工罗斯认为你有事瞒着我们。"沃尔特说，"以防万一，他要进行短暂逼供。"他的语气不带任何感情色彩，目光也很冷漠。罗斯又开始盯着我看。

"特工罗斯真可怕。要是他来逼供我，谁也说不准我会招供什么。"

"看来没什么用啊。"罗斯说，"帕克先生显然不想配合，那我——"

沃尔特伸出一只手，打断了他："要不然你们让我们两个单独聊聊，喝点咖啡什么的。"他提议道。巴斯耸了耸肩，离开了。罗斯依然坐在桌子上，仿佛还要说些什么，却忽然站起身，快步走出去，狠狠地关上了身后的门。沃尔特深呼一口气，松了松领带，解开了衬衫的第一颗纽扣。

"别惹罗斯。他会给你带来一堆麻烦，我也要跟着遭殃。"

"我已经把知道的事情都告诉你了。"我说,"本尼·洛可能知道得更多,但我也不确定。"

"我们和本尼·洛聊过了。要不是我们告诉他,他都不知道这件事。"沃尔特转动着手中的钢笔,"他说'我只是在做生意嘛'。"本尼·洛确实很喜欢用这样的语调说话。我淡淡地笑了,紧张的气氛略有缓解。

"你回来多久了?"

"几周吧。"

"那你最近在干什么?"

我要怎么对他说呢?我在大街上徘徊,去我和苏珊带着詹妮弗去过的那些地方。我透过公寓的窗户向外看,想象着那个杀死她们的人可能在哪里。我接下本尼·洛的工作,是因为担心如果再不找点事做,我可能会自杀。

"也没干什么。我想见见以前的线人,看看有没有什么新进展。"

"还没有,我们这边没有。你有什么新消息吗?"

"也没有。"

"我不能让你放下这件事,但是——"

"对,你不能。说正题吧,沃尔特。"

"你现在不适合待在这里,你知道为什么。"

"是吗?"

沃尔特重重地将钢笔砸向桌子。它滚到桌子边缘,停留了片刻,然后掉到地上。有那么一会儿,我以为他要给我一拳,但他眼中的愤怒渐渐消失了。

"我以后会跟你说。"

"好吧。你要给我看什么吗?"在桌上的文件中,我看到了关于弹道和武器的报告。五小时内拿到报告已经很快了。特工罗斯无论想做什么,大概都能办到吧。

我对着报告点了点头:"报告上有说从那个凶手体内取出的子弹是什么样的了吗?"

"这不是你该关心的。"

"沃尔特,我亲眼看见那家伙死了。打死他的人朝我开枪,子弹直接穿墙而过。他应该对武器很有研究。"

沃尔特保持沉默。

"如果要买这种武器,肯定会被人知道。"我说,"给我一些线索,或许我能比你发现得更多。"

沃尔特思索片刻,然后快速浏览弹道报告:"冲锋枪子弹,5.7毫米,质量不到50格令[1]。"

我吹了声口哨:"是缩小尺寸的步枪子弹,用手枪发射?"

"子弹主要是塑料的,但弹头壳是全金属的,所以威力不受影响。当它击中某个物体,比如那个开枪打你的人时,大部分的能量都会传递。它穿透时几乎没有任何能量。"

"那它为什么能够击穿墙壁?"

"弹道报告估计,它的初速超过了2000英尺每秒。"

这个速度很快。勃朗宁9毫米手枪发射110格令重的子弹时,只能达到1100英尺每秒。

"他们还认为,这种枪发射的子弹可以像穿过米纸一样穿透凯夫拉防弹衣。在200码[2]的距离外,它大约可以穿透五十层凯夫拉。"即使是马格南44号手枪,也只能在很近的距离内穿透防弹衣。

"然而,如果击中柔软的物体……"

"它就会停下来。"

---

1 英制单位,1格令约为0.065克。
2 英制单位,1码约为0.91米。

"枪是国产的吗？"

"不是，弹道报告说它来自欧洲，应该是比利时。他们说是57式手枪[1]，F和N大写，代表厂商的名字。这是FN赫斯塔尔公司为了反恐和营救人质而制造的第一代产品，如今第一次出现在国家安全部队之外。"

"你们和制造商联系上了？"

"我们会试着联系，但我觉得只能走到中间人那一步。"

我站起身来说："我可以问问。"

沃尔特拾起钢笔，朝着我挥动，就像是一个不高兴的老师正在教训班里聪明的学生。"罗斯还没和你算账呢。"

我拿出一支笔，把我的手机号写在了沃尔特的拍纸本背面。

"我会一直开机。我可以走了吗？"

"有一个条件。"

"说。"

"我想让你今晚到我家里来。"

"抱歉，沃尔特，我不想参与什么社交。"

他似乎很难过："别犯浑。这不是社交。你一定要来，如果罗斯把你关进牢里，直到世界末日，我也不会管你。"

我起身离开。

"你确定全都告诉我了吗？"他在我身后问道。

我没有转身："我能说的全都告诉你了，沃尔特。"

这是真的，至少我可以这么说。

二十四小时之前，我找到了埃莫·埃里森。他住在东哈莱姆边缘的一家破酒店里，只有妓女、警察或罪犯可以到这里来。一面透明

---

[1] Five-seveN手枪，由比利时FN赫斯塔尔公司制造。

的亚克力板放置在管理员的办公室门口,但是里面没人。我走上楼梯,敲响了埃莫的门。没有人应答,但我听见了手枪击锤的声音。

"埃莫,是我,鸟哥。我想和你谈谈。"

我听见脚步声正向门口靠近。

"我什么都不知道。"埃莫隔着门说,"没什么可说的。"

"我还什么都没问呢。埃莫,把门打开。胖子奥利遇到麻烦了,也许我可以帮到他。让我进来。"

一阵寂静后,我听到铁链的声响。门开了,我走了进去。埃莫退到窗户旁边,手里依然拿着枪。我关上了身后的门。

"没必要这样。"我说。埃莫把枪向上举了一下,然后将它放在床边的柜子上。不拿枪的时候,他显得更自在一些。他不适合拿枪。我注意到他的左手手指缠着绷带。在绷带边缘,我看见了黄色的污渍。

埃莫·埃里森是个中年男人,很瘦,面色苍白,他断断续续地为胖子奥利工作了五年甚至更久。作为机械师,他的水平一般,但他很忠诚,而且知道何时应该守口如瓶。

"你知道他在哪儿吗?"

"我联系不上他。"

他重重地坐在收拾整齐的床边缘。房间很干净,弥漫着空气清新剂的气味。墙壁上挂着一两幅画,一组家得宝牌儿书架上整齐地摆放着书、杂志和一些个人用品。

"听说你在为本尼·洛工作。为什么?"

"就是工作而已。"我回答。

"你要把奥利抓起来,让他被弄死。这就是你的工作吧?"埃莫说。

我靠在门上。

"我可以不把他抓起来。本尼·洛会承担损失。但我需要一个不抓他的理由。"

埃莫内心的矛盾从脸上浮现出来。他的手扭来扭去，眼睛一次次看向那把枪。埃莫·埃里森害怕了。

"他为什么要逃，埃莫？"我柔声问道。

"他说你是好人，一个靠得住的人。"埃莫说，"是这样吗？"

"我也不知道。但我不想看到奥利被伤害。"

埃莫打量了我一会儿，仿佛正在下定决心。

"是皮利。皮利·皮拉尔。你知道他吗？"

"我知道。"皮利·皮拉尔是桑尼·费雷拉的得力助手。

"他以前每个月会来一两次，不超过这个次数，每次带过来一辆车。他会开车离开几小时，然后再回来。每次的车都不一样。这算是和奥利做的交易，这样他就不需要再给桑尼钱了。他会在皮利回来之前给车准备好假牌子。

"上周皮利又来了，带来一辆车，又开走了。那天夜里我到得晚，因为我生了病，是胃溃疡。我还没有到，皮利就已经走了。

"半夜，我和奥利坐着闲聊，等着皮利把车开回来。外面忽然传来一声巨响。我们出去后，发现皮利把车停在大门口，人趴在方向盘上。车头上有个凹陷，我们猜测他或许撞车了，所以才急着回来。

"皮利的头撞在挡风玻璃上，伤得很厉害，车里到处是血。奥利和我把车推进院子，奥利联系了他认识的医生，那人叫他把皮利带过去。皮利很虚弱，完全动不了。奥利开着自己的车把皮利送到了医生那里。医生认为皮利的头骨碎了，坚持让他去医院。"

埃莫一直说了下去。故事一旦开始，他就要把它讲完，仿佛只要说出来，就可以减轻心理负担。"他们争论了一会儿。医生知道一家私人诊所，那里不会问太多问题，于是奥利答应了。医生给诊所打了电话，奥利回到停车场取车。

"他有桑尼的电话，但是对方没接。他把车停在了隐蔽之处，但依然不放心，因为你也知道，警察可能会查。于是他给老头子打电话，告诉他发生了什么。老头子让他放下心来，说自己会派人处理。

"奥利出去了，打算把车停在没人的地方。然而回来时，他的样子比皮利还糟糕。他很虚弱，两只手一直在发抖。我问他：'你怎么了？'他只是让我离开，不要把我的行踪告诉任何人。他没说别的，只是一直让我走。

"后来我听说，警察突击搜查了那个地方，奥利被保释后失踪了。我发誓，这是我最后一次听到他的消息。"

"那你拿枪干什么？"

"一两天前，老头子的一个手下来过。"他喘着粗气，"他叫博比·西奥拉，想知道奥利的事，还想知道皮利出事那天我在不在场。我说我不在，但他大概不信。"

埃莫·埃里森哭了起来。他缓慢而仔细地抬起绑着绷带的手，解开了其中一条绷带。

"他让我上他的车。"他抬起手指，我看见了一个环形的伤口，上面起了一个巨大的泡，仿佛此时还在颤动，"打火机。他用车上的打火机烧的。"

二十四小时后，胖子奥利·沃茨死了。

3

沃尔特·科尔住在列治文山，这是皇后区七姐妹社区中最古老的一个。它兴起于19世纪80年代，社区的中心像乡村，看设施又像城镇，就像是在曼哈顿的门口新建了一个中美洲。"二战"结束后不久，沃尔特的父母从杰弗逊市搬到了那儿。父母退休后搬到了佛罗里达，沃尔特接手了他们的房子，它位于113号街，美特尔大道北部。几乎每个周五，他和李都在牙买加大道上一家古老的德国餐厅——三角皇家啤酒屋吃饭，夏天便会在森林公园的密林中散步。

我到沃尔特家时刚过晚上9点。他亲自开门，把我带到了他的"书房"。像我这样不太有文化的人，只能想到"书房"这个词，但只用"书房"形容似乎并不恰当，毕竟这间小型图书馆里陈列着他半个世纪以来挚爱的收藏：济慈和圣-埃克苏佩里的传记与鉴识科学、性犯罪和犯罪心理学的著作放在同一个书架上；费尼莫尔·库柏与博尔赫斯的书并排摆放；巴塞尔姆被海明威的作品环绕着，似乎有些不安。

皮面的桌子旁边有三个文件柜，桌上放着苹果电脑。墙上挂着当地艺术家的画。角落里有一个小陈列柜，正面是玻璃的，里面放着沃尔特的射击奖杯。它们杂乱地堆在一起，仿佛沃尔特既为自己的能力而自豪，又为这种自豪而尴尬。上半部分的窗户打开了，这是一个温暖的夜晚，我能嗅到刚刚修剪完的青草的气味，也能听到孩子们玩街头曲棍球的声音。

书房的门开了,李走了进来。她和沃尔特在一起二十四年,两个人从容而优雅地分享着彼此生活中的一切。即使在最好的时候,我和苏珊也做不到这一点。李穿着黑色牛仔裤和白色衬衫,虽然她已经生了两个孩子,而沃尔特又很喜欢东方美食,但她的身材依然保持得不错。她的头发很黑,绑成了马尾,其间几缕灰色的发丝就像是月光映在深色的水面。她走过来,轻轻地亲吻了我的脸颊。她的手臂环绕着我的肩膀,薰衣草的香气将我笼罩起来。我已经不是第一次意识到,我对李·科尔有一点儿着迷。

"见到你真高兴,鸟哥。"她说。她用右手轻触我的脸,眉宇间的忧虑让她嘴角的微笑显得很不真实。她看了沃尔特一眼,两人无言地交流了一下。"我去拿咖啡。"她走出房间,轻柔地关上了身后的门。

"孩子们怎么样?"我问。沃尔特给自己倒了一杯爱尔兰知更鸟威士忌,是那种带有螺旋盖的老款。

"挺好的,"他回答,"劳伦依然不喜欢高中。到了秋天,埃伦就要到乔治敦大学读法律了,我们家至少有一个靠谱的人。"他大口地吸气,把杯子举到嘴边,抿了一口。我也不由自主地喝了一大口,感觉很呛。沃尔特注意到我的样子很狼狈,也脸红了。

"我靠,抱歉。"他说。

"没关系。"我回答,"这也是良药嘛。你竟然还在家里说脏话。"李讨厌脏话,她经常说只有傻瓜才会这样说话。沃尔特会反驳说,维特根斯坦还在哲学论辩中挥舞过拨火棍呢。他认为这证明了即使是最伟大的人,有时也无法将自己的想法表达出来。

他走到空壁炉旁边的一把皮革椅前,指了指对面的位置。李拿着银咖啡壶、奶精、两个放在托盘上的杯子走进来,之后又离开了,临走时不安地看了沃尔特一眼。我知道,在我来这里之前,他们聊过我的事。他们之间没有秘密。两个人忧虑的神情表明,除了对我的状态表示担心,他们还聊了别的。

"你想让我坐在灯下吗?"我问。沃尔特的脸上掠过了一丝笑容,但如同微风一般转瞬即逝。

"过去几个月我听说了一些事。"他说。他看向自己的杯子,就像一个巫师正在检验自己的水晶球。我什么都没说。

"我知道你和联邦警探们聊过,还找人帮你把文件拿出来。我知道你想找到那个杀死苏珊和詹妮的人。"自从开始说话以来,这是他第一次看向我。

我没有什么好说的,只得给我们两个倒了些咖啡,然后拿起杯子,喝了一口。这是爪哇咖啡,颜色很深,味道很浓。我深吸了一口气:"你问我这些干什么?"

"因为我想知道你为什么在这里,为什么要回来。如果我听说的一些事情是真的,我不知道你现在在想什么。"他咽了一下口水。我为他感到难过,因为他必须要说出这些话,问出这些问题。即使我知道其中一些答案,也不确定自己是否想要告诉他,甚至不确定沃尔特是否真的想听。窗外,夜色已深,孩子们结束了游戏。房间里很安静,沃尔特的话像是不好的预言。

"他们说你已经找到了那个人。"他说。这次他没有犹豫,硬着头皮把要说的话都说了出来:"你找到了他,并杀了他。这是真的吗?"

过去就像是一个陷阱。我可以在里面移动、转圈、转身,但最终还会回到原点。我越来越觉得,城市里的一切——我喜欢的餐厅、书店、绿树掩映的公园,甚至一张旧桌子上刻着的白色心形,都会让我想到自己失去的家人,仿佛一瞬间的遗忘都是一种罪行。我的思绪从现在回到过去,顺着记忆,它回到了那些再也无法重现的时光中。

于是,沃尔特的问题将我带回了4月末的新奥尔良。当时她们已经死去了将近四个月。

伍里奇坐在世界咖啡馆靠里侧的一张桌子后面，旁边是一台泡泡糖机，他的背靠在墙上。桌上有一杯热气腾腾的欧蕾咖啡，还有一盘点缀着糖屑的热煎饼。窗外，人们从迪凯特匆匆赶来，经过绿白相间的咖啡馆篷顶，前往大教堂或杰克逊广场。

他穿着一套便宜的棕褐色西装，丝绸领带抻得很长，有些褪色。他懒得系好衬衫领口的纽扣，宁愿让领带落魄地耷拉着。他脚下的地板上撒满了白糖，他坐的那把绿色的树脂椅子空出来的地方也都是糖屑。

伍里奇是联邦调查局当地办事处的助理特工主管，他的办公地点是普瓦德拉街1250号。他是为数不多偶尔和我保持联系的前警察时代联系人，也是仅有的几位能不让我气得诅咒联邦调查局的创始人胡佛的联邦探员。另外，他也是我的朋友。谋杀案发生后的那些天，他一直支持我，从不问我什么，也从不怀疑我。我还记得他站在墓地中，全身都被淋湿，水从他那顶超大的软呢帽边缘滴下来。很快，他就被调到了新奥尔良，这说明他在另外至少三个办事处的学徒期都很成功，而且在曼哈顿城区的纽约办事处那混乱的环境下依然能够保持冷静。

他离婚了，这段不欢而散的婚姻大概持续了十二年。他的妻子改回了原名凯伦·斯托特，近来和一位室内设计师结婚，两人一起生活在迈阿密。伍里奇唯一的女儿丽莎也在母亲的坚持下改姓斯托特，他说她在墨西哥加入了某个组织。丽莎只有十八岁。她的母亲和继父根本不管她。伍里奇很在乎她，但是也无法为她做什么。我知道，家庭的不幸令他尤为痛苦。他自己也成长在一个破碎的家庭，他的白人母亲很糟糕，父亲虽然善良，但没有话语权，无法管好自己的妻子。我认为伍里奇本想当个好父亲。我相信在苏珊和詹妮弗死去时，他比别人更能理解我的难过。

相比我们上次见面，他长胖了一些。由于衬衫被汗浸湿了，我能看见他的胸毛。一缕缕汗水从他日益灰白的头发间滑落下来，顺着颈部的赘肉流淌。对他这样身材高大的人来说，路易斯安那州的夏天一

039

定非常难熬。伍里奇看起来就像一个小丑，有时还会做出一些滑稽的举动，但是在新奥尔良，任何认识他的人都认为他不容小觑。那些从前瞧不起他的人已经在安哥拉监狱中腐烂了。

"我喜欢你的领带。"我说。它是亮红色的，上面装饰着羔羊和天使。

"我把它称为玄学领带，"伍里奇说道，"也叫乔治·赫伯特[1]领带。"

我们握了握手，伍里奇站了起来，抖去衬衫上的煎饼屑。"到处都是。"他说，"等我死掉的时候，估计人们还能从我的屁股缝里找到煎饼屑。"

"我会记着的。"

一个戴着白色纸帽的亚洲服务生匆忙走过来，我点了一杯咖啡。"你也要煎饼吗？"他问。伍里奇咧嘴笑了。我告诉服务员我不要煎饼。

"最近怎么样？"伍里奇问，他喝了一大口咖啡。如果他没有这么强壮，这咖啡准会烫伤他的喉咙。

"还行，你呢？"

"老样子呗。把礼物包好，系上红蝴蝶结，递给下一个人。"

"你还和她在一起吗……她叫什么来着？朱迪吗？那个护士。"

伍里奇皱起眉头，仿佛在煎饼里吃出了蟑螂："你说傻子朱迪啊，我们分手了。她要去拉荷亚工作一年，可能还会更久。我跟你说，几个月之前，我们本来要去浪漫度假，还为此在斯托附近订了一个200美元一晚的房间。我们打算整夜开着窗户，呼吸乡村的新鲜空气，你明白吧。结果我们到了那儿，发现那家宾馆特别旧，房间是深色木板墙，摆满了古董家具，还有一张大到没边的床。谁知朱迪立

---

[1] 乔治·赫伯特（George Herbert，1593—1633），英国玄学派诗人。

刻变了脸,脸色比北极熊的屁股还白,连忙往后退。你知道她怎么说吗?"

我等着他继续说下去。

"她说,前世的我在同一个房间里杀了她。她背靠着门,手里抓着门把手,用恐惧的目光看着我,仿佛我变成了萨姆之子[1]。我花了两小时才让她平静下来,但她还是不肯和我一起睡。最后,我在角落里的沙发上躺了一夜,根本没合眼。我跟你说,那些古董沙发看起来值100万美元,真正睡上去,就跟睡水泥板一样。"

他吃完最后一口煎饼,用餐巾擦了擦嘴。

"半夜我起来撒尿,发现她坐在床上,根本没有睡,手里倒拿着床头灯,只要我一靠近,她就用它砸我的头。不用说,我们根本没兴致待够五天。第二天一早就退房了,白花了1000美元。

"你知道最有意思的是什么吗?是她的回溯治疗师建议她起诉我,因为我在前世伤害过她。那些蠢货只知道看公共电视台的纪录片,还以为自己前世是埃及艳后或者征服者威廉呢,我竟然成了他们的试验品。"

想到失去了1000美元,又想到自己原本只想在佛蒙特州浪漫一番,他的眼睛湿润了。

"你最近有丽莎的消息吗?"

他的脸色变得更加阴沉,朝我摆了摆手:"还沉迷在那个组织呢。上次打电话,她说她的腿好了,然后和我要钱。耶稣大概把钱都存起来,或者都贷款了,所以才出来拯救世人吧。"去年,丽莎滑冰时摔断了腿,又过了一段时间,她才开始信奉上帝。伍里奇觉得她的脑震荡还没好。

---

[1] 指大卫·柏克威兹(David Berkowitz, 1953—),美国连环杀手,1976—1977年在纽约城区杀害六人,自称"萨姆之子"。

他眯起眼睛，看了我一会儿："你过得不怎么好，对吧？"

"我还活着，还能见你。说说你有什么新消息。"

他鼓起双颊，慢慢地吹气，同时整理着思路。

"有一个住在圣马丁教区的老婆婆，她是克里奥尔人。当地人说她有些天赋。她给人念咒语，你知道吧，驱鬼什么的，比如治疗生病的小孩啊，帮助有情人终成眷属啊。她能幻视。"他停了下来，舔了舔舌头，斜眼看我。

"巫师吗？"

"当地人说，她是个女巫。"

"那你相信吗？"

"她以前……成功过一两次，这是当地的警察说的。我没和她打过交道。"

"然后呢？"

我的咖啡到了，伍里奇提出续杯。我们没再说话，直到服务生把他的咖啡拿回来。伍里奇也不怕烫，一口气喝了半杯。

"她有十个儿女，还有许多孙辈和重孙辈。其中有些和她住在一起，或者住在附近，所以她从不会一个人待着。她的家族比亚伯拉罕[1]的还大。"他笑了笑，但这只是暂时的放松，接下来的话才是重点。

"有一次，她说刚刚有一个女孩在沼泽地里被杀了，那个地方以前经常有巴拉塔利亚海盗出没。她给警长办公室打了电话，但没有人在意。她没有说出明确的地址，只说一个小女孩在沼泽地里被杀，还说自己是在梦里看见的。

"警长根本没管。不对，他让当地的警察留意，然后就彻底忘记了。"

"你为什么提到这件事？"

---

[1]《圣经》中的犹太人始祖。

"她说她听见这个女孩哭了一整夜。"

我不知道伍里奇究竟是因为恐惧还是尴尬而看向窗外,他用又大又脏的手帕擦了擦脸。

"还有别的。"他把手帕叠好,放回到裤袋。

"她说女孩的脸被破坏了,"他深深地吸了一口气,"还没了双眼。"

我们沿着I-10公路向北行驶了一段时间,经过了一家商场,开往西巴吞鲁日。那里有很多货车停车场和赌场,酒吧里都是石油工人,其他的地方都是黑人,他们都在喝同样的劣质威士忌和兑水的迪克西啤酒。热风中弥漫着沼泽浓重的腐臭味,吹得公路两边的树木前后摇晃。我们上了阿特查法拉亚高速公路,它的支柱嵌在水下。接着,我们来到了阿特查法拉亚沼泽和卡津的乡村地带。

我以前只来过这里一次,当时我和苏珊都很年轻,也很快乐。我们沿着亨德森堤路行驶,经过了麦基码头的标志,我在那里吃了些味道寡淡的鸡肉,苏珊点了油炸短吻鳄,然而它的肉太硬了,即使是其他短吻鳄也消化不了。一个卡津渔民带我们穿过一半浸在水里的柏树林,乘船进入沼泽。太阳很低,把水染成了红色,树桩变成了黑漆漆的剪影,就像死去的人们用手指愤怒地指着天堂一般。那里是另一个世界,远离城市,就像月亮距离地球一样远。由于天气太热了,我们的衣服紧贴在身上,汗水从额头上流下来,却莫名地产生了情欲。回到位于拉斐特的旅馆中,我们忙着做爱,激情超越了爱情。我们的身体都已湿透,房间中热浪滚滚。

伍里奇和我没有去往拉斐特。我们离开高速公路,驶上一条双车道,在沼泽中穿行了一段时间。随后,车道变成了被车辙压出的小路,路上有许多小水坑,沼泽的水臭气熏天,许多昆虫伴着热气嗡嗡乱叫。柏树和柳树沿路生长,其间还有一些光秃秃的树桩倒映在沼泽中,似乎在上个世纪就已经被砍伐。睡莲的花瓣簇拥在岸边。放慢车速后,在特定的光线下,我能看到许多鲈鱼在暗影中懒洋洋地游动,偶尔跃出水面。

我曾听说让·拉斐特[1]的海盗们住在这里。现在,有人取代了他们的位置,杀手和走私犯利用运河及沼泽藏匿违禁品。这里也是被害者幽深的绿色坟墓,他们的尸体成为大自然的肥料,植物的气味掩盖了他们的尸体腐烂时发出的恶臭。

我们又转了个弯,此时路边只剩下柏树。我们经过一架木桥,它的油漆已经剥落,现出了原本的颜色。在木桥尽头的暗影中,我看到一个高大的人正望着我们,树荫下很暗,衬得他的双眼像鸡蛋一样白。

"看见他了吗?"伍里奇问。

"他是谁?"

"老婆婆的小儿子,蒂·吉恩。她管他叫小吉恩。他的智力有些问题,但也会照顾她。他们都会照顾她。"

"还有谁?"

"家里有六个人。老婆婆,她的小儿子,二儿子的三个孩子,还有一个女儿。她的二儿子死了,三年前和妻子一起死于车祸。她还有五个儿子和三个女儿,住得离这里不远。当地的村民也会照顾她。她大概是这里的女族长吧,也是地位最高的人。"

我想看看他是不是在讽刺挖苦什么,但其实没有。

我们远离了柏树,来到了一片空地上。空地后面有一栋长长的、单层的房子,建造在光秃秃的树桩上面。这栋建筑很古老,但看起来很亲切,正面的木头笔直而整齐地重叠在一起,屋顶的瓦片也很完整,但很多地方被更换过,比原来的颜色深一些。房门敞开,只罩了一层铁丝

---

[1] 让·拉斐特(Jean Lafitte,约1780—约1823),19世纪初期活跃在墨西哥湾的法国海盗、私掠者,曾在1815年新奥尔良战役中协助美军抵抗英军。

纱门。门廊与房屋的正面一样长，直到转弯处才消失，上面散落着几张椅子和孩子的玩具。我听见孩子的说话声和泼水声从屋后传来。

纱门开了一条缝，一个瘦小的女人出现在台阶顶端。她大概三十岁，眉清目秀，浓密的深色头发向后梳成马尾，映衬着浅咖啡色的皮肤。我们下了车，朝她走近，发现她的皮肤有一些疤痕，也许是小时候生痤疮留下的。她似乎认出了伍里奇，还没等我们开口，就把门敞开了。于是我走了进去，但伍里奇没有跟上来。我回头望着他。

"你不进来吗？"

"我可没带你来过这里，如果有人问。我见都不想见她。"他说。他在门廊的椅子上坐下，将脚搭在栏杆上，看着水在阳光下流淌。

房间里的木墙很黑，但是很凉快。两侧的门一扇通往一间卧室，另一扇通往一间很正式的客厅。客厅里面摆放着古老的家具，显然是手工打造的，虽然样式简单，但手艺非常精巧、细致。一台古老的收音机带有会发光的刻度盘，调频带上印着许多遥远的地名，正在播放肖邦的《夜曲》。我随着音乐走进去，来到最后一间卧室，老婆婆正在那里等候。

她是个盲人。她的瞳孔是白色的，嵌在一张大圆脸上，面部的脂肪一直垂到胸骨。她穿着一条彩色裙子，手臂透过纱质的衣袖依稀可见，比我的还粗一些。她那肿胀的腿就像小树的树干，末端连着两只十分小巧的脚。她坐在巨大的床上，靠着许多堆积起来的枕头。房间里只点了一盏防风灯，窗帘为了遮光拉了起来。我想，她至少有350磅[1]重，可能还不止。

"坐下吧，孩子。"她握住我的一只手，用手指轻轻地划过我的手指。她在我的掌心划出一道道线，眼睛却直勾勾地看着前方，没有看我。"我知道你为什么来。"她说。她的声调很高，像个小女孩，

---

[1] 英制单位，1磅约为0.45千克。

仿佛她是一个巨大的会说话的娃娃，只不过体内的录音带与另一个小娃娃的弄混了："你很痛苦，很生气。小姑娘，还有你的女人，都死了。"在昏暗的光线下，老婆婆仿佛正在借助隐秘的力量说话。

"婆婆，说说那个沼泽里的女孩，没有眼睛的女孩。"

"可怜的孩子。"老婆婆悲伤地皱起了眉头，"她已经腐烂在这里了。从别处跑过来，却迷了路。有人让她搭车，她再也没有回来。她被杀死了，很惨。他没用手碰她，只用刀。"

她的目光转向我，我这才发现她不是盲人，在任何层面都不是。她用手指在我掌心划线，我闭上了眼睛，感觉到她见证了那个女孩生命的最后一瞬。刀刃砍下时，或许她还为女孩带来了一丝安慰："孩子，婆婆在这里呢。孩子，牵着我的手。他不能再伤到你了。"

她触碰我的时候，我在内心深处感觉到了刀片的切割，刀片将肌肉与关节分开、肉与骨头分开、灵魂与身体分开，如同艺术家正在创作作品。我感觉到疼痛在我的身体中跳舞，像闪电一般划过即将逝去的生命，像地狱之歌的音符一般从那个躺在路易斯安那州的沼泽里的陌生女孩身体中涌出。从她的痛苦中，我感受到了我女儿的痛苦、我妻子的痛苦，我知道这是同一个人干的。当痛苦最终从沼泽里的女孩身上消失时，她的眼前一片黑暗。他夺走了她的双眼。

"他是谁？"我问。

她开口了，她的声音里有四种角色：一个妻子，一个女儿，一个坐在昏暗房间中的胖老婆婆，一个在路易斯安那州的沼泽中悲惨、孤独地死去的无名女孩。

"他是个旅人。"

沃尔特在椅子上动了动，勺子敲击瓷杯，像是钟声一般。

"没有，"我说，"我没找到他。"

4

沃尔特沉默了一会儿,他杯子里的威士忌快要喝光了:"我需要你帮忙。不是帮我,是帮另一个人。"

我等着他继续说下去。

"这件事和巴顿信托有关。"

巴顿信托是依照老杰克·巴顿的遗嘱建立的。老杰克是一个实业家,因为战后为航空工业供应零件而发家。巴顿信托为关于儿童的研究投资,会赞助儿科诊所,还会广泛提供本州无法提供的儿童保育资金。它名义上的负责人是伊泽贝尔·巴顿——老杰克的遗孀,但日常的运作由一位名叫安德鲁·布鲁斯的代理人和董事长菲利普·库柏共同负责。

我了解这些,是因为沃尔特有时会参与巴顿信托的筹款活动,比如抽奖、保龄球比赛等。另外,这家信托公司在几周前因负面消息登上了新闻。他们在斯坦顿岛的巴顿庄园举行了一场慈善宴会,一个名叫埃文·贝恩斯的小男孩在宴会上失踪了。最终,这个男孩也没有被找到,警察几乎放弃了希望。他们认为他一定离开了那里,然后被绑架了。这件事当时引起了各家报纸的注意,但热度已经过去。

"埃文·贝恩斯?"

"不是,我想应该不是,但也是个失踪人口。她是伊泽贝尔·巴顿的朋友,一个年轻女子,她似乎失踪了。由于几天都没有她的消息,巴顿太太很担心。她叫凯瑟琳·狄密特,她的失踪和埃文·贝恩斯没有什么关系。埃文出事时,她还不认识巴顿家的人。"

"除了伊泽贝尔,她还认识谁?"

"她好像在和斯蒂芬·巴顿约会。你知道他吗?"

"他不仅是个浑蛋,还是桑尼·费雷拉手下的走私犯。在斯坦顿岛上,他家和费雷拉家离得很近,少年时他就和桑尼混在了一起。他使用违禁药品,但量不大。"

沃尔特皱了皱眉。"这些事情你知道多久了?"他问。

"记不住了,"我说,"都是健身房里的人瞎传的。"

"天哪,他们什么有用的事都不告诉我。我周二才知道。"

"你也不该知道。"我说,"你是警察,就算你应该知道,他们也不会告诉你。"

"你以前也是警察。"沃尔特嘟囔道,"你也养成了打探消息的坏习惯。"

"饶了我吧,沃尔特。我怎么知道你都在调查谁?我要怎么办,每周向你汇报一次吗?"我向杯子中倒了一些热咖啡。"你觉得这次失踪和桑尼·费雷拉有关,对吗?"我问。

"有可能。"沃尔特说,"联邦调查局一直在追踪斯蒂芬·巴顿,可能从一年前就开始了,当时他还没和凯瑟琳·狄密特在一起。他们没有什么收获,就放弃了。根据贩毒科的文件,她没有参与其中,至少没有公开参与,但是他们又知道多少呢?有些人还以为'快克'[1]管是水管工修的水管。或许她看到了什么不该看的东西。"

他的表情暴露出,其实他知道这条线索力度不足,但他更想让我替他说出来。"得了吧,沃尔特,你觉得和违禁药品有关系吗?这种买卖也赚钱,但相比费雷拉其他的生意,根本不算什么。如果他因为违禁药物杀了人,那就比我们想得还蠢。虽然他确实不怎么样,连他

---

[1] 一种毒品的俗称,通过吸管吸入。

老爸都觉得他有基因缺陷。"

老费雷拉虽然年迈体衰,但依然受人尊敬。有时他会把自己唯一的儿子称作"小浑蛋"。"这就是全部的信息?"

"你也说了,我们是警察。没有人告诉我们有用的事。"他冷冷地说。

"那你知道桑尼阳痿吗?"我问。

沃尔特站起身,将空杯子在面前晃了晃,这天晚上第一次露出了微笑:"我不知道。我也不确定我想不想知道。你他妈到底是谁,他的男科医生吗?"他看了我一眼,然后伸手去拿知更鸟威士忌。我摆了摆手,表示不以为然。

"皮利·皮拉尔还跟着他吗?"我问。我其实是在试探。

"应该是吧。听说几周前,他把尼基·格拉斯从窗户推出去了,因为尼基还不上贷款。"

世界银行贷款的利息恐怕都没有桑尼·费雷拉放贷的利息高。而且,世界银行也不可能因为客户还不上钱,就把他们从十楼推下去,至少目前没有。

"他对尼基也太狠了。再过一百年,他也还不上钱。皮利最好收一收自己的脾气,要不然他都没人可推了。"

沃尔特没有笑。

"你想和伊泽贝尔谈谈吗?"他坐回位置上,问道。

"有很多可能性,沃尔特……"我叹了口气。纽约每年都有1.4万人失踪。这个女人还不一定是失踪,有可能她只是不想被人找到,或者有人希望她不被找到。还有可能是他们搞错了,也就是说,她只是搬去了另一个城市,没有告诉她的好朋友伊泽贝尔·巴顿和男友斯蒂芬·巴顿。

遇到失踪案件时,警察会考虑这些可能性。搜寻失踪人口是警察的重要任务,但我现在已经不是警察了。我接下找胖子奥利的活儿,是因为它很简单，至少当时看似简单。但我不想向奥尔巴尼的许可证授权处申请警察许可证，也不想参与到失踪人口的案件中。或许是因为这件事太耗费精力，或许是因为我当时不太在意这件事。

"她不会报警。"沃尔特说，"这个女人还没有被正式认定为失踪，因为没有人报案。"

"那你是怎么知道的？"

"你认识托尼·鲁鲁吗？"我点了点头。他其实叫托尼·洛马克斯，是个口吃的警察，只处理过逃债和浑蛋白人离婚的纠纷。

"洛马克斯为伊泽贝尔·巴顿的信托提供赞助？"我问。

"一两年前，托尼好像帮她处理过家庭问题：追踪她的丈夫。他带着他们共同的积蓄跑了。巴顿太太说，这次她也想找他帮忙，但要悄悄地做。"

"这和你也没有什么关系。"

"我有托尼的把柄，算是轻微的违法吧，他希望我不要说出去，所以把这些事都告诉了我。托尼猜我对伊泽贝尔·巴顿想要低调处理此事感兴趣。我也和库柏聊过，他认为巴顿信托不能再有任何负面新闻了。我想或许我可以帮忙。"

"如果她求的是托尼，为什么你还要找我？"

"我们建议托尼把案子交出去。于是他就和伊泽贝尔·巴顿说，他办不了这个案子，只能交给另一个她能信任的人。他母亲最近好像去世了，他要去参加葬礼。"

"托尼·鲁鲁没有母亲。他是在孤儿院长大的。"

"好吧，那就是别人的母亲去世了，"沃尔特说，"他也要去参加葬礼。"

他不再说话，我能看出他眼中的怀疑，或许那些谣言在他心头一闪而过："所以我才来找你。即使我通过正常渠道悄悄地调查，也会有人知道。你在总部喝一口水，就有十个人知道你要撒尿。"

"姑娘的家人呢？"

他耸耸肩："我也不太清楚，但我觉得她可能没有家人。鸟哥，我来找你，是因为你很厉害。你以前是个聪明的警察。如果你还在队里，我们都得给你擦鞋、擦纹章。你的直觉很准，现在应该也是。而且你还欠我一个人情——在我们辖区开枪的人一般可不能这么快就出来。"

我沉默了一会儿。我听见李在厨房中收拾东西，电视里播放着节目。也许这是之前发生的事情的残余。胖子奥利·沃茨和他的女友被毫无意义地杀害，凶手很快也死了。我感觉世界偏离了轨道，一切都不对劲。或许连我的感觉都是错误的。我觉得沃尔特对我有所隐瞒。

我听见门铃响了，两个人正在低声说话，其中一个是李，另一个是声音低沉的男性。过了一会儿，有人敲门，李领着一个高个子、灰色头发、五十多岁的男子走进来。他穿了一身深蓝色的双排扣西装，看起来像是博斯牌儿的，戴着一条克里斯汀·迪奥牌儿的领带，上面印着金色的CD字母。他的鞋子闪闪发光，仿佛被口水擦亮了一般。既然他是菲利普·库柏，应该用的是别人的口水。

库柏一点儿也不像儿童慈善机构的董事长和发言人。他很瘦，面色苍白，嘴唇很薄，却总是紧紧地抿着。他的手指长而尖，就像爪子一般。他看上去像是一具从地下挖出来，专门吓唬人的尸体。如果他出席了巴顿信托的某场儿童宴会，一定会把所有的孩子吓哭。

"就是他？"他拒绝了沃尔特递过来的酒，并问道。他朝我甩头，就像一只青蛙正在吞食苍蝇。我摆弄着糖罐，努力显出很不满的样子。

"这是帕克。"沃尔特点了点头。我想看看库柏会不会和我握手，然而并没有。他的双手依然扣在身前，仿佛一个职业吊唁者正在参加一场无聊的葬礼。

"你向他说明情况了吗？"

沃尔特再次点头，但是显得有些难堪。在礼貌方面，库柏还不如一个糟糕的孩子。我坐在那里，什么都没有说。库柏吸了吸鼻子，蔑视着我，也没有说话。在我看来，他非常熟悉这样的场景。

"情况很微妙，帕克先生，我想你也明白。你向巴顿太太汇报任何消息之前，都要先和我说，清楚了吗？"

我不知道自己有没有必要惹他生气。看见沃尔特不安的表情，我知道没有必要，至少现在没有。虽然还没见过伊泽贝尔·巴顿，但我已经对她心生歉意。

"我想，雇我的人是巴顿太太吧？"我最终说道。

"是的，但你要和我联系。"

"我不这么想，这是一件私密的小事。我当然会调查，但如果它和贝恩斯家的小孩或费雷拉没有关系，我要保留只向伊泽贝尔·巴顿汇报的权利。"

"这样不行，帕克先生。"库柏说。他的脸上泛起了淡淡的红晕，但很快便恢复了苍白："我可能没说明白。关于这件事，你需要先向我汇报。帕克先生，我有很多厉害的朋友。如果你不配合，我可以找人吊销你的执照。"

"你的朋友一定很厉害吧，但我没有执照。"我说。我站了起来，库柏的拳头攥得更紧了些。"你应该练练瑜伽。"我又说，"你的身体太僵硬了。"

我谢过沃尔特的咖啡，然后走向门口。

"等等。"沃尔特说。我回过头，看见他望着库柏。过了一会儿，库柏略微耸了耸肩，走到窗户旁边，不再看我。库柏的态度和沃尔特的表情让我无法做出更好的判断，我决定和伊泽贝尔·巴顿聊一聊。

"她知道我在帮她调查吗？"我问沃尔特。

"我让托尼告诉她，你很优秀，如果那个姑娘还活着，你一定会找到她。"

房间里又是一阵沉默。

"如果她死了呢？"

"库柏先生也问过这个问题。"沃尔特说。

"你是怎么回答的？"

他喝光了最后一口威士忌，冰块在杯中发出骨头般的声响。在他身后，库柏站在窗前，既像一个黑色的剪影，又像一个噩耗的预兆。

"我告诉他，你会把尸体带回来。"

最终，一切都归结于尸体，已经找到的尸体和尚未找到的尸体。我还记得4月的那天，我和伍里奇站在老婆婆家门外，看着沼泽。我听见水轻轻地拍打着岸边，或是朝着远方流去。我看见一艘小渔船在水面行驶，两侧各有一个人影。但我和伍里奇都在寻找着更隐秘的东西，仿佛只要更加努力，我们就可以潜入水底，在幽深的水中找到一具无名女孩的尸体。

"你相信她吗？"他最终问道。

"我不知道，真的不知道。"

"如果不能掌握更多信息，即使尸体真的存在，我们也无法找到。假如我们在沼泽中打捞尸体，会发现成堆的白骨。几个世纪以来，人们一直把尸体丢在里面。要是捞不出什么才是奇迹。"

我从他身边走开。他说的当然很对。就算尸体真的存在，老婆婆告诉我们的信息也远远不够。我感觉自己正在试图抓住迷雾，但是关于杀死詹妮弗和苏珊的凶手，目前最接近的线索便是老婆婆的话。

我怀疑自己疯了，竟然听信一个盲人从梦里听到的话。我可能真的疯了。

"婆婆，你知道他长什么样子吗？"我问她。作为回答，她沉重地摇了摇头。

"只有他去找你时,你才能看见他。"她答道,"到时候你就知道了。"

我来到车旁边,看见一个人和伍里奇一起待在门廊上。是那个脸上有疤的姑娘,她踮起脚尖,优雅地靠近高个子的男人。伍里奇用手指轻触她的脸,温柔地唤着她的名字:"弗洛伦斯。"他轻轻地亲吻了她的嘴唇,然后转过身,走向我,没再回头看她。回到新奥尔良的路上,我们都没有提起这件事。

5

雨下了一整夜，冲淡了城市中的炎热，第二天清晨，曼哈顿的街道似乎松了一口气。我跑步的时候感觉很凉爽。脚下的道路十分坚硬，在城市的这一部分，大片的草地都已变得很稀疏。回公寓的路上，我买了一份报纸，然后洗澡、换衣服，一边读报一边吃早餐。中午11点刚过，我便前往巴顿家。

伊泽贝尔·巴顿隐居在托德山一带的房子中，这是她逝去的丈夫在20世纪70年代建造的。他在东海岸复制了战前在故乡乔治亚州居住的房屋，只是规模更小一些。他的尝试失败了，但也称得上值得纪念。所有人都说老杰克·巴顿是个很和蔼的人，虽然品位不足，但他显然用金钱和坚定的决心弥补了这一点。

我到达时，通往车道的大门开着，还能嗅到另一辆汽车的尾气。电子门正要关上时，我乘坐的出租车驶了进去，我们跟随着前面一辆装有茶色车窗的宝马320i，来到了房屋前的庭院。出租车在这里显得有些不协调。也许巴顿家的房子与我自己那辆破旧的野马汽车更加相衬，但我也不确定。我的车正在维修。

出租车停下时，一个苗条的女人从宝马里出来，她穿着保守的灰色套装，好奇地看着正向司机付钱的我。她的灰白头发在脑后绾成一个发髻，却并没有使严肃的面容变得更加温和。一个穿着司机制服的高大黑人出现在门口，我刚从车里走出来，他便上前拦住。

"我是帕克，她知道我要来。"

司机看了我一眼，仿佛在说，如果我撒谎了，他会让我后悔下床跑来这里。他让我等一会儿，然后走向那个穿着灰色套装的女人。她不悦地稍微看了我一眼，又和司机说了几句话。司机回到了房子后方，而她向我走来。

"帕克先生，我是克里斯蒂，巴顿太太的私人助理。你应该在大门等待，我们确认过你的身份再让你进来。"大门上方的窗边，有一片窗帘略微动了一下，又停了下来。

"如果你们这里有员工入口，我下次可以走那边。"从克里斯蒂的表情中，我看出她根本不希望我再来。她冷冷地看了我一眼，转身离开。

"跟我来吧。"她一边朝门口走去，一边说道。她那灰色的套装边缘已经开线了，我不确定巴顿太太会不会和我讨价还价。

如果伊泽贝尔·巴顿缺钱，她可以卖掉房子中的一些古董，因为这里简直是拍卖商的梦想之地。走廊两侧各有一个巨大的房间，里面摆放着似乎只有总统去世才会用到的豪华家具。宽阔的楼梯向右侧盘旋上升。正前方有一扇关着的门，楼梯下方也有一扇。我跟着克里斯蒂女士走进楼梯下的门，来到了一间现代办公室。那个房间虽然很小，却格外明亮，角落里有一台电脑，电视和录像机嵌在书架中。或许巴顿太太不会讨价还价。

克里斯蒂在松木书桌后面坐下，从手提箱中拿出几张纸，不耐烦地翻看着，终于找到了想要的东西。

"这是一份标准化的保密协议，由巴顿信托的法律顾问起草。"她用一只手将文件递给我，另一只手拿起一支笔，"你要保证，关于此事的交流仅限于巴顿太太、你和我之间。"她用笔指着协议中相关的内容，就像是保险销售员正在骗某个笨蛋签下一份烂合同。"你签完字，我们再谈后面的事。"她说。

看来巴顿信托的人都不会轻易相信别人。"不用了，"我说，

"如果你担心我无法保密，可以雇一个牧师。既然雇了我，你们就应该相信，我不会把交谈的内容外传。"或许当时我应该感到愧疚，因为我说谎了，但我并没有。我很擅长说谎。这是上帝赐给酒鬼的天赋。

"不行。我本来就不知道她为什么一定要雇你，我觉得不签协议——"

她还没说完，办公室的门就打开了。一个高个子的女人走了进来，她很有魅力，由于大自然的眷顾和化妆品的魔力，我分辨不出她的年纪。初看时，我猜测她不到五十岁。但如果她就是伊泽贝尔·巴顿，应该已经将近五十五岁了，或许还要更老一些。她穿着一件浅蓝色的连衣裙，简洁但昂贵，衬出完美的身材。或许她做过塑形手术，或许只是保养得极好。

她向我走近，脸上的细纹也变得更清晰。她看起来不像是那种会整容的人，应该只是保养得好吧。她的脖子周围闪着金子和钻石的光芒。走起路来，一对配套的耳环耀眼夺目。她的头发也是灰白色的，却只是蓬松地垂在肩膀上。她现在依然很迷人，她自己也深知这一点，从她走路的姿势便可以看出来。

贝恩斯家的男孩失踪后，菲利普·库柏成为媒体的焦点，但是事情并没有那么严重。那个男孩来自一个由瘾君子和无赖组建的家庭。他的失踪引人注目，只是因为与巴顿信托有关。当时，巴顿信托的律师和赞助人已经努力减少了人们的猜疑。男孩的父母离婚了，他失踪后，两人的关系也没有任何改善。

警方现在依然在寻找男孩的父亲，因为孩子有可能被他带走了。他犯过一些小罪，所有的迹象都表明他很讨厌这个孩子。在某些案件中，凶手可能会为了报复分居的妻子，把孩子带走并杀死。刚当上巡警时，我曾在一栋房子里看见一个男子绑架了襁褓中的女儿，把她淹死在浴缸里，只因为分居时前妻没把电视给他。

只有一条关于贝恩斯失踪的报道令我印象深刻：那条报道配了一张巴顿太太的照片。她前往一个破败的街区看望埃文·贝恩斯的母亲，深深地向她鞠了一躬。这应该是一次私人会面。摄影师从毒品致死案的现场归来，刚好路过。有一两家报纸使用了这张照片，但版面很小。

"辛苦了，卡洛琳。我想和帕克先生单独谈谈。"她说话时微笑着，但语气非常坚决，不容争辩。她的助理表现出无所谓的样子，眼中却闪过一丝怒火。助理离开房间后，巴顿太太坐在一把远离书桌的直背椅上，又指着黑色的皮革沙发让我坐下，微笑地看着我。

"抱歉，我没有要求签这类合同，卡洛琳有时过于保护我了。你喝咖啡吗，还是喝点儿酒？"

"都不用，谢谢。巴顿太太，开始谈话之前，我需要向您说明，我并不处理失踪人口案件。"以我的经验，失踪人口案件最好交给专业的机构，他们有充足的人力来追踪线索，并寻找可能的目击证人。至于那些个人调查者，往好了说，他们没有精良的装备；往坏了说，他们只是一些寄生虫，寄生在那些即使只有一点点回报，也愿意为之投资的亲友身上。

"洛马克斯先生说过，你可能会这样说，但只是出于谦虚。但他觉得，如果我说这只是私人的帮忙，你还是会答应。"

我忍不住笑了。这个托尼·鲁鲁啊，我唯一能帮他的忙，就是在他死后不往他的墓碑上撒尿。

巴顿太太说，她通过自己的儿子认识了凯瑟琳·狄密特。这个姑娘在德弗里斯百货商场工作，她的儿子看上了她，缠着她约会。巴顿太太和她的儿子关系并不亲密。准确地说，他只是她的继子，因为杰克·巴顿曾有过一段婚姻。结婚八年后，那个南方女人离开了他，和一个歌手一起搬到了夏威夷。她知道这个继子在做什么，用她的话说，他参与了一些"可耻的营生"。她也曾试图让他走上正道，这

"既是为了他自己,也是为了巴顿信托"。我同情地点了点头。只要和斯蒂芬·巴顿接触过的人,都会对她表示同情。

她听说继子交了一个新女友,便问他能不能见一见,也安排了见面的时间。最后,她的继子没来,凯瑟琳倒是来了。最初的尴尬过后,两个女人迅速地建立了友谊,她们的关系要比姑娘和斯蒂芬·巴顿的关系亲密得多。她们经常见面,或是一起喝咖啡,或是一起吃饭。虽然巴顿太太也曾邀请她来家里坐坐,但姑娘客气地拒绝了,而斯蒂芬·巴顿也没有带她来过。

后来,凯瑟琳·狄密特就失踪了。她周六提前下了班,周日也没有按照计划和巴顿太太一起吃午间正餐。巴顿太太说,这是人们最后一次听到凯瑟琳·狄密特的消息。现在已经过去了两天,她却依然杳无音信。

"由于那个可怜男孩的失踪,巴顿信托已经引起了公众的注意。我不想再引发混乱,或者带来任何不利的影响。"她说,"于是我给洛马克斯先生打电话,他觉得凯瑟琳可能只是搬去别处了。我知道,这种事情确实经常发生。"

"你觉得事情没那么简单,对吗?"

"我也不知道,但她很喜欢自己的工作,和斯蒂芬相处得也挺好。"提到继子的名字,她停顿了片刻,不确定要不要接着说下去。然后她又开口了:"斯蒂芬有时候疯疯癫癫的,他爸爸还没死的时候就这样。帕克先生,你知道费雷拉他们家吧?"

"我知道。"

"斯蒂芬总是和他们家的小儿子混在一起,我们劝也劝不动。我知道他交了坏朋友,还参与违禁药品交易。我担心他把凯瑟琳牵扯了进去,然后……"她又停顿了片刻,"我很喜欢凯瑟琳。她很温柔,但有时也很悲伤。她说自己一直颠沛流离,一想到要在这里安定下来,还有些担心。"

"她说过她以前在哪里生活吗?"

"很多地方。她在许多州都工作过。"

"她说过从前的事吗,有没有提到她有什么烦恼?"

"我感觉,在她小的时候,她的家里发生了变故。她告诉我,她有一个死去的姐姐,其余没说什么。她说她不想提起过去,我也不愿强迫她。"

"洛马克斯先生可能说得对。她或许只是又搬家了。"

巴顿太太不停地摇头:"不,如果只是这样,我相信她一定会告诉我。斯蒂芬和我都没有她的消息。我怕她出事,想知道她是否安全,仅此而已。关于我雇你调查的事,还有我很担心她的事,你都不必让她知道。你愿意接下这份委托吗?"

我一点儿也不想帮沃尔特·科尔的忙,也不想白收伊泽贝尔·巴顿的钱。但是接下这份工作,我就有了一些别的事情可做,而不只是在明天代表保险公司出庭。我当时接下那份委托,是为了赚钱和打发时间。

如果凯瑟琳·狄密特的失踪与桑尼·费雷拉有关,那她一定遇到麻烦了。如果桑尼又与胖子奥利·沃茨的死亡有关,说明他已经彻底走上了歪路。

"我会在几天内调查出她的动向,就当是帮个忙了。"我回答,"我的预算是多少?"

她已经开了一张支票,让我从她的私人账户,而不是巴顿信托的账户取款:"这是预付的3000美元,还有我的名片。背面写着我的私人号码。"

她把座椅向前挪了挪:"你还想知道什么吗?"

那天晚上,我在阿姆斯特丹大道的河流餐厅吃饭,这家餐厅靠近第70街,因经典的牛肉而知名,算是城里最好的越南菜。侍者的脚步很轻,像影子或微风一般掠过。我看见邻桌的一对年轻夫妇将手交缠在一起,手指划过对方的指关节和指尖,在掌心轻轻地画出一个圆圈,然后紧握,掌根相抵。他们正在缠绵时,一个女侍者从我身边经过,对我笑了笑,仿佛知道我在看什么。

6

探访伊泽贝尔·巴顿的第二天,我为保险的事去了一趟法院。在这个案子中,一位签约电工起诉了电话公司,说他在检查地下电缆时掉进了一个洞里,因此失去了劳动能力。

虽然他无法继续工作,却可以在波士顿一家体育馆的有奖比赛中举起500磅的重物。我用手掌大小的松下摄像机录下了他获胜的瞬间。保险公司将这一证据出示给法官,法官宣布暂缓一周再做出进一步的判决。我甚至不需要继续取证。随后,我在一家小餐馆一边喝咖啡,一边读报纸,然后前往皮特·海耶斯在特里贝克地区开的老健身房。

我知道斯蒂芬·巴顿有时会去那里锻炼。如果他的女友失踪了,他很可能知道她去了哪儿,为什么要去。我隐约记得他很高大,长相偏北欧风格,因为滥用药物身体有些浮肿。他不到三十岁,但由于经常锻炼,还参加了晒黑沙龙,他脸上的皮肤就像旧皮革一般粗糙,让他显得至少老了十岁。

近来,许多艺术家和华尔街的律师都搬到了特里贝克地区,因为他们很喜欢铸铁和砖石建筑中的阁楼。因此,皮特的健身房也开始面向高端市场。从前,那里到处都是碎木屑和人们随地吐的痰,现在却添加了镜子、盆栽,甚至还有喝果汁的地方。大块头的混混儿、专业的举重运动员、大腹便便的会计师、穿着职业装拿着手机的女高管都在一起锻炼。门口的广告牌宣传了一种名叫动感单车的运动,也就是在自行车上蹬一小时，就能汗如雨下。十年前，哪怕只是设想一下健身房会变成这副样子，皮特的老主顾们都会把它砸个稀烂。

一个穿着灰色紧身衣、身材健美的金发女郎将我带入皮特的办公室，只有这里和从前一模一样。墙上贴着举重比赛和宇宙先生资格赛的旧海报，皮特的照片与斯蒂夫·李维斯、乔·韦德的海报贴在一起。奇怪的是，竟然还有摔跤手胡克·霍根。健美奖杯放在一个玻璃柜中，就在皮特本人坐着的一张旧松木桌背后。随着年龄的增长，他的肌肉日渐松弛，但依然显得很有力量，令人印象深刻。他那黑白相间的头发被理成了寸头。我在这家健身房锻炼了将近六年，直至后来升为警探，才开始自暴自弃。

皮特站起身，向我点了点头。他的手插在口袋里，宽松的上衣并没有掩去肩膀和手臂的线条。

"好久不见。"他开口道，"发生那样的事情，真是遗憾……"他的声音低下来，下巴和肩膀微微颤动，好像在缅怀过去。

我点了点头作为回答，将身体靠在陈旧的铁灰色文件柜上。柜子上贴着保健品和举重杂志的广告。

"你也开始弄动感单车了啊？"

他做了个鬼脸："我也知道这很离谱，但是它能让我一小时赚200美元。我在楼上放了40台单车，就算自己印钱，都没有这样来得快。"

"斯蒂芬·巴顿还来吗？"

皮特用脚在破旧的木地板上空踢了几下。"一周左右没来了。他有麻烦了？"

"我不知道。"我回答，"有吗？"

皮特缓慢地坐下，僵着脸，将腿伸到前方。多年的下蹲使他的膝盖受损，虚弱无力，关节疼痛。"这周你不是第一个来这里找他的。昨天来了几个穿廉价西装的人，也想找到他。我认出其中有一个是萨尔·因泽里洛。他以前是不错的轻中量级选手,后来就开始总摔跟头。"

"我记得他。"我思索了一会儿,"我听说他现在替老费雷拉工作。"

"可能吧。"皮特点了点头,"很有可能。传言他在拳击场上也是替那个老家伙比赛,看你信不信了。这事跟违禁品有关系?"

"我也不知道。"我回答。皮特看向我,想要判断我有没有撒谎。他看出我说的是实话,视线便回到了自己的球鞋上面。"你有没有听说,桑尼和他老爸之间有什么矛盾,有可能牵扯到斯蒂芬·巴顿?"

"他们确实有矛盾,要不然因泽里洛怎么会穿着黑胶鞋,到我这里一顿乱踩?不过我不知道这和巴顿有没有关系。"

我又问起了凯瑟琳·狄密特。

"你记得最近有一个姑娘经常和巴顿在一起吗?她可能也来过这里。她比较矮,留着深色头发,龅牙有点儿突出,三十岁出头。"

"巴顿有很多姑娘,但我不记得这一个。我一般也不太注意这种事,除非她们比巴顿聪明,才能激起我的好奇心。"

"也不是什么难事。"我说,"这个姑娘可能就比他聪明。巴顿打架厉害吗?"

"本来还可以。但是因为嗑药,他已经把脑子搞坏了,情绪很不稳定。他要么把别人揍个稀烂,要么被别人揍个稀烂,一般都是被揍。我老婆都能打赢他。"他认真地看着我,"我知道他平时做什么,但是他没在这里卖过东西。要是他敢,我就逼着他把自己的屎全都吃干净。"我不相信皮特的话,但还是任由他继续说下去。现在,类固醇已经成了拳击比赛的一部分,而皮特除了大嚷大叫,什么也做不了。

他噘起嘴,慢慢地把腿收了回去:"许多女人被他的身材吸引。

巴顿块头很大，也很爱说大话。有些女人只是想被他这种人保护。这些女人以为，只要献出他想要的东西，他就会照顾她们。"

"她选了斯蒂芬·巴顿，真是个错误。"我说。

"确实。"皮特赞同道，"或许她也没有那么聪明。"

我带来了我的健身装备，在健身房锻炼了一个半小时，镜面墙能让我从各个角度看到自己锻炼的样子。我已经很久没有正式锻炼过了，为了避免尴尬，我跳过了仰卧推举，直接开始了肩部、背部和轻度的臂力运动，享受屈体划船的力量感和快感，以及屈臂时肱二头肌用力的感觉。

我觉得自己还不错，这种想法只是为了找回安全感，而不是出于虚荣。虽然身高不足6英尺，但我依然拥有一些举重运动员的特质——我的肩膀很宽，肱二头肌和肱三头肌都很明显，胸肌至少要比街头卖的两个煎蛋大一些，而且减下的体重也没有在这一年胖回来。我没有秃头，虽然鬓角和刘海儿已经有了些许白发。我的眼睛还很清澈，可以看出是蓝灰色的。我的脸形偏长，双眼和嘴角都铭刻着悲伤的印记。我的胡子刮得很干净，发型利落，衣着得体，再加上目光有神，整体上还算说得过去。在某些场合，我还可以谎称自己三十二岁，不至于引起人们的哄笑。其实这个年龄只比我驾驶证上的真实年龄小两岁，随着年纪的增长，这些小细节都变得重要起来。

锻炼过后，我收起了装备，拒绝了皮特递过来的蛋白质奶昔，因为它闻起来像是烂香蕉的味道。我决定去喝咖啡。几周以来，我第一次感到轻松，内啡肽分泌，肩膀和背部也变得更加紧致。

我要去的下一个地方是第五大道的德弗里斯百货商场。人事经理自称人力资源经理，和全世界的人事经理一样，他是一个很难相处的人。坐在他对面，你会觉得像他这样——认为人和汽油、砖头、矿里的金子没有什么区别的人，本不该和锁链或监狱之外的东西产生任何关系。换句话说，蒂莫西·卡里染着彩色的短发，穿着黑漆皮鞋，从头到脚都很惹人厌。

早些时候，我曾和他的秘书预约见面时间时声称我是一位律师，有一笔遗产需要狄密特女士继承。卡里和他的秘书很般配。一条拴着链子的野狗都比他的秘书更有用，也更好相处。

我们坐在他那狭窄的办公室里。"我的客户想要尽快联系上狄密特女士。"我说，"这份遗嘱很详细，需要填写很多表格。"

"你的客户是？"

"恐怕我不方便透露，你应该也能理解吧？"

卡里虽然表示能够理解，却显得有些不情愿。他靠在椅背上，轻轻地用手指摆弄着昂贵的丝绸领带。除了昂贵，这条领带没有任何特点。他的衬衫上还有折叠的痕迹，仿佛刚刚拆开包装。当然，前提是他还会穿这种用塑料袋包装的平价衣服。假如他偶尔也会来商场，那一定像是天使下凡，虽然这位天使表情很难看，仿佛闻到了什么糟糕的气味。

"狄密特小姐昨天就该上班了。"卡里看了看桌上的文件，"她周一没来，所以从周六开始，我们就没有见过她。"

"她经常周一不来吗？"我并不急于知道答案，但这个问题让卡里不再盯着文件。伊泽贝尔·巴顿并没有凯瑟琳·狄密特的新地址。平时或是凯瑟琳主动联系她，或是她让助理给德弗里斯百货商场留言。由于有机会谈论自己感兴趣的话题，卡里稍微高兴了一些，说起他们公司的工作时间，我趁机记下了凯瑟琳的地址和社会保险号码。等他说得差不多了，我便打断了他，询问凯瑟琳在最后一天上班时有没有生病，或者有没有遇到什么麻烦。

"我没注意。由于旷工，德弗里斯正在考虑开除狄密特小姐。"他沾沾自喜地说，"希望她能获得一笔可观的遗产吧。"我觉得他并不是真心这样想。

经过一阵拖拖拉拉，卡里终于允许我同最后一天跟凯瑟琳一起工作的女士交谈。我们约在商场外面的主管办公室见面。玛莎·弗里德曼六十岁出头，身材丰满，染了一头红发，脸上涂了厚厚的化妆品。相比在她的脸上，或许在亚马孙雨林中你还能看到更多自然的光线。但她一直在努力帮助我。周六她和凯瑟琳·狄密特一起在瓷器部工作。这是玛莎·弗里德曼第一次和凯瑟琳一起工作，因为她平时的助手生病了，需要一个人来替代。

"你注意到她有什么不正常的地方吗？"我问。弗里德曼太太终于有机会来到主管办公室，正在悄悄地查看他桌子上的文件。"她有没有很苦恼，或者很忧虑？"

弗里德曼太太微微皱眉："她打碎了一个瓷器，是安兹丽花瓶。那会儿她刚到，正在向顾客介绍花瓶，却把它摔在了地上。我走过去，看见她穿过商场，朝着自动扶梯跑去。我想，她可真不专业，就算生病了，也不该这样啊。"

"她生病了吗？"

"她说自己不舒服，但为什么要往自动扶梯跑？我们每层都有员工洗手间。"

我感觉弗里德曼太太还知道更多，只是没有说出来。她很享受被人关注的感觉。我神秘地凑向她。

"弗里德曼太太，那你觉得是怎么回事？"

她打理了一下衣服，也凑过来，轻轻触碰我的手，以此强调自己的看法。

"她应该是看到了谁，想在那个人离开商场之前追上他。汤姆是东门的保安，他告诉我，当时她跑了出去，在大街上东张西望。我们上班时，只有获得允许才能离开商场。他原本可以把她记下来，却只把这件事告诉了我。汤姆也算是个好人。"

"那你知道她看见了谁吗？"

"不知道,她完全不肯说。在我的印象里,她在同事中没有朋友,现在我知道原因了。"

我和保安及主管分别聊过,但他们也没有提供更多的信息。回去的路上,我在一家小餐馆停下来,点了一杯咖啡和一块三明治,然后回公寓拿上我的朋友安格尔送我的黑色小包,叫了一辆出租车前往凯瑟琳·狄密特的公寓。

7

公寓位于绿点区，是一栋改造过的四层红砖建筑。布鲁克林的这一社区主要住着意大利人、爱尔兰人和波兰人，其中波兰人中有很多团结工会[1]从前的积极分子。绿点区以前是布鲁克林的工业中心，攻打邦联战舰梅里马克号[2]的莫尼特号铁甲舰便是由绿点大陆钢铁厂制造的。

曾经的钢铁生产商、陶工、印刷工都早已不在人世，但很多工人的后代还生活在那里。如今那里充斥着小型服装店、波兰面包店、老牌犹太熟食店和卖二手电子产品的店。

凯瑟琳·狄密特居住的街区有些破旧，大多数建筑的台阶上都坐着一些穿运动鞋和低腰牛仔裤的年轻人，一边抽着烟，一边吹口哨，并朝路过的女人大喊大叫。她住在14号，或许接近顶层。我按了按门铃，不出所料无人应答。我又按了20号的门铃，听到了一个老太太的声音。我告诉她我是煤气公司的员工，来检查煤气是否泄漏，但管理员的房间没有人。她沉默了片刻，按下了开门按钮。

由于她可能会和管理员核实，我所剩的时间并不多。但如果公寓不能告诉我凯瑟琳去了哪里，我依然要和管理员或邻居谈谈，哪怕和邮递员说说话也好。我走进大厅，用钩子打开了14号房间的邮箱，只

---

[1] 波兰工会联盟，于1980年创立，1989年正式合法化并在众议院选举中取胜。
[2] 指美国邦联海军弗吉尼亚号铁甲舰，由梅里马克号蒸汽船改造而成。

找到一份最新的《纽约杂志》和两份类似垃圾邮件的东西。我关上了邮箱,顺着楼梯来到三楼。

三楼很安静,走廊里有六扇刚刷过漆的门,每侧各有三扇。我默默地走到14号门前,从大衣下把黑色小包翻出来。我再次敲门,但只是为了确认一下,然后便从包里拿出了开锁器。在我认识的撬门者中,安格尔是最厉害的一个,即使是以前做警察的时候,我也时常需要他的帮助。作为回报,我从不给他找麻烦,也从不把他牵涉到我的工作中。如果他被抓起来,我会尽量让他在监狱里好过一些。这个开锁器便是他给我的谢礼,不过这个谢礼并不合法。

它看起来就像一把电钻,只是更小、更细,有一个尖尖的头,既可以撬,又可以顶住销子。我把尖头插入锁中,按下按钮。开锁器哗啦啦地响了几声,然后门锁便打开了。我悄然走了进去,关上了身后的门。几秒之后,走廊里的另一扇门打开了。我站在那里不动,等待它重新关上,然后将开锁器放回包里,重新开门,并从口袋中拿出一根牙签。我把牙签掰成四份,塞进锁孔。这样,如果有人想要进来,我便有时间从防火通道溜走。于是,我再次关好门,打开了灯。

一条短短的走廊铺着破旧的地毯。穿过走廊,便是一间干净的客厅,里面有一台旧电视,以及不相称的沙发和椅子。客厅一侧是狭小的厨房,另一侧是卧室。

我先查看了卧室。一些平装本小说放置在床边的小型书架上。除此之外,还有一个衣柜和一个梳妆台,它们都是宜家的组装家具。我在床下发现了一个空着的手提箱。梳妆台上没有化妆品,这说明她离开时或许带了一个小旅行包。她似乎没打算离开太久,更不像是永远都不会回来的样子。

我查看了衣柜,但是里面只有衣服和几双鞋子。梳妆台的前两个抽屉也装着衣服,但最后一个装着一些纸,大概是她不断地换城市、换工作积攒下来的文件、税单、入职登记表等。

凯瑟琳·狄密特做过很长时间的服务员，从新罕布什尔搬到了佛罗里达，又在社交季搬了回来。抽屉里的工资单和税单表明，她还去过芝加哥、拉斯维加斯、凤凰城，还有数不清的小城市。其中还有很多银行对账单。她在花旗银行存了1.9万美元，还有一些股票和债券，用一条厚厚的蓝丝带绑在一起。另外，抽屉里有一本护照，最近刚刚更换过，里面夹着她的三张护照片。

看来伊泽贝尔·巴顿的描述很符合现实。凯瑟琳·狄密特三十五岁左右，身材瘦小，但很迷人，身高5英尺2英寸，梳着深色的波波头，眼睛是浅蓝色的，皮肤很白。我把多出来的照片放进自己的钱包，开始查看抽屉中唯一的私人物品。

这是一本厚厚的相册，边角有些磨损。我想，里面的照片应该是狄密特家族的历史吧，最前面是她的祖父母的染色照片；然后是一些婚礼照，我猜测主角是她的父母；接下来是两个女孩的成长记录，有些和父母或朋友一起，有些只有她们两个，有些是单人照。照片中记录了沙滩上的度假时光、一家人的节日，还有生日、圣诞节和感恩节，都是两姐妹的童年回忆。两个女孩长得很像。凯瑟琳更小一些，她的龅牙在当时就很明显。另一个女孩是她的姐姐，或许比她年长两三岁，头发是沙棕色的，即使当时只有十一二岁，却依然很漂亮。

从那之后，另一个女孩的照片便消失了。后面的照片都是凯瑟琳的单人照或她和父母的合影，而且变成了纯粹的时间记录，不再有节庆和欢乐的气息。终于，照片彻底消失了，最后一张拍摄于凯瑟琳高中毕业那天，少女神情严肃，黑眼圈很重，仿佛快要哭出来。毕业证书是由弗吉尼亚州海文高中的校长签发的。

相册最后几页的东西被拿走了。相册底部有一些小块的报纸，其中大多数非常细碎，但有一块足有1英寸见方。随着岁月的流逝，报纸已经发黄，一侧是不完整的天气预报，另一侧是某张图片的一部分，角落里可以看到沙棕色的发梢。最后一页塞着两张出生证明，一份属于凯瑟琳·路易丝·狄密特，出生日期为1962年3月5日；另一份属于艾米·埃伦·狄密特，出生日期为1959年12月3日。

我把相册放回抽屉，进入了隔壁的浴室。浴室和公寓中其他地方一样干净整洁，浴缸旁边的白色瓷砖上整齐地摆放着香皂、沐浴露和洗浴泡沫，毛巾被放置在水池下方的小柜子里。墙上有一个镜面壁柜，我打开了一侧的门，看见里面装着牙膏、牙线、漱口水，一些治疗感冒和补水用的非处方药，以及月见草胶囊和各类维生素。这里没有避孕药，也没有其他的避孕用具。或许斯蒂芬·巴顿很注意这一点，但我并不这么认为。斯蒂芬不是这么细心的人。

壁柜的另一侧就像是一座小型药房，里面有许多兴奋剂和镇静剂，足以让凯瑟琳的情绪像过山车一般大起大落。其中有用于缓解心绪不安的氯氮䓬，用于缓解焦躁的阿蒂凡，用于缓解忧虑的安定、氯丙嗪和劳拉西泮。有些药瓶是空的，有些吃了一半。最近的处方来自弗兰克·福布斯医生——一位精神科医生。我知道这个人。"浑蛋弗兰克"睡过很多病人，还试图睡更多，有人建议她们起诉他。他的众多罪行足以让他被吊销执照，但是那些投诉人或是忽然撤诉、不肯再去法庭，或是被弗兰克动用资金压制下来。我听说他最近很安分，因为其中一位病人在和他发生关系后染上了淋病，并立即对他提起了诉讼。我想这件事他应该很难摆平。

凯瑟琳·狄密特显然很不快乐，但她去看弗兰克·福布斯，也不能变得更快乐。我不太想见他。有一次，他曾想和伊丽莎白·戈登发生关系，这个女孩是苏珊一个朋友的女儿，那个朋友离婚了。当时我见过他，提醒他作为医生的责任，并扬言如果再发生这种事，我就把他从办公室的窗户扔下去。从那以后，我开始关注弗兰克·福布斯的行为，部分原因是出于警察的直觉。

凯瑟琳的浴室里没有别的值得注意的东西，公寓其他的地方也没有。我正打算离开，却在电话前停了下来。我拿起电话，按下重拨键,一阵嘀嘀声过后,有人应答。

"海文县警长办公室,请问有事吗?"

我挂掉电话,打了一个在电话公司工作的熟人。五分钟后,他查到了这台电话从周五到周日拨过的本地号码。它只打过三个号码,都很普通,一个是中餐外卖,一个是当地的洗衣店,一个是电影信息热线。

当地的公司无法查出它拨过哪些长途电话,于是我又试了另一个号码。我认识很多这样的机构,它只是其中一个,致力于向私家侦探和其他对别人的事情有长期浓厚兴趣的人非法售卖涉密信息。在二十分钟内,那家机构告诉我,这台电话向弗吉尼亚州的海文县打了十五个电话,信号来自斯普林特公司,周六晚上7点打给了警长办公室,8点打给了镇里的一家私人住宅。我拿到了两个号码,并拨通了第二个。答录机上的留言很简洁:"我是厄尔·李·格兰杰。我现在不在家。听到嘀声后请留言,如果涉及警务,也可以联系警长办公室……"

我再次拨通了海文县警长办公室的号码,希望和警长通话。

工作人员告诉我格兰杰警长不在,于是我想要和目前的临时负责人通话。副警长名叫阿尔文·马丁,他出去办案了。电话里的警官也不知道警长何时回来。从他的语气中,我判断出警长并不只是出去买盒烟而已。他询问了我的名字,我感谢了他,然后挂掉了电话。

凯瑟琳·狄密特只联系了家乡的警方,没有联系纽约警察局,似乎有某些原因。如果没有别的事,我要去一趟海文县。但是在这之前,我决定先去见一见浑蛋弗兰克·福布斯。

8

我把车停在第三大道的蓝天食品店，买了一些很贵的草莓和菠萝，在花旗银行中心的公共区域吃掉了它们。我喜欢这栋建筑简单的线条和角度奇怪的屋顶。这也是为数不多将室外的设计理念应用到室内的新型建筑之一：它的七层中庭依旧绿树成荫，商店和餐厅里挤满了人，几个信徒默默地坐在朴素的下沉式教堂中。

在两个街区之外，浑蛋弗兰克·福布斯有一间华丽的办公室，位于一栋20世纪70年代的烟色玻璃建筑中，至少目前还没有搬走。我乘坐电梯来到接待区，一个年轻漂亮、深褐色头发的女子正在用电脑打字。我进来时，她抬头看看我，温暖地笑了。我也回以微笑，努力不让自己的下巴耷拉下来。

"请问福布斯医生有时间吗？"我问。

"你有预约吗？"

"我不是病人，但我和弗兰克是老交情了。你跟他说，查理·帕克想要见他。"

她的笑容变得有些僵硬，但她还是走向弗兰克的办公室，把这件事告诉了他。听到弗兰克的答复，她的脸变得有些苍白，但是很快便恢复了正常。总的来说，她表现得很好。

"福布斯医生恐怕不能见你。"她对我说。这一次，她脸上的笑容立刻消失了。

"他真是这么说的吗？"

她的脸色微微泛红:"不,不是。"

"你是新来的吧?"

"这是我第一周上班。"

"是弗兰克选中你的吗?"

她看起来有些困惑:"算……算是吧。"

"换个工作吧。他是个变态,而且离停业也不远了。"

她还在消化我说的话,我却从她身边经过,直接走进了弗兰克的办公室。咨询室里没有病人,只见他正在翻桌子上的笔记。他见到我并不高兴。他那薄薄的胡子厌恶地蜷曲着,就像一条黑色的虫子,他脸上的红晕从脖子一直蔓延到高高隆起的额头,又消失在浓密的黑发中。他的身高超过6英尺,而且经常健身,看起来状态不错,但不过是徒有其表。浑蛋弗兰克·福布斯根本没有什么优点。如果他给你1美元,还没等你把钱放入钱包,上面的油墨可能就已经褪色了。

"你他妈快滚!帕克,你大概忘了,你不能再随便闯进来了。你现在已经不是警察,没有了你,警察局可比之前好多了吧?"他凑近对讲机,但那个接待员已经跟着我进来了。

"快点儿报警,玛茜。最好也给我的律师打电话。和他说,我要起诉一个随便骚扰我的人。"

"你的律师任务可真够重的,弗兰克。"我说,我坐在一把皮革椅子上,正对他的桌子。"我听说麦鲍姆和洛克正在处理那个不幸染上性病的女人的案子。我过去和他们打过交道,他们很厉害。或许我也可以找他们处理伊丽莎白·戈登的案子。你还记得伊丽莎白吧,弗兰克?"

弗兰克本能地回头看了一眼窗户,把椅子从窗边移开。

"不用报警了,你出去吧,玛茜。"他心神不宁地朝接待员点了点头。我听见身后的门轻声关上了。"你来找我干什么?"

"你有一个名叫凯瑟琳·狄密特的病人。"

"帕克,你也知道我不能谈论病人的事。就算可以,我凭什么要告诉你呢?"

"弗兰克,你是我认识的最差劲的心理医生。就算是一条狗,我都不敢拿给你医治,万一你把它睡了怎么办?那些道德问题,就留给法官来考虑吧。我觉得她可能遇到了麻烦,我想要找到她。如果你不帮我,我会第一时间跟麦鲍姆和洛克联系。"

弗兰克装出一副正在为良心而挣扎的样子。不过,如果没有铲子和掘尸令,他可找不到自己的良心。

"昨天她没有来见我,也没提前告诉我。"

"她为什么要见你?"

"主要是更年期抑郁症。在人生的中后期,人们很容易感到忧郁。至少一开始,我觉得她只是得了抑郁症。"

"但是……"

"帕克,这些信息是保密的。我也有我的底线。"

"别开玩笑了,接着说。"

弗兰克叹了口气,摆弄着吸墨纸上的铅笔,然后走向一个柜子,取出一份文件,又坐回原来的位置。他打开文件,浏览了一番,然后再次开口。

"凯瑟琳八岁时,她的姐姐死了,是被杀死的。20世纪60年代末到70年代初,弗吉尼亚州的海文县共有几个孩子被杀死,她的姐姐也是其中之一。死者有男孩也有女孩,他们被拐走、被折磨,尸体被丢弃在城外一栋空房子的地窖中。"弗兰克此时进入了一种超脱的状态,他在讲述一个病例的故事,那个故事距离他就像童话般遥远,他完全没有倾注感情。

"她的姐姐是第四个被杀害的,却是第一个白人孩子。她失踪之后,警方才真正对此案产生了兴趣。他们怀疑一个当地的富家女人。其中一个孩子失踪后,有人在那栋房子附近看见了她的车。后来,她试图绑架大约20英里以外的另一个镇上的男孩,但没有成功。那个男孩抓伤了她的脸,还向警察描述了她的特征。

"警察开始追踪她,但是当地人听说了这件事,先去了那栋房子,发现了她的哥哥。据当地人说,她的哥哥对女性不感兴趣。警察认为她有同伙,是一个男性,在她绑架孩子时负责开车。当地人认为她的哥哥嫌疑很大,后来却发现他吊死在了地下室。"

"那个女人呢?"

"在另一个老房子里被烧死了。于是这个案子……就完结了。"

"但是对凯瑟琳而言并没有结束?"

"对,她确实这样想。高中毕业后,她就离开了家乡,但是她的父母还住在那里。大约十年前,她的母亲去世了,很快她的父亲也去世了。而凯瑟琳·狄密特一直在换地方。"

"她回过海文县吗?"

"没有,父母的葬礼后就再没回去过。她说,那里的一切都死去了。情况就是这样。一切都和海文县有关。"

"她有男朋友吗,或者临时的伴侣?"

"她没和我说过这些,你也别问了。你该走了。如果你再来找我,无论是在公共场合还是私人场合,我都会以骚扰和人身攻击的罪行起诉你,我的律师还能替你想出更多罪名。"

我起身打算离开。

"还有一个问题。"我说,"只要你回答,伊丽莎白·戈登就不会去找麦鲍姆和洛克。"

"什么问题?"

"被烧死的女人的名字。"

"莫迪恩。阿德莱德·莫迪恩和她的哥哥威廉。好了,这辈子都不要让我再见到你。"

9

威利·布鲁的汽车修理店虽然不算是黑店，从外面看上去却很破旧、很不可靠，屋里看起来也没有好多少。但威利是我见过的最好的机修工。他是个波兰人，名字很难念，于是被好几代顾客简化成了布鲁。

我不太喜欢皇后区的这个部分。这里位于长岛高速公路北边不远处，还能听到汽车的呼啸声。我从小对这地方的印象就是二手车行、旧仓库和墓地。威利的车库距离凯辛纳公园很近，多年来都是极好的信息来源，因为他的朋友们时常聚在这里，而他们除了偷听别人的消息并没有什么事可做。然而，这个地方仍然令我感到不安。长大之后，我依然讨厌从肯尼迪机场到曼哈顿的这段路程，因为会路过这片社区边缘，也讨厌路上破旧的房子和贩酒商店。

相比之下，曼哈顿更具异域风情，只要走不同的路线，你便会发现城市的轮廓永远在变化。我的父亲攒够了钱，便搬去了韦斯切斯特县，在格兰特公园附近买了一栋小房子。周末，我和朋友们会去曼哈顿玩耍。有时，我们会横穿整座岛屿，站在布鲁克林大桥的人行道上，回头看着不断变化的城市轮廓。在我们脚下，由于车辆的经过，木板震动着，但是对我来说，这也是生命的脉搏。连接大桥的缆绳将城市切割成多个部分，仿佛它被孩童的剪刀剪碎，正在蓝天的背景下重新组合一般。

父亲去世后，我和母亲搬回了缅因州，在她的家乡斯卡伯勒生活。在那里，绿树取代了城市的轮廓，只有那些赛马爱好者会从波士顿和纽约来这里的山丘参加比赛，带来大城市的气息。或许正因如此，每次看到曼哈顿，我都觉得自己像是一个游客。我总会用新的眼光看待这座城市。

威利的社区正在全力对抗中产阶级化。他所在的街区被隔壁的日式拉面老板买了下来。那个人对法拉盛的"小亚洲"也很有兴趣，还想继续向南扩张。为了确保不关门，威利也被牵扯到了官司之中。作为回应，日本人通过排风口将鱼腥味儿排入了威利的车库。威利有时候也会反击，他让自己最重要的机修工亚诺吃中餐，喝啤酒，然后跑到外面去，用手抠嗓子，吐在面馆门口。"无论中餐、越南菜还是日料，吐出来都一样。"威利经常这样说。

亚诺是个矮小结实的家伙，皮肤很黑，他正在屋里修理一辆破旧的道奇汽车。空气中弥漫着鱼腥味儿和面条味儿。我的1969年野马放置在平台上，地板上散落着各种认不出的零件。它大概和詹姆斯·迪恩[1]一样，一时半会儿没法上路。我提前给威利打过电话，告诉他我要过来。至少他可以在我来的时候假装修一修这辆车。

威利的办公室位于车库右边的木头楼梯上方，里面传来一阵响亮的咒骂声。门打开了，威利挪动身子跑下楼梯。他的秃头上沾满了油渍，蓝色的机修外套没有系扣子，里面是一件脏兮兮的白色T恤，裹着他的大肚子。几个箱子在通风口下方堆成阶梯状，他吃力地爬了上去，把嘴贴在格栅上。

"斜眼的狗杂种。"他嚷道，"把你们的臭鱼味儿清理清理，要不然我给你们这些蠢货丢原子弹。"通风口的另一侧，有人在用日语嚷着什么，然后是一阵亚洲人的笑声。威利用掌根拍了拍格栅，然后爬了下来。在昏暗的灯光下，他眯起眼瞧了一会儿，才认出我。

---

[1] 詹姆斯·迪恩（James Dean，1931—1955），美国知名演员，死于车祸。

"鸟哥，最近怎么样？来一杯咖啡吗？"

"我想取我的车。你已经修了一周多了。"

威利看起来有些沮丧。"你生气了。"他假装安慰我，"我知道你很生气，生气也没什么不好的嘛。你的车本来就不怎么样。你的车很糟糕，引擎都坏了。你轧上什么了，核桃还是钉子？"

"威利，我需要车。出租车司机都已经认识我了，有的都不再讹我的钱了。我为了避免尴尬甚至想要租一辆车。我当时没问你要车，是因为你说我的车一两天就能修好。"

威利没精打采地走到我的车旁边，用靴尖触碰一块圆柱形的金属。

"亚诺，鸟哥的野马咋样？"

"根本不行了。"亚诺回答，"你给他500美元，车就别要了。"

"亚诺说让我给你500美元，车报废。"

"我听见了。你跟亚诺说，他要是不把我的车修好，我就烧了他的房子。"

"后天来拿吧。"引擎盖下传来一个声音，"对不住啊，我修得太慢了。"

威利用油腻的手拍了拍我的肩膀。

"来喝杯咖啡，听听我们这儿的小道消息。"然后他又悄声说，"安格尔想见你。我和他说你会过来。"

我点了点头，跟着他上了楼梯。办公室里竟然格外整洁，四个男人坐在桌子旁边，正在用锡杯喝咖啡和威士忌。我对汤米·Q.点了点头，他曾因为走私盗版录像带而被我逮捕过。还有一个留大胡子的偷车男人，名叫格劳乔。他旁边坐着威利的另一个助手杰，大约六十五岁，比威利大十岁，但看起来至少大二十岁。他旁边是棺材匠艾德·哈里斯。

"你认识棺材匠艾德吧？"

我点了点头："还干死人的营生呢，艾德？"

"不干了,伙计。"棺材匠艾德回答,"我早就不干了,我后背总是疼。"

棺材匠艾德·哈里斯是最厉害的绑匪。他认为绑架活人太麻烦,谁也不知道他们会做什么或者谁在找他们,而死人的活计就简单很多。于是他便开始抢劫停尸房。

他会查看死亡通告,选中一位来自富裕家庭的死者,然后从停尸房或殡仪馆偷走尸体。从前,殡仪馆的安保措施并不完善,棺材匠艾德的出现改变了这个状况。他会把尸体存放在自家地下室的工业冷冻仓中,然后索要赎金,通常不会要太多。为了在尸体腐烂前将它取回来,大部分亲友都很愿意付钱。

棺材匠艾德的生意一直不错,直到一位波兰老贵族因妻子的尸体被偷走而非常愤怒,雇了一支私人军队寻找他。艾德正要从地窖的洞钻到邻居家的院子里,却被那些人找到了,但他依然侥幸逃脱。由于一直没付电费,电力公司断了艾德家三天的电。人们发现波兰老头亡妻的尸体时,她已经臭得像负鼠。从那以后,棺材匠艾德开始走下坡路。此时,他正衣衫褴褛地坐在威利·布鲁的车库中。

一阵令人不安的沉默后,威利开口了。

"还记得'没鼻子'维尼吗?"威利说。他递给我一杯冒着热气的黑咖啡,虽然杯子已经烫得发红,却依然掩藏不住里面的汽油味:"听听汤米·Q.的故事呗,可有意思了。"

"没鼻子"维尼以前是纽瓦克的入室抢劫犯,因为栽了太多次跟头,决定改过自新。他所谓的改过自新,大概和那些抢了四十年公寓,想要改行的人没什么区别。他一直喜欢拳击,又打得不好,所以才得了这个绰号。维尼个子很小,和很多新泽西州的下等人一样喜欢暴力。那些烂社区里的小个子总想靠拳头拯救自己,维尼也是如此。不过,他的防卫能力和萨姆之子差不多。最终,他的鼻子被打烂了,两个鼻孔半闭着,就像布丁里的葡萄干。

汤米·Q.开始讲故事，故事与维尼、一家装修公司、一个死去的客户有关。如果他在正经的工作场合讲这件事，可能会被送进法庭。"那哥们儿死在浴室里，屁股上插着一把椅子。维尼因为卖照片，还有偷了死人的录像带被送进了大牢。"他说完了，又摇了摇头，表示不理解那些人的行为。原本他正为这个故事笑得前仰后合，却见他忽然收起笑容，笑声变成了嗓子里的哽咽。我回过头，看见安格尔站在暗影中，黑色的鬈发从蓝色的水手帽下露出来，他的胡须很稀疏，足以让一个十三岁的孩子觉得很好笑。他穿着黑色T恤，外罩深蓝色的长款工装外套，下身是蓝色牛仔裤，踩着一双又脏又旧的添柏岚鞋。

安格尔身高不过5英尺6英寸，外人看不出为何汤米·Q.会怕他。原因有两点。一是因为安格尔也是拳击手，并且比"没鼻子"维尼强太多，只要他想，便可以把汤米·Q.揍个稀烂。而且安格尔只会觉得汤米的笑话一点儿也不好笑。

二是因为汤米·Q.害怕安格尔的朋友，那个人名叫路易斯，这可能才是更重要的原因。路易斯和安格尔一样，干着见不得人的活。安格尔更有名一些，他现在四十岁，已经处于半退休状态，是业内最厉害的小偷之一。只要给的钱够多，他连总统肚脐上的毛都能偷到。

路易斯还有不太为人所知的一面。他很高，皮肤很黑，穿着讲究，是个非常出色的职业杀手。和安格尔在一起后，他决定改过自新，现在选择的杀人目标总是很符合社会良知。

有人传言，去年有一位名叫冈瑟·布洛赫的德国电脑专家死在芝加哥，这件事是路易斯干的。布洛赫是一个连环强奸犯兼性虐待者，在东南亚的色情旅游区，他会对一些年轻女孩下手，他经常在那里做生意。钱可以掩盖一切，他会付钱给皮条客、女孩的父母、警方、政客。

不幸的是，在其中一个国家，布洛赫没有成功收买政府人士。当时他勒死了一个女孩，把她的尸体丢进了垃圾桶。他逃离了那里，那笔贿赂也被转移到"特殊项目"中。路易斯在芝加哥订了一间1000美元一晚的酒店,在浴室里把冈瑟·布洛赫淹死了。

当然,我说过这只是传言。但无论真相是什么,在人们眼中,路易斯都是很恐怖的人。汤米·Q.以后还想安全地洗澡,不想被淹死,不过他恐怕不怎么泡澡。

"这故事不错啊,汤米。"安格尔说。

"这只是个故事,安格尔。我没有别的意思,真的。"

"我知道。"安格尔说,"我也没听出别的意思。"

在他身后,一个人影动了动,正是路易斯。他的光头在昏暗的灯光下显得很亮。他脖子肌肉发达,穿着一件黑色的丝绸衬衫,外罩剪裁精致的灰色西装。他比安格尔高出1英尺多,此时正专注地盯着汤米·Q.。

他说:"这个说法……有点儿意思。汤米·Q.先生,为什么这么说?"

汤米·Q.的脸瞬间涨红了,过了许久,他才咽下了一口唾沫,那声音就像是吞下了一颗高尔夫球。他张开嘴,然而什么也说不出来,只好再次合上,低头望着地板,希望赶紧出现一条裂缝,好让他钻进去。

"挺好的,汤米·Q.先生,这故事不错。"路易斯的声音就像他的衬衫一般柔和,"就是要好好想想怎么讲。"他对汤米笑了一下,那笑容就像是一只猫正打算将一只老鼠置于死地。一滴汗从汤米·Q.的鼻子上流下来,在鼻尖停了一会儿,然后落在地上。路易斯已经离开了。

"威利,别忘了我的车。"我一边说,一边随着安格尔离开车库。

10

我们走了一两个街区,来到了安格尔熟悉的一家深夜酒吧兼餐厅。路易斯走在我们前方几码的地方,深夜的人群在他面前散开,就像是红海在摩西面前分开一样。有一两次,几个女人好奇地看着他。男人们多数盯着地面看,只是偶尔会在封着木板的商店里或夜空中发现某些有趣的东西。

酒吧里面传来一个民谣歌手模糊的声音,他正在对尼尔·扬的《只有爱情会让你心碎》进行吉他改编。他似乎无法顺畅地弹完这首歌。

"这家伙好像很讨厌尼尔·扬。"我们走进去时,安格尔说。

路易斯在我们前方耸了耸肩:"要是尼尔·扬听到他唱的这破玩意儿,也会讨厌自己。"

我们选了一个隔间。老板是个肥胖、暴躁的家伙,名叫欧内斯特,他蹒跚地走过来,让我们点餐。点餐通常由女侍者负责,但即使在这里,安格尔和路易斯也深受尊敬。

"嘿,欧内斯特。"安格尔问,"生意怎么样?"

"我要是当个送葬的,就没人会死了。"欧内斯特回答,"不用你问,我就可以告诉你,我家老太太还是那么丑。"看来这是他们惯常的聊天方式。

"靠,你都结婚四十年了。"安格尔说,"她又不能忽然变好看。"

安格尔和路易斯点了俱乐部三明治,接着欧内斯特便走开了。

"要是我小时候长得像他,就把那玩意儿割下来,当个阉人歌手。毕竟它也不会有什么用。"安格尔评价道。

"长得丑对你又没有坏处。"路易斯说。

"谁知道呢。"安格尔笑了笑,"至少我现在长得还行,我还能和白人上床呢。"

他们不再斗嘴,我们都在等着那个歌手放弃改编尼尔·扬的歌。和他们两个见面有些奇怪,因为我已经不再是警察了。我们以前一般在威利的车库或咖啡厅见面,如果安格尔有消息告诉我,我们会约在中央公园,当然他有时只是想和我聊聊,并问候一下苏珊和詹妮弗。我们之间总是有一种尴尬而紧张的气氛,尤其是有路易斯在场的时候。我知道他们做过什么,也相信路易斯还在做那些事,虽然他表面上只是各种餐馆、汽车经销店,以及威利·布鲁的车库的幕后合伙人。

现在,紧张的气氛不复存在。我第一次感觉到我和安格尔之间的友谊更加牢固了。另外,我从他们身上感受到了关心、惋惜、善意和信任。我知道,如果他们有疑虑,就不会出现在这里。

然而,还有某些事情是我刚刚才意识到的。我的经历简直是警察们的噩梦。警察、他们的家人,尤其他们的妻子和孩子是不可触犯的。想要对付一个警察是疯子的行为,杀死他最爱的人便更加疯狂了。家人是我们的心灵寄托。白天,我们查看尸体,审问小偷、强奸犯、毒贩、皮条客,只盼着夜晚回到自己的生活中。由于我们的家人与这些事情无关,我们便也能短暂地远离它们。

然而,詹妮弗和苏珊的死击碎了这个信念。有人破坏了规则,既然无法找出真相,也没有抓住某个肆意报复的罪犯,为了让一切有个合理的解释,我开始寻找其他的理由:是我把噩运带给了我自己,还有我最亲近的人。我以前是个好警察,后来却变成了一个酒鬼。我自暴自弃，变得很脆弱，于是有人利用了我的弱点。其他警察没有将我看作一个需要帮助的同事，而是将我看作病毒的源头、腐烂的源头。没有人为我的离职而遗憾，或许连沃尔特也没有这种想法。

然而，这却让我与安格尔和路易斯更加亲近。他们对自己生存的世界不抱有幻想，也不会构建一套哲学理念，使自己既与这个世界亲近，又与这个世界疏离。路易斯是个杀手，他不可能有这样的妄想。由于他们之间的亲密关系，安格尔也不可能有这样的妄想。此时，我的妄想也被夺走了，就像遮住视线的鳞片从我的眼中滑落，只剩下我一个人，正在重新寻找自己在这个世界中的位置。

安格尔从旁边的隔间中找到了一张被丢掉的报纸，望着标题。"看到了吗？"我看了一眼，点了点头。今天，在法拉盛的一起银行抢劫案中，有个人本想英勇地出面阻止，却被两管子弹打死了。各家报纸和新闻简报都充斥着这条消息。

"有些人只是干自己的活儿罢了。"安格尔说，"他们不想伤害别人，只想闯进去拿钱，然后再逃走。银行会在意吗？毕竟都有保险。他们带枪，只是吓唬人而已。要不然还能怎么办？只靠大声吼吗？

"但是总有浑蛋活得太好了，一点儿也不怕死。这家伙很年轻，体力也不错，他肯定以为如果能阻止这伙人抢银行，他的艳福会比朗・东・西尔弗[1]还深。你看他：房地产经纪人，二十九岁，单身，一年挣1.5万美元，却被打死了，身上的窟窿比荷兰隧道还大。他叫兰斯・彼得森。"他惊奇地摇了摇头，"我这辈子还不认识叫兰斯的人呢。"

"那是因为叫这个的都死了。"路易斯说，他漫不经心地环顾着房间，"总有浑蛋在银行抢劫时挺身而出被枪打死，他可能是最后一

---

[1] 朗・东・西尔弗（Long Dong Silver, 1960— ），英国成人片男演员。

个兰斯了。"

俱乐部三明治到了,安格尔吃了起来。我们三个中只有他在吃东西。"你还好吧?"

"还好啊,"我回答,"为什么在修理店埋伏我?"

"你既不写信,也不打电话。"他苦笑了一下。路易斯略有兴趣地看了我一眼,然后将目光转向门口、其他的桌子、通往洗手间的门。

"听说你在替本尼·洛工作。为什么要给那个死胖子干活?"

"打发时间而已。"

"你想打发时间,都不如用针扎眼睛玩。本尼那家伙,活着纯属浪费空气。"

"算了,安格尔,说正事。你叽里呱啦地说个没完,路易斯呢,一直盯着门口,好像大盗狄林杰[1]的团伙一会儿就会进来砸场子一样。"

安格尔放下吃了一半的三明治,用餐巾仔细地擦了擦嘴:"我听说你正在找斯蒂芬·巴顿的女友。有些人对这件事很好奇。"

"比如呢?"

"比如博比·西奥拉,听说他就很好奇。"

我不知道博比·西奥拉是不是疯子,但他很喜欢杀人,对老费雷拉这个雇主很满意。如果他对某个人的行为感兴趣,那个人的结局可能就会和埃莫·埃里森差不多。我怀疑奥利·沃茨在快要死去的时候也意识到了这一点。

"本尼·洛说桑尼和他老爸之间有矛盾。"我说道,"他说'这帮傻逼开始窝里斗了'。"

"本尼真是个外交家。"安格尔说,"我很纳闷,联合国怎么一

---

[1] 约翰·狄林杰(John Dillinger,1903—1934),美国著名银行劫匪。

直没注意到他呢？有些事情挺奇怪的。桑尼躲起来了，皮利也跟着他走了。没有人见过他们，也没有人知道他们在哪里。博比·西奥拉正在拼命找他们。"他又吃了一大口三明治，"巴顿现在什么情况？"

"我感觉他也躲起来了，但我不确定。他是个小人物，虽然曾经他和桑尼走得很近，但除了一些违法生意，他和桑尼或他老爸没有太大关系。也许巴顿的消失与他们无关。"

"可能吧，但比起找巴顿和他女友，你遇到了更大的麻烦。"

我等着他继续说下去。

"有人在追杀你。"

"谁？"

"不是本地的，是外面的。路易斯也不知道是谁。"

"和胖子奥利的事有关吗？"

"我不知道。桑尼也没傻到因为你的介入就下令做掉雇用的杀手。那个杀手不重要，但胖子奥利也死了。我只知道你惹怒了费雷拉家两代人，这对你可没什么好处。"

我只是在帮沃尔特·科尔寻找一个失踪的人，但现在情况变得更加复杂，或许原本也没有那么简单。

"有件事想问你。"我说，"你认识什么人，能用5.7毫米、不到50格令重的子弹在墙上钻出一个洞吗？用的冲锋枪子弹。"

"你他妈开玩笑吧？我只在坦克炮塔上见过这种东西。"

"好吧，那个杀手就是被这种枪打死的。我看见他倒下，接着我身后的墙被射出了一个洞。这把枪是比利时人制造的，只给反恐警察用。大概哪个当地人捡到了一把，把它拿去卖，最后流转到了这里。"

"我问问。"安格尔说，"你觉得呢？"

"我猜可能是博比·西奥拉。"

"我也这么想。但他为什么要替桑尼收拾残局？"

"老头子交代的吧。"

安格尔点了点头:"鸟哥,你可要小心点儿。"

他吃完了三明治,起身打算离开:"走吧,我们捎你一段。"

"不用了,我想散会儿步。"

安格尔耸了耸肩:"你打包吗?"

我点了点头。我们在门口分别,他说我可以随时联系他们。我一边走,一边感受着腋下手枪的重量,留意着我遇到的每一张脸,城市的暗流在我的脚下涌动着。

11

博比·西奥拉，一个邪恶的魔鬼。当斯特凡诺·费雷拉卧于临终的病榻上神志不清时，眼前一定会出现这个残忍而暴虐的幻象。西奥拉仿佛来自地狱深处，承载着老头子的愤怒和悲哀，代表着老头子对周围世界的摧残和毁灭。斯特凡诺·费雷拉将博比·西奥拉看作完美的工具，他可以让人在痛苦和丑恶中走向死亡。

斯特凡诺目睹自己的父亲在班森赫斯特那简陋的房屋中创建了一个小小的帝国。班森赫斯特紧邻格雷夫森德湾和大西洋，当时还是一个小镇。熟食的味道与当地比萨店烧柴火的气味混杂在一起。人们住在带有铁艺大门的双拼别墅中。阳光正好时，他们就坐在门廊上，看着孩子们在小花园里玩耍。

斯特凡诺很有野心，也注定走得更远。他继承家业后，在斯坦顿岛建了一栋大房子。从后面的窗户，他可以看见保罗·卡斯特拉诺[1]在托德山上的豪宅一角，这是一座价值350万美元的"白宫"。从最高的窗户，斯特凡诺可以看见巴顿庄园。既然斯坦顿岛受到了甘比诺家族负责人和一位热爱慈善的富翁的青睐，自然也会受到斯特凡诺的青睐。自从卡斯特拉诺在曼哈顿的火花牛排馆门口身中六枪并死去，

---

1 保罗·卡斯特拉诺（Paul Castellano，1915—1985），纽约黑手党组织甘比诺家族的第二任教父。

斯特凡诺便成为斯坦顿岛上势力最大的帮派老大。

斯特凡诺娶了一个来自班森赫斯特的女人，名叫路易莎。她嫁给他，并不是由于浪漫小说中常常提到的那种爱情。她爱他的权力、他的暴虐，最主要的还是他的钱。那些为了钱而结婚的人通常没有好下场，路易莎也是如此。丈夫对她很残忍，而且她在生下第三个儿子不久后就死去了。斯特凡诺没有再婚，不是因为他太过悲伤，只是因为他不想再被另一位妻子管着，毕竟第一任妻子已经为他生下了继承人。

他的长子名叫文森特，十分聪明，象征着这个家族光明的未来。二十三岁时，文森特由于重度脑出血死在了游泳池中，他的父亲一周没有讲话。斯特凡诺开枪打死了文森特的两只拉布拉多犬，把自己关在房间里不肯出来。当时，路易莎已经死了十七年。

尼科洛，又名尼基，比哥哥小两岁。他代替兄长成为父亲的助手。我还是菜鸟警官时，曾看见他开着那辆巨大的防弹凯迪拉克在城市里招摇，身边围满了手下。他为自己营造了和父亲同样坏的名声。20世纪80年代初，这个家族不再讨厌违禁药品交易，而是把各种能搞得到的药物都引入了这座城市。大多数人都对他们避而远之，那些潜在的竞争对手或是遭到警告，或是被喂了鱼。

然而，亚迪团伙又是另一回事。牙买加黑帮既不遵守现有的制度，也不遵循从前做生意的方式，甚至想要对付这些意大利人。他们从费雷拉家族手中偷走了一船价值200万美元的可卡因，还杀死了费雷拉家的两个手下。尼基对亚迪团伙展开了报复：摧毁他们的据点、住处，掠走他们的女人。仅仅三天内，共有十二人因此死去，当时大部分偷盗可卡因的人难逃一劫。

或许尼基以为事情已经到此为止，一切都会恢复正常。他依然开着豪车游街，在同一家餐厅吃饭，仿佛经过了这次的暴力行动，来自牙买加人的威胁便彻底消失了。

他最喜欢去的地方是达·文森佐餐厅。这是一家高档的夫妻店，位于他父亲过去在班森赫斯特的住处附近，也就是说，他还没有忘本。或许尼基想要通过这家餐厅的名字来怀念他的哥哥，但由于太过多疑，他把门窗上的玻璃都换成了军用级别，和总统家的玻璃差不多。这样，尼基便可以安静地享用意大利面，不用担心被人暗杀。

11月的一个周四的晚上，他刚刚点了餐，便有一辆黑色的面包车停在街对面，车的背面对着窗户。这辆车停下来时，或许尼基已经注意到它，也注意到它的挡风玻璃被换成了黑色的铁丝网。当车的后门打开，风吹动铁丝网，某些白色的东西在黑暗中一闪而过时，或许他还皱了皱眉。

或许他也有时间认出那支RPG-7火箭筒，它以600英尺每秒的速度冲向窗户，尾部拖着烟雾，一边发出尖厉的嘶鸣，一边穿透厚厚的玻璃窗。玻璃、滚烫的金属碎片和镀铜的子弹内衬将尼基·费雷拉撕成了碎片。三天后，他的棺材被抬到教堂的走廊中，重量还不足60磅。

那三个肇事的牙买加人从此消失，老头子只好将愤怒倾注在自己的敌人和朋友身上，开始不断地虐待、施展暴力、杀人。他的生意一落千丈，对手们发现他处于疯癫的状态，便想趁这个机会一劳永逸地除掉他。

正在斯特凡诺即将毁掉自己的时候，一个人出现在他家门前，想要和他说话。那个人告诉保安，他有关于亚迪团伙的消息，保安向老头子说明了情况。经过搜身，博比·西奥拉被放了进来。但搜身并不彻底——西奥拉拿着一个黑色的塑料袋，而且拒绝打开。博比走向房子时，有人用枪指着博比，让他站在离台阶50英尺的草坪处，老头子就等在台阶上。

"你要是浪费我的时间，我就杀了你。"老头子说。博比·西奥拉只是笑了笑，把袋子里的东西倒在被灯光照亮的草坪上。三个人头滚来滚去，互相碰撞，上面的头发就像死去的蛇一般绕在一起。博比·西奥拉如同邪恶的珀尔修斯，对着它们微笑。浓稠的鲜血从袋子的边缘流下来，缓慢地落在草地上。

博比·西奥拉那一晚"赢得了信任"。短短一年后，他已经非常成功，由于背景不明确，晋升速度又非常快，他在这个家族中成为十分独特的存在。联邦调查局没有他的档案，费雷拉也很难提供更多。我听到一些传言，说他曾经横穿过科伦坡海峡，还曾在佛罗里达游荡过一段时间，但没有更多其他的消息。然而，杀死牙买加黑帮的核心人物足以让他获得斯特凡诺·费雷拉的信任，他们还在斯坦顿岛豪宅的地下室里举行了一场仪式：西奥拉用平时扣动扳机的手指戳穿了一幅圣像，从此便和费雷拉以及他的合伙人们建立了关系。

从那一天起，博比·西奥拉成为费雷拉背后的力量。《反勒索及受贿组织法》确立之后，联邦调查局不仅可以追查犯罪的个人，也可以起诉从犯罪中受益的组织或同谋。在博比的帮助下，老头子和他的家人安然度过了这些种种考验和磨难。纽约的几大黑帮家族——甘比诺、卢切斯、科伦坡、杰诺维塞、博南诺——还有四千多名正式成员和合伙人都遭遇了重大打击，负责人或是入狱，或是死亡。但费雷拉家族没有受到影响。博比·西奥拉帮了大忙，为了确保家族的存活，他牺牲了一些小角色。

如果不是因为桑尼，老头子可能已经在家族生意中隐退。桑尼脑子不好，脾气也很糟糕，不如他的两个哥哥聪明，暴虐程度却相当于他们的总和。他参与的任何行动都会变成流血事件，他自己却对此完全不在意。还不到三十岁，他的身体就已经很臃肿，而且沉迷于残害和杀戮。无辜者的死亡会使他产生与性行为相似的快感。

他的父亲渐渐冷落他，任由他做自己想做的事——使用违禁药物、小规模贩毒、嫖妓，偶尔也会施展暴力。博比·西奥拉曾试图控制他，但桑尼完全不受掌控。桑尼凶狠、邪恶，只要老头子一死，便会立刻有许多人聚集起来把桑尼送去陪葬。

12

我从没想过自己会住到东村。我曾经和苏珊以及詹妮弗一起住在布鲁克林的公园坡。周日,我们在展望公园散步,看着别的孩子们玩球,詹妮弗穿着运动鞋在草地上踢来踢去。然后我们到雨树咖啡厅喝一杯苏打水。乐队在露天舞台上表演,声音透过彩色的玻璃窗传进来。

那样的日子就像长草甸的绿意一般漫长而美好。詹妮走在苏珊和我中间。当她滔滔不绝地提出问题、描述见闻、讲一些只有孩子才能明白的奇怪笑话时,我和苏珊便会望向彼此。我会牵住詹妮的手,而她的另一只手被苏珊牵着,这样我便会觉得,我们之间的问题能够解决,我们之间日益增长的隔阂也可以消除。如果詹妮跑向前方,我便会靠近苏珊,牵起她的手,对她说"我爱你",她会对我微笑。然后她便移开目光,或是低头看脚下,或是叫詹妮一声,因为我们都知道,只说"我爱你"并不够。

我花了几个月追查杀死她们的凶手,随后决定在初夏回到纽约,并希望我的律师帮我介绍一位房地产经纪人。纽约大约有3亿平方英尺的办公空间,在其中工作的人却没有足够的居住空间。我说不出想要住在曼哈顿的理由,或许仅仅因为这里不是布鲁克林。

我的律师没有介绍房地产经纪人,而是通过朋友和生意伙伴的关系网为我找到了一栋公寓,那是东村的一栋红砖房,带有白色的百叶窗,一条门廊通往装有扇形气窗的前门。这里距离圣马克街有些近,但价格还不错。自从W.H.奥登和列夫·托洛茨基在圣马克街生活过，那里已经彻底代表了东村，到处都是酒吧、咖啡厅和价格昂贵的精品店。

公寓没有什么装饰，我便保持原貌，只放了一张床、一张桌子、几把朴素的椅子、一台音响和一台小电视。我从储藏室中拿出一些书、磁带、CD和黑胶唱片，再加上一两件个人物品，便组成了最简单的生活空间。

夜已经深了，我把自己的枪排列在桌子上，逐一拆卸并仔细擦拭。如果费雷拉家族真的在追杀我，我需要有所准备。

当警察的时候，我很少需要用武器保护自己。我没有在执勤时杀死过一个人，也只对一个人开过枪，当时他拿着一把长刀向我走来，我开枪打在了他的肚子上。

作为警探，我在抢劫科和凶杀科度过了大部分时光。在风纪科，警察更有可能遭遇暴力或生命威胁，但在凶杀科并非如此。我的第一位搭档汤米·莫里森曾说，在凶杀案中，应该死去的人在警察到来前就已经死了。

苏珊和詹妮弗死去后，我丢掉了柯尔特三角精英手枪。现在我的名下有三支枪。这把点38口径柯尔特特种转轮手枪来自我的父亲，也是他的东西里我唯一留着的。圆形枪托左侧的跃马徽章已经磨损，枪身上也布满了刮痕和坑洼，但它依然能用，而且只有1磅重，可以轻松地藏在脚踝枪套或腰带中。这支左轮手枪很有力量，我把它放入枪套，用胶带粘在床架下方。

我只在靶场使用过黑克勒-科赫VP70式手枪。这把9毫米口径的半自动手枪属于一个毒贩，他沉迷于自己贩卖的毒品，于是死掉了。由于邻居闻到臭味儿报案，我在他的公寓发现了尸体。这是一支半塑料军用手枪，里面装了18发子弹。如今枪依然躺在盒子里，但以防万一，我已经将它们的序列号撕掉了。

和那把点38口径的手枪一样,它也没有保险装置。这把枪的优点在于附带肩托,也是毒贩的所有物。它对发射装置进行了内部调整,将这把枪变成了每分钟可以发射2200发子弹的全自动冲锋枪。如果那伙人入侵我的房间,我用手中的子弹至少可以拖住他们十秒钟。在那之后,我就只能朝他们扔家具了。我把黑克勒-科赫手枪从野马汽车的储物空间里取了出来,因为不希望有人在修车时发现它。

我平时随身携带的只有一把三代史密斯威森手枪。这是一把专门为联邦调查局开发的10毫米口径手枪,我从伍里奇那里获得了它。我擦了擦它,并仔细地装好子弹,将它放在我的腋下枪套中。我看见许多人涌入了东村的酒吧和餐厅。我本来也想去吃点什么,身边的手机却响了起来。三十分钟后,我准备去查看斯蒂芬·巴顿的尸体。

红色的灯闪烁着,使得停车场里的一切都沐浴着法律与秩序的温暖光芒。附近的麦卡伦公园一片黑暗,在西南方向,车辆经过威廉斯堡大桥,驶向布鲁克林—皇后区高速公路。巡警们在汽车旁边走来走去,防止好奇的人翻越围栏。其中一个警察拦住了我的去路:"嘿,别过去。"我们认出了对方。泰勒想起了我的父亲,再加上他永远也升不到警司,于是便抽回了手。

"吉米,这是官方行动,我和科尔一起来的。"他扭头看向科尔。科尔正在和一位巡警说话,也扭过头来,点了点头。于是他的手像交通栅栏一样抬了起来,我走了过去。

即使距离下水道还有几码远,我依然能闻到臭味儿。那里搭起了栏杆,一个穿靴子的化验员正从检修孔中爬出来。

"我可以下去吗?"我问。科尔和两个穿着笔挺西服、伦敦雾牌儿雨衣的男人站在一起,他只是点了点头。那两个人的衣服背后没有联邦调查局的字样,我想他们是为了保持低调。"真不可思议。"我一边说,一边往那边走,"他们竟然和普通人没什么两样。"沃尔特脸色阴沉，那两个人也跟了过来。

我戴上手套，顺着梯子爬入下水道。我刚一呼吸，便感到一阵恶心。在绿树成荫的城市下方，下水道的气味竟如此恶臭，我喉咙深处产生了胆汁般的苦味。"你可以每次少吸一点。"一个下水道工人站在梯子底端说道。但这样也没有用。

我没有从梯子上下去，而是从口袋中取出镁光牌儿手电筒，看见几个维修工人和警察正围着一片有光的区域。我不愿去想他们脚下踩着什么。那些警察匆匆看了我一眼，然后又恢复了无聊的表情，看着医务人员检验尸体。斯蒂芬·巴顿躺在距离梯子大约5码远的地方，身边都是粪便和垃圾，一头金发被水流冲刷着。显然，他被人从地表的检修孔丢了下来，身体在下水道底部轻微滚动了几下。

法医站了起来，摘掉橡胶手套。一个我不认识的凶杀科便衣警探用疑惑的目光看了他一眼。他以挫败和烦恼的眼神作为回应："我们需要在实验室检验，这里全是屎，什么都看不清。"

"拜托，让我们歇一会儿吧。"警探低声抱怨。

法医不大高兴，口中发出咝咝的声音。"是被勒死的。"他从那一小群人中间挤了过来，"先是被砸中后脑勺，失去了意识，然后又被勒死。不要问死亡时间。他被丢在这里一天左右，可能不到一天。尸体都发软了。"他开始顺着梯子向上爬，脚步声在下水道中回荡。

警探耸了耸肩。"尘归尘，屎归屎。"他一边说，一边将身子转向尸体。

我回到了地面，法医也跟着我爬了上来。我不需要检查巴顿的尸体。击打头部的做法很不寻常，但也没有那么特别。如果对方没有挣脱，那么勒死一个人大概需要十分钟。我听说过凶手被拔去一大把头发、被抓烂皮肤，甚至被揪掉了一只耳朵的情况。然而，事先击打头部让事情变得容易许多，只要打得够狠，或许根本就不需要再勒死他。

沃尔特依然在和联邦调查局的人说话。我尽量远离了下水道，留在警戒线内,深吸了几口夜晚的空气。人类的粪便如此恶臭,那股味道和死亡本身的气息一起固执地附着在我的衣服上。最终,联邦调查局的人回到车中,沃尔特双手插在裤袋里,缓慢地向我走来。

"他们打算把桑尼·费雷拉抓起来。"他说。

我哼了一声:"以什么理由?不到一泡尿的工夫,他的律师就会把他保出来。这还要建立在他和这件事有关,或者他们能够找到他的前提下。这群人摔一跤,可是连北都找不着。"

沃尔特没有心情开玩笑:"你知道什么?这小子替费雷拉跑腿,欺骗费雷拉结果被弄死了,而且还是被勒死的。"近年来,勒杀成为黑社会的主要杀人方式,因为既安静,又不会制造太大的混乱。"这触犯了联邦探员的底线,哪怕以无视禁烟标志为罪名,他们也要抓住桑尼·费雷拉。"

"得了吧,沃尔特,这不是费雷拉干的。把人丢进下水道……"但他已经走开了,还扬了扬右手,表示不想继续听下去。我跟上了他:"那姑娘怎么办,沃尔特?或许她和这件事有关?"

他回头看着我,把一只手搭在我的肩膀上。"我给你打电话的时候,可没想到你会像至尊神探一样跑过来。"他又看了看那些联邦探员,"有她的消息吗?"

"我觉得她已经不在这里了,现在我只能这样说。"

"法医认为巴顿可能周二就被杀死了。如果姑娘在这之后才离开,可能和这件事有关系。"

"你会向他们提到她吗?"

沃尔特摇了摇头:"让他们去找桑尼·费雷拉吧,你还是继续找那个姑娘。"

"好吧。"我说,"我接着找。"我叫了一辆出租车,钻进车里,在夜色下离开,却发现那两个联邦探员一直在看我。

13

大家都知道，老头子管不了自己唯一活着的儿子。费雷拉在意大利目睹过西西里黑手党的分崩离析，因为他们曾试图用极其残忍的手段恐吓并杀害警方人士。然而，这些手段让警方更加坚定了打压他们的决心，现在这些人已经和他们曾经残害的人一样在无尽的恐惧中死去，处决他们的方式被称作"勒死山羊"。他们的四肢和脖子都被缠上了绳子，越是挣扎，绳子就缠得越紧。老头子不想让这样的事情发生在自己的组织中。

然而，桑尼却认为西西里人的暴虐正好契合了他对权力的渴望。也许这就是父亲和儿子的区别。老头子在需要杀人时会使用"白色卢帕拉猎枪"，这种方法可以让死者彻底消失，连血迹都不会留下，没有人知道究竟发生了什么。勒死巴顿的行为符合黑手党的做法，然而将他丢进下水道并不符合。如果是老头子干的，他确实也可能出现在下水道，但在这之前，他的尸体会被酸液溶解，并排入下水管中。

所以，我不相信老头子会命人杀死伊泽贝尔·巴顿的继子。他的死亡和凯瑟琳·狄密特的忽然消失在时间上离得太近，不可能只是巧合。当然，也许出于某种原因，桑尼命人杀死了他们两个，如果他真像看起来那样疯疯癫癫，也不会介意多一具尸体。另一种可能是狄密特杀死了自己的男友，然后逃走了，因为他总是打她。这样的话，巴顿太太让我寻找的人就不只是她的朋友，还是杀死她继子的凶手。

费雷拉家的房子坐落在一片绿树掩映的空地上，唯一的入口是一道由电脑控制的铁门。左手边的柱子上安装了对讲机。我按了一下，报上名字，并表示我要见老头子。柱子顶端的远程摄像机对准了我乘坐的出租车。虽然我看不见任何人，却能猜到这附近有三支到五支枪。

离房子大约100码远的地方有一辆深色的道奇轿车，前排坐着两个男人。我知道，等我一回到公寓，就会有联邦调查局的人去找我，也许还会更快。

"你走进来，在大门里面等着。"对讲机中的声音说，"会有人带你进来。"我按照他说的走了进去，出租车开走了。一个灰色头发的男人穿着深色西装，戴着标配的墨镜，出现在树后面，手里以巡逻持枪姿势拿着一把黑克勒-科赫MP5冲锋枪。他身后还有一个更年轻的男人，与他衣着相似。我的右侧也有两个保安，都是全副武装。

"靠在墙上。"灰色头发的男人说。在其他人的注视下，他非常专业地搜我身，取下了我那把史密斯威森手枪的弹夹和我腰带上的备用弹夹。他拉开滑套，取出膛室里的子弹，又把枪还给了我。然后他让我往里走，自己走在我的右后方，这样便可以看到我的手。道路两侧各有一个人跟着我们。费雷拉老头子能活这么久，看来一点儿也不奇怪。

房屋的外表很朴素，只是一栋两层的长房子，窗户很窄，上层带有露台。精心维护的花园和碎石车道上都有人巡逻。一辆黑色的梅赛德斯停在房屋前面，司机就在旁边待命。我们走近时门已经打开，博比·西奥拉站在走廊里，右手握着左腕，像一位正在等待募捐的牧师。

西奥拉大约6英尺5英寸高，体重不足160磅，在灰色的单排扣西装下，他那细瘦的四肢就像刀片一般。他的脖子和女人的脖子一样长，上面带有皱纹，在系着纽扣的白色无领衬衫映衬下显得更加苍白。他的头顶光秃秃的，看起来很尖，四周围着一圈深色的短发。西奥拉是肉做成的刀子，人形的痛苦制造机，他既是外科医生，也是医生的手术刀。联邦调查局认为，他本人犯下了超过三十起命案。大部分认识博比·西奥拉的人会觉得联邦调查局的估计太保守了。

我走近时，他对我笑了笑，洁白的牙齿在薄薄的嘴唇后面闪着光，但他那蓝色的眼睛中没有笑意。一道疤痕从他的左耳开始，穿过鼻梁，最终停留在他的右耳垂下方。这道疤就像第二张嘴，吞噬了他的笑容。

"你敢到这里来，很有勇气啊。"他依然微笑着，一边说话，一边轻轻地摇了摇头。

"你这算是认罪吗，博比？"我问。

他脸上的笑容没有消失。"你为什么要见我们老大？他可没时间见你这种蠢货。"他的嘴咧得更大了些，"对了，你太太和小孩怎么样？小孩应该四岁了吧。"

一股暗红色的血流涌入我的大脑，但我努力克制着不让自己动手。没等我碰到西奥拉那苍白的皮肤，我可能就已经丧命了。

"今晚有人在下水道里找到了斯蒂芬·巴顿的尸体。联邦探员们正在找桑尼，可能也在找你。我真替你担心。我不希望坏事发生在你们两个身上，却与我无关。"

西奥拉依然保持着笑容。他正要回答，一个低沉而威严的声音从对讲机中传了出来。岁月赋予了他沙哑的音质，其中包含着死神的气息。这声音和唐·费雷拉的西西里血统一样成为他身份的一部分。

"让他进来，博比。"那个声音说。西奥拉后退了几步，打开了大厅中间那组防止对流的双扇门。我跟随着西奥拉，灰色头发的保安跟随着我。西奥拉关上了双扇门，又打开了大厅尽头的另一扇门。

唐·费雷拉坐在一张大办公桌后面的旧皮革扶手椅上，这张桌子和沃尔特·科尔的桌子有些相似，不过它的上面镀了金，而沃尔特的桌子相对朴素。窗帘拉了起来,壁灯和台灯为墙壁上的画和书架蒙上了一层暗黄色的光。那些书很古老,我想它们大概非常值钱,但从没有人读过。墙边放着几把红色的皮革椅,与费雷拉坐的椅子属于同一套。在房间的另一头,还有一些沙发围着一张长长的矮桌。

老头子只是坐在那里,又因为年迈有些驼背,但依然令人印象深刻。他的头发是银色的,从鬓角向后梳,晒黑的皮肤透着一种不健康的苍白,眼睛也有些红肿。西奥拉关上了门,又恢复了牧师般的姿势。保安被关在了门外。

"请坐吧。"老头子向其中一把扶手椅望去。他打开了镶金的土耳其烟盒,每支烟上都挂着小金环。我谢过他,但是拒绝了。他叹了口气:"真可惜。我喜欢这种味道,可是他们不让我抽。不准抽烟,不能喝酒,也没有女人。"他关上了盒子,又热切地看了一会儿,然后将双手搭在一起,放在面前的桌子上。

"你现在没有头衔了。"他说。对有声望的人来说,明明有头衔却被称作"先生"是一种侮辱。联邦探员有时会这样称呼黑社会头目,而不用更正式的"唐"或"蒂奥",这是为了打击其嚣张气焰。

"我知道你无意侮辱我,唐·费雷拉。"我说。他点了点头,没有回答。

当警探的时候,我有时会和这些有声望的黑道头目打交道。我总是很谨慎地接近他们,从不傲慢或自以为是。我们需要用尊重来回应尊重,并将沉默理解为某种暗号。对他们而言,一切都有意义,他们的沟通方式也和他们的暴力行为一样经济而有效。

这类人只谈论与他们直接相关的事情,只问特定的问题,他们一般不说谎,更有可能保持沉默。这类人通常会讲真话,除非别人过于离经叛道,他们才会考虑打破这个规则。当然,前提是你一开始就相信这些皮条客、杀手和毒贩都是值得尊敬的,或者相信这些规则并不只是另一个年代的蹩脚装饰,也不是为暴徒和杀手赋予贵族光环的手段。

我等着他打破沉默。

他站了起来,缓慢而痛苦地在房间里走了一会儿,停在了一张小边桌旁边,桌上有一个泛着微光的金盘子。

"阿尔·卡彭以前用金盘子吃饭,你知道吗?"他问。我回答不知道。

"卡彭的手下把盘子放在小提琴盒子里,带到他和客人们用餐的餐厅,他们全都用金盘子吃饭。你觉得他为什么要用金盘子呢?"他在盘子上寻找我的影子,同时等待我的回答。

"人一旦有了钱,品位也会变得古怪吧。"我说,"没过多久,那些人就只肯吃用金盘子和骨瓷器盛的饭菜了。有钱有权的人不该和普通人用一样的盘子。"

"我觉得没必要。"他说,但好像并不是在和我交谈。他在盘子中注视自己的影子:"这样不好。有些品位不该被满足,因为它们庸俗、下流、违背人性。"

"这不是卡彭的盘子吧。"

"不是,这是去年生日我儿子送的礼物。我给他讲了那个故事,于是他就找人做了一个盘子。"

"或许他没有抓住故事的重点。"我说。老头子的脸色有些疲倦。他大概睡眠不足。

"那个小子被杀,你觉得和我儿子有关?你认为是他干的吗?"他最终问道。他回到了我的视线中,却没有看我,而是望向远处。我不清楚他在看什么。

"我不知道。联邦探员是这样想的。"

他的笑容空洞而残忍,让我想到了博比·西奥拉:"你对那个姑娘也很感兴趣,对吧?"

我很惊讶,虽然我并不应该惊讶。巴顿的尸体一被发现,消息肯定就传开了，至少西奥拉一定会知道。也许他还知道我去过皮特·海耶斯的健身房。我想弄清楚他还知道什么，然而下一个问题暴露出他知道得也不太多。

"你替谁干活？"

"我不能说。"

"我们会知道的。我们可以问健身房那个老家伙。"

看来我猜对了，我微微耸了耸肩。他又沉默了一会儿。

"你认为我儿子杀了那个姑娘吗？"

"他杀了她吗？"我反问道。唐·费雷拉转过身来，面对着我，那双红肿的眼睛眯了起来。

"有一个故事，讲的是一个男人认为他老婆给他戴了绿帽子。于是他去找一个朋友，那是一个值得信任的老友，他说：'我认为我老婆出轨了，但我不知道对方是谁。我仔细监视过她，却没发现那个男人的身份。我要怎么办？'

"其实这个朋友就是他老婆的出轨对象。为了转移注意力，他的朋友说自己曾看见她和另一个男人在一起，毕竟那个男人总是和别人的老婆乱搞，名声很差。于是这个人便开始盯着另一个男人，而他的老婆依然在和他最好的朋友乱搞。"他说完后，目不转睛地盯着我。

一切都充满了象征和隐含意义。身处暗号的世界，你需要在看似无关的信息中寻找含义。老头子大半辈子都在这样做，也希望别人这样做。这个讽刺小故事表明，他认为巴顿的死与他儿子无关，而真凶希望将警方和联邦调查局的注意力转移到桑尼身上。我看向博比·西奥拉，想知道唐·费雷拉对这双眼睛背后的一切究竟了解多少。西奥拉什么都干得出来，甚至会为了自己损害老大的利益。

"我听说桑尼忽然对我很感兴趣。"我说。

老头子笑了："对你感兴趣，帕克？"

"对，说不定哪天他就会杀了我。"

"这种事我可不知道。我管不了桑尼。"

"也许吧。但是如果他敢找人动我,我俩就同归于尽。"

"我会让博比调查一下。"他说。

他的话并没有让我放心,我起身打算离开。

"聪明人会去找那个姑娘。"老头子说。他也站了起来,走向房间角落里桌子后面那一扇门:"无论活着还是死了,那姑娘都是关键。"

或许老头子说得对,但他把我的注意力引向那个姑娘,一定也有他自己的理由。博比·西奥拉送我回到前门,我忽然不确定自己是不是唯一寻找那个姑娘的人。

一辆出租车等在费雷拉家大门口,把我送回了东村。事实证明,在联邦探员敲开我的门之前,我还有时间洗个澡,煮一壶咖啡。我换上了运动衫和运动裤,坐在联邦特工罗斯和赫尔南德斯旁边,显得有些随意。房间里播放着蓝色尼罗河乐队的《屋顶漫步》,这让赫尔南德斯不满地皱了皱鼻子,但我觉得没有道歉的必要。

大多数时候都是罗斯在说话,赫尔南德斯只是大摇大摆地翻弄着我的书架,看一看书的封面,读一读书封上的文字。他根本就没问过我想不想让他看,这让我很反感。

"底层有些填色书。"我说,"但我这儿没有蜡笔,但愿你自己带了。"

赫尔南德斯瞪了我一眼。他不到三十岁,也许还相信在匡蒂科那儿学到的一切。他让我想到了胡佛大楼的导游,那些人带着明尼苏达州的主妇们到处闲逛,却妄想着枪杀毒贩和国际恐怖分子。赫尔南德斯可能还不相信胡佛穿过裙子。

罗斯就完全不同了。从20世纪70年代开始,他就参与了联邦调查局在纽约成立的卡车劫持小组,从那时起,他的名字就与众多知名的集团犯罪案联系在一起。我相信他是一个优秀的特工，但同时也是一个很讨厌的人。我已经下定决心什么也不告诉他。

"今晚你为什么会去费雷拉家？"他开口了。在这之前，他拒绝了我的咖啡，看起来就像一只拒绝了坚果的猴子。

"我找了一份送报纸的工作。"罗斯甚至没有笑，赫尔南德斯的目光更加凶恶。如果我是个容易紧张的人，可能难以招架住这种压力。

"别犯浑了。"罗斯说，"我可以用涉嫌有组织犯罪的理由逮捕你，关你一段时间，再放出来，这对我们两个有什么好处呢？再问一遍：今晚你为什么会去费雷拉家？"

"我在进行调查，费雷拉可能与此有关。"

"你在调查什么？"

"这是机密。"

"谁雇了你？"

"这也是机密。"我本想把这句话唱出来，却发现罗斯的心情不大好。也许他说得对，也许我就是个浑蛋。但是相比二十四小时之前，我并没有获得更多关于凯瑟琳·狄密特的线索，她男友的死亡让这件事有了更多可能性，但没有哪一种更加吸引人。如果罗斯想要抓住桑尼·费雷拉或他的父亲，那是他的事情。我的事情已经做完了。

"关于巴顿的死，你是怎么告诉费雷拉的？"

"他全都知道了，毕竟汉森比你们到得还早。"我回答。汉森是《邮报》的记者，而且是一位不错的记者。他总能最先嗅到尸体，这一点连苍蝇都羡慕他。不过既然有人向汉森通风报信，一定也早已有人通知了费雷拉。沃尔特说得对，警察局就像穷人的鞋子一般四处漏风。

"你们看，"我说，"我也不知道更多消息了。我不觉得桑尼或者老头子和这件事有关。至于其他人……"

罗斯失落地抬眼看着我。过了一会儿，他问我有没有见到博比·西奥拉。我说我有幸见到了。罗斯站了起来,从领带上拾起一粒细小的杂质,就像是在菲妮斯地下商场里好东西都被抢完之后剩下的。

"西奥拉一直想要教训你。他觉得你就是个多管闲事的小条子,说得真对。"

"我希望你们利用职权努力保护我。"

罗斯笑了,嘴唇微微一抿,露出又小又尖的犬齿。他看起来像一只被棍子戳到脸的老鼠。

"你放心,要是你出了什么事,我们一定会找到凶手。"赫尔南德斯也笑了。他们朝着门口走去,就像一对父子。

我也跟着笑了起来:"你们可以走了。还有,赫尔南德斯……"他停下脚步,回头看着我。

"我会好好数一数这些书,看看丢没丢。"

罗斯会将注意力集中在桑尼身上。桑尼在各方面都很平庸,他在港务局附近经营了几家色情酒店,在莫特开了一家社交俱乐部,墙上贴着"这台电话被窃听了"的手写告示。小规模的违禁药品交易、放高利贷、组织卖淫并没有让他成为头号公敌,但他也是费雷拉家这根链条上最薄弱的一环。如果他被抓住,可能会波及西奥拉和老头子本人。

我透过窗户,看见那两个联邦警探上了车。罗斯坐在副驾驶的位置,抬头凝视着我的窗子。窗子并没有因此碎裂,我也没有感到太大的压力。但我觉察到,或许特工罗斯现在还没有开始发力。

14

第二天上午10点后,我到达了巴顿家。一个我不认识的仆人开了门,把我带到了之前与伊泽贝尔·巴顿见面的办公室。克里斯蒂坐在同一张桌子前,似乎也穿着同一套灰色西装,脸上浮现出同样不满的神情。

她没有为我提供座位,于是我便站在旁边,把手插在裤袋里,以免手指在寒冷的氛围中冻僵。她正忙着处理桌子上的文件,没再看我一眼。我站在壁炉旁,欣赏着炉子另一头的蓝色瓷狗。这件摆设或许本来有一对儿,因为对称的位置现在空着。这只狗没有伙伴,看起来很孤单。

"这些应该都是成对的吧?"

克里斯蒂抬起了头,那张不满的脸就像皱巴巴的旧报纸。

"我是说这只狗。"我重复道,"瓷器狗摆件一般都是成对的。"其实我并不在意这只狗,但克里斯蒂对我的忽视让我很不快,便想借此激怒她,从而获得一点小小的乐趣。

"确实有一对儿。"过了一会儿,她回答,"另一只……前段时间打碎了。"

"真令人遗憾。"我说。我本想做出很认真的样子,却失败了。

"确实,它有特别的意义。"

"对于你吗,还是巴顿太太?"

"对于我们两个。"克里斯蒂意识到虽然她已经努力地无视我,却依然无法做到,只得仔细地盖好笔帽,两手合拢,装出一副一本正经的样子。

"巴顿太太怎么样?"我问。克里斯蒂的脸上掠过一丝忧虑,但又消失了,就像海鸥飞过山崖一般。

"从昨晚开始,她一直在服用镇静剂。你也能想到,她听到消息后非常难过。"

"我以为她和她的继子没有这么亲密。"

克里斯蒂轻蔑地看了我一眼,也许她本该这样。

"巴顿太太把斯蒂芬当成自己的亲儿子。不要忘了你只是个被雇用的侦探,帕克先生。你没有权利责难死者,更没有权利责难活着的人。"由于我的迟钝,她摇了摇头,"你来这里干什么?我们还有很多事要赶在……"

她话说到一半便停了下来,看起来有些怅然若失。我等着她重新开口。"赶在斯蒂芬的葬礼举行前完成。"她说完了,我意识到她确实为昨晚发生的事情而痛苦,并不只是担心自己的老板。斯蒂芬·巴顿作为一个彻头彻尾的浑蛋,倒是吸引了不少崇拜者。

"我需要去一趟弗吉尼亚州。"我说,"我花的钱可能会超出预支费用。离开之前,我要告诉巴顿太太一声。"

"和这次谋杀有关系吗?"

"我不知道。"这已经成了习惯性的答复,"凯瑟琳·狄密特的失踪可能与巴顿先生的死有关,但不能确定,除非警察发现了什么,或者那姑娘重新出现。"

"我现在不能向你预付开支。"克里斯蒂说,"你要等到——"

我打断了她。老实说,我已经厌烦了和她说话。我不介意别人讨厌我,但至少要对我略有了解吧。

"我也没想让你预付开支。见到巴顿太太之后,我觉得她根本不想让你管这件事。但是出于礼貌,我希望向她表示同情,并把目前的进展汇报给她。"

"那你有什么进展呢，帕克先生？"她轻蔑地问。她已经站了起来，用指关节抵着桌子。在她的目光中，某些邪恶而恶毒的东西抬起了头，露出了尖利的牙齿。

"我认为那个姑娘已经离开了这里。她可能回到了老家，或者说曾经的老家，但我不清楚原因。如果她还在那儿，我会找到她，确认她的安全，然后联系巴顿太太。"

"如果她不在那儿呢？"我没有回答她的问题。这个问题没有答案，如果凯瑟琳·狄密特不在海文县，她可能就真的消失了。那么只有当她使用信用卡，或者给担心的朋友打电话时，我才有可能找到她。

我感到筋疲力尽。这个案子似乎变得支离破碎，那些碎片离开了我，正在远处闪着光。其中很多因素不可能只是巧合，但根据我丰富的经验，我们不该为杀戮强加秩序，将它们拼凑成一幅不符合现实的图画。然而，我认为凯瑟琳·狄密特是其中一块拼图，只有找到她，我们才能知道她在整件事情中的位置。

"我今天下午就走，如果有发现我会给你打电话。"克里斯蒂的眼睛失去了光芒，仿佛她体内的痛苦也困倦了，想要躲起来睡一会儿。我不确定她有没有听到我的话。我离开的时候，她依然用指关节抵着桌子，双目无神，仿佛正在凝视自己的内心，而看到的画面使她的脸色变得十分苍白。

由于我的车有太多毛病，修理耽搁了一会儿。下午4点，我开着它回到公寓收拾行李。

我一边上楼，一边寻找钥匙时，一阵微风吹过。几张糖纸在街道上飞舞，饮料瓶发出银铃般的声响。一张被丢弃的报纸掠过人行道，声音像是死去的恋人正在低语。

我走上四层楼梯，回到家中，打开了一盏台灯。我又煮了一壶咖啡，并利用这段时间收拾行李。大约三十分钟后，我已经喝完了咖啡，出门用的包也放在脚边。这时，我的手机响了。

"帕克先生，你好。"是一个男人的声音。这个声音不带任何感情，就像是人工合成的一般。我听见话语中间有一些咔嗒的声音，仿佛它是由完全不同的对话剪辑而成的。

"你是谁？"

"我们没有见过面，但我们有共同的熟人——你的太太和女儿。她们生命的最后一刻和我在一起。"声音一直在变化，时高时低，时而像男性，时而像女性。有时，似乎有三个声音在同时说话，随后又变回了单一的男声。

公寓里的气温在下降，接着一切似乎都消失了。只剩下我的手机、话筒上的小孔，以及电话另一头的沉默。

"我以前也接到过这种奇怪的电话。"我故作镇定地说，"你只是太孤单了，想要骚扰别人吧。"

"我带走了她们的脸。我把你太太的头撞在厨房门旁边的墙上，撞坏了她的鼻子。不必怀疑，我就是你正在找的人。"最后这段话是用孩子的声音说出来的，音调很高，语气很欢快。

我感到眼睛后方一阵刺痛，血液在耳边呼啸，如同海浪冲刷着灰色的荒野。我的口中没有唾液，干巴巴的，仿佛咽下去的都是尘土。我十分痛苦地重新开口。

"我会找到你。"

他笑了起来。这声音显然是合成的，它分解成了一个个小片段，就像是你离电视太近，画面就会变成许多小斑点。

"但我已经找到了你。"他说，"是你让我找到的，也是你让我找到了她们，完成了那些我想做的事。是你把我带到了你的生命中。为了你，我才燃起了生命的火焰。

"我等待你的召唤已经很久了。你想让她们死吧。我杀死你太太几小时前,你不是还在恨她吗?有时在深夜,你也会有负罪感吧?你发现她死了,你就自由了。是我给了你自由,你至少应该感激我。"

"你就是个病人,这样也拯救不了你。"我查看来电号码,忽然怔住了。我知道这个号码,是街角的那部公用电话。我走到门口,又顺着楼梯往下走。

"不,连人都算不上。你太太知道,你的苏珊,我用嘴对嘴的吻吸走了她的生命。在最后的,美好而殷红的几分钟里,我是多么贪恋她,这才是我们这类人的弱点。我们的罪恶不是自负,而是对人的贪恋。帕克先生,我选择了她,我用自己的方式爱她。"电话里变回低沉的男声,在我耳中就像是上帝或魔鬼的声音。

"你他妈去死吧!"我咒骂道。我感觉到胆汁涌上喉咙,汗水从眉间滑落,在脸上如小溪般流淌。可恶的汗珠竟然削弱了我声音中的愤怒。我已经下了三层楼梯,只剩下最后一层。

"别挂电话。"电话里的声音变成了一个小女孩,和我的女儿詹妮弗很像。就在这一刻,我仿佛明白了"旅人"代表的意义。"我很快还会和你联系。到时候,也许你会更明白我的目的。把我给你的东西当作礼物吧,希望它能减轻你的痛苦。它很快就会到达你的手中……就是现在。"

我听见公寓的门铃响了。我把手机丢在地上,从枪套中取出了史密斯威森手枪,一步两个台阶地冲下楼梯,体内的肾上腺素疯狂飙升。我的邻居达马托太太被我惊动,站在距离大门最近的自家门口,穿着一身很紧的家居服。我匆匆经过她,用力打开门,拇指已经推开保险装置,弯腰跑了出去。

我看见一个不到十岁的黑人孩子站在台阶上,手中拿着圆柱形的礼物包裹,眼睛因恐惧睁得大大。我拎着他的衣领,把他丢了进去,吼着让达马托太太抓住他,抢下那个包裹并放在一边。然后,我跑下红砖房前的台阶,来到大街上。

除了被丢弃的报纸和滚动的饮料瓶,街道上什么都没有。这种空旷的感觉很奇怪,仿佛东村和这里的居民都在和旅人一起合谋对付我。在街道尽头的路灯下,有一部公用电话。那里一个人都没有,听筒还挂在原来的地方。我跑向那部电话,尽量远离墙角,以防有人躲在另一侧。街道的这一边有许多人,快乐的情侣们手牵着手,还有游客和恋人。我看到了远处的交通灯,也听到了周围的声音,那里似乎是一个更加安全、正常的世界。

听到身后的脚步声,我猛然转身。一个年轻女子走向公用电话,正在钱包中摸索零钱。看见我走近,她抬起了头,一看到我手中的枪,又后退了几步。

"去找别的电话吧。"我说。我又环顾了一圈,拉下手枪的保险装置,把枪别回了腰间。我用脚抵着电话亭的柱子,双手狠命地撕扯电话线。接着,我拿着拽下来的听筒回到公寓,它看起来就像是一条咬住鱼线的鱼。

在达马托太太的公寓中,她正抓着男孩的手臂。男孩挣扎着,眼泪从脸上流下来。我扳住他的肩膀,蹲到和他一样的高度。

"嘿,没事的,别担心。我不会伤害你,只想问你几个问题。你叫什么?"

男孩安静下来,但依然抽噎着。他紧张地看着达马托太太,又一次试图挣脱。这次他差点儿成功。他伸出胳膊时,外套从身体上滑下来,但由于太过用力,他摔了一跤,我便骑在了他身上。我把他带到一把椅子旁边,让他坐下来,又把沃尔特·科尔的号码给了达马托太太。我让她告诉沃尔特现在情况紧急,快点到这里来。

"孩子,你叫什么?"

"杰克。"

"好吧,杰克,这东西是谁给你的?"那个包裹放在我们旁边的桌子上,用蓝色的纸包装,纸上带有泰迪熊和拐杖糖的图案,顶端系着一条浅蓝色的丝带。

杰克摇了摇头,眼泪四处飞溅。

"没关系,杰克。你不用害怕。是男的吗,杰克?"我不断地呼唤他的名字,使他平静下来,集中精神。

他把脸转向我,眼睛睁得很大。他点了点头。

"你看清他的样子了吗,杰克?"

他的下巴皱了起来,然后开始大哭。达马托太太听见哭声,从厨房里走了出来。

"他说他会杀了我。"杰克说,"带走我的脸。"

达马托太太来到他身边,他把脸埋在她的家居服的褶皱中,用细瘦的手臂环绕着她胖胖的腰。

"你看清他了吗,杰克?他长什么样?"

他抬起了头。

"他有一把刀,电视上的医生用的那种。"男孩惊恐地张大了嘴,"他用刀吓我,还划了这里一下。"他用一根手指指着左侧的脸颊。

"杰克,你看清他的脸了吗?"

"他全身一片黑。"由于恐惧,杰克抬高了音调,"脸上什么都没有。"他已经近乎尖叫:"他没有脸!"

我让达马托太太把杰克带到厨房,等到沃尔特·科尔到了再出来。然后我坐下来,查看旅人给我的礼物。它大约10英寸高,直径8英寸,感觉像是玻璃。我取出随身携带的小刀,轻轻划开一侧的包装纸,检查里面是否有电线或绝缘垫,然而并没有。我割断了固定包装纸的两条胶带,小心地撕开微笑的泰迪熊和跳跃的拐杖糖。

罐子的表面很干净，我闻到了一股气味，发现他用消毒水清除了自己的痕迹。在泛黄的液体中，我看到了自己放大的影子，先是映射在玻璃表面，然后映射在我那美丽的女儿的脸上。愤怒、恐惧、憎恨、自责，种种情绪涌上心头，我不禁呻吟起来。我听见那个名叫杰克的男孩在厨房里啜泣，他的哭声与我自己的哭声混在了一起。

我不知道究竟过了多久科尔才赶到。他看见罐子里的东西，面色惨白，于是给法医打了电话。

"你碰过吗？"

"没有。我还接到了一个电话。来电显示的号码是真的，但当时那里没有拨打过的迹象。我甚至不确定他在不在那里，或许我的手机不该显示这个号码。他的声音也是合成的。他大概借助了某个复杂的语音识别、编辑软件，再连上那个号码。我也不知道，这只是我的猜想。"我有些语无伦次，但依然不住地说着。我担心如果自己停下来，可能会发生什么事情。

"他说了什么？"

"我想他又要开始作案了。"

他重重地坐了下来，用手抚摸着自己的脸和头发。然后，他用戴着手套的手拿起包装纸，轻轻地将它遮挡在罐子前，就像一张面纱。

"你知道我们应该怎么做。"他说，"我们需要知道他说的全部内容，这样才能找出关于他的线索。我们也会询问那个孩子。"

我看向科尔，又看向地板，唯独不敢看桌子上的东西，那是我女儿尸体的残骸。

"他觉得自己是个魔鬼，沃尔特。"

科尔又看了一眼罐子的轮廓。

"也许他真的是。"

我们离开那里，前往警察局时，警察正在公寓的前方巡逻，准备询问邻居、路人，以及任何可能注意到旅人行踪的人。名叫杰克的男孩也和我们在一起。他的父母很快就来了，一脸惊恐。城里体面的穷人听说自己的孩子和警察在一块儿，都是这种反应。

旅人肯定一直在跟踪我，监视着我的一举一动，这样才能实施他的计划。我回忆自己的行程，回想自己遇到了哪些陌生人，有没有人在我身边逗留，然而一无所获。

在警察局，沃尔特和我一遍又一遍地回顾着那段对话，找出全部有用的、可能体现凶手特征的内容。

"你说他变声了？"他问。

"一直在变。有一段我甚至以为是詹妮弗的声音。"

"这一点值得注意。这类语音合成需要使用特定的电脑。你说得对，也许他只是借用了那个号码。那孩子说，旅人在下午4点把罐子拿给了他，让他在4点35分送到。他在小巷里等着，用超凡战队牌儿的电子表计时。或许这样，旅人才有时间回到家拨打电话。我不太了解这类东西，他可能需要使用交换机。我会找个了解这种技术的人问一问。"

语音合成的技术是一回事，为什么要这样做是另一回事。或许旅人不想留下太多关于他自己的线索。他的语音可能会被识别、储存、对比，甚至还会在未来的某一刻被用来对付他。

"那孩子的说法又是怎么回事？他说拿着手术刀的人没有脸。"沃尔特问。

"第一种可能是他戴着一种面具，用来防止被认出来。第二种可能是这就是他的标志。第三种可能是他就长这样。"

"真是魔鬼吗？"

我没有回答。我不知道魔鬼长什么样子。或许一个人丧失人性的程度越过某种边界，就会变得不像人。或许某些事超越了人类的常理，就不该存在于这个世界上。

那天晚上我回到公寓，达马托太太给我送来一盘冷切肉和一些意大利面包，陪我坐了一会儿。下午的事情发生之后，她很担心我。

她离开后，我把淋浴的温度开到最高，久久地站在那里，一遍又一遍地洗手。然后，我躺在床上，看着桌上的手机，心中充满了愤怒和恐惧。我的各个感官都处于极度紧张的状态，我能听见它们嗡嗡作响。

15

"爸爸，给我讲个故事吧。"
"你想听什么故事？"
"有趣的故事。《金发姑娘和三只熊》，熊宝宝很有趣。"
"好呀，但听完故事你就要睡觉了。"
"好的。"
"只讲一个故事。"
"只讲一个，然后我就睡觉。"

在尸检中，首先要给尸体拍照，既要拍穿着衣服的照片，又要拍裸体的照片。然后，验尸人员会对尸体的局部进行X光检查，确认体内是否有骨头碎片或异物。每项外部特征都会被记录下来：发色、身高、体重、尸体状态、眼睛的颜色。

"熊宝宝睁大了眼睛。'有人偷喝了我的粥。全都没了！'"
"全都没了！"
什么都没有了。

体内检查是从上至下进行的，但最后检验的是头部。先检查胸腔，看看肋骨有没有骨折。尸体被割开一个Y形的切口，从一只肩膀开始，穿过胸部，直至另一只肩膀，然后从胸骨的下方延伸至耻骨，这样便能看到心脏和肺。打开围心囊，通过血液取样确认死者的血型。切除心脏、肺、食管和气管。称量并检验每个部位，然后将它们切割成几部分。提取胸腔中的液体，进行分析。用显微镜观察器官的组织切片。

"于是，金发姑娘逃走了，三只熊再也没有见过她。"
"再讲一遍吧。"
"不行，我们说好了，只讲一个故事。我们没有时间了。"
"我们还有时间。"
"今晚不行，改天再讲吧。"
"不，就要今晚。"
"改天再讲吧。到时候我还可以给你讲别的故事。"

检查腹腔，记录受到的损伤，然后切除器官。分析腹腔内的液体，称量、检验每一个器官，并制成切片。称量胃部的残余物。取样并进行毒理分析。切除器官的顺序通常是：肝、脾、肾上腺和肾脏、胃、胰腺、肠。

"你讲了什么故事？"
"《金发姑娘和三只熊》。"
"又是这个故事啊。"
"对呀。"
"你要给我讲故事吗？"
"你想听什么故事？"
"脏脏的故事。"

"我知道很多这样的故事。"
"我就知道。"

　　检验生殖器中是否有损伤和异物。提取阴道和肛门拭子,将所有异物送到DNA实验室进行分析。切除膀胱,对尿液样本进行毒理分析。

"亲我一下。"
"亲哪里呢?"
"每一个地方。我的嘴唇、我的眼睛、我的鼻子、我的耳朵、我的脸。每一个地方都要亲。我喜欢你亲我。"
"那就从眼睛开始往下亲吧。"
"好呀,我会忍住。"

　　检查颅骨,寻找损伤的痕迹。将头颅切开,切口从一只耳朵延伸至另一只耳朵,横跨头顶。头皮被剥去,露出骨头。用电锯割开颅骨。检查大脑并切除。

"为什么我们不能一直这样?"
"我不知道。我也想,但我做不到。"
"我喜欢这样的你。"
"求求你了,苏珊……"
"不行。"
"我能闻到你的酒味。"
"苏珊,我现在不想谈这些,现在不行。"
"什么时候能谈?你打算什么时候和我谈?"
"再找时间吧,我要出去了。"

"别走,求求你了。"

"我一会儿就回来。"

"求求你……"

特拉华州的里霍博斯海滩有一条长长的木板路,一侧是沙滩,另一侧是我们小时候常见的那种游乐场——花25美分扔一次木球,只要丢进洞里就算得分;骑着金属马跑下斜坡,赢家可以获得一只玻璃眼睛的泰迪熊;孩子们用装有磁铁的鱼竿在玩钓青蛙游戏。

现在,这里又增加了吵嚷的电脑游戏和太空飞行模拟器,不过里霍博斯海滩还是要比更远处的杜威海滩更有趣,甚至也比贝瑟尼海滩有趣一些。一艘渡轮从新泽西的五月岬开往特拉华海岸的刘易斯顿,从那里再向南5~6英里,就会到达里霍博斯海滩。这并不是到达里霍博斯海滩的最佳方式,因为你会经过一号公路上所有的汉堡店、直销店和商场。穿过杜威海滩一路北上是更好的选择,你可以沿着布满沙丘的海岸线一直走。

走这条路线,你会发现里霍博斯海滩与杜威海滩的鲜明对比。你经过观光湖进入小镇,又经过一座教堂,便来到了里霍博斯的主街,这里的书店、T恤店、酒吧、餐厅都是古老的木屋。你可以坐在它们的门廊上喝酒,看着人们在宁静的夜色中遛狗。

一个周末,我们四个决定去里霍博斯,庆祝汤米·莫里森升职为警督。虽然那里有同性恋聚集地的名声,但我们没太在意。我们住在巴尔的摩勋爵酒店,那些舒适而古老的房间总会让人想到另一个时代。蓝月酒吧距离我们不到一个街区。夜里,许多皮肤黝黑、衣着昂贵的男人在那里大声聚会。

当时我刚刚成为沃尔特·科尔的搭档。我怀疑这是沃尔特专门申请的,但我们从没说起过这件事。经过了李的同意,他和我、汤米·莫里森,以及我那个大名叫约瑟夫·邦菲廖利的警校朋友一起前往特拉华州。一年之后，我那个朋友被枪打死了，当时他正在追逐一个从贩酒商店偷了80美元的家伙。每天晚上9点，沃尔特都会准时给李打电话，询问她和孩子们的情况。他深谙作为父母最担心什么。

我们当时已经认识了挺久，大概四年了吧。我第一次见他，是在一家警察经常开会的酒吧。那时我很年轻，刚刚脱下制服，常常通过我的新锡杯欣赏自己的映象。周围对我充满期待，相信我的名字会出现在报纸上。后来，我以所有人都想象不到的方式实现了这个目标。

沃尔特身材矮壮，总是穿着略旧的西装，即使一小时前刚刮过胡子，脸上和下巴上也会留着一层暗影。他是一个执着、专注的警察，偶尔也会在四处奔波无果、调查毫不走运时灵光一现，扭转案件的方向。

沃尔特·科尔也是个书迷，他渴望知识，就像某些原始部落的人渴望吞食敌人的心脏，仿佛能因此变得更勇敢一般。我们都喜欢鲁尼恩和伍德豪斯，还有托拜厄斯·沃尔夫、雷蒙德·卡佛、唐纳德·巴塞尔姆，以及康明斯的诗歌。奇怪的是，我们也都喜欢罗切斯特伯爵，他是一位因失败而饱受折磨的复辟贵族，热爱酒和女人，认为自己无法成为一个让妻子满意的丈夫。

我回忆起沃尔特走在里霍博斯海滩的木板路上，手里拿着一根棒冰，卡其色短裤外罩一件花哨的衬衫，凉鞋轻踩着撒满了沙子的木头，一顶草帽保护着已经秃顶的头。他和我们开玩笑，查看菜单，在老虎机上输钱，从汤米·莫里森的大纸桶里偷薯条，漫步在凉爽的大西洋浪花中，但我知道，他一直在想着李。

我知道，沃尔特·科尔的人生是值得嫉妒的。他的生活很平凡，却能从点滴的幸福和熟悉的美好中获得快乐。而这一切又为他带来了不平凡的意义。

我第一次见到苏珊·刘易斯，是在林戈市场。那是一家老式商店，售卖农作物、谷物，还有昂贵的奶酪，以拥有自己的面包房为荣。现在它依然是家庭商店,由姐弟二人和他们的母亲经营。那位母亲身材瘦小,满头白发,精力十分充沛。

我们去度假的第一天早晨,我去林戈市场买咖啡和报纸。我的嘴唇很干,由于前一晚喝了酒,腿还在发抖。她站在食品柜台前,头发松松地扎成马尾,点了咖啡豆和山核桃。她穿着一件黄色的夏装,眼睛是幽深的蓝色。她非常、非常美丽。

可我却穿得很邋遢。我站在柜台旁,挨着她,身上散发着酒味,但她对我笑了。然后她便离开,留下了美好的香气。

就在那一天,我又一次在基督教青年会健身房见到了她。她从泳池出来,走向更衣室,而我打算用划船机醒醒酒。接下来的一两天里,我总是看见她的身影:或是在书店里查看法律惊险小说光滑的封面,或是手拿一袋甜甜圈经过洗衣房,或是和一个女友一起从爱尔兰之眼酒吧的窗户向外看。一天晚上,她站在木板路上,身后是游乐场的喧嚣,前方是海浪的呼啸。我终于鼓起勇气走向她。

她独自一人,被夜色中那雪白的浪花吸引了目光。沙滩上没有多少人,在远离游乐场和快餐摊位的地方,显得十分空旷。

我来到她身边,她抬头看着我,笑了起来。

"现在好点儿了吗?"

"好些了。当时我的样子真糟糕。"

"而且一身酒味。"她一边说,一边皱了皱鼻子。

"对不起。要是知道你在那里,我一定会好好打扮。"我不是在开玩笑。

"没关系,我也有这样的时候。"

一切从这里开始了。她住在新泽西,每天通勤去曼哈顿,在一家出版社工作。每隔一周的周末,她会回到马萨诸塞州看望父母。一年后,我们结婚了。再过一年,我们有了詹妮弗。我们一起度过了美好的三年,直到后来,事情开始变得糟糕。我知道都是我的错。我的父母结婚时，他们都知道警察的身份会对婚姻带来怎样的影响。我的父亲是警察，从周围人的生活中了解到了这一点。而我的母亲也深知此事，因为我的外公曾在缅因州担任警官，后来辞职了，所以没有造成什么恶果。但苏珊没有这样的经历。

她的父母都健在，她是家中四个孩子里最小的一个，深受宠爱。苏珊死去之后，她的父母不再理我。即使在墓地，我们也没有说过一句话。苏珊和詹妮弗死去后，我似乎彻底远离了从前的生活，在幽深而静止的水面上漂浮着。

死亡收藏者

16

苏珊和詹妮弗的死引起了很大的反响,但舆论很快便平息了。公众并不知道谋杀的具体细节,但依然会有种种怪异的行为出现。有一段时间,很多猎奇的游客来到我家,站在院子里互相录像。当地的巡警还发现一对情侣试图从我家后门闯入,利用苏珊和詹妮弗死亡现场的椅子拍照。尸体被发现后的几天,始终有电话打过来,声称她们是杀手的妻子,或者说自己以前见过他,还有一两个人只是说我太太和女儿的死让他们很开心。最后,我离开了那里,委托一位律师帮我卖房子,并通过电话和传真与他联系。

我从芝加哥回到曼哈顿后,在缅因州南部找了一个住处。当时我根据模糊的线索,追踪了一个名叫迈伦·埃布尔的儿童谋杀案疑凶。我找到他时,他刚刚被杀死。他和当地的暴徒发生了冲突,死在酒吧的停车场中。或许我想在熟悉的地方休养一下,但我从未去过位于斯卡伯勒的住宅,那是我的外公留给我的遗产。

当时我很消沉。一个女孩发现我在封着木板的电器店门前边哭边吐,便要我去她那里过夜,我也只得答应了。她的伙伴是一群穿着脏靴子、衣服上满是汗味和松针味的大汉,他们把我丢进了货车后车厢。当时我甚至有点儿希望他们杀了我,也差点儿如愿以偿。六个星期后,我离开他们位于锡贝戈湖附近的机构,瘦了12磅以上,腹肌就像鳄鱼背部的突起一样明显。白天,我在他们的小农场工作,和许多像我一样的人聚在一起,努力驱散心中的魔鬼。我依然很想喝酒,却

125

尝试用学到的方法克制了欲望。夜晚有祷告活动，每个周日都有牧师来布道，讲述禁欲、忍耐，以及每个人都需要内心的宁静。这个机构依靠售卖农产品、自制家具的资金运转，也会得到一些来自前学员的捐赠，他们现在已经成了富人。

但我依然很消沉，心中充满了报复周围人的欲望。我被困在地狱边境。案件调查已经暂停，如果不出现类似的事件，形成犯罪模式，就不会重新启动。

有人杀死了我的妻子和女儿，却逃走了。在我心中，痛苦、愤怒和愧疚此起彼伏，如同即将溢出海岸的赤潮一般。疼痛始终撕扯着我的头和胃，让我回到了那座城市，在汽车站的厕所折磨并杀死了皮条客约翰尼·弗莱迪。他躲在那儿，本想狠狠地剥削那些无家可归、漂泊到纽约的女人。

现在想起来，我认为自己原本就想杀死他，只是将这种渴望隐藏在心中的某个角落。我给自己找了许多自私的辩护和借口。长期以来，每次倒上一杯新的威士忌，或者听见瓶盖发出"啪"的一声时，我都是这样欺骗自己的。我难以想象自己和别人竟然无法找到杀死詹妮弗和苏珊的凶手，于是便抓住了那个机会。从我拿起枪和手套，打算去车站的一刻，约翰尼·弗莱迪便死定了。

弗莱迪是一个瘦高的黑人，穿着标志性的三扣深色西装，无领衬衫的扣子一直系到脖子，看起来就像一个传教士。他向那些女人分发小本《圣经》和小册子，从瓶子中倒汤给她们喝，等到汤里的迷药发作，便带着她们离开车站，将她们塞进事先等候的面包车后备厢。这些女人从此消失，仿佛从未出现一般。等她们重新回到街上，已经吸毒成瘾，只能靠卖淫从约翰尼那里获取高价的毒品，他便靠着这种手段发了财。

约翰尼·弗莱迪总是亲力亲为。在这个缺乏人性的行业中，他也是最该被千刀万剐的一个。如果客人很有钱，又足够堕落，约翰尼便会把他们带到服装区一座废弃的仓库中,那是他的"地下室"。只要支付1万美元,那些人便可以带走约翰尼的一件"存货"。他们可以折磨、强奸,甚至杀死这个人,尸体由约翰尼来处理。在某些圈子里,他可是出了名的谨慎。

调查杀死我妻子和女儿的凶手时,我听说了约翰尼·弗莱迪这个人。通过从前的一个线人,我得知约翰尼有时会贩卖性虐待的照片和视频。他是这类商品的主要货源,凡是对这方面感兴趣的人都会和约翰尼·弗莱迪或他的某个代理人接触。

于是,我在车站的欧邦盼连锁店监视了五个小时,他去厕所的时候,我跟了上去。厕所分为两个部分,一侧是水池和镜子,另一侧的尽头排列着小便池,两边是被过道隔开的隔间。我跟着约翰尼·弗莱迪走了进来,看见一个老头穿着脏兮兮的制服,坐在水池边的玻璃小间中,正在专心看杂志。两个男人在水池边洗手,还有两个站在小便池旁,三个隔间里有人,其中两个在左侧,一个在右侧。厕所里面播放着我辨不出曲调的背景音乐。

约翰尼·弗莱迪扭了扭屁股,走向了最右边的小便池。我和他相隔两个小便池,等待另外几个人尿完。他们刚一离开,我便来到了约翰尼·弗莱迪身后,用手捂住了他的嘴,将他推到最里面的隔间,用史密斯威森手枪抵住了他下巴柔软的部分。那里距离这一侧有人的隔间最远。

"嘿,不要杀我,伙计。"他睁大了眼睛,低声说道。我用膝盖撞向他的腹股沟,他重重地跪在了地上。于是我锁上了身后的门。他虚弱地想要站起来,我狠狠地给了他的脸一拳,再次将枪靠近他的头。

"别说话,背对着我。"

"不要杀我。"

"闭嘴,转过去。"

他缓慢地扭动着膝盖。我把他的外套脱下来，用手铐铐住了他，从另一个口袋里拿出一块抹布和一卷胶带。我用抹布塞住他的嘴，又用胶带在他头上缠了两到三圈，然后把他拽起来，推倒在马桶上。他抬起右脚，狠狠地踢中了我的胫骨，试图站直，却失去了平衡，我又给了他一拳。这一次，他不再挣扎了。我用枪指着他，等了一会儿，以防有人听见声音过来查看。然而并没有人过来，只有一阵厕所冲水的声音。

我告诉他我需要什么。他意识到我的身份后，眯起了眼睛。汗水从他的前额流下来，为了不让汗流进眼睛，他不住地眨眼。他的鼻子有些出血，一股细细的红色从胶带下方渗出，流到了下巴上。他喘着粗气，鼻孔张得很大。

"约翰尼，我需要名单，客户名单。你必须得给我。"

他轻蔑地哼了一声，鼻孔中冒出血来。他的目光变得很冷酷。梳到脑后的头发和爬虫般细长的眼睛让他看上去就像一条黑色的长蛇。我又打了他的鼻子，他的眼睛睁大了，目光中充满惊恐和痛苦。

我继续打他，一下、两下，狠狠地打向他的肚子和头。然后，我使劲扯下胶带，从他口中拿出血淋淋的抹布。

"把名单给我。"

他从嘴里吐出一颗牙。

"去你妈的！"他说，"去死吧，去找你那两个婊子吧。"

直到现在，我都不清楚后来发生了什么。我只记得自己一下接一下地打他，听见骨头碎裂和肋骨折断的声音，看见我的手套被他的血染红。我的心中乌云密布，一缕缕红色穿插其间，就像奇异的闪电。

我终于停下来时，约翰尼·弗莱迪已经被打得不成人形。我用手托着他的下巴，血从他的嘴里流出来。

"告诉我。"我低声说。他的眼珠转了几下，仿佛看到了通往地狱的崎岖入口。他露出了最后的微笑，残破的牙齿从嘴唇后面显出来。他的鼻子、嘴巴和耳朵中都流出血。他死了。

我喘着粗气，后退了几步，努力擦了擦溅了血的脸，清理掉衣服正面的一些血迹。我穿着黑色皮革外套和黑色牛仔裤，上面的血很难看出来。我摘下手套，把它们放回口袋，然后冲了厕所，小心地向外看了一眼，关上身后的门然后离开。血已经溢出了隔间，在瓷砖的缝隙中流淌。

我知道，约翰尼·弗莱迪死去时发出的声音曾回荡在厕所中，但我并不在意。我离开的时候，小便池旁只有一个黑人老头，他只在乎自己的事，根本没看我，就像模范市民。水池边还有几个人，他们借着镜子，好奇地瞥了我一眼。玻璃小间中的老头已经不在了。我离开时，正好有两个警察从楼上跑进厕所，我躲进空的候车室。之后，我穿过车站里的一排排汽车，来到大街上。

或许约翰尼·弗莱迪本就该死。没有人为他的死去而哀悼，警察也没有太努力寻找杀死他的凶手。但是我想沃尔特听到了一些传言。

然而对我而言，约翰尼·弗莱迪的死和苏珊、詹妮弗的死一样难以接受。就算他本来就该死，就算他罪有应得，评判和处刑的人也不该是我。有人曾写道："来生我们会拥有公正，但今生我们拥有法律。"在约翰尼·弗莱迪生命的最后一刻，法律不复存在，只剩下恶意的公正，但我不该是那个伸张正义的人。

如果旅人如此疯狂，我不相信我的妻子和女儿是最早死在他手中的人。我依然认为，在路易斯安那州的沼泽中，躺着另一具尸体。通过确认尸体的身份，我们可以更加了解那个不把自己看作人的家伙。这具尸体是人类残忍历史的一部分，无数这样的受害者可以追溯至古代，公历刚开始的时候甚至更早。在那个年代，人们通过牺牲周围人的生命来安抚那些无情的神灵。那些神灵是由人们创造的，人们也一直在模仿他们。

路易斯安那州的女孩是一种血腥行为的延续。她是现代的温德比沼泽尸体[1]，是20世纪50年代丹麦泥炭沼泽浅坟中发现的无名女子的后裔。在近两千年前，她也曾全身赤裸，被蒙上眼睛，沉入20英寸深的水中。在历史中，一个又一个女孩死在某个男人手里，他认为这样便可以安抚心中的恶魔。然而，一旦见证了这些血腥的画面，他便不再满足，于是夺走了我妻子和女儿的生命。

我们现在不再相信恶魔，只相信那些能够被心理科学解释的邪恶行为。我们认为世界上没有邪恶，一切对邪恶的恐惧只是出于迷信，和夜晚检查床下或害怕黑暗的行为差不多。然而面对一些人，我们无法得出简单的答案，他们作恶是出于本性，他们原本就是邪恶的。

约翰尼·弗莱迪和那些类似的家伙将生活在社会边缘或迷失人生方向的人作为目标。在现代生活的边缘，我们很容易迷失在黑暗中，一旦迷路或独自前进，便可能遇到一些糟糕的事情。看来我们祖先的迷信没有错：害怕黑暗其实是有道理的。

既然丹麦的沼泽和美国南部的沼泽中都会发生同样的事，我相信邪恶在我们的种族中也有迹可循。如同城市下方的下水道一般，邪恶永远潜藏在人类的世界中，即使局部被摧毁，也依然会继续存在。因为我们只能毁掉庞大深邃的整体中很小的一部分。

这种想法让我渴望找出关于凯瑟琳·狄密特的真相。因为我发现，邪恶也曾试图触及并污染她的生活，造成不可挽回的后果。既然我无法与旅人抗争，便希望自己能与其他形式的邪恶抗争。我相信自己的话，也相信邪恶确实存在，因为我曾经触到了它，而它也触到了我。

---

[1] 1952年于德国石荷州温德比镇（曾由丹麦统治）附近沼泽中发现的公元前人类尸体，一度被认为是女性，于2006年通过DNA测试被证明为男性。

17

第二天早晨，我给雷切尔·乌尔夫的私人机构打电话，秘书告诉我，她去参加了哥伦比亚大学举办的一场研讨会。我从东村搭乘地铁，提前到达了学校的大门口。我在巴纳德学院的图书集市转了一圈，看了一会儿文学书，学生们在我身边挤来挤去。然后，我又回到了正门。

校园很大，一侧是巴特勒图书馆，另一侧是行政大楼，中央的草坪上有一座女神雕像，仿佛是学术和官僚之间的调停者。和大多数市民一样，我也很少来哥伦比亚大学。这里宁静的学术氛围与咫尺之外的繁忙街道形成了鲜明对比，时常令我震惊。

我到这里时，雷切尔·乌尔夫刚刚结束讲座，于是我便在礼堂外面等她。她一边走过来，一边和一个神情认真、留着鬈发、戴圆框眼镜的年轻男人交谈，那个人专注地听着她说的每一句话。她看见我，便停下脚步，和那个人微笑着告别。他有点儿不高兴，本想再待一会儿，却还是转过身，低头走开了。

"找我有事吗，帕克先生？"她问。她有些困惑，但同时也现出一丝兴趣。

"他又出现了。"

我们走向阿姆斯特丹大道的匈牙利糕点屋，那里有很多男女学生正在一边认真读书，一边喝咖啡。雷切尔·乌尔夫穿着牛仔裤和一件带有心形图案的厚实套头衫。

除了想和她聊聊昨晚的事,我对她本人也有点儿感兴趣。自从苏珊死后,我从未被任何一个女人吸引,我的太太也是最后一个和我上床的女人。雷切尔·乌尔夫把红色的长发梳向耳后,使我产生了一种渴望,但并不只是性欲。我感觉自己的内心十分孤独,又感到一阵胃痛。她好奇地看着我。

"抱歉,"我说,"我刚刚走神了。"

她点了点头,选中了一个面包卷,扯下一大块塞进嘴里,满意地叹了口气。或许我显得有些惊讶,于是她用手捂住了嘴,温柔地笑了。

"抱歉,我无法抗拒这类东西。只要面前放上一块,我就不太讲究礼节。"

"我明白。我以前对本杰瑞冰激凌也是这样,直到我发现自己开始变得像包装桶一样圆。"

她又笑了,蛋糕似乎快要从她嘴里掉出来,她用力推了推。我们的对话暂停了一会儿。

"你的父母很喜欢爵士乐吧。"她最终说道。

一开始,我大概十分困惑。当我努力思考这个问题时,她笑得很开心。我以前也经常被这样问,但这一次,我很高兴她能以此分散我的注意力,她应该也知道这一点。

"我的父母根本不了解爵士乐。"我回答,"我父亲只是挺喜欢这个名字。他第一次听到伯德·帕克[1],是牧师在洗礼池旁边对他提到的。我听说那个牧师很喜欢爵士乐。如果我父亲能用贝西伯爵乐团[2]成员的名字给所有的孩子取名,他一定非常高兴。不过,我父亲并不想

---

[1] 即查理·帕克(Charlie Parker,1920—1955),昵称"伯德"(Bird,意为鸟),美国爵士乐手,男主角名字和昵称"鸟哥"的由来。
[2] Count Basie Orchestra,美国摇摆乐时代的爵士乐团。

用黑人爵士乐手的名字给自己的第一个孩子命名,只是当时他已经来不及再想一个名字。"

"那别的孩子都叫什么?"

我耸了耸肩:"他没有别的孩子。在我之后我母亲没再生别的孩子。"

"也许她担心自己生不出更好的小孩了?"她微笑着说。

"我倒不觉得。对她而言,我小时候真的很麻烦。我父亲都快疯了。"

从她的眼神中,我看出她本想问一问关于我父亲的事,但我的神情让她没有继续问下去。她噘起嘴,推开空盘子,身体向椅背靠了靠。

"能告诉我发生了什么事吗?"

我毫无保留地讲述了昨晚的事情。旅人的话深深地印刻在我的脑海中。

"为什么你说他是旅人?"

"一个朋友带我见过一位老婆婆,她说自己曾听到一个死去的女孩对她说话。那个女孩的死法与苏珊和詹妮弗一模一样。"

"有人找过那个女孩吗?"

"没有人找过。一个老婆婆做梦获得的消息不足以让警方展开调查。"

"就算那个女孩真的存在,你确定杀手是同一个人吗?"

"我相信是同一个人。"

乌尔夫似乎还想问更多问题,却放弃了:"你再重复一遍那个旅人讲的话,这次慢一些。"

我又说了一遍。讲到中间,她抬起一只手,让我停下来:"'嘴对嘴的吻'引用了乔伊斯的话,这是《尤利西斯》中对'苍白的吸血鬼'的描述。这个人的教育程度很高。'我们这类人'像是在引用

《圣经》,但我不确定。我回去查查吧。你再重复一遍。"这一次我说得很慢,她把它们记在了线装的笔记本上:"我有一个朋友教的是神学和《圣经》研究。也许他知道这些话的来源。"

她合上了笔记本:"你知道我不该参与这个案子吧?"

我告诉她我不知道。

"上次讨论后,有人和警局专员说起了这件事。由于他的家人受到冷落,专员不太高兴。"

"但我需要帮助。我想知道所有的消息。"我忽然感到一阵恶心,咽口水时嗓子又很痛。

"我不知道这样好不好。你可能应该让警方去调查。我知道你不想听我劝你,但发生了这种事,你可能会毁了自己。你明白我的意思吗?"

我缓慢地点头。她说得对。我也想过放下这一切,回到日常生活中。我也想过卸下重担,让自己恢复正常。我想要振作起来,却发现一切都停滞不前。现在旅人回来了,我便更不可能恢复到正常的样子,只会变得和从前一样有心无力。

我想雷切尔·乌尔夫明白这一点。或许正是因为觉得她能理解,我才会来找她。

"你还好吗?"她伸出手,碰了碰我的手,我快要哭出来了。我再次点了点头。

"你现在的处境很艰难。既然他联系你,一定是希望你参与进来,或许这也是一条线索。从调查的角度,你应该维持现状,等着他继续联系你。然而从你个人的角度……"她顿了一下,"我就直说了,或许你需要更专业的帮助。"

"我知道,谢谢你的建议。"这真是一种奇怪的体验。我被一个女人吸引了,她却建议我去看心理医生。看来我们的关系只能维持在按小时计费的层面了。"警方希望我留下来。"

"我感觉你不会听他们的。"

"我在找一个人。这是另一件事,我觉得那个人可能遇到了麻烦。如果我留下来,就没有人帮她了。"

"离开这里一段时间可能是好事,但根据你说的……"

"怎么了?"

"你好像要去救一个人,但你根本不知道她有没有危险。"

"或许是我需要去救她。"

"可能吧。"

那天上午,我告诉沃尔特·科尔,我要离开这座城市,继续寻找凯瑟琳·狄密特。我们坐在安静的查姆利酒吧里,这是贝德福德一家历史悠久的地下酒吧。沃尔特打电话约我,我也不知道自己选定这里的原因。当我坐下来喝咖啡时,我才知道为什么要选中这个地方。

我喜欢它的历史感,喜欢它从前的地位,它就像是眼角的一道旧疤痕或皱纹。在美国的禁酒时期,查姆利酒吧就已经存在,为了躲避搜查,客人们总是从通往巴罗街的后门匆匆离开。它经历了世界大战、股市崩盘、非暴力反抗和岁月的侵蚀,其中最后一种影响最为隐秘。现在,我喜欢它的波澜不惊。

"你要留下来。"沃尔特说。他又穿了那件皮革大衣,此时将它松垮地挂在椅背上。他穿着大衣走进来时,还有人朝他吹口哨。

"不行。"

"什么意思?"他生气地问,"他终于和你联系了。你留下来,让我们监听电话,如果他再打过来就可以追踪。"

"我感觉他不会再打了,至少这一段时间不会。我也不觉得我们能追踪到他。他可不想被阻止,沃尔特。"

"那就更有理由阻止他了。天哪,看看他都做了什么,又打算做什么。再看看你因为他——"

我将身体靠近，低声打断了他："我怎么了？你说啊，沃尔特，你说！"

他沉默了，我知道他把想说的话咽了回去。我们走到了悬崖边，但他及时停下了脚步。

旅人想让我留下来。他想让我待在公寓，等待一通永远不会打来的电话。我不能遂了他的愿。然而我和沃尔特都知道，也许他与我取得联系，便是线索的第一环。

在贝尔谋杀案期间，我的一个朋友罗斯·奥克斯曾在南卡罗来纳州的哥伦比亚警察局工作。拉里·吉恩·贝尔绑架并闷死了两个年轻女性，一个在邮筒附近被绑架，另一个在她玩耍的地方被绑架。警察最终发现时，她们的尸体已经严重腐烂，看不出是否遭遇性侵，但贝尔后来承认他性侵了她们。

贝尔给第一个女孩家里打了几通电话，主要是和受害者的姐姐交谈，这让警方开始对他进行追踪。他还把女孩的遗嘱寄给了她的家人。在电话中，他让家人们以为女孩还活着，然而一周之后，她的尸体就被找到了。绑架了第二个女孩后，他向第一个女孩的姐姐描述了绑架及杀害的过程，还扬言她会是下一个受害者。

警方最终找到贝尔，是通过受害者信件上的书写压痕。那是一个不完整的电话号码，最终通过排查程序追踪到一个地址。拉里·吉恩·贝尔是一个三十六岁的白人男性，以前结过婚，现在和父母生活在一起。他告诉联邦调查局调查支援组的探员："是另一个坏拉里·吉恩·贝尔干的。"

我知道很多类似的案件。在这些案子中，凶手与受害者联系，从而暴露了自己的行踪。但我也看到，这种心理折磨对活着的家人造成了很严重的影响。那个女孩的家人还算幸运，因为他们只和贝尔打了两周的交道。

前一天晚上，我感到无比愤怒、痛苦、悲伤。除此之外，还有另一种感觉让我害怕旅人再次联系我,至少目前是这样。

他的出现竟让我有些如释重负。

七个多月过去了,什么都没有发生。警方的调查陷入停滞,个人的努力并没有让我找到杀死我妻子和女儿的凶手,我担心他真的消失了。

现在他回来了。他联系了我,这让我知道我可能会找到他。他还会继续杀人,并在杀人时暴露特征,这会让我们更容易找到他。深夜里,这些念头纷纷掠过我的大脑。然而,黎明的第一道曙光出现时,我明白了它们意味着什么。

旅人想要把我拉进一个依赖性的循环。他给我打了一通电话,又寄来了我女儿尸体的一部分作为甜头。他认为这样我便会期待更多人的死亡,因为我会因此得到新的线索。意识到这一点后,我决定不与这个人保持联系。这是一个艰难的决定,但我知道如果他还想联系我,一定会找到我。我要离开纽约,继续寻找凯瑟琳·狄密特。

然而,在我的内心深处,还有一个想要继续寻找凯瑟琳·狄密特的理由。我只是隐约意识到这一点,或许雷切尔·乌尔夫也注意到了。

我认为悔恨必定需要补偿。我没有保护好我的妻子和女儿,让她们失去了生命。虽然我很灰心,但如果凯瑟琳·狄密特也因为我不再继续找她而死去,这便是我的第二次失败,我不知道自己能否承受。我在她身上看到了赎罪的机会,虽然可能只是我的错觉。

我向沃尔特解释了其中一部分理由:我不想和那个人建立依赖性的关系,而且继续寻找凯瑟琳对我和她来说都很重要。但大部分理由我并没有告诉他。我们很不愉快地分开了。

由于太过疲惫,我在出发前往弗吉尼亚州之前断断续续地睡了一小时。醒来时,我浑身大汗,神志错乱。在梦里,我一会儿和一个没有脸的杀手没完没了地对话，一会儿看见我女儿死前的样子。

　　快要醒来的时候，我看见凯瑟琳·狄密特被黑暗、火焰和孩子的尸骨包围着。我知道，黑暗已经降临到她身上，我需要去拯救她。只有这样，我才能将我们两个从黑暗中拯救出来。

第二部

"虽经沧海,我依故我。"

流体力学与螺线的先驱
瑞士数学家雅各布·伯努利的墓志铭

死亡收藏者

18

那天下午，我开车前往弗吉尼亚州。这是一段漫长的旅程，但我决定慢慢开，毕竟我的车太久没上路了，需要适应一下。开车的时候，我本想好好整理一下过去两天发生的事，脑海中却一直浮现出我女儿那张泡在福尔马林中的脸。

大约一小时后，我发现有人在跟着我，那是一辆四轮驱动的红色尼桑汽车，里面坐着两个人。它与我相隔四五辆车的距离，但是我加速的时候，它也跟着加速。车牌故意被泥土遮住了。开车的是一个女人，一头金发梳到脑后，用太阳镜挡住了眼睛。她旁边坐着一个深色头发的男人。两个人都是三十多岁，但我不认识他们。

如果他们是联邦警探，也未免太差劲了。如果他们是桑尼雇用的杀手，那桑尼一定没花多少钱。只有傻瓜才会用四轮驱动汽车追踪别人，或者试图干掉另一辆车。四轮驱动汽车重心很高，比走在斜坡上的酒鬼还容易倾翻。或许只是我想多了，但我并不这样觉得。

我驶向蓝岭山脉，那辆车在沃伦顿和库尔佩珀之间的乡村小道上消失了。如果它再次出现，我一定会发觉，因为它就像雪地里的鲜血一样明显。

一路上，阳光穿过树木，照得毛毛虫的茧闪闪发光。我知道，白色的幼虫就像抽动症患者一般，正在茧内扭动身体，它们让叶子变成了毫无生气的棕色。天气很好，谢南多厄河沿岸的地名都带有几分诗意：狼镇、吊钟花镇、莉迪亚、玫瑰园、蔷薇园、爱城、阳光森林。

如果你不打算去海文县,也可以把它列入其中,但实际去了便会折损印象。

我到达海文县时雨下得很大。这座小镇坐落在蓝岭山脉东南部的山谷中,几乎位于由华盛顿和里士满组成的三角形顶点。一块指示牌上写着"欢迎来到山谷",但其实海文县一点儿也不欢迎我。镇子很小,蒙着一层灰尘,连瓢泼大雨也无法洗去。一些房屋外面停着生锈的小卡车,除了一家快餐店和一家加油站旁边的便利店,只有迎宾酒吧那微弱的霓虹灯和对面深夜餐厅的灯光吸引着零星的旅客。或许在这里,参加过海外战争的老兵们每年只能雇一辆巴士,去其他地方悼念死去的同伴。

我住进了小镇边缘的海文风光汽车旅馆。旅馆只有我一个客人,大厅里弥漫着油漆的气味。这里或许本来是一栋不错的房子,却改建成了平平无奇的三层旅馆。

"二楼在装修。"店员说,他告诉我他叫鲁迪·弗莱,"你只能住顶楼了。本来我们不应该接收客人,但是……"他笑了笑,仿佛在说是他让我留下来的。鲁迪·弗莱身材矮胖,大约四十岁。他的腋下有陈年的黄色汗渍,身上隐约还能闻到医用酒精的气味。

我四下看了看。即使在最好的季节,海文风光汽车旅馆似乎也不会吸引什么游客。

"我知道你在想什么。"店员说。他一笑,便露出了闪亮的假牙:"你在想,为什么要在这种破地方花钱装修旅馆呢?"他朝我眨了眨眼,然后神秘兮兮地靠向桌子。"我告诉你吧,这里很快就不是破地方了。日本人要来了,他们要把这里变成金矿。不然他们来这里干什么?"他摇了摇头,大笑起来,"靠,到时候我们都富得拿钱擦屁股。"他递给我一把钥匙,上面缀着一块沉重的木头:"楼上的23号房。电梯坏了。"

房间蒙着一层灰尘,但是还算干净。有一扇门通往隔壁的房间。

我只花了不到五秒，便用小刀弄开了锁，然后洗澡、换衣服，开车回到镇里。

20世纪70年代的大萧条给海文县带来了沉重的打击，使原本就不多的工业从此消失。如果没有那段历史，小镇原本可能会恢复过来，找到另外的发展方式，但杀戮让它彻底陷入了衰败。即使大雨冲刷着商店和街道、居民和他们的房子、树木、小卡车、汽车和柏油路，却没有让海文县的空气变得清新。连雨水似乎都被这里弄脏了。

我在警长办公室门前停了车，但警长和阿尔文·马丁都不在。一位名叫华莱士的警察阴沉着脸，坐在桌子后面，正往嘴里塞多力多兹薯片。我决定明早再来，希望到时候有人愿意搭理我。

镇里的餐厅都关门了，只剩下酒吧和汉堡店。酒吧里灯光昏暗，仿佛外面的粉色霓虹标志消耗了太多电。"迎宾酒吧"的招牌倒是很显眼，但里面丝毫没有想要迎宾的意思。

音响里播放着蓝草音乐，吧台上方的电视正在播篮球赛，但是声音关着，既没有人在听，也没有人在看。几张桌子和长条的深色木头吧台旁大约有二十人，其中包括一对身材高大的夫妇，他们似乎把熊宝宝丢给了保姆。人们谈话的声音不大，我进来时，他们稍微停顿了片刻，但很快就恢复到之前的音量。

吧台附近，一伙人懒洋洋地围在破旧的台球桌旁，看着一个留着浓密黑胡子的大块头男人和一个急性子的老头打台球。那些人看了我一眼，目光又回到了台球桌上，谁都没有说话。在迎宾酒吧，打台球显然是一件严肃的事，喝酒则不是。台球桌旁的硬汉们都拿着百威淡啤，对常喝酒的人来说，这种酒就像苏打水配酸橙一样，喝多少都无所谓。

我坐在吧台的空座上，向酒保要了一杯咖啡。酒保的白衬衫在这里显得格外干净。他假装专心看篮球赛，故意忽略了我，于是我又招呼了一声。他的目光慵懒地转向我，仿佛我是一只在吧台上乱爬的虫子，而他刚刚打厌了虫子，不确定要不要把我也打死。

"我们不卖咖啡。"他说。

我顺着吧台看了一眼。一个身穿木工外套、头戴破旧猫牌儿帽子的老头和我相隔两个座位，他好像正在喝浓稠的黑咖啡。

"他自己带的？"我朝那边点了点头，问道。

"是吧。"酒保依然在看电视。

"那来瓶可乐吧。就在你身后的第二个架子上。蹲下的时候别扭了腰。"

很长一段时间，他都没动一下。然后他缓慢地转身，弯下腰，但眼睛依然看着屏幕。他凭借本能摸索到了柜门，把可乐瓶放在我面前，又在旁边放了一个没加冰的杯子。在吧台后方的镜子中，我看见有客人笑了起来，还听到一个女人低沉而醉醺醺的笑声，带有某种色情的意味。在吧台上方的镜子中，我看到是角落里一个长相粗犷的女人在笑，她的头发又粗又黑。一个胖男人不知在她耳边叽叽咕咕地说些什么，声音就像一只生病的鸽子。

我给自己倒上可乐，喝了一大口。它很温暖，还有些黏，我感觉它粘住了我的上颌、舌头和牙齿。酒保悠闲地用酒吧的毛巾擦了一会儿杯子，那条毛巾很脏，仿佛上一次清洗还是里根举行就职典礼的时候。他腻烦了，便走到我旁边，把毛巾放在我面前。

"路过吗？"他问，不过他的语气并不好奇，与其说是在提问，不如说是在向我提建议。

"不是。"我回答。

"那你来这里干什么？"他越过我，看向我身后打台球的人。我听见台球撞击的声音忽然停止了。他难听地笑了起来。"说说呗，"他把嘴咧得更大，装出有些拘谨的样子，"也许我能帮上忙。"

"你认识狄密特家的人吗？"

他脸上的笑容消失了，又怔了片刻。

"不认识。"

"那你应该帮不上什么忙。"

我站起身，在柜台上放了两美元，打算离开。

"'迎宾'这名字不错。"我说，"换个新牌子吧。"

我转过头，看见面前站着一个身材瘦小、贼眉鼠眼的家伙，身穿破旧的蓝色牛仔外套。他的鼻子上长满了黑头，牙齿很突出，像海象的长牙一样满是黄斑。他的黑色棒球帽上印着"街区男孩"，但并不是约翰·辛格顿[1]会喜欢的标识。这些字旁边不是匪帮的头像，而是一些3K党人的头像。

在牛仔外套里面，他的衣服上印着"普拉斯基"，上面还盖着某种印章。普拉斯基是3K党人的发源地，也是雅利安人一年一度聚会的地方。但我敢打赌，3K党那高高在上、臭名昭著的老大托姆·罗伯看见这个贼眉鼠眼、脸色惨白、智力低下的家伙如此渴望普拉斯基的空气，一定会被逗笑。毕竟，罗伯想用3K党吸引高知精英、律师和老师。大多数律师根本不想拥有他这样的客户，更别说是兄弟了。

然而，在新的3K党组织中，这个贼眉鼠眼的家伙可能依然会有自己的位置。每个组织都需要跑腿的人，而这个人充满了炮灰的气质。当他们冲进国会大厦，想要重新建立自己的合众国时，贼眉鼠眼的家伙一定会抢在前面，甘愿为此付出自己的生命。

那个打台球的大胡子出现在他身后，他的眼睛很小，身体肥胖，看起来很蠢。他的手臂很粗，但缺乏清晰的轮廓，迷彩T恤下方是凸起的肚子。T恤上面写着"杀死他们，让他们去见上帝"，但这个大块头并不是海军。他看起来就像个弱智，需要有人每天两次喂他吃饭并清理粪便。

---

[1] 约翰·辛格顿（John Singleton，1968—2019），电影《街区男孩》的导演，非裔美国人。

"你过得咋样?"贼眉鼠眼的家伙问。酒吧此时很安静,台球桌旁边的人们不再懒洋洋地看球,而是僵直地站着,期待接下来要发生的事。其中一个人笑了,用手肘戳了戳旁边的人。显然,贼眉鼠眼的家伙正在和他的伙伴互相配合。

"遇到你们之前还行。"

他点了点头,仿佛我说了什么有感染力的话,使他产生了天然的共鸣。

"你要知道,"我说,"我在托姆·罗伯的花园里撒过尿。"

这是真的。

"你要是离开这里,把车开走,就没什么事。"贼眉鼠眼的家伙想了想托姆·罗伯是谁,然后接着说,"你干吗不走呢?"

"谢谢你的建议。"我经过了他,但他的同伴用铲子般的手抵着我的胸口,手腕稍一弯曲,便把我推回到吧台旁。

"这不是建议。"贼眉鼠眼的家伙说。他用拇指指着那个大块头:"这是老六。你要是不回到车上赶紧滚开,老六就干死你。"

老六阴沉地笑了。这家伙大概没怎么进化好。

"你知道他为什么叫老六吗?"

"我猜猜,"我说,"他家里还有五个和他一样傻的哥哥?"

我大概没有猜对,因为老六收起了笑容,越过贼眉鼠眼的家伙,想用手掐住我的脖子。作为一个大胖子,他的动作算得上敏捷,但也没有太敏捷。我抬起右脚,用鞋跟踢中了老六的左膝。老六的骨头发出碎裂的声音,他摇晃了两下身体,嘴因为疼痛张得很大,绊了一跤,然后倒向了一边。

他的伙伴们都过来帮忙。他们身后有一阵骚动,一个矮胖的警察从人群中挤进来,此人大概四十岁,一只手握着手枪的枪托。他是华莱士,那个在吃多力多兹薯片的警察。他看起来惊恐而紧张。这种人选择当警察,是为了对付那些在学校里嘲笑他、偷他的午餐钱、时常揍他一顿的家伙。但他发现那些人现在依然在嘲笑他,即使他穿着制服,他们该动手时也还是会动手。不过,这一次他手里有枪,如果太害怕,他便会用枪指着他们。

"怎么了,克尔特?"

一开始没人说话,后来,贼眉鼠眼的家伙开口了:"只是有点儿情绪失控,华莱士。没犯法。"

"我没问你,加布。"

有人把老六抬了起来,放在一把椅子上。

"我看可不只是情绪失控吧。你们这群家伙最好到大牢里冷静一下。"

"别管他们了。"一个很低的声音说。说话者是一个瘦高的男人,目光深邃而冰冷,胡子上带有灰色的斑点。他很有权威,智慧也超过了那些阴险狡诈的同伴。说话时,他认真地打量着我,就像送葬者正在根据客户的身材确定棺材的尺寸。

"好吧,克尔特,不过……"他没有继续说下去,因为他知道这些人根本不会听他的话。他对着人群点了点头,仿佛是他自己做出了不再继续追究的决定。

"你最好离开这里。"他对我说。

我站起身,缓慢地走向门口。我离开的时候没有人说话。回到汽车旅馆,我给沃尔特·科尔打了个电话,询问斯蒂芬·巴顿被杀的案子有没有进展,但他不在办公室,家里开着语音信箱。于是我留下了汽车旅馆的号码,想要睡一会儿。

19

第二天清晨,天空灰蒙蒙的,又要下雨。由于前一天路途奔波,我的西装变得皱巴巴的,于是我便穿了卡其裤、白衬衫和黑外套。我甚至还翻出了一条黑色的丝绸领带,让我显得不那么游手好闲。我又一次开往小镇,没有看到红色的吉普车,也没有看到开那辆车的两个人。

我把车停在海文餐厅外,在对面的加油站买了一份《华盛顿邮报》,然后进去吃早餐。现在已经过了9点,但人们依然懒洋洋地坐在柜台或桌子边,谈论着天气。我猜他们也在谈论我,因为有些人专门朝我看,让旁边的同伴也注意到了我。

我坐在角落里的桌子上,翻阅报纸。一位中年女人走向我,她穿着白色围裙,蓝色制服的左胸处印着"桃乐茜"。她拿着便笺簿,我点了白面包、培根和咖啡。我点过餐后,她依然盯着我:"昨晚在酒吧,就是你和老六他们打起来了吧?"

"对,是我。"

她满意地点了点头。

"那我给你的早餐免单,"她苦笑了一下,又接着说,"但我可没有让你留下来的意思,你长得没那么帅。"她回到柜台后面,把我点餐的单子挂在铁丝上。

海文县的主街上没有多少车,也没有什么行人。大多数汽车和卡车只是从这里路过,前往别的地方。这个小镇的每一个清晨都像是阴冷的周日。

我吃完了饭,在桌子上留下小费。"桃乐茜"趴在柜台上,用胸部抵着光滑的桌面。"再见啦。"我离开的时候,她这样说道。有些客人短暂地回头看了我一眼,然后继续吃早餐、喝咖啡。

我开车驶向海文县公共图书馆,那是一栋新的单层建筑,位于小镇的另一边。柜台后面坐着一个三十岁出头的美丽的黑人女子和一个年长些的白人女性。白人女性的头发就像钢丝球一般,我进来时,她厌恶地看了我一眼。

"早上好。"我说。年轻的女子有些不安地笑了笑,而那个白人正在清理柜台后面,虽然那里已经很整洁了。"请问当地的报纸在哪里?"

"以前有《海文要闻》,"年轻的女子思考了片刻,回答道,"现在已经没有了。"

"我想找过去的新闻。"

她看向另一个女人,似乎在寻求帮助,但对方依然在整理柜台后面的报纸。

"有一些缩微的版本,在阅读器旁边的柜子里。你要找多久前的新闻?"

"不算太久。"我一边说,一边走向柜子。《海文要闻》的缩微胶片是根据日期排列的,分放在十个抽屉内的许多小方盒中。然而,关于海文县谋杀案那年的盒子并没有放在正确的位置。为了排除被放错的可能性,我翻看了所有的盒子。但我感觉,那些文件可能不会面向一般的访客。

我回到了柜台前,年长些的白人女性已经不在那里。

"我要找的文件不在。"我说。年轻女子显得有些困惑,但我觉得其实她并不困惑。

"你要找哪一年的?"

"1969年、1970年，也许还需要1971年的。"

"抱歉，那些文件——"她似乎正在寻找一个靠谱的借口，"被研究机构借走了。"

"噢，"我说，努力露出开朗的笑容，"没关系，我看现有的资料就行。"

她似乎如释重负。我回到阅读器旁边，翻看文件，试图寻找有用的内容，但一切都非常无聊。三十分钟后，我才有了新的机会。一群孩子来到了图书馆的少儿区，一道由木头和玻璃组成的屏风将那里与成人区分隔开。年轻女子跟上了他们，背对着我，和孩子以及他们的老师说话。金发的老师很年轻，似乎没毕业多久。

年长些的白人女性没有回来。在成人区后方的门厅里，有一道棕色的门半开着。我溜到柜台后面，尽量安静地翻弄着抽屉和柜子。我甚至蹲下身，经过了少儿区的入口，但图书管理员依然在照顾那些小客人。

我在最底下的抽屉中找到了"失踪"的文件，它们被放在小小的硬币盒旁边。办公室的门响了一声，我听见轻轻的脚步声正在靠近，于是把文件装进了外套的口袋，离开柜台。年长些的白人女性回来时，我刚刚来到一座书架旁。她在柜台入口停留了片刻，朝我的方向不满地看了一眼，又看向我手中的书。我鼓起勇气对她微笑，并回到了阅读器旁。我不知道她什么时候会检查那个抽屉，并要求我把文件还回去。

我先查看了1969年的文件。虽然1969年《海文要闻》每周才发行一份，但我依然需要一些时间。报纸上没有提到失踪的事情。即使在1969年，黑人似乎也很不受重视。报纸上有很多关于教会活动、历史社会讲座和当地婚礼的信息，也记录了一些轻微的犯罪行为，比如交通违章和酒后闹事。然而，普通读者通过这份报纸并不会得知海文县有孩子失踪。

在11月的一期，报纸上出现了一个名叫沃尔特·泰勒的人。那篇报道旁边有一张照片，上面是一个英俊的男人被白人警察戴上手铐并带走了。照片上方的标题是：《袭击警长男子被警方逮捕》。报道中的文字很简略，但可以从中得知：泰勒闯入了警长办公室进行破坏，并袭击了警长本人。这次袭击的原因只出现在最后一段。

"泰勒的女儿以及另外两个孩子失踪了。他们这群黑人受到了警长的审问。最终，他被无罪释放。"

1970年的文件内容更加丰富。1970年2月8日夜晚，艾米·狄密特失踪了。当时她正要去一个朋友家送她妈妈做的果酱。她没有到达那里，碎裂的果酱罐子在距离她家大约500码的人行道上被发现。这篇报道旁边放了她的照片，还详细描述了她当时的衣着，并对她的家庭进行了简单的介绍：她的父亲厄尔是一位会计；母亲桃乐茜是家庭主妇，也在学校兼任教师；妹妹凯瑟琳是个招人喜欢的孩子，很有艺术天赋。这篇报道又持续了几周：《关于海文县失踪女孩的搜查》《关于狄密特失踪事件的另外五点疑问》《艾米几乎没有生还的希望》。

我又花了半小时浏览《海文要闻》，但是没有得到更多关于谋杀案的消息，也没有看到任何最终的结论。唯一有关的报道是，四个月后，阿德莱德·莫迪恩死于火灾，其中也提到了她哥哥的死亡。报道没有描述他们两人的死亡详情，只在最后一段有一些暗示："海文县警长办公室本急切想与阿德莱德·莫迪恩和威廉·莫迪恩谈谈艾米·狄密特及其他孩子的失踪。"

读者很容易看出，阿德莱德·莫迪恩或她的哥哥威廉可能是主要的嫌疑人，或许他们两个都是。当地的报纸不需要登出所有的新闻，毕竟有些事情大家都已经知道。所以有时本地新闻会让外来人摸不着头脑。年长些的白人女性正用恶毒的目光看着我，于是我复印好相关的文章，把它们放好并离开了。

海文县警长办公室的巡逻警车停在我的车前方，那是一辆棕黄色的维多利亚皇冠汽车。一个警察穿着干净、平整的警服，靠在我的车

151

门上,正在等我。走近后,我看见了他衬衫下方的肌肉。他的目光死气沉沉的,看起来就像个傻瓜,一个身材很好的傻瓜。

"你的车吗?"他说话带有弗吉尼亚口音。他的拇指插入枪带,枪带里面放着一尘不染的手枪。他胸前的名牌上十分醒目地印着"伯恩斯"。

"是啊。"我模仿着他的口音。这是我的一个坏习惯。他的下巴原本就绷得很紧,现在变得更紧了。

"你来这里找旧报纸?"

"我是填字游戏迷,以前的游戏更有意思。"

"你也是个作家?"

从他的口气,我听出他不怎么看书,大概只看有图的书和《圣经》。"我不是。"我说,"你们这里有很多作家吗?"

我觉得他还是认为我是一个作家。也许他觉得我很爱看书,或者他会觉得每个和他不熟的人都可能有文学上的爱好。大概是图书管理员出卖了我,她认为我一定又是个想靠海文县从前的事情捞钱的三流写手。

"我送你离开这里吧。"他说,"我已经带来了你的包。"他走到巡逻车旁边,从前座取出我的背包。我开始厌倦这位名叫伯恩斯的警察了。

"我还不打算走。"我说,"你可以把包放回我的房间。对了,记得把我的袜子放在抽屉左侧。"

他把包丢在路边,走向我。"等等。"我说,"我带了身份证。"我把手伸进外套的内袋中,"我——"

虽然这样很蠢,但我当时又热又累,又厌烦了伯恩斯,所以脑子不太清楚。他看了一眼我的枪托,把自己的枪拿在了手中。伯恩斯的动作很敏捷,也许对着镜子练过。几秒钟内,他便拿走了我的枪,用闪亮的手铐扣住我的手腕,把我带到了他的车旁边。

20

我在牢房里待了三四个小时,小心谨慎的伯恩斯既拿走了我的枪,又拿走了我的手表、钱包、身份证、笔记本,还有我的腰带和鞋带,以免我因为惹恼了图书管理员而悔恨万分,选择上吊自杀。这些物品由名叫华莱士的警察保管,他向伯恩斯提到了昨晚我在酒吧中引发的冲突。

不过,这个牢房是我这辈子见过的最干净的一个,就连厕所好像都能用,似乎用了也不会生病。为了打发时间,我开始梳理从图书馆缩微胶片中获得的信息,试着将一些已知的画面填入拼图,努力不去想旅人以及他正在做什么。

终于,外面传来一阵声响,牢房的门被打开了。我抬起头,发现一个身材高大、穿着制服的黑人正在看我。他看上去不到四十岁,但他走路的方式和经验丰富的眼神暴露出其实他不止这个年纪。看着他优雅的步伐,我猜测他可能打过拳击,也许是中量级或轻重量级的选手。他看起来比华莱士和伯恩斯加起来还要聪明,虽然不会有人为此给他颁发奖章。我想他就是阿尔文·马丁。我没有着急起来,以免他以为我不喜欢这整洁的牢房。

"你想再待几小时吗?还是等着别人接你出去?"他似乎来自底特律或芝加哥,没有南方口音。

我站了起来,他移开身体,让我过去。华莱士等在走廊尽头,他将拇指插在腰带中,仿佛这样可以减轻肩膀的负担。

"把他的东西还给他。"

"枪也还吗?"华莱士问,但是并没有动。华莱士的神情表明,他不习惯听从黑人的命令,也不太愿意听从。我发现,他和真正聪明、负责的警官毫无相似之处,倒是更像那个贼眉鼠眼的家伙和他的朋友们。

"枪也要还。"马丁看了华莱士一眼,平静而疲惫地回答。华莱士就像一艘丑陋的航船,从墙边出发,潜入柜子后面,最终拿着一个棕色的信封和我的枪回来。我签了字,马丁朝着门口点头示意。

"上车吧,帕克先生。"外面天色渐暗,一阵凉爽的风从山上吹来。一辆小卡车在远方的道路上驶过,后面放着猎枪架,由一只脏兮兮的猎狗看管。

"后面还是前面?"我问。

"坐前面吧,"他回答,"我信任你。"

他启动了巡逻警车。我们沉默了一会儿,空调将凉风吹在我们的脸上和脚上。小镇的边界消失在我们身后,我们进入了树木丰茂的森林,道路开始变得蜿蜒而曲折。远处有一盏灯亮了起来。我们把车停在一家白人餐厅路对面的停车场中,这家绿河餐厅闪烁着绿色的霓虹灯。

我们在后面找了个座位,距离其他客人很远。那些人好奇地看了我们一眼,又继续吃饭。马丁摘下帽子,给我们两个点了咖啡,然后回到座位上看着我。"一个没有执照的侦探拿着枪闯入当地的警察局,说明自己的来意,倒也无所谓。不过在酒吧打人、去图书馆偷文件就不太好了吧?"他说。

"我致电的时候你不在。"我说,"警长也不在,你的朋友华莱士既不请我吃饼干,也不给我讲种族笑话。"

我们的咖啡好了。马丁在自己的杯中加了奶精和糖,而我只加了牛奶。

"我打了几个电话。"马丁搅拌着他的咖啡,"一个姓科尔的人愿意为你担保,所以我才没有把你赶出去,至少现在还没有。而且你昨晚还敢在酒吧把某个浑蛋揍了一顿,这说明你挺有公民责任感。说吧,为什么你要到这里来?"

"我在找一个名叫凯瑟琳·狄密特的女人。我认为她上周可能来过海文县。"

马丁皱起了眉头。

"她和艾米·狄密特有关系吗?"

"是她的妹妹。"

"噢,那你为什么觉得她可能在这里?"

"她在公寓里的最后一通电话打到了警长厄尔·李·格兰杰家。那天晚上,她也给你们办公室打了几通电话。从那以后,再也没人听过她的消息。"

"有人雇你找她?"

"我只是自己想找。"我不带感情地说。

马丁叹了口气。

"六个月前,我才从底特律来到这里。"他沉默了一会儿,又接着说道,"我的太太和孩子也一起来了。我的太太是助理图书管理员,你应该见过她。"

我点了点头。

"州长觉得这里的黑人警察太少了,当地的有色人种和警察的关系可能不太好。所以在这里设置了一个岗位,我便提交了申请,主要是为了让我的孩子离开底特律。我父亲的老家是格雷特纳,离这里不远。我来之前,根本不知道这里的谋杀事件,但现在了解了一些。

"这座小镇也和那些孩子一起死去了。没有新的居民搬来,有些追求的人都搬走了,留下来的人基因多样性不足。

"一两个月之前,我听说这里会有新变化。一家日本公司对这里很感兴趣，想要搬到距离小镇半英里的地方。他们研究、开发电脑软件，喜欢私密环境，想待在安静独立的小地方，就像在日本。他们会在小镇大量消费，为当地人提供工作机会，或许还能抹去小镇从前的阴影。说实话，这里的人不喜欢替日本人工作，但也知道他们自己根本没有前途。所以只要不替黑人工作，他们大概怎么都愿意吧。

"他们最讨厌别人挖掘小镇过去的历史，探寻那些死去的孩子的事情。他们可能很蠢，或许还是种族主义者，有人爱打架，有人家暴，但他们也想拥有新机会，所以会对付那些想要阻挠他们的人。就算他们不阻止你，厄尔·李也会阻止。"

他伸出一根手指，故意在我面前摇晃。"你知道我在说什么吗？大家都不想让人调查三十年前一群孩子被杀死的事情。我不知道凯瑟琳·狄密特为什么要回到这里，她的家人都不在了，这里也不会有人欢迎她。不过她没回来。如果她回来了，这件事肯定会传开的。"

他喝了一口咖啡，咬着牙说："靠！竟然是凉的。"他招呼服务员，又要了一杯。

"我也不想在这里待太久。"我说，"但我觉得凯瑟琳·狄密特可能回来过，至少她想要回来。她想和警长谈谈，我也想。警长去哪儿了？"

"他请了假，到别的地方去了。"马丁说，他捻了捻帽檐，让帽子在塑料椅子上旋转。"他快回来了。本来应该是今天，但是他可能明天才会回来。在这种地方，除了醉酒、家暴和一些小破事，没有什么案子。但是他见到你可能不会太高兴。其实我也一样，不过我没有冒犯的意思。"

"没关系。无论如何，我都要等到警长回来。"无论马丁高不高兴，我都想知道更多关于莫迪恩谋杀案的事情。如果凯瑟琳·狄密特触及了她的过去，那我也要触及，否则我根本无法了解这个我正在寻找的女人。

"我也想和别人聊聊那些谋杀案。我需要了解更多。"

马丁闭上了眼睛,疲倦地用手拂过眼皮。"你没有认真听我说……"他开口道。

"不,是你没有认真听。我在找一个女人,她可能遇到了麻烦,希望向这里的某个人求助。离开之前,我要知道她到底在不在这里。我可能会大动干戈,把那些日本救星吓回东京。但是如果你肯帮我,我们就能悄悄调查,用不了几天,我就不会再打扰你了。"

我们两个都很紧张,身体隔着桌子朝彼此靠近。有些客人看向我们,甚至忘了吃饭。马丁扫了他们一圈,目光又回到了我身上。"好吧。"他说,"当时的知情人大多死了或搬走了,还有些人因为感情或钱的关系,不愿意提到那件事。大概只有两个人愿意开口。一个是医生的儿子,他父亲当时在场。他叫康奈尔·海姆斯,在镇里开了一家律师事务所。你需要自己去找他。

"另一个是沃尔特·泰勒。他的女儿是第一个死者,他住在镇外。我会先和他聊一聊,或许他愿意见你。"他起身打算离开,"干完该干的事,你最好赶紧走,我再也不想见到你了,明白吗?"

我没有说话,跟着他走向门口。他停下来,回头看着我,把帽子戴在头上。"还有一件事,"他说,"我会和酒吧里那些家伙说一声。但你要记住,他们一点儿也不喜欢你。说实话,很多人要是知道你来这里的原因,都不会待见你。他们可能会到处打听你,所以你在镇里最好低调一点。"

"我看到一个叫加布的家伙,穿着3K党的衣服。"我说,"你们这里3K党的人很多吗?"

马丁鼓起脸颊,深呼一口气:"哪有什么3K党,在这种穷地方,傻瓜总觉得自己没钱是别人的错。"

"还有一个人,你们的警察管他叫克尔特,他看起来倒是不太傻。"

马丁从帽檐下望着我:"克尔特不傻。他是议会的议员,还说唯一能让他下台的方式就是开枪打死他。他要是有兴趣收拾你,可能还会多得几十票。靠,他或许还会送你一枚竞选徽章呢。

"这里不是佐治亚州、北卡罗来纳州,甚至不是特拉华州,哪儿来的3K党?别想太多。你来付咖啡钱吧。"

我在收银台上放下钱,出门走向马丁的车,但他已经把车开走了。我看见他在车里摘下了帽子。那顶破帽子似乎不太舒服。我回到餐厅,又点了一杯咖啡,然后呼叫了海文县唯一的出租车运营商。

21

我回到汽车旅馆时,已经过了下午6点。我记下了康奈尔·海姆斯的办公室和家庭地址,但我开到他的办公室附近,发现所有的灯都没有开。我给汽车旅馆的工作人员鲁迪·弗莱打电话,询问贝尔农场公路怎么走。海姆斯和警长厄尔·李·格兰杰的家都在那里。

我小心地行驶在弯道上,寻找着弗莱提到的隐藏入口,偶尔也会通过后视镜观察那辆红色吉普是否在跟着我。但我没有看到它。我错过了贝尔农场公路的入口,只得再折回来。标志被矮树丛遮住了一半,指向一条弯曲、布满车辙、种着许多常青树的小路。我沿着小路行驶,最终看见了一排矮小而整洁的房子,院子是长方形的,后面似乎还有很大的空间。海姆斯的家位于最里面,是一栋宽敞的双层白色木屋。一扇结实的橡木大门顶部有扇形的磨砂玻璃,下方罩着纱门,旁边有一盏灯。门厅内也亮着灯。

我停下车后,一个灰色头发的男人打开了里面的门,有些好奇地看着我。他穿着红色的羊毛开衫,里面是一件开领条纹衬衫,下身是灰色的休闲裤。

"是海姆斯先生吗?"我一边问,一边走向门口。

"有什么事吗?"

"我姓帕克,是个侦探。我想和你聊聊有关凯瑟琳·狄密特的事情。"

他沉默了一会儿。我们中间依然隔着那道纱门。

"你想聊凯瑟琳，还是她的姐姐？"他终于开了口。

"都想。"

"我能问为什么吗？"

"我想找到凯瑟琳。我感觉她可能回来过。"

海姆斯打开了纱门，站在一旁等我进来。房间里的家具都是用深色木头制成的，地板上铺着看起来很贵重的巨大毯子。他把我带到一间位于房屋后方的办公室。桌上散落着文件，还有一台亮着屏幕的电脑。

"你想喝点什么吗？"他问。

"不用了，谢谢。"

他从桌子上拿起一只白兰地酒杯，示意我坐在对面的椅子上，然后自己也坐了下来。我现在能看清他的样子了。他神情严肃，很有贵族气质，双手又细又长，指甲修剪得很整齐。房间里很温暖，我嗅到了他身上古龙香水的气味。这种香水大概很贵。

"这已经是很久之前的事情了，"他说，"许多人都不愿意提起。"

"其中包括你吗？"

他耸了耸肩，笑了起来："我在这里有自己的职位，也需要扮演自己的角色。我在这儿生活了大半辈子，除了读大学和去里士满实习便没有离开过。我的父亲在这里工作了五十年，一直干到死去的那天。"

"我知道他是一名医生。"

"他不仅是医生，还是法律顾问，如果当地的牙医不在，他也会顶上来。他什么都会做。那些谋杀案对他的打击很大，他还帮忙进行了验尸。我想，即使在睡梦中，他也从来没有忘记过那些事。"

"那你呢？当时你也在场吗？"

"我当时在里士满工作，所以每天在海文县和里士满之间通勤。

我也知道发生了什么,但是不太愿意提起。四个孩子死去了,而且死得很惨。最好让他们安息吧。"

"你还记得凯瑟琳·狄密特吗?"

"我知道那家人,但是凯瑟琳比我小很多。她高中毕业之后就离开了这里,除了她父母的葬礼,我不记得她什么时候回来过。她上次回来至少是十年前,在那之后,她家的房子就被卖掉了,出售的过程由我监督。为什么你觉得她会回来?这里没有什么值得她怀念的,至少没有什么好事。"

"我也不确定。她最近往这里打过几通电话,然后就消失了。"

"这也不能说明什么。"

"确实。"我承认道。

他转动杯子,看着琥珀色的酒在杯中旋转,然后噘起嘴,目光透过玻璃杯打量着我。

"关于阿德莱德·莫迪恩和她的哥哥,你有什么可说的吗?"

"我认为他们并没有杀死那些孩子的嫌疑。他们的父亲很古怪,大概是个慈善家吧,死的时候钱都存在一家信托基金里。"

"在谋杀案发生之前,他就已经死了吗?"

"在案发前的五六年吧。他在遗嘱中说,要将信托基金中的收益永久地赠予某些慈善机构。从那时起,接受捐赠的慈善机构又增加了许多。我的职责是在一个小型委员会的协助下管理这家信托基金,所以了解这些事情。"

"那他的女儿和儿子呢?他们有生活保障吗?"

"他们完全不缺钱。"

"那两个人死去之后,他们的财产怎么办?"

"州政府希望接管他们的财富和资产。我们代表镇里的居民提出异议,最终达成了协定。土地被出售,所有的资产都被纳入了信托基金,而基金的一部分将被用于镇里的发展。所以我们有很好的图书馆、现代化的警长办公室、设施齐全的学校、顶级的医院。镇里没有太多设施,但仅有的设施都是由信托基金赞助的。"

"无论好坏,这里的一切都和死去的那四个孩子有关。"我说,"关于阿德莱德和威廉,你还有什么可以说的吗?"

海姆斯的嘴微微抽动了一下:"我刚刚也说了,那是很久之前的事,我不太愿意提起。我和他们两个也没有联系。莫迪恩家很有钱,他们上的都是私立学校。我们没有什么交集。"

"你父亲和他们家熟悉吗?"

"我父亲接生了威廉和阿德莱德。我想起一件怪事,但对你可能没什么帮助:阿德莱德是双胞胎之一。她的双胞胎兄弟胎死腹中,不久之后,他们的母亲也因并发症死去了。她的死亡令人意外,因为她的身体很强壮,脾气也很暴躁,我父亲以为她会比所有人都活得久。"他喝了一大口酒,目光因回忆变得锐利起来,"帕克先生,你对斑鬣狗有了解吗?"

"没有。"我坦诚地说。

"斑鬣狗一般都是双胞胎,幼崽出生时发育得很好,毛已经长全,还长了锋利的门牙。在羊膜囊中,一只幼崽便开始袭击另一只,常常会把它咬死。胜利者一般都是雌性,如果它的母亲是族群女王,它也会成为女王。这是一种母系氏族的文化。相比雄性的成年斑鬣狗,雌性的斑鬣狗幼崽体内拥有更多睾酮,因此雌性斑鬣狗在子宫中便拥有了雄性的特征。即使成年之后,斑鬣狗的性别也很难分辨。"

他放下了杯子:"我父亲痴迷于博物学。他对动物世界很着迷,很喜欢将动物与人类的世界进行对比。"

"他在动物世界找到了与阿德莱德·莫迪恩类似的例子?"

"某种意义上或许如此。他不太喜欢她。"

"莫迪恩兄妹死去时你在这里吗?"

"我是在阿德莱德·莫迪恩的尸体被发现的前一天回来的。我参与了验尸。或许是出于可怕的好奇心吧。不过，帕克先生，我已经没有什么可说的，而且我还有许多工作要完成。"

他带我来到门口，推开纱门想让我出去。

"海姆斯先生，你好像一点儿也不想帮我找到凯瑟琳·狄密特。"

他深深地吸了一口气："帕克先生，是谁建议你和我谈谈的？"

"是阿尔文·马丁提到了你。"

"马丁先生是个好人，他是个认真负责的警察，对镇里做出了很大贡献。但他在这里待的时间还很短。"海姆斯说，"我不愿意说起这些事，是因为它们关乎客户的机密。帕克先生，我是镇里唯一的律师。无论拥有怎样的肤色、收入、宗教或政治信仰，这里的人几乎都走进过我的办公室，其中也包括那些死去的孩子的父母。关于这里发生过的事情，我知道得很多，其中有些我并不想知道。但我不打算告诉你。很抱歉，这件事到此为止了。"

"我明白了，海姆斯先生。但我还想问一件事。"

"是什么？"他疲惫地问。

"格兰杰警长也住在这条路上，对吧？"

"格兰杰警长住在隔壁，就是右边的那栋房子。他的家从未遭过窃贼，帕克先生，这件事还挺重要的。晚安。"

我开车离开时，他依然站在纱门后面。我看了一眼警长的家，发现所有的灯都关着，院子里也没有车。回去的途中，雨又下了起来。雨滴落在挡风玻璃上，当我到达郊野时已经变成了瓢泼大雨。我在雨里看见了汽车旅馆的灯光，也看见鲁迪·弗莱站在门口，他望着森林和远方幽深的黑夜。

我停车的时候，弗莱已经回到了接待桌后面。

"除了把别人赶走，这里的人还有什么娱乐活动吗？"我问。

弗莱做了个鬼脸，努力分辨出我的讽刺和问题本身。"除了在酒

163

馆喝酒,也没什么可干的。"他思索了一会儿才回答。

"我已经尝试过,但是不太喜欢。"

这一次他思索得更久一些。我以为他要开始抽烟,然而并没有。

"多里安有家餐厅,大概在东边20英里之外。它叫米兰餐厅,是意大利人开的。"说到意大利,他的语气很奇怪。除了滴油的快餐,他似乎不喜欢任何意大利食品。"我没在那儿吃过饭。"他吸了吸鼻子,仿佛表示他对欧洲的一切都有所怀疑。

我谢过了他,然后回到房间洗了个澡,换了身衣服。我已经厌倦了海文县的敌意。如果鲁迪·弗莱不喜欢哪个地方,或许我会喜欢那里。我仔细地查看了停车场,然后离开海文县,前往多里安。

多里安并不比海文县大多少,但那里有一家书店和几家餐厅,因此成为文化绿洲。我在书店买了一本康明斯的诗集,然后到米兰餐厅吃饭。

米兰餐厅的桌子上铺着红白相间的桌布,蜡烛放在罗马斗兽场的微缩模型上面。餐厅几乎坐满了人,食物看起来不错。一位戴着红色领结的苗条领班迎接了我,把我带到角落里的一张桌子旁边,这样便不必惊动其他客人。为了让他们安心,我拿出了康明斯诗集,一边阅读《我从未去过的地方》,一边等待点餐。我享受着诗歌中的抑扬顿挫和温柔的情色氛围。

我们认识之前,苏珊没有读过康明斯的诗歌。恋爱初期,我送了她几本他的诗集。在某种意义上,我让康明斯替我表达了爱意。在写给她的第一封信中,我还引用了康明斯的一句诗。现在回想起来,那是一封情书,却也是一份祈祷,祈祷时间对她温柔一些,因为她那么美丽。

一位侍者走过来,我点了意式烤面包和培根蛋酱意大利面,外加一杯水。我环顾餐厅,发现没有人注意我,这是一件好事。我没有忘记安格尔和路易斯的提醒,也没有忘记红色吉普车里的两个人。

食物被端了上来，它们非常好吃。令我惊讶的是，我的胃口还不错。我一边吃，一边想着海姆斯告诉我的信息和报纸上的内容。我想起了沃尔特·泰勒那张英俊的脸，以及他被警察包围的画面。

我也想到了旅人，但很快就将与他有关的画面逐出了脑海。吃过饭后，我又开车回到了海文县。

22

  我的外公曾说,世界上最恐怖的声音便是将子弹装进一把瞄准你的泵动式霰弹枪中的声响。那声音顺着楼梯向上,吵醒了睡在汽车旅馆中的我,我的手表显示现在是凌晨3点30分。数秒之后,声音穿过房门,爆炸声在沉寂的夜色中震耳欲聋。子弹一颗接一颗地打在我的床上,羽毛和棉花飘在空中,就像许多白色的飞蛾。

  但我已经站起身,手里拿着枪。连接两个房间的门关着,所以我这一侧听到的枪声要小一些。他们也听不到我推开房门冲向走廊的声音,因为即使已经不再开枪,他们的耳朵里也依然充斥着枪声。为了避免被偷袭,我选择睡在另一个房间,看来这个决定是正确的。

  我迅速闯进走廊,转身并用枪瞄准对方。红色吉普车里的男人站在走廊中,拿着一把伊萨卡12号口径泵动式霰弹枪。即使在昏暗的灯光下,我也能看见他的脚下没有弹壳。开枪的一定是那个女人。

  那个女人在屋里咒骂着,而他扭头看着我。转身时,他放下了枪管。我开了一枪,一朵深红色的玫瑰在他的喉咙间绽放,鲜血像花瓣一般落在他的白衬衣上。他用手去捂自己的脖子,枪掉落在地毯上面。他跪下来,身体倒在地上,像离开了水的鱼一般抽搐着。

  门框后面露出另一支猎枪的枪管。那个女人对着走廊肆意开枪,使墙上的水泥四处飞溅。我感觉右肩被扯了一下,随后手臂一阵剧痛。我想握住手枪,却不慎将它掉在了地上。女人还在不停地开枪,子弹在空中呼啸而过,击中了我周围的墙壁。

我沿着走廊一直跑,穿过一扇门,看见了防火楼梯。枪声停止时,我从楼梯上连滚带爬地跑了下来。我知道,一旦确认同伴已死,她一定会追上我。如果他还有活下来的机会,那她可能会选择救他,以及她自己。

我已经到了二楼,听见脚步声从头顶的楼梯传来。我的手臂痛得厉害,也知道自己来不及下到一楼就会被她追上。

我穿过一扇门,来到二楼的走廊。地上铺着塑料布,两边的墙上各靠着一把尖塔般的梯子。空气中充满了油漆和稀释剂的味道。距离那扇门20英尺远的地方有一个小小的壁柜,只有靠近才能看见,里面有一根消防软管和一台笨重的老式水基灭火器。我自己的房间附近也有同样的壁柜。我跳了进去,靠在墙上,努力控制呼吸。我用左手举起了灭火器,想要夹在右侧的腋下作为武器,却发现根本做不到。我的手臂流了太多血,使不上劲儿,灭火器又太笨重了。我听见那个女人的脚步慢了下来,她轻轻地打开门,来到了走廊中,踩在了塑料上。她踢开了第一扇门,发出巨大的声响,然后是第二扇。她正在靠近我,虽然脚步很轻,但塑料依然发出了动静。我拿起消防软管,等待着她,感觉到血从手臂涌出来,顺着指尖流到地上。

当她的身体与壁柜平行时,我如同挥动鞭子一般,将消防软管甩了出去。笨重的黄铜管口打在她的脸中央,我听见了骨头碎裂的声音。她踉踉跄跄地后退,本能地用左手挡住了脸,又开了一枪,但没有打中我。我再次挥动消防软管,她想要抓住它,却失败了,这一次管口打中了她头的侧面。她呻吟起来。我趁机以最快的速度跳出了壁柜,左手握着消防软管的黄铜管口,用软管缠住了她的脖子,就像一条蛇一般。

她本想用手抓着猎枪,将枪托抵在大腿上,把子弹射出来。然而,她满脸是血,血顺着右手的指尖流到地上。我朝她的枪踢了一脚,让它从她的手中掉落,然后身体抵着墙,用力抱住她的身体,一

167

条腿缠住她的腿，另一条腿紧紧地扯着消防软管，这样她便不能动弹了。我们像恋人一样站在那里，我将软管紧紧地缠在手腕上，手中的管口已被鲜血浸湿，她挣扎了一阵子，然后瘫软了。

我把软管从她脖子上卸下来，用手扛着她，从楼梯来到了一楼。她的脸已经发紫，我知道自己差点儿杀了她，但还是不想让她离开我的视线。

鲁迪·弗莱面色苍白地躺在办公室的地上，脸上和颅骨处的血已经凝结。我给警长办公室打了电话，几分钟后便听到了警笛声，看见红色和蓝色的灯光在昏暗的大厅中闪烁。血和灯光又让我想起了那个夜晚，以及苏珊和詹妮弗的死去。阿尔文·马丁拿着枪走进来时，我已经因休克而感到恶心，几乎难以站起来。我眼中的红光就像火焰一般。

"你可真幸运。"老医生说，她的笑容里既有惊讶，又有担心，"就差几英寸，阿尔文就要写悼词了。"

"我还挺想知道他会写些什么。"我回答。

我坐在海文县医院急救室的桌子上。这家医院虽然很小，却设施齐全。我胳膊上的伤不重，却流了很多血。医生已经帮我清理好伤口并绑上了绷带，我用那只好手拿着一瓶止痛药，感觉自己像是被一辆经过的火车擦了一下。

阿尔文·马丁坐在我旁边。华莱士和另一个我不认识的警察待在大厅，看守着那个女人所在的房间。她还没有恢复意识。从医生和马丁匆匆的谈话中，我听出她大概陷入了昏迷。鲁迪·弗莱也没有恢复意识，虽然医生认为他的伤口有望恢复。

"有什么关于杀手的消息吗？"我问马丁。

"还没有。我们把照片和指纹传给了联邦调查局。晚些时候，他们会从里士满派一个人来。"墙上的钟显示现在是清晨6点45分，外面还在下雨。

马丁问医生:"伊莉斯,能不能让我们单独聊一会儿?"

"行,不过别让他太紧张。"他对医生笑了一下,然后医生便出去了。然而,当他对我开口时,脸上的笑容已经消失:"有人在悬赏要你的人头吗?"

"我确实听到过一些传言,仅此而已。"

"去他妈的传言!鲁迪·弗莱都快死了,停尸房里还有一个无名的尸体,脖子上有个洞。你知道是谁要杀你吗?"

"我知道。"

"那你会告诉我吗?"

"不会,现在还不行。我也不会告诉联邦调查局的人。你暂时别让他们来烦我。"

马丁听后差点儿笑了:"我凭什么要帮你?"

"我要完成来这里的任务,找到凯瑟琳·狄密特。"

"这些人开枪打你,和她有关系吗?"

"我也不清楚。可能有关系,但我还不知道是什么关系。我需要你帮忙。"

马丁咬着嘴唇:"镇议会都快要疯了。他们觉得如果日本人听到了风声,他们宁肯跑到白沙公园开工厂,也不会来这里。大家都想把你赶走。其实,他们希望我把你拘留起来,打一顿再赶走。"

一个护士走了进来,马丁便安静下来,不再说话,更像是在生闷气。护士说:"帕克先生,你有一通电话,是纽约的科尔警督打来的。"

我站起来时,因为手臂的疼痛趔趄了一下,她似乎有点儿同情我。那一刻,我忍不住接受了她的同情。

"你别动,"护士微笑着说,"我拿一台分机过来,你就可以在这里接电话了。"

几分钟后,她拿着电话回来,把电话线插入墙上的一个盒子中。阿尔文·马丁在我身边迟疑地徘徊了一会儿,然后走了出去,只剩下我一个人。

"是沃尔特吗?"

"有个警察打电话过来。出了什么事?"

"有两个人想在汽车旅馆杀我,一男一女。"

"你伤得厉害吗?"

"胳膊中了一枪,不太严重。"

"杀手逃跑了?"

"没有。男的死了,女的大概昏迷了吧。他们正在上传照片和指纹。你那边有什么消息吗?关于詹妮弗的事情呢?"我原本不想想起她的脸,但它却悬在我意识的边界处,就像一个位于视线边缘的影子。

"那是一个标准的医用储藏罐,上面什么线索都没有留下。我们本想和生产商核对编号,但这家工厂1992年就倒闭了。我们还在尝试寻找从前的记录,但是希望渺茫。包装纸在随便一家礼品店都能买到,上面也没有指纹。实验室正在检测皮肤样本,想看看能不能从中发现什么。技术人员说,他对电话动了手脚,要不然无法让来电显示电话亭的号码,我们可能也没法进行追踪。如果还有什么新消息,我会第一时间告诉你。"

"斯蒂芬·巴顿呢?"

"也没什么消息。我就知道这点事情,真怀疑我到底适不适合当警察。正如法医所说,他先是被敲晕,然后又被勒死了。有人开车把尸体带到停车场,丢进了下水道。"

"联邦调查局的人还在找桑尼吗?"

"我没听到别的消息,但他们应该也不太走运吧。"

"这段时间就没什么运气。"

"之后可能会好点儿。"

"库柏知道这里的事吗？"

我听见沃尔特在电话另一头快要笑出声来，却又忍住了："他还不知道。或许晚点我会告诉他。只要不影响信托基金，应该就没什么问题。但他雇的侦探在汽车旅馆外面开枪打人，我不知道他会怎么想。我没想到会发生这种事。你那边情况怎么样？"

"当地人可不怎么欢迎我。我还没有她的消息，但这里有些不对劲，我也说不好究竟是怎么回事。"

他叹了口气。"保持联系吧。我能做什么吗？"

"你是不是也没办法让罗斯不要烦我？"

"那可没办法。你问候了人家的母亲，还把她的名字写在男厕所墙上，人家怎么能不恨你？他现在已经出发了。"

沃尔特挂了电话。过了几秒，电话里响起了"咔嗒"的声音。我想马丁副警长是个很谨慎的人。过了一会儿，他才回到房间，仿佛刚刚并没有偷听。不过他脸上的表情变了。也许让马丁听到这些话并不是什么坏事。

"我要找到凯瑟琳·狄密特。"我说，"这才是我来这里的原因。找到她之后我就走。"

他点了点头。

"我让伯恩斯给这里的各家汽车旅馆打过电话，"他说，"没有凯瑟琳·狄密特的入住记录。"

"我出发之前就查过了。她可能会用另一个名字。"

"我也想过这种情况。你描述一下她的外貌，我会让伯恩斯问问那些旅馆的前台。"

"多谢。"

"我做这些事，可不是出于好心。我只是想让你快点离开。"

"你联系沃尔特·泰勒了吗？"

171

"如果有时间，一会儿我会载你去见他。"他去找那两个看守杀手的警察了。老医生走了进来，查看了我手臂上的绷带。

"你不打算在这里休息一下吗？"她问。

我向她表示感谢，但拒绝了她的建议。

"我猜你也不愿意。"她说。她又看了看止痛药的瓶子："这种药会让你嗜睡。"

我谢过她的提醒，把药放进口袋。我没有穿衬衫，她直接帮我穿上了外套。我并没有打算吃止痛药。她的表情告诉我，她也知道我不打算吃。

马丁开车载我来到了警长办公室。汽车旅馆关门了，我的衣物被放在一间牢房中。我用塑料包好受伤的手臂，洗了个澡，然后在牢房里断断续续地睡了一会儿，直至雨停。

午后没过多久，两位联邦探员便抵达了，询问我这里发生了什么。他们的问话很敷衍，令我十分惊讶，不过我想起来，特工罗斯会在今晚到达这里。下午5点，马丁来到了海文县餐厅，当时那个女人依然没有恢复意识。

"伯恩斯有凯瑟琳·狄密特的消息了吗？"

"整个下午他都要应付联邦探员。他说下班前会去几家汽车旅馆看看，如果有消息一定告诉我。你要是还想见沃尔特·泰勒，我们最好现在就去。"

死亡收藏者

23

沃尔特·泰勒住在一栋破旧但整洁的白色隔板房中,房屋一侧有一堆轮胎,堆得不太牢固,牌子上写着"出售"。碎石和修剪整齐的草坪上摆放着其他正在出售的物品,包括两台修理过的旧割草机、各种发动机和零件,还有一些生锈的运动设备,其中包含一整套哑铃和杠铃。

泰勒很高,略有些驼背,留着一头灰发。那张照片证明了他从前很英俊。他现在依然保持着一种松弛的优雅,似乎不愿意承认自己的容貌发生了很大改变。失去了唯一的孩子后,他先是充满担心和忧虑,后来便陷入了无尽的悲伤。

他和马丁打招呼时还算热情,但是和我握手时,便没有那么友善,而且也不太愿意让我们进屋。虽然可能还会下雨,他却让我们坐在门廊上。泰勒坐在一把舒适的藤椅上,马丁和我坐在两把华丽的金属躺椅上,它们原本应该是成套的,但现在不再完整,我的椅背后面也挂着"出售"的牌子。

泰勒还没说什么,一个女人就用干净的瓷杯端上了咖啡。她或许比泰勒年轻十岁,或许从前也更美丽,不过她的面容因成熟变得更有魅力了。这个女人身上带有一种平静的优雅,她不害怕衰老,皱纹虽然改变了她的容颜,却不会抹去她的美貌。她看了泰勒一眼,自从我们来到这里之后,泰勒第一次露出了微笑。她也回以微笑,然后回到了屋里。之后,我们便没有在门廊上见到她。

马丁正要说话,泰勒却轻轻摆手,阻止了他:"警长,我知道你们为什么来这里。你带陌生人到我家来,通常只有一个原因。"他的眼睛泛黄,眼眶有些红红的,却饶有兴趣地使劲盯着我看。

"你就是那个在汽车旅馆开枪打人的家伙吧?"他问。他的脸上掠过一丝笑容:"你活得真刺激。肩膀受伤了吗?"

"有一点儿。"

"我在韩国也中过一次枪。子弹打中了我的大腿。那可不只是一点儿伤,简直疼得要死。"

想起过去的事,他夸张地皱了皱眉头,然后又沉默了。我听见雷声从头顶传来,门廊上变得更加昏暗。但我依然能看见沃尔特·泰勒正盯着我看,他脸上的笑容消失了。

"帕克先生是个侦探,沃尔特。他以前是警探。"马丁说。

"泰勒先生,我在找一个人。"我说,"是一个女人,你可能还记得她,她叫凯瑟琳·狄密特,是艾米·狄密特的妹妹。"

"我知道你不是作家,阿尔文不会带那些人过来。"他思索着描述他们的词语,"那些吸血虫。"他拿起咖啡杯,安静地喝了一大口,仿佛是为了阻止自己在那个话题上说太多。我认为,他同时也在思考我说的话。"我还记得她,但是她爸爸死后,她就没再回来过,大概有十年了吧。她没有回来的理由。"

他的回答融入了个人情绪。"我还是认为她回来了,一定和从前发生的事情有关。"我说,"泰勒先生,相关的人只剩下了你们几个,你、警长,还有另外一两个人。只有你们经历过当时的事。"

我想他已经很久没有提起过这件事了,但是每过一段时间,他总会想起它,也可能会模糊或清醒地感受到它,它就像是一道永远不会消失的旧伤口,虽然会在忙于其他事情时忘记疼痛,却又常常被想起,无法彻底遗忘。每一次重新想起,他的脸上便会增添一条皱纹,于是曾经的英俊男人变成了一座精致却正在慢慢被毁掉的大理石像,由于摧毁的速度很慢，人们还记得它从前的样子。

"你知道吗，我有时还能听见她的声音，听见她夜晚走上门廊，听见她在花园里唱歌。一开始，只要听见她的声音，我就会半梦半醒地跑出去。但我从没有见过她。过了一段时间，我不再跑出去，但还是会惊醒。现在她来的次数变少了。"

即使在天色慢慢变暗的夜晚，他也能在我的脸上看到一种神情，这使他明白了什么。但我也不能确定，他没有任何表现，我们之间除了聆听和倾诉也没有更多的感情。但他停下了片刻，在那段时间里，我们就像是两个旅客，走在一条漫长、艰辛的道路上，彼此安慰着。

"她是我唯一的孩子。"他接着说，"当时是秋天，她是在从镇里回来的时候消失的，从那以后，我再也没有见过她。后来再见到，她已经骨瘦如柴，让我认不出来。我那已故的妻子向警察报了案，但是一两天内根本没有人过来查看，我们只得自己搜遍了所有的田野和房子。我们挨家挨户地敲门，询问她的消息，没有人知道她在哪里或者可能去过哪里。她失踪三天之后，一个警察来到这里逮捕了我，指控我杀死了自己的孩子。他们扣留了我两天，拷问我，说我是强奸犯。除了我知道的事情，我什么也没说。一周之后，他们把我放了，但我的女儿再也没有回来。"

"她叫什么名字？"

"埃特·梅·泰勒，当时她只有九岁。"

我听见树木在风中低语，房子的墙板吱嘎作响。院子里，一架儿童秋千被风吹得来回摇晃。我们说话时，周围传来了很多声音，仿佛那些沉睡已久的事物都被我们的话语唤醒了。

"三个月后，又有两个孩子失踪了，也都是黑人，两起事件相隔不到一周。当时天气很冷。人们猜测第一个孩子——多拉·李·帕克——在玩耍时掉进了冰窟窿，她很喜欢在冰上玩。但是她的家人找遍了所有的河，打捞了所有的池塘，也没有找到她。警察又来了，再次审问了我，有一段时间，连邻居们都用奇怪的眼光看我。后来，警方对这件事失去了兴趣。两个孩子都是黑人，而且他们认为这两起失踪事件没有什么关联。

"第三个孩子不住在海文县，他来自40英里之外的奥特维，也是个黑人。这次是个小男孩，名叫……"他停了下来，轻轻用手掌按压着额头，双眼紧闭。"博比·乔伊纳。"他低声说出男孩的名字，并微微点头，"那时候人们开始害怕了，上面派来了搜查团队支援警长、镇长。天黑之后，大家都不让自己的孩子出门。警方审问了方圆几英里内的每一个黑人，还有一些白人。

"我想中间有一段等待期。那些家伙以为黑人们会松一口气，不再小心翼翼，然而他们并没有。几个月内无事发生，直到1970年年初，狄密特家的小姑娘失踪了，一切都变得不一样。警察审问了附近所有的人，录口供，组织搜查。但是没有人看到什么。那个小姑娘就像是凭空消失一般。

"形势对黑人更加不利。警方终于相信这些失踪事件存在关联，并联系了联邦调查局。从那以后，只要黑人在天黑后走在镇里，就会被逮捕或拷打，有时两者兼有。但那些家伙……"他又一次采用了这个称呼，声音中流露出对他们的行事方式的恐惧，"那些家伙上了瘾，再也停不下来。那个女人想在贝茨维尔抓住一个小男孩，由于她是单独行动，男孩连踢带抓，挠伤了她的脸，然后逃走了。她也追了一阵子，最终却还是选择了放弃。她知道接下来会发生什么。

"那个男孩很聪明。他记得那辆车，也描述了女人的样貌，甚至能想起车牌上的一些数字。到了第二天，又有人想起那辆车的样子，他们才开始寻找阿德莱德·莫迪恩。"

"警察吗？"

"不是警察。是一群居民。有的来自海文县，有的来自贝茨维尔，还有两三个来自扬西米尔。事情发生时，警长不在镇上，联邦调查局的人也走了。但是厄尔·李·格兰杰警官也在寻找的队伍中，他们来到莫迪恩家，发现她不在。她的哥哥把自己关在了地下室，于是他们破门而入。"

他不再说话，我在夜色中听见了他咽口水的声音，我知道他也在队伍中。"他说不知道他的妹妹在哪里，也不知道孩子被杀死的事情。于是他们把他吊死在房梁上，说是自杀，还让海姆斯医生做了证。地下室有14英尺高，那小子又不会爬墙，不可能把自己吊死。后来人们总是开玩笑说，他肯定是太想自杀了，所以都不需要别人帮忙。"

"但你刚才说，那个女人抓最后一个孩子时是单独行动。"我问道，"那些人怎么知道那小子也参与了呢？"

"他们不知道，至少不能确定。但她需要有人帮忙。有时候控制一个孩子很难，孩子会挣扎，还会大喊大叫，向人求助。因为没人帮忙，她在最后一次才会失败。至少那些人是这样认为的。"

"那你呢？"

门廊上恢复了安静。"我认为那小子没杀人。他不够强壮，而且……也很软弱。人们听说他妹妹想要绑架那个孩子，便认为他一定知情。我想他应该知情吧，至少会有所怀疑。我不能确定，但是他……"

他看着马丁，马丁也看向他。"接着说，沃尔特。很多事情我也知道。你说的这些我都想到或猜到过。"

泰勒似乎有些不安，但依然点了点头，仿佛是在向自己确认。然后他接着说："厄尔·李警官知道那小子和这件事无关。博比·乔伊纳失踪那一晚，他们两个在一起。还有一些晚上也是。"

我看向阿尔文·马丁，他看着地板，缓慢地点了点头。"你是怎么知道的？"我问。

"我见过他们。"他直截了当地说，"博比·乔伊纳失踪那晚,他们的车停在镇外的树下。我有时不愿意待在家中,就去田野里散步,虽然在当时的情况下,这种行为很危险。我看见有车停在那儿,就悄悄走过去看,发现他俩在后座不知鬼鬼祟祟地做些什么。"

"在那之后,你也见过他们吗?"

"见过好几次,都在同一个地方。"

"警长让那些人吊死了那小子?"

"他什么也没说。"泰勒吐了一下口水,"他不想让人知道他们的事。他看着那些人把那小子吊死了。"

"那他的妹妹呢?他们没再找阿德莱德·莫迪恩吗?"

"他们还在找她,搜查了房子和旁边的田野,但她已经逃走了。在距离这里大概10英里的地方,有人看见东路上的一栋老房子着火了,很快那里就烧着了一片。托马斯·贝克曾把旧油漆和易燃的物品存放在那儿,以免孩子拿着玩。火灭了之后,人们发现了一具烧焦的尸体,他们说那是阿德莱德·莫迪恩。"

"怎么认出来的?"

马丁开了口,帮忙回答道:"尸体旁边有一个包,里面有烧剩的很多钱和一些私人文件,主要是有关银行账户的信息。人们还在那具尸体上发现了她的首饰——一只她常戴的手镯,是用金子和钻石制成的。人们都说这是她母亲的手镯。牙科记录也很符合。老医生海姆斯出示了她的牙齿影像。他平时和牙医一起治疗,但牙医那周不在。

"她好像躲了起来,正等着她哥哥或别人和她会合,结果手里拿着一根烟睡着了。人们说她喝了酒,可能是为了保暖。那里全都被烧毁。有人在附近发现了她的车,后备厢里装着一包衣服。"

"泰勒先生,你还记得关于阿德莱德·莫迪恩的事吗?有没有什么能解释……"

"解释什么?"他打断了我,"解释她为什么这样做吗?解释为什么会有人帮她做这种事吗?我没法解释,我都说服不了自己。她的体内有一种很强大的东西，非常阴暗，非常刻毒。帕克先生，我和你说一件事吧，阿德莱德·莫迪恩是我所见过的最可怕的魔鬼，我见过有些人把别人吊在树上烧死，但阿德莱德·莫迪恩比那些人更恐怖，因为我再怎么努力去想，也想不出她有什么理由做那些事。一切都无法解释，除非你相信恶魔和地狱。唯一的解释就是她来自地狱。"

我沉默了一会儿，试图整理听到的内容，并让心情平静下来。某些思绪掠过我的脑海，沃尔特·泰勒望着我，我猜他知道我正在想什么。他当时没有说出关于警长和那小子的事，但我无法责备他。这样的指控可能会害死一个人，却无法确切地证明威廉·莫迪恩与谋杀事件无关。然而，如果泰勒对他性格的判断是正确的，他就不太可能杀死那些孩子。泰勒知道在他女儿的命案中可能有人逃脱了追捕，许多年来，这个想法一定在不断地折磨着他。

故事却还没有结束。

"第二天，搜查刚一开始，他们就发现了孩子们的尸体。"泰勒说，"一个外出打猎的小子暂住在莫迪恩家一栋被遗弃的房子里，他的狗一直在蹭地下室的门。那扇门开在地板上，像是暗门。他开枪弄开了锁，跟着狗走了下去，然后便跑回家报了警。

"里面共有四具尸体，是我的女儿和另外三个孩子。他们……"他说到一半便停了下来，苦着脸，但没有哭出声来。

"你不必往下说了。"我轻声说道。

他放声哭了起来，一双大手在面前摊开，像是在对上帝祈求什么："他们怎么能对孩子们做出这种事？怎么下得了手？"然后，他沉浸在自己的世界中，我仿佛在窗户上看到了那个女人的脸，她用指尖摩擦着玻璃。

我们陪着他坐了一会儿，起身打算离开。"泰勒先生，"我轻声说，"再问一个问题，发现尸体的房子在哪里？"

"沿着这条路再走三四英里，从那里开始就是老莫迪恩的田产。

有一条小路通往那栋房子,起点有一个石头十字架。房子现在基本没有了,只剩下几面墙和一部分屋顶。州政府想要把它拆了,但我们提出了抗议。我们想让人们记住这里发生的事情,所以房子还留着。"

我们正准备离开。然而下台阶时,我听到他的声音从身后传来。

"帕克先生。"他已经重新坚强起来,声音不再颤抖,虽然语气中还弥漫着悲伤。我回过头,望着他。"帕克先生,这座小镇已经死了,孩子们的灵魂永远在这里徘徊着。你找到了狄密特家的姑娘,就劝她回到现在生活的地方吧。这里对她而言只有悲伤和痛苦。你一定要劝劝她。一找到她,你就劝她回去,好吗?"

在杂乱的花园边缘,树丛里传来了窸窸窣窣的声音。视线之外的黑暗深处有些动静。几个影子在灯光之外跃动,空气中弥漫着孩子的笑语。

再过一会儿,只剩下常青树的树枝在黑暗中摇晃,铁链在破旧的院子里叮当作响。

死亡收藏者

24

在印度尼西亚，新几内亚岛上的木麻黄海岸，有一个名叫阿斯马特的部落。部落里有两万人，周围的部落都十分害怕他们。在他们的语言中，"阿斯马特"是"人类"的意思。如果他们将自己定义为唯一的人类，其他的人类便不再是人，也不再享有人的权利。阿斯马特人将其他的人类称作"曼努"，也就是"可以吃的东西"。

海姆斯不知道阿德莱德为什么会这样做，沃尔特·泰勒也不知道。或许他们这类人和阿斯马特人有一定的共性。或许他们也认为其他的人不是人类，那些人的痛苦无关紧要，只会给他们带来快乐。

我想起了我与玛丽·阿吉拉德婆婆会面后，和伍里奇的一段交谈。回到新奥尔良，我们沉默地走在皇家大街上，经过了拉劳里夫人住过的豪宅。在这栋房子里，奴隶们曾被锁在阁楼上，饱受折磨，直到后来消防员发现了他们，民众才把拉劳里夫人赶出了城市。我们在杂志街的蒂·埃娃餐厅停了下来，伍里奇点了红薯派和杰克斯啤酒。他用拇指顺着瓶子侧面的水汽画出一条线，然后用湿漉漉的指头蹭了蹭上嘴唇。

"上周我读了一份局里的报告。"他说，"那应该是一篇关于连环杀手的'国情咨文'，主要讲的是我们的立场是什么，我们要怎么做。"

"我们要怎么做？"

"什么都做不了。那些家伙就像细菌，我们的国家就是一个巨大的培养皿。联邦认为，我们每年都会因为细菌牺牲几千人。人们只知道看奥普拉、杰里·斯普林格的节目，或者给杰里·福尔韦尔捐钱，根本不关心这些。只有我们抓住了其中某个人，他们才会在犯罪杂志或电视上看到。其余的时候，他们根本不知道身边正在发生什么。"

他喝了一大口酒。"现在至少有两百个这样的杀手。至少两百个。"他背诵出一串数字，每说完一个，便戳一下啤酒瓶，"十个杀手中有九个是男性，八个是白人。每五个杀手中，就有一个永远不会被找到，永远都不会。

"你知道最奇怪的是什么吗？美国的杀手比哪里都多。美国养着他们，就像收藏娃娃一样。四分之三的杀手都在美国生活、工作。这里是连环杀人最大的产地。这是一种病态的征兆。我们的国家生病了，这些杀手就像是体内的癌细胞，国家发展得越快，他们繁衍得也越快。

"你知道吗？随着人口增加，我们之间的距离变得越来越远了。我们好像都住在同一栋楼里，却在各个方面都比以前疏远。于是那些家伙拿着刀和绳子出现了，他们互相根本不认识。有些人的直觉比警察还厉害，他们可以嗅到彼此。2月，我们在安哥拉找到了一个人，他和西雅图的一个嫌疑杀手用《圣经》作为密码进行交流。我不知道他们是怎么找到彼此的，但他们找到了。

"还有奇怪的一点是，这些杀手比大部分普通人更糟糕。他们总有些缺陷，无论是奇怪的性癖好，还是心理或生理上的问题，于是便用身边的人来撒气。他们……"他摆了摆手，寻找着合适的说法，"他们没有目标，也不知道自己在做什么。他们漫无目的，只是在用杀人的行为展现自己的致命缺陷。

"至于那些被杀的人，他们很蠢，根本不知道周围正在发生什么。杀手们敲响了警钟,但是没有人听,人们之间的距离更加遥远了。杀手们利用了这一点,一个接一个地干掉了我们。如果这种事情经常发生,我们只能希望从中获得规律,架起一座跨越距离的桥,把我们和他们连接起来。"他喝光了啤酒,举起瓶子,又要了一瓶。

"距离,"他说,他望着街道,目光却越过了街道,"生与死的距离,天堂与地狱的距离,我们与他们的距离。只有跨越距离,他们才能靠近我们、杀死我们,但距离很重要,他们喜欢距离。"

雨落在窗户上,我忽然想到,阿德莱德·莫迪恩、旅人,以及其他这类在这个国家游荡的家伙正是因为他们与普通人之间的距离而团结在一起。他们就像一群单纯的变态,一起虐待小动物,把鱼从鱼缸里拿出来,看着它们垂死挣扎。

然而阿德莱德·莫迪恩比其他人更加糟糕,她是一个女人,她所做的一切不仅违背了法律和道德,也违背了任何能够将我们联系在一起、避免分崩离析的社会纽带。她的行为甚至违背了自然天性。一个女人杀死孩子,不仅会让我们感到厌恶和恐惧,也会带给我们绝望,使我们动摇日常营生里最根本的信念。我们总是觉得,女人不可能杀死孩子。为了杀死老国王,麦克白夫人摒弃了自己的性别。与之类似,如果一个女人杀死孩子,她便也背离了自己的性别。阿德莱德·莫迪恩就像弥尔顿笔下的"夜女巫"一般,"迷恋婴儿的鲜血"。

我无法面对孩子的死亡。杀死一个孩子就像是杀死了希望,杀死了未来。我还记得自己喜欢聆听詹妮弗的呼吸声,看着婴儿时期的她胸腔起起伏伏,每一次呼气和吸气都让我心中充满了感激和宽慰。她哭闹的时候,我便会把她抱在怀里,哄她入睡,等待啜泣声变成睡梦中轻柔的气息。当她终于安静下来,我便缓慢而小心地弯下腰,把她放在摇篮中,这个动作总会让我的后背很痛。她死去后,整个世界似乎都死掉了，无尽的未来从此走向了终结。

　　快要回到汽车旅馆时，我感到一阵绝望。海姆斯说，他并没有从莫迪恩兄妹身上看出他们内心深处的恶。如果沃尔特·泰勒说的是实话，那他只看到了阿德莱德·莫迪恩身上的恶。她和那些人生活在同一个地方，和他们一起长大，或许还和他们玩耍过。她和他们一起坐在教堂中，看着他们结婚生子，却把他们当成了自己的猎物。没有人怀疑过她。

　　我很想拥有一种能力，却无法拥有：那是一种能够辨别恶的力量，它能让我在拥挤的房间中辨识出哪些人是邪恶的、堕落的。这让我想起了数年前发生在纽约州的一起谋杀案：一个年轻男子在森林里用石头打死了一个少年。凶手的爷爷说了一句话，令我印象深刻："天哪，我应该提前发现。总有办法能提前发现。"

　　"有阿德莱德·莫迪恩的照片吗？"我最终问道。

　　马丁皱了皱眉："最初展开调查的文件里可能有一张。图书馆里或许也有，地下室存放着当地的一些档案，比如年鉴、报纸上的照片等，说不定里面有她。你问这个干吗？"

　　"好奇吧，这里的事情和她有这么大的关系，我却不知道她长什么样子。或许我想看看她的眼睛。"

　　马丁不解地看了我一眼："我可以让劳里查看图书馆的档案。我也让伯恩斯查一查我们内部的资料，但是要花一些时间。它们都堆在盒子里，归档系统也不太好用，有些文件甚至不是按照时间排列的。为了满足你的好奇心，我们要做很多事。"

　　"我会感激你们的。"

　　马丁在喉咙里发出声音，却没有再说什么。汽车旅馆出现在我们右侧，于是他把车停在路边。"关于厄尔·李。"他开口道。

　　"你说。"

　　"警长是个好人。莫迪恩谋杀案后，是他把这个小镇重新凝聚在一起。我听说，他、海姆斯医生，以及其他一些人对此做出了很大的贡献。他是个公正的人，我对他没什么好抱怨的。"

"如果泰勒说的是实话，那他可不怎么公正。"

马丁点了点头："或许吧。如果那是真的，警长就该为他曾经的行为承担后果。他有很多忧虑，有时候因为过去，有时候因为自己。我只希望自己像他一样坚强。"他摊开双手，微微耸了耸肩，"我既希望你留下来，等他回来后和他谈谈；又希望你尽快完成你的事情，然后离开这里。后者可能更明智，也对大家都好。"

"你有他的消息吗？"

"没有。他请了几天假，或许回来得有点儿迟了。我也不怪他，他太孤单了。他喜欢和许多人待在一起，在这里应该很寂寞吧。"

"确实，应该很寂寞。"我说。远处，迎宾酒吧的霓虹灯正在闪烁。

马丁正要驾车离开，他的手机却响了。医院里死了一个人，是那个昨晚想要杀死我的女人，身份尚不确定。

我们来到医院时，两辆巡逻警车正在封锁停车场的入口，我看见两个联邦探员站在门口说话。马丁把车开了进去。我们从车里出来，发现那两个探员一齐向我走来，拿出了枪。

"不至于吧？"马丁嚷道，"他一直和我在一起呢。把枪收起来吧，哥们儿。"

"在特工罗斯到达之前，我们需要监禁他。"其中一个探员说，他叫威洛克斯。

"你们不能这样，我们也该知道这里发生了什么。"

"警官，我们警告你，这里的事不归你管。"

这时，华莱士和伯恩斯从医院出来，听到了争吵声。他们来到马丁身边，手中紧紧地抓着枪，这一点值得称赞。

"我已经说过了,你们不用管他。"马丁低声说。那两个探员本想继续对峙,却还是收起枪走开了。

"特工罗斯会跟你们算账。"威洛克斯不满地对马丁说,但马丁没有理会他。

华莱士和伯恩斯跟着我们走向那个女人所在的房间。

"怎么回事?"马丁问。

华莱士的脸涨得通红,他有些语无伦次。"靠,阿尔文,当时医院外面有些混乱,然后……"

"什么混乱?"

"一个护士的车引擎着火了,我也不知道究竟是谁。车里没有人,从早晨开始,她就没再用过车。我只离开了五分钟。等我回来,她已经……"

我们来到了门口。门开着,我看到她那苍白的皮肤,以及从左耳流到枕头上的血。她的耳朵里插着一个金属的东西,带有木制把手。杀手是从窗户进来的。那扇窗现在依然开着,杀手为了打开窗闩,把玻璃打碎了。地板上有一小块黏糊糊的牛皮纸,上面粘着玻璃。为了消音并确保玻璃落在地上时不会发出声响,杀手在打破窗户前将它粘在了上面。

"除了你,还有谁在这里?"

"一个医生,一个护士,两位联邦探员。"华莱士说。老医生伊莉斯出现在我们身后。她受到了惊吓,同时又很疲惫。

"她怎么了?"马丁问。

"一把刀从她的耳朵扎进了大脑,应该是碎冰锥。我们过来时她已经死了。"

"锥子还在这里。"马丁自言自语。

"真是简单利落。"我说,"就算凶手被抓了,身上也没有什么相关的线索。"

马丁转过身,背对着我,开始询问其他警察。他们说话时,我离开了房间,走向男厕所。华莱士回头看了我一眼,我向他示意自己想吐,他轻蔑地移开了目光。我在厕所待了五秒钟,然后从后门溜出了医院。

我没有时间了。我知道马丁会询问为什么有人要杀我。特工罗斯很快也会来到这里。如果得不到想要的消息,他便会一直扣留我,那我就永远无法找到凯瑟琳·狄密特。我回到汽车旅馆,取回自己的车,离开了海文县。

25

　　从镇里去那栋废弃的房子的路满是泥泞，我费了很大的劲才到达那里，或许连大自然也在阻挠我。忽然间风雨大作，雨刮器几乎失去了作用。我瞪大眼睛，终于找到了那个石头十字架，于是朝着对面拐弯。一开始，我错过了那栋房子，一直开到了一片泥泞的土地和腐烂的树木前才意识到这个问题，于是只能缓慢地倒车折返。我看到左手边有两根破裂的柱子，中间有几面墙，几乎没有屋顶。一栋废屋在黑夜中显现出来。

　　我停下车，打量着这栋房子。没有玻璃的窗户像是空洞的眼睛，从前的门像是一张嘴，门楣的碎片散落一地，就像脱落的牙齿。我从座位下取出笨重的镁光牌儿手电筒，然后爬出了车。雨水猛烈地打在我的头上，我只得跑向废屋中仅有的避雨处。

　　一大半的屋顶都已不在。在手电的映衬下，这里所剩的一切都是一片漆黑。里面共有三个房间。一个是从前的厨房和餐厅，角落里残存着一个老式的火炉。一个是主卧，只剩下脏兮兮的床垫，周围散落着一些旧避孕套，就像蛇蜕下的皮。还有一个小一些的房间，从前可能用作孩子们的卧室，现在只剩下一堆旧木头和生锈的金属棒，还有几个油漆罐，大概是负责清理的人懒得把它们丢到小镇垃圾场里。房间中充斥着旧木头、已经熄灭的火，以及人类粪便的味道。

　　厨房的角落里有一张旧沙发，弹簧从腐烂的坐垫中间露出来。它和墙壁形成了三角形，墙上还顽强地贴着一些褪色的印花墙纸。我用手触摸沙发的边缘，并用手电筒照向它的背面。沙发看起来很潮，但其实并不算湿，看来剩下的屋顶依旧能够帮它抵挡恶劣的天气。

沙发后面靠近屋角的地方有一扇活板门，两边各有3英尺宽。那扇门锁着，边缘很脏，似乎被泥土堵住了。它的铰链上生满了锈，表面覆盖着木头和金属的碎屑。

我把沙发拉开，想要仔细看一看，却听见一只老鼠从我脚边匆匆跑过。它融入了黑暗中，跑向远处的角落，然后停下不动了。我蹲下身，检查门锁和插销，用我的小刀刮去钥匙孔周围的脏东西。新的钢铁在尘土下现出了光泽。我用小刀刀刃刮插销，露出的钢铁在黑暗中就像一道熔化的银线。我又用小刀划向铰链，但是只看到了一片片的锈迹。

我又划了几下插销，发现那些锈迹其实好像是清漆，涂在上面是为了让它和门融为一体。只要用车拖拽一段时间，插销就会变得如此破烂。这个伪装很不错，但它只能唬住那些到死过人的屋子冒险的青涩未成年人或互相怂恿着寻找过世小孩鬼魂的孩子。

我的车里有一根撬杠，但我不想冒雨回去拿。于是我便借着手电筒的光四处环顾，找到了一根两英尺长的钢筋。我把它拿下来，感受了一下重量，然后插进U形的锁孔中，打算把门撬开。就在钢筋快要折断的时候，我听见一个尖厉的声音，锁被弄开了。我取下锁，拉开插销，打开了门，听见铰链发出一阵声响。

地窖里传来一阵浓郁的腐臭，我的胃里不住地翻腾。我捂着嘴走开，很快便在沙发旁边呕吐起来，鼻孔中充斥着呕吐物和地窖下面的气味。我恢复过来后，立刻冲到外面呼吸新鲜空气，然后跑到车里，从仪表盘上拿了一块抹布，用手套盒里的除雾剂喷了一番，将它罩在嘴上。除雾剂把我熏得晕头转向，但我还是将它放在外套口袋中，以备不时之需。然后，我又回到了废屋中。

喷雾的气味非常浓，而且我也尽量用嘴呼吸，但依然可以闻到腐臭味。我用没受伤的左手扶着栏杆，用右手拿着手电筒照向脚下，小心翼翼地沿着木头楼梯向下走。我可不想踩上破裂的台阶，跌入下方的黑暗中。

在楼梯的底部，我的手电筒照到了某些金属和蓝灰色的东西。一个胖胖的男人躺在台阶旁边，看起来六十多岁，膝盖蜷曲，双手被铐在背后。他的脸色苍白，额头上有一个洞，就像一颗爆裂的星星。我用手电筒照着他的伤口，还以为这只是子弹蹿出来的地方。于是我又观察他的后脑勺，发现颅骨上也有一个洞。

或许那把枪当时正抵着他的头。额头的伤口周围还有火药的痕迹，子弹爆裂时，气体撕裂了额头，颅骨附近的皮肤受到冲击，因此才形成了星形的伤口。子弹飞出去时，基本把他后侧的颅骨都炸飞了。那些接触伤也解释了为什么尸体的样子有些奇怪：他是跪着被枪打死的。当时他正抬头看着枪口，子弹射入头部后，身体便倒向了侧后方。他的外套里有一个钱包，里面的驾驶证表明他就是厄尔·李·格兰杰。

凯瑟琳·狄密特靠在地下室远处的墙上，几乎正对着楼梯。格兰杰走到这里，或者被推到这里时，或许看到了她。她像洋娃娃一般瘫倒在墙边，双腿伸开，两只手放在地上，手心朝上。其中一条腿膝盖下方骨折了，以不自然的角度弯曲着。我想她大概被人从上面丢了下来，拖到了墙边。

她的脸上有一处近距离的枪伤。干涸的血渍包围着她的头，就像血淋淋的光环映在墙上。地窖似乎和房屋本身一样大，两具尸体正在里面迅速腐烂。

凯瑟琳·狄密特的皮肤上有一些水疱，液体从鼻子和眼睛中流出来。蜘蛛和千足虫从她的脸上和头发间爬过，猎捕那些以尸体为食的小虫子。苍蝇嗡嗡地叫个不停。我猜测她已经死了两天到三天。我快速地查看地窖，却发现除了几捆烂报纸、几个装着旧衣服的纸板箱和一堆泡坏了的木材，这里什么都没有。以前，地窖里或许还有生命残余的气息，但现在已经荡然无存。

我头顶的地板上传来了一阵声响。虽然那个人走路很小心，脚下的木头却依然发出了声音。我立刻转身跑上楼梯。那个人听见了我的动静，他的步伐变得更快，也不再小心翼翼。我来到楼梯顶部，却听见了铰链的声音，又发现头顶的星空面积越来越小。门被关了起来。两发子弹从门缝中胡乱射下来，我听见它们击中了我身后的墙壁。

活板门几乎合上了，我用手电筒卡住门缝。上面传来一阵咕哝声，接下来，有人开始狂踢我的手电筒，我只得使劲抓着它，以免被人抢走。手电筒很结实，但我的右肩受了伤，举起来时不免有些疼。

在我上方，那个人用整个身体的重量压住活板门，继续狂踢手电筒。我听见脚下有老鼠窜来窜去，但相比可能会被困在地窖里的事实，那已经不算什么了。我仿佛还听见凯瑟琳·狄密特拖着断腿爬上了木头楼梯，用雪白的手指抓住我的腿，想要把我拽下去。

我没有及时找到她。曾经有四个孩子被关在这个地窖中，惊恐地死去，如今她又在这里遭遇暴力，我却没能保护她。这是一种奇异的循环，她一定在脑海中无数次重现过姐姐的死亡，现在却在同样的地点亲身经历了一遍。在死前的瞬间，她终于体会到姐姐死得有多么惨。所以她的灵魂不会消散。当我因她的死去而感到脆弱、无助时，她一定正在安慰我；如果我困死在这个地窖里，她便躺在我旁边。

腐臭的气味就像一只死去的手，捂住了我的嘴和鼻孔，我只好在呼吸时咬紧牙关。我又一次感觉想吐，却只能努力克制，因为如果不用力推开头顶的门，我一定会死在这里。忽然，我感觉门上的重量变轻了，于是使尽全身的力量向上推。然而，这只是对方耍的把戏。他把门缝开得大一些，狠狠地把手电筒一脚踹出门缝。随后，活板门"砰"的一声被关上了，地窖的墙壁发出回响，我感觉自己被关在了坟墓之中。我绝望地呻吟着，再次徒劳地向上推门。一阵爆炸声从上方传来，重量彻底消失，活板门向上弹出，落在了地板上。

我一边向外冲，一边用手摸索着口袋里的枪，手电筒在天花板和墙壁上投下纷乱的影子。最终，我笨拙而痛苦地跌坐在地面。

借着光线，我看见律师康奈尔·海姆斯靠在活板门旁边的墙上，左手捂着受伤的肩膀，右手正要拿起枪。他的衣服湿透了，干净的白衬衫紧贴身体，就像一层新的皮肤。我用手电筒照着他，另一只手拿着枪。

"别开枪！"我嚷道，但他已经举起了枪，握枪的时候，他的嘴因恐惧和痛苦而变得扭曲起来。我听见了两声枪响，但并不是来自海姆斯。每一颗子弹击中他，他都会抽搐一下。他的目光从我身上移到了我身后的某处。他倒下时，我已经转过身，枪和手电筒也同时转向了另一边。透过没有玻璃的窗户，我看见一个瘦削、穿着西装的身影隐入黑暗。他的四肢就像刀鞘中的刀，一道疤痕穿过苍白而瘦长的脸。

或许我应该打电话给马丁，让警察和联邦探员来收拾残局。我很虚弱，心中也十分疲惫，一种压倒一切的失落感侵袭了我的全身，似乎要夺走我的生命。凯瑟琳·狄密特的死仿佛在我身上留下了一道伤口，于是我在地上躺了一会儿，痛苦地抓着自己的肚子，而康奈尔·海姆斯的尸体就在我对面。我听见了博比·西奥拉驾车离开的声音。

这个声音让我挣扎着站了起来。是西奥拉杀死了医院里的那个杀手，也许这是老头子的指令，以免她供出桑尼。但我不明白为什么他要杀死海姆斯，却给我留了一条生路。我忍着肩膀的剧痛，踉踉跄跄地回到车里，驶向海姆斯家。

26

我一边开车，一边将刚刚发生的一切拼凑起来。凯瑟琳·狄密特回到了海文县，试图联系格兰杰，却被海姆斯阻止。或许他偶然得知了凯瑟琳回来的消息，也或许是有人通知他凯瑟琳回来了，并要求他在凯瑟琳见到任何人之前杀死她。

几乎可以确定的是，海姆斯杀死了凯瑟琳和格兰杰。他有可能等到警长回来，跟着他来到了这栋房子中。但如果海姆斯有警长家的钥匙，他也可能听到了电话留言中的消息，由此知道了凯瑟琳·狄密特的位置。这种可能性很大，毕竟他是警长的邻居，又是一个可靠的人。那么凯瑟琳·狄密特在警长回来前就已经死了。这个猜测的证据是，相比狄密特的尸体，格兰杰的尸体腐烂得并没有那么厉害。

海姆斯或许已经删除了留言，但他不确定格兰杰是否通过按键式电话远程收听过它们。无论如何，海姆斯都不想冒险，于是他大概敲晕了警长的头，用手铐把他铐起来，带到那栋废屋中，在杀死凯瑟琳·狄密特的地方杀死了他。警长的道奇汽车被他丢弃在某处，或者开到了另一座小镇上，停在了某个暂时不会引人注目的地方。

康奈尔·海姆斯选择在废屋杀人让我解开了另一个谜团：他应该就是阿德莱德·莫迪恩在谋杀案中的同谋，威廉·莫迪恩当年就是替他而死。但问题在于，为什么现在他还要动手？我想我已经接近了答案，虽然这个答案令我反胃。

我来到了海姆斯家，发现那里一片漆黑。附近没有其他的车，但我依然把枪拿在手里，朝着大门走去。一想到可能要在黑暗中面对博比·西奥拉，我便起了一身鸡皮疙瘩。我从海姆斯的尸体上拿到了他家的钥匙，双手颤抖着打开了门。

屋里一片安静。搜索各个房间时，我的心狂跳不止，手指一直扣在扳机上。但这里没有任何人，也没有博比·西奥拉的痕迹。

我来到了海姆斯的办公室，拉上窗帘，打开了桌上的台灯。海姆斯的电脑设有密码，但他这种人大概会把所有的文件都打印出来。我不知道自己要找什么，只知道大概有什么东西将海姆斯和费雷拉家族联系在一起。这种联系太荒唐了，我甚至想要放弃寻找，回到海文县，向马丁和特工罗斯说明一切。费雷拉家族有很多身份，但他们绝不会与儿童杀手为伴。

我在海姆斯的尸体上也找到了文件柜的钥匙。我快速浏览着，略过了当地的文件和一些似乎不相关的内容。我没有找到和信托基金有关的文件，却忽然想起他在镇上还有办公室，不禁十分沮丧。如果关于信托基金的文件不在这里，其他相关的文件可能也不在这里。假如真的是这样，我的搜查便会一无所获。

最后，我几乎放弃了，只在看到某些半生不熟的意大利文时停了下来。那是一份仓库的租赁合同，地点在皇后区的法拉盛，海姆斯代表一家名为瑟斯的公司签了字。合同期限为五年，另一方是一家名为曼奇诺的公司。我记得曼奇诺在意大利语中是"左撇子"的意思，但它源自"欺骗"这个词。这个公司名是桑尼·费雷拉的主意，他既是左撇子，也是这家公司的老板。20世纪90年代初，桑尼创建了许多家皮包公司，这也是其中之一，当时他还没有成为费雷拉家族中一个病态而危险的笑话。

我驾车离开了那里。在小镇的边界，我看见路边停着一辆小卡车。两个人坐在后座上，从棕色的纸袋中拿罐装啤酒喝，还有一个人双手插着口袋,靠在驾驶位旁边。借着前车灯的光亮,我看出站着的人是克尔特,其中一个坐着的是加布,另一个人很瘦,留着胡子,我不认识。我路过时,正好与克尔特目光相遇。我看见加布凑近他,想要和他说话,但他只是扬了扬手。我离开后,他依然盯着我的方向,最终在卡车前灯的映衬下变成了一个黑影。我觉得有些对不起他:看来海文县再也无法成为小东京了。

到达夏洛茨维尔,我才联系马丁。

"我是帕克,"我说,"你旁边有人吗?"

"我在办公室里,你可真是个浑蛋,怎么就这么跑掉了?罗斯在这里,想要收拾我们所有人,尤其是你。等到厄尔·李回来,会有大麻烦的。"

"你听我说,格兰杰死了,凯瑟琳·狄密特也死了。我认为是海姆斯杀了他们。"

"海姆斯?"马丁惊讶得差点儿喊出来,"那个律师吗?你疯了吧?!"

"海姆斯也死了。"这听起来就像是一个变态的笑话,但我没有笑,"他想在废屋杀死我。格兰杰和凯瑟琳·狄密特的尸体就在废屋的地窖里。我发现了他们,海姆斯想把我锁在地窖中。然而又有一个人朝他开枪,他死了。那个人应该也杀死了医院里的女人。"我不想说出西奥拉的名字,至少现在还不想。

马丁沉默了片刻:"那你回来吧,你在哪儿呢?"

"事情还没结束。你要帮我拖住他们。"

"我谁也拖不住。就因为你,我们的小镇变成了停尸房,我都不知道你究竟涉嫌杀死了多少人。快回来。你已经惹了太多麻烦。"

"抱歉,我不能回去。听我说,海姆斯杀死狄密特,是为了阻止她联系格兰杰。我认为在儿童谋杀案中,海姆斯就是阿德莱德·莫迪恩的同伙。如果是这样，当时既然海姆斯逃走了，阿德莱德可能也逃走了。海姆斯可能伪装了阿德莱德的死亡。他可以在父亲的办公室中查看她的牙科记录，也可以用另一个女人的记录来替换，比如一个移民劳工，或者从别的镇里拐来的女子，具体情况我也不知道。但是凯瑟琳·狄密特逃离了从前生活的地方，又回到这里，应该是有原因的。我认为她看见了阿德莱德·莫迪恩。只有这个原因能让她回到这里，并且在这么多年之后联系格兰杰。"

电话另一头沉默了："罗斯简直就像穿着亚麻西装的活火山。他盯上你了。他从汽车旅馆拿到了你的车牌号。"

"我需要你帮忙。"

"你说海姆斯和这件事有关？"

"对。怎么了？"

"我让伯恩斯去查文件了，应该不需要太长时间。厄尔·李……他那里有关于谋杀案的文件，而且以前经常看。前天海姆斯来找过这些文件。"

"如果你现在去看，会发现所有的照片都没有了。海姆斯肯定也去过警长家。他要毁掉所有关于阿德莱德·莫迪恩的痕迹，尤其是可能与新身份相关的内容。"

一个人想要消失是很难的。从出生起，就有各种公开或私密的文件跟随着我们。对大多数人而言，这些文件向国家、政府和法律证明了他们的身份。但总有消失的方法。比如获得一张新的出生证明，你可以借用死者索引，也可以使用别人的姓名和出生日期，在靴子里放上一星期让它显旧。申请一张图书馆阅读卡，用它登记选民证。拿着出生证明和选民证，你便可以在附近的车管所办理驾照。这符合多米诺骨牌效应：只要上一份文件是真实的，下一份文件便一定是真实的。

最简单的方法就是把自己变成另一个人，一个不会被人想起的边缘人。我的猜测是，在海姆斯的帮助下，阿德莱德·莫迪恩让一个女孩在弗吉尼亚州的废墟中被烧死，然后借用了她的身份。

"不只如此，"马丁说，"莫迪恩兄妹还有另一份文件，上面的照片也都消失了。"

"海姆斯能拿到这些文件吗？"

我听见马丁在电话对面叹了一口气。

"能。"他最终说道，"他是镇上的律师，每个人都信任他。"

"再查查镇里的汽车旅馆吧。你应该会在其中一家找到凯瑟琳·狄密特的遗物，或许里面有什么重要的东西。"

"你快回来吧，把事情查清楚。这里的尸体太多了，每一具都和你有关。我也没法帮到你更多。"

"你就尽力而为吧，但我不会回去。"

我挂掉了他的电话，又拨通了另一个号码。"喂？"有人接起了电话。

"安格尔，是我，鸟哥。"

"你他妈去哪儿了？这边情况可不怎么样。你是用手机打的吗？换台座机打过来。"

过了一会儿，我用便利店外面的公共电话给他打了回去。

"老头子的一些手下找到了皮利·皮拉尔。他们把他关了起来，等博比·西奥拉回来处置。情况很不好。他被单独关在费雷拉家的一个地方，谁想和他说话都会被打晕。只有博比·西奥拉可以接近他。"

"他们找到桑尼了吗？"

"没有，他还在外面，但是没有人和他在一起。他应该和他老爸把事情解决了。"

"安格尔，我遇到麻烦了。"我简单地向他描述了事情的来龙去脉，"我打算回去，但我需要你和路易斯帮忙。"

197

"说吧。"

我把仓库的地址告诉了他:"盯着这个地方。我会尽快跟你们会合。"

我不知道他们打算什么时候开始追踪我。我一直开到里士满,把我的野马汽车停在了一个长期停车场中,然后打了几通电话,花1500美元买了一张从私人机场飞回纽约的机票,这笔费用也包含了封口费。

27

"你确定要在这里下车吗?"出租车司机问。他是个大块头,头发上满是汗珠。那些汗顺着他的脸流向脖子上的肥肉,最终流进了油腻的衬衫领子里。他的身体填满了出租车的前半部分,连车门对他而言都显得有些小。人们似乎会觉得他平时吃饭睡觉都在车上,根本不可能离开。出租车就是他的家、他的城堡,看他的体形,将来还会成为他的坟墓。

"我确定。"我回答道。

"这可是个危险的地方。"

"没关系。我也有一些危险的朋友。"

在法拉盛北部大道西侧那条灯光昏暗的长街上,有很多这样的房屋,莫雷利酒仓便是其中之一。那是一栋红砖房子,屋顶下方的白漆招牌已经剥落。一层和楼上的窗户都罩着铁丝纱网。墙上没有灯,大门和建筑之间的地方几乎一片黑暗。

街道的另一边是一个大院子的入口,院子里面有很多仓库和铁路运输集装箱。地上弥漫着脏水,还散落着许多废弃的货板。在昏暗的灯光下,我看见一只瘦得皮包骨的混种狗正在撕咬着什么。

我从出租车上下来,看到旁边小巷里的车灯亮了一下。等到出租车开走之后,安格尔和路易斯从黑色的雪佛兰房车中钻出来。安格尔背着一个看起来很重的训练包,路易斯穿着黑色皮大衣、黑色西装、黑色马球衫,一尘不染。

走近之后，安格尔皱了皱眉。理由很简单，由于在废屋与海姆斯对峙，我的西装变得破破烂烂，上面沾满了泥巴和尘土。我的手臂又开始流血了，将衬衫右侧的袖口染成了深红色。我浑身疼痛，已经厌倦了死亡。

"打扮得不错嘛。"安格尔说，"舞会在哪儿举行？"

我看向莫雷利酒仓："在这儿。我错过了什么吗？"

"这边倒是没有，不过路易斯刚从费雷拉家回来。"

"博比·西奥拉一小时前坐直升机到了那里。"路易斯说，"他一定是想和皮利好好谈谈。"

我点了点头，说："咱们走吧。"

仓库四周围着高高的砖墙，上面安装了铁丝网和尖刺围栏。入口处的墙壁向内凹陷，大门嵌在墙上，顶部也安装了铁丝网，而且很结实，只有一处开口。一把沉重的锁和铁链将两扇门连在了一起。路易斯假装在附近闲逛，安格尔却从包里拿出一个定制的小钻，插入了锁孔。他按下了开关，尖锐的声音充斥在夜色中。很快，附近的每一只狗都叫了起来。

"靠，安格尔，你那玩意儿是装了口哨吗？"路易斯嫌弃地说。安格尔没有理他，又过了一会儿，门锁打开了。

我们走了进去，安格尔小心地取下了锁，把它挂在大门内侧。他把锁链放了回去，这样在一般人看来，这扇门便像是从里面锁住的，虽然有些奇怪，但依然很有安全保障。

仓库始建于20世纪30年代，在当时便已经投入使用。只有前面的一扇门开着，左右两侧的旧门都被封上了，就连背面的防火出口也被焊了起来。院子里的安全灯已经不亮了，街上的路灯无法照亮这里的黑暗。

安格尔嘴里叼着一个小手电筒，用一组凿子对付门锁，不到一分钟我们就走了进去，同时点亮了沉重的镁光牌儿手电筒。门内有一个小间。这栋建筑投入使用时，那里应该是保安或守夜人的地盘。两排空货架沿着墙壁延伸，中间一排货架也与它们平行，形成了两条过道。货架被分成许多小格子，每个格子可以放一瓶酒。地面是用石头铺成的。这里原本是供客人验货的地方，下面的地窖才是存放东西的位置。在房间的尽头，有一间架高的办公室，向右登上三级台阶便可以到达。

在通往办公室的台阶旁边，有一条更长的楼梯通向下方。这里也有一台陈旧的货梯，没有上锁。安格尔走进去，拉动操纵杆，货梯下降了一两英尺。他让它恢复了原来的高度，然后走出来，对我们扬了扬眉毛。

我们顺着楼梯走了下去。楼梯共有四段，相当于两层楼，但是车间和地窖之间并没有其他楼层。底下又有一扇锁着的门，是木制的，带有玻璃窗，手电筒的光线从那里射了进去，照出地窖的天花板。我让安格尔撬锁，他没用多久，就打开了那扇门。走进地窖时，他似乎有些不安，训练包在手中显得很沉重。

"需要我拿一会儿吗？"路易斯问。

"我要是这么老，你就只能拿吸管喂我了。"安格尔回答。虽然地窖里很凉快，他却舔去了嘴唇上的汗。

"现在不也是用吸管喂你吗？"路易斯在我们身后嘟囔着。

在地下室，我们看到了很多洞穴般的小屋。每一个小屋的栏杆都从地面延伸到天花板，中间是一扇门。从前它们是存酒的地方，显然早已废弃不用，到处都是垃圾。在手电筒的光线下，我发现其中一个小屋的地面与其他的不同。那间小屋就在我们右边，地表光秃秃的，水泥地板被拆掉了，门也半开着。

我们走近时，脚步声回荡在石墙之间。小屋的地面很干净，泥土非常平整。角落里有一张绿色的金属桌子，两侧各有两条裂缝，里面嵌着皮革拘束器。另一个角落放着一大卷工业尺寸的东西，应该是塑料布。

两层架子靠着墙壁摆放，上面没有什么，只有一捆用塑料紧紧包着的东西靠着最远处的墙边。我走过去，借着手电筒的光线看到一条牛仔裤、一件绿格子衬衫、一双小鞋、一堆蓬乱的头发，还有一张皮肤苍白干裂的脸，以及一双睁开的眼睛，角膜呈现出混浊的乳白色。尸体的腐臭味很浓烈，但是被塑料掩盖了一些。我认出了这身衣服。他是埃文·贝恩斯，那个在巴顿庄园失踪的孩子。

"我的天哪！"我听见了安格尔的感叹。路易斯没有作声。

我凑近尸体，查看手指和面部。除了自然腐烂，他的尸体并没有遭到破坏，衣服也完好无损。埃文·贝恩斯死前没有受到折磨，但他的太阳穴处有更深的伤口，耳朵里也有干涸的血迹。

他的左手张开，捂着胸口，右手却紧紧地攥成了拳头。

"安格尔，过来。拿着你的包。"

他站在我身边，我看见了他眼中的愤怒和绝望。

"这是埃文·贝恩斯。"我说，"你带口罩了吗？"

他弯下腰，拿出了两个防尘口罩和一瓶雅男士须后水，把须后水喷在了口罩上面，递给了我一个，自己也戴上了一个。然后，他又递给我一副塑料手套。路易斯站在我们身后，没有戴口罩。安格尔用手电筒照向尸体。

我拿出小刀，划破了尸体右手附近的塑料。即使我们戴着口罩，依然能闻到浓烈的腐臭味，塑料中还传来了漏气的咝咝声。

我用小刀较钝的一侧戳了戳男孩的拳头。他的皮肤破了，指甲也变得松动起来。

"手电筒拿稳一点。"我抱怨道。我发现男孩手里握着一样蓝色的小东西，便不再介意损坏尸体，而是打算撬开他的手。我要知道那是什么，以及这里发生了什么事情。最终，那个东西松动了，掉在了地上。我弯下腰，将它捡起来，借着手电筒的光进行查看。那是一块蓝色的瓷器碎片。

我看了看瓷器碎片，然后离开了那个房间，安格尔用手电筒检查了其他各个角落。我正打量着手中的碎片，却听见他的钻响了，很快，安格尔的声音从我们头顶传来。我们走楼梯回到一层，看见他身处一个比柜子略大的小房间中，这个房间几乎位于男孩尸体所在位置的正上方。三台录像机连在一起，堆叠在架子上，一根细细的电缆从墙角的洞伸出来，消失在仓库的地板中。其中一台录像机不停地数着秒，安格尔将它停下来。

"地窖的角落里有一个小洞，比我的指甲大不了多少，但是可以安装鱼眼镜头和动作传感器。"他说，"只有知道这件事，也知道要去哪里找，你才会发现。我认为那根线藏在通风系统中。一旦有人进入那个房间，里面发生的一切就会被录下来。"

录像的人并不是在那个房间里对孩子们下毒手的人，因为只要在房间里安置一台普通的录像机，便能拍摄出质量更好的画面。如果不是为了隐蔽，他没有必要把录像机藏在这里。

房间里没有显示器，那个设置录像机的人或是想在家里舒服地观看，或是不希望来取录像带的人查看里面的内容。我和安格尔知道，很多人都会从事这样的交易，但我心里有了一个怀疑对象：皮利·皮拉尔。

我们回到了地下室。我从安格尔的包中拿出折叠锹，开始挖地。没过多久，就触到了某些柔软的东西。我把洞挖得更大一些，将泥土铲出来，安格尔用一把花园铲在旁边帮忙。一层塑料露了出来，我透过它隐约看见了棕色的、皱巴巴的皮肤。我们又铲出了一些土，终于看到了尸体，尸体以胎儿姿势蜷缩着，将头藏在左臂后面。虽然尸体已经腐烂，但我能看出尸体的手指断了。然而，如果不移动它，我看不出这是男孩还是女孩。

安格尔环顾着地面，我知道他在想什么。情况可能比现在更糟糕。它被埋在地下6英寸的位置，也就是说，下面或许还有别的尸体。看来这个房间已经使用了很久。

路易斯将手指抵在唇边，走了进来。他看了一眼那具尸体，然后用右手缓慢地指向我们头顶。我们屏住了呼吸，一动不动，听见楼梯上传来了轻柔的脚步声。安格尔退回到架子旁边的暗影中，关掉了手电筒。我站起身时，路易斯已经不见了。我在门的另一侧找了个位置，正在摸索手枪，一道手电筒光线照在我的脸上。博比·西奥拉说："别动。"我把手从口袋中缓慢地抽了出来。

他的动作非常敏捷，令人惊讶。他从暗影中走出来，右手拿着那把丑陋的57式手枪，一边靠近打开的门，一边用手电筒照着我。他停在了离我10英尺远的地方，笑了起来，我看见他的牙齿在反光。

"你死定了。"他说，"和这个房间里的尸体一样。我在那栋房子就想杀了你，但老头子说，如果不是非杀不可，就让你活着。这回你非死不可了。"

"还给费雷拉擦屁股呢？"我说，"你应该也很犹豫吧？"

"每个人都有弱点。"他耸了耸肩，"桑尼就是费雷拉家的弱点。你大概也知道，他喜欢看这玩意儿。他是个变态，但是他爸爸很爱他。他爸爸要替他收拾残局。"

所以，录下这些人惨死瞬间的人是桑尼·费雷拉，他喜欢看着海姆斯和阿德莱德·莫迪恩把人折磨致死。他们的尖叫声在墙壁间回荡，却被无声的镜头拍摄下来，送进了他的客厅。他一定知道那两个杀手是谁，也一遍遍地观看了他们杀人的瞬间，但他什么也没有做。因为他喜欢看这样的画面，不希望事情到此结束。

"老头子是怎么发现的？"我问，但我已经知道了答案。我知道皮利为什么会撞车，或者说我以为自己知道了。其实我想得不对，而且在很多事情上都是如此。

小屋的角落里传来了一阵声音，西奥拉像猫一样敏捷地做出反应。他后退了几步，用手电筒照向更远的地方，手枪也不再指着我，而是指向墙角。

手电筒照到了安格尔低着的头。他抬起头，与博比·西奥拉对视，然后笑了。西奥拉起初有些困惑，然后逐渐了解了情况，嘴巴微张。他回头去找路易斯，却发现自己被黑暗吞噬。等他意识到这一切并瞪大眼睛时已经太迟了，死亡早已吞噬了他。

路易斯的皮肤被手电筒映得发光，他的眼睛雪亮，左手紧紧地捏着西奥拉的下巴。西奥拉身体紧绷，开始痉挛，眼睛因痛苦和恐惧而睁大。他踮起脚尖，双臂朝两边张开，使劲摇了一下头，又摇了一下，然后像是被抽走了生气。他的手臂和身体都失去了力量，只有头依然僵硬，眼睛瞪得很大。路易斯从西奥拉脑后拔出细长的刀刃，向前一推，让他倒在了我脚边的地上。他的身体颤抖了一会儿，最终停下不动了。

安格尔从我身后的黑暗中走出来。

"我一直很烦这个黑人。"他一边说，一边打量着西奥拉头上的小洞。

"确实。"路易斯说，"但我现在倒是很喜欢他。"他看着我说："要把他怎么办？"

"丢在这儿吧，把他的车钥匙给我。"

路易斯搜索西奥拉的尸体，把钥匙扔给了我。

"他是黑手党，会不会有问题？"

"我也不知道，让我来解决吧。你们先待在附近。过一会儿我会给科尔打电话。一听到警笛声，你们就离开。"

安格尔弯下腰，用螺丝刀的一端将西奥拉的枪挑了起来。

"这个也留下吗？"他问，"你说得对，真是把好枪。"

"留下吧。"我说。如果我没猜错，博比·西奥拉的枪不仅将奥利·沃茨、康奈尔·海姆斯与费雷拉家族联系在了一起，也联系起了一系列横跨三十年的儿童谋杀案,以及一段超过六十年的黑暗历史。

  我跨过西奥拉的尸体,跑出了仓库。他的黑色雪佛兰汽车停在院子中,后备厢面向仓库,大门已经关上。杀死枪击胖子奥利·沃茨的凶手的人开的好像就是这辆车。我打开仓库的大门,开着它离开了莫雷利酒仓和皇后区。皇后区到处都是仓库和墓地。

  有时候,它们也会合二为一。

28

在某种意义上，我几乎走到了终局。一场持续三十年的杀戮即将结束，它夺去了许多年轻的生命，足以填满一个废弃的仓库。然而，无论这件事最后如何处理，都无法解释已经发生的一切。事情可能会有一个结局，但谜团并没有因此被解开。

我想知道海姆斯每年会穿着整洁的律师礼服、拎着昂贵而低调的提包来纽约几次，杀死一个又一个孩子。我想知道，当他在检票员的注视下登上火车时，当他对机场负责值机的女孩微笑时，当他开着充满皮革味的凯迪拉克从收费站的女人身边经过时，他们会从这个头发灰白、穿着传统西装的男人脸上看出什么，他们能够觉察到他不只是一个彬彬有礼、少言寡语的普通人吗？

我也想知道，许多年前，那个在海文县被烧死的女人既然不是阿德莱德·莫迪恩，那么她究竟是谁？

我记得海姆斯对我说，尸体被发现的前一天，他刚刚回到海文县。我能够想象出事情的来龙去脉：海姆斯接到了阿德莱德·莫迪恩的电话，她十分惊恐；他从父亲的文件中找到了一个合适的替代者；他调换了两人的牙科记录；他把首饰和钱包放在尸体旁边；大火燃烧起来，女人的尸体也被点着，散发出类似烤猪肉的气味。

然后，阿德莱德·莫迪恩便消失了，从此进入蛰伏期，寻找机会再次杀人。她就像一只躲在蛛网角落里的黑蜘蛛，一旦受害者误入了她的势力范围，便会被她包裹在塑料做的茧中。三十年来，她一帆风顺。在别人眼中,她是正常人,在她的受害者眼中,她是暴虐的变态。整个世界都沉睡后,她的鬼影才会在黑暗中显现出来,只有孩子们才能看到。

我感觉自己看到了她的脸,也明白了为什么桑尼·费雷拉会被自己的父亲追踪;为什么博比·西奥拉会一路追着我到海文县;为什么胖子奥利·沃茨会惊慌逃窜,却又被一支枪打死在夏末阳光明媚的街道上。

街灯如同信号弹一般在我身边飞速掠过。我手握着方向盘,发现指甲中有一些污垢。我十分渴望停在某个加油站,将它们洗干净,用钢丝刷把皮肤刷出血来,除去过去二十四小时里附着在我身上的所有污秽和死亡的气息。我的嘴里有胆汁的苦味,但我努力咽了下去,只关注前方的道路和车灯。只有一两次,我抬起头,看见星星随意散落在幽深的夜空中。

我来到费雷拉家,发现大门敞开,前几天监视这栋房子的联邦警探已经不在了。我把博比·西奥拉的车开到车道上,停在了树荫下。我的肩膀疼得厉害,疼得我大汗淋漓。

房屋的前门半开着,我看见里面有人走动。一个穿着深色西装的身影无精打采地坐在窗户旁边,用手捂着头,自动手枪被丢在一边。直到我离他很近时,他才看见我。

"你不是博比。"他说。

"博比死了。"

他自顾自地点头,仿佛已经预料到这件事。然后他站起来,对我搜身,拿走了我的手枪。房间中,许多全副武装的人站在角落里轻声交谈。空气中弥漫着沉重的气息和无法抑制的震惊。我跟着他来到老头子的书房。他站在我身后,让我自己开门。

地板上满是血和脑灰质,厚实的波斯地毯上点缀着暗红色的血渍。老头子抱着他儿子的头，褐色的裤子也染上了血。他的左手抚弄着桑尼细长的头发，手指已经被染红，右手无力地拿着一把枪，枪口指向地板。桑尼的眼睛睁着，灯光从黑色的瞳孔中映照出来。

我猜想，开枪打死桑尼之前，他正双手抱头坐在那里，桑尼跪在他身边……他是在向父亲求助，还是在请求原谅，恳请他不要处罚自己？桑尼的眼睛瞪得像疯狗一般。他穿着一身廉价的淡黄色西装和一件开领衬衫，临死之前依然打扮得很张扬。老头子的神情严肃而倔强，然而，当他转过头看见我时，眼睛忽然睁得很大，目光中充满了愧疚和绝望。杀死他的儿子时，他大概也一同杀死了自己。

"出去！"老头子说，他的声音很轻，却非常果断，但并不是对我说的。微风透过敞开的落地窗，从远处的花园吹来，带来了花瓣和落叶，也带来了一切都已结束的消息。他的一个手下走了过来，那个人年岁较大，我记得他的长相，但叫不出他的名字。老头子用枪指着他，他的手颤抖起来。

"出去！"他大声嚷道。这一次，那个人离开了，临走时下意识地关上了窗户。风又把它们吹开，夜晚的气息占据了这个房间。手枪在费雷拉手中停留了一会儿，然后摇晃着掉落在地上。刚才，那个手下过来的时候，他的动作停下了。现在，他又开始有条不紊地抚摩桑尼的头发，一遍又一遍，就像笼中的动物沿着围栏不停地徘徊。

"他是我的儿子。"他一边说，一边凝望着已逝的过去和未来，"他是我的儿子，但他出了毛病。他病了，脑子坏掉了，心烂掉了。"

我没有什么可说的，只好保持沉默。

"你来这里做什么？"他问，"一切都结束了，我的儿子死了。"

"很多人都死了。那些孩子……"老头子的脸变得扭曲起来，"还有奥利·沃茨……"

他缓慢地摇了摇头,眼睛却没有眨一下:"奥利·沃茨那个浑蛋,他不该跑。他一跑,我们就知道了,桑尼就知道了。"

"你知道了什么?"

如果我晚来几分钟,老头子大概会命人立刻杀死我,或者亲手杀死我。但是现在,他似乎想要从我身上获得解脱。他打算向我坦白一切,卸下自己的负担,这也是他最后一次说出全部的真相。

"他在车里乱翻。他不该这样,直接走掉就好了。"

"他在车里找到了什么?录像带,还是照片?"

老头子紧紧地闭上了眼睛,但我知道他看到了什么。泪水从他那皱巴巴的眼角溢出来,流过了脸颊。他没有出声,却仿佛在说:"不,不。不止这些,比这更糟糕。"当他再次睁开眼睛时,已经心如死灰:"录像带。还有一个人。后备厢里,桑尼杀了他。"

他再次扭头看向我,面部抽动起来,几乎是在剧烈地抽搐,他的头脑已经无法容纳自己看到的一切。他杀死过许多人,折磨过许多人,也常常命人以他的名义杀死或折磨别人,却发现自己的儿子才是最阴暗的存在,许多孩子死在那片黑暗之中。那里漆黑一片,只有无尽的死亡。

看别人杀人已经不能满足桑尼。他羡慕那些人身上的力量,羡慕他们在夺走那些孩子的生命时获得的快乐,他也想亲身经历一番。

"我让博比把他带过来,但是他逃走了,一听说皮利的事就跑了。"他的神情稳定了下来,"于是我让博比杀死了那些人,所有的人,一个都不剩。"此时,他满面怒容,仿佛正在重现与西奥拉的对话:"毁掉录像带,找到尸体,把它们丢到不会被人发现的地方,哪怕丢到海底下也行。这件事根本没有发生过,从来都没有。"忽然,他仿佛想到自己现在在哪里,究竟做了什么,至少在某一瞬间想了起来。于是,他又开始抚摸桑尼的头发。

"然后你就来了,说要找那个姑娘,还问了一堆问题。那个姑娘又知道什么？为了把你打发走，我建议你去找她，这样你就不会缠着桑尼了。"

然而，桑尼雇了两个杀手跟踪我，但是他们失败了。于是，他的父亲不得不出马摆平。如果那个女人还活着，并被要求出庭做证，桑尼便会再次陷入麻烦。于是，他派西奥拉杀死了那个女人。

"为什么西奥拉要杀死海姆斯？"

"什么？"

"西奥拉杀死了弗吉尼亚州的一个律师，那家伙本来想要杀我。为什么杀死他？"

费雷拉的目光变得警觉起来，还举起了枪："你戴窃听器了吗？"我疲惫地摇了摇头，痛苦地解开了衬衫的前襟。他又把枪放下了。

"他认出那个律师就是录像带里的人，所以才会在废屋里遇到你。博比在小镇里开车经过时，忽然发现对面开过去的就是录像带里的家伙，那个人……"他停了下来，舌头在嘴里搅动着，仿佛只有产生了足够的唾液，才能继续说话，"所有的痕迹都要抹去，一点儿也不剩。"

"那我呢？"

"如果他有机会，或许也应该把你杀死，不用管你那些警察朋友。"

"确实，"我说，"但他现在已经死了。"

费雷拉使劲眨了眨眼。

"你杀的？"

"对。"

"博比可是黑手党，你知道会有什么后果吗？"

"那你知道你儿子做了什么吗？"

想起自己儿子犯下的滔天罪行，他再次沉默了。重新开口时，他的语气中充满了难以掩饰的愤怒，我知道自己无法再和他继续聊下去。

"你是什么人，就来评判我的儿子？"他说，"你以为自己失去了一个孩子，就可以守护所有死掉的孩子吗？靠！你他妈又算什么？我已经埋葬了两个儿子，如今又亲手杀死了第三个。你没有权利评判我，也没有权利评判我的儿子。"他又一次举起枪，指着我的头。

"一切都结束了。"

"不对，录像带里还有谁？"

他的目光闪烁了一下。我提起录像带，就像是狠狠地打了他一个耳光。

"一个女人。我让博比找到她，杀死她。"

"他找到了吗？"

"他都死了。"

"录像带在你这里吗？"

"已经没了，我全都烧了。"

他不再说话，仿佛再次回到了现实。我的问题让他短暂地忘记了自己究竟做了什么，也忘记了他该对自己的儿子负责，对桑尼的罪行和死负责。

"你走吧。"他说，"要是再让我见到你，你就死定了。"

我离开的时候，没有遇到一个人。我的枪放在正门旁边的小桌子上，博比·西奥拉的车钥匙也依然在我手中。我驾车离开了费雷拉家。透过后视镜，我看见那里一片宁静祥和，仿佛什么都没有发生。

29

詹妮弗和苏珊死后的每一个清晨，我都会从怪异而混乱的梦中醒来。醒来前的瞬间，我感觉她们依然和我在一起，我的妻子睡在我身边，我的女儿睡在旁边的房间里，被许多玩具包围着。于是，每一次醒来，我都要重新面对她们的死。我不知道自己是从关于死亡的梦中苏醒，还是进入了失去一切的梦境。我不知道是梦境更加不幸，还是醒来更加痛苦。

无论如何，我都感到万分悔恨。直到苏珊死去，我才真正开始了解她。我爱死去的她，就像爱活着的她一样。

一个女人和一个孩子死去了，他们是暴力和死亡的循环中另一组受害者，这个循环似乎无法被打破。我没有见过那个女人和那个男孩活着的样子，也几乎不了解他们，但我依然为他们而悲痛，也更为自己的妻子和女儿感到悲痛。

巴顿庄园的大门开着，可能有人刚刚进去并打算迅速离开，或者那人已经离开了。我没有看到其他的车，于是把车停在砾石车道上，走向那栋房子。透过前门上方的玻璃，我能看见里面的灯光。我按了两次门铃，然而无人应答，于是便走到一扇窗户旁边向里看。

通往走廊的门开着，透过门缝我看见了一个女人的双腿，她光着一只脚，另一只脚的指头上挂着一只黑色的鞋。她光着腿，黑色的连衣裙只遮到屁股。其余的部位都被挡住了，无法看到。我用枪托底部砸碎了玻璃，以为会听到警报声，却只听见了玻璃落在里面地板上的声音。

我小心地将手伸进去，拉开窗闩，从窗户爬进了屋子。房间被走廊里的灯照得很亮。我走过去，把门开得更大一些，这时我听见血液在我的血管中奔涌，一直涌到了耳朵。当我来到走廊，查看女人的尸体时，血流已经涌向了指尖。

她的腿布满青筋，大腿有几处凹陷，腿上的肉稍微有些松弛。她的脸被枪打出了几个窟窿，几缕灰发黏在撕裂的皮肤上。她还睁着眼睛，嘴被血染成了深红色，牙齿也已经残破不堪。我基本认不出她，只有镶嵌着祖母绿的金项链、深红色的指甲油、简约而昂贵的德拉伦塔套装能够证明这就是伊泽贝尔·巴顿的尸体。我摸了摸她的脖子，已经没有了脉搏，这也在我的意料之中。但她的身体还有温度。

我来到我们初次见面的书房，用壁炉架上单只的蓝色瓷狗与我从埃文·贝恩斯手里拿到的瓷器碎片进行对比，发现它们的纹样相同。打碎这件瓷器后，埃文大概很快就被杀死了。阿德莱德·莫迪恩发现传家宝被破坏，一定十分恼火，自然会拿他撒气。

一阵不规则的声音从厨房传来，我隐约嗅到了东西被烧焦的气味，大概是一只水壶在炉子上放了太久。直到这时，我才嗅到微弱的煤气味。我走近那扇关着的门，发现它周围没有光亮，但刺鼻的气味变得更加明显、更加浓烈，煤气味也随之变浓。我用手指轻按着扳机，小心翼翼地打开门，退到门的一侧。然而，屋内的气压使我意识到，如果发生煤气泄漏，我的枪就没有用了。

里面没有人做出任何举动，但气味变得更加浓烈。那个奇怪而不规则的声音很响，还伴着低沉的嗡嗡声。我深吸一口气，冲进房间，试图用无用的手枪瞄准任何会动的东西。

厨房空无一人。仅有的光亮来自窗户、走廊，以及我面前并排放置的三个大型工业微波炉。透过它们的玻璃门，我看见蓝色的光在许多金属物品周围跃动，水壶、刀叉、锅都闪烁着银灰色的光焰。那个声音的节奏越来越快，我也被煤气熏得头昏脑涨。于是我跑出来，打开前门，听见厨房传来沉闷的爆炸声，接下来是第二声，更响一些。我的身体飞了起来，被爆炸的气流推向地面的砾石。我又听见玻璃破碎的声音，然后看到身后的房子起火了，草地映着一片火光。我跌跌撞撞地奔向自己的车，却能感受到身后的高温，于是回过头，只看见屋内熊熊燃烧的火焰。

在巴顿庄园的大门口，一对红色的刹车灯短暂地亮了一下，随后便有一辆汽车驶上了马路。掩藏好自己的踪迹后，阿德莱德·莫迪恩又回到了暗影之中。房屋已经彻底烧了起来，火焰如同挚爱的情侣，十分热烈，一直冲到外墙。我开车上了路，追随着那对越来越远的车灯。

她在蜿蜒的托德山路上飞速行驶着，夜晚十分寂静，我能听到她经过弯道时刹车的声音。我在海景平台赶上她，当时她正要驶上斯坦顿岛高速公路。在我们左侧，有一个树木茂密的陡坡，一直延伸到下面的萨塞克斯大道。我追上了她，然后逼近海景平台的边缘，猛地向左拐，雪佛兰的重量将她的宝马逼到了平台最靠边的位置。透过有色的车窗，我完全看不到司机的样子。前方的山路陡峭地转向右边，为了转弯，我把车正了回来，却看见那辆宝马前轮离开路面，冲下了山坡。

我把车开到山坡边，依然开着车头灯，跑下山坡。我的脚在草地上滑了一下，只得用那条没受伤的手臂支撑自己。

我靠近那辆宝马，看见驾驶座的门打开了，从前的阿德莱德·莫迪恩摇摇晃晃地走了出来。她的额头上有一道深深的裂口，脸上沾满了血。在昏暗的车头灯下，她被树枝和树叶包围着，像是一个怪异的野人。当她重现出原本的暴虐面目时，身上的衣服反而变得不合时宜起来。她的身体微微蜷曲，双手捂着先前撞到转向柱的胸部。然而，我走近时，她痛苦地直起身来。

伊泽贝尔·巴顿虽然痛苦，眼神却依旧恶毒。她张开嘴时，血从里面流了出来，我看见她用舌头试探了一下，然后把一颗血淋淋的小牙齿吐在了地上。我看出了她脸上狡诈的神情。在这样的情况下，她依然想要逃走。

她的身上充满了邪恶，并不只是走投无路的困兽所拥有的邪恶。正义、道德、报应对她统统没有意义。她生活在痛苦和暴力的世界中，在那里，对孩子们的谋杀、折磨、摧毁就像空气和水一样必要。如果失去了这些，失去了孩子们不被人听见的哭泣和徒劳、绝望的挣扎，她便失去了存在的意义，生命也会走向尽头。

她看着我，似乎露出了微笑。"操。"她只说了这一个字。

我想知道克里斯蒂死在走廊上之前究竟知道了多少，或者有多少怀疑。显然她并不知道太多。

我很想杀死阿德莱德·莫迪恩。只要除掉她，我便除掉了千万恶魔中的一个。旅人和约翰尼·弗莱迪也都是这样的恶魔，他们身上的恶不仅夺走了我女儿的生命，也夺走了地窖里那些孩子的生命。我想到了孩子们遭遇的痛苦，想到他们被折磨、被强奸，经历了残忍而漫长的死亡，也想到了那些从伤害和苦痛中获取快乐的家伙，我愿将这一切称为"恶"。在阿德莱德·莫迪恩身上，我看见"恶"迸发出鲜红的火花，最终燃烧成血色的火焰。

我拿起手枪，但她连眼睛都没有眨一下。她笑了，随后神情因疼痛而变得扭曲。她的身体又蜷缩起来，像婴儿一般趴在地上。我嗅到汽油从破裂的油箱中流了出来。

我想知道，当凯瑟琳·狄密特在德弗里斯百货商场看到她时，心中是什么感觉。她是透过镜子，还是展示柜上的玻璃看到的？她难以置信地转过身时，是不是胃部紧绷，就像一只攥紧的拳头？当她们的目光相遇，她知道这就是那个杀死她姐姐的女人时，心中是充斥着憎恨和愤怒，还是只有恐惧？她是不是害怕这个女人也对她做出同样的事？那一瞬间，凯瑟琳·狄密特是不是又变回了一个惊恐的孩子？

阿德莱德·莫迪恩也许没有立刻认出凯瑟琳，却从对方的眼中看到她认出了自己。也许她是通过凯瑟琳轻微的龅牙认出来的，也许她一看到凯瑟琳·狄密特的脸，就仿佛回到了海文县那个幽深的地窖。她在那里杀死了凯瑟琳的姐姐。

于是，在凯瑟琳失踪之后，她需要解决这个问题。她找借口雇了我，又杀死了自己的继子，这并不只是为了灭口，而是整个过程的第一步。接下来，她又杀死了克里斯蒂，烧毁了自己的家，重新掩藏了她的踪迹。

或许斯蒂芬·巴顿对这一切也有责任，因为只有他才能将桑尼·费雷拉与康奈尔·海姆斯和他的继母联系起来。当时海姆斯应该正在找一个存放孩子的地方，那里的主人不能干涉太多。巴顿可能也不知道事情的真相，所以最后才会被杀死。

我还想知道阿德莱德·莫迪恩何时得知了海姆斯的死讯，意识到自己已经孤身一人。于是，她不得不采取行动，杀死克里斯蒂并把她当成自己的替身。这和当年在弗吉尼亚的大火中留下一个陌生女人的尸体异曲同工。

然而，我要怎么证明这一切？视频已经不在了，桑尼·费雷拉死了，皮利·皮拉尔应该也死了。海姆斯、西奥拉、格兰杰、凯瑟琳·狄密特全都死了。谁还会记得三十年前的儿童杀手呢？谁会认出我眼前的女人就是她呢？沃尔特·泰勒的证词充分吗？阿德莱德·莫迪恩杀死了克里斯蒂，这一点千真万确，却也根本无法证明。如果在酒窖进行法医取证，能有足够的证据表明她有罪吗？

阿德莱德·莫迪恩将身体蜷成了一团。她就像一只蜘蛛，觉察到蛛网上的异样，立刻扑向我，用右手的指甲戳着我的脸，想要抓我的眼睛，左手试图夺枪。我用掌根打中她的脸，同时用膝盖将她推了出去。她又一次扑向我，我开枪击中了她，子弹落在右胸。

她踉踉跄跄地靠在车上,用打开的车门支撑身体,手捂着胸前的伤口。

然而,她忽然笑了起来。

"我认识你。"她强忍着痛苦开了口,"我知道你是谁。"

在她身后,由于支撑不住汽车的重量,那棵树的根部被拔起,微微动了一下。巨大的宝马汽车向前挪了挪。阿德莱德·莫迪恩在我面前摇晃着身体,血从胸前的伤口涌出。她的眼睛亮了一下,我的胃不由得绷紧了。

"谁告诉你的?"

"我自己知道。"她又一次笑了,"我知道是谁杀了你的妻子和女儿。"

我朝着她走去。她原本还想说什么,声音却被金属的摩擦声吞没了。那棵树终于倒下,宝马汽车在斜坡上晃动了一阵,随后跌下了山。它一路撞击着树木和石头,迸出火花,最终燃烧起来。我看着眼前的场景,意识到一切都要以这种方式结束了。

阿德莱德·莫迪恩周围的汽油被点燃,黄色的火焰在她身边迅速扩散。她被包围了,在坠落前的一瞬间仰着头、张着嘴,无力地扑打着火焰,最终被大火吞噬,跌入黑暗。汽车依然在山坡下燃烧着,大量浓烈的黑烟升上天空。我在路边看着这一切,高温炙烤着我的脸。在山脚下幽深的密林中,一个小柴堆燃了起来。

30

我又坐在了同一间审讯室中,面对同一张木头桌子和刻在上面的心形图案。我的手臂刚刚被包扎过,两天以来也第一次洗了澡、刮了胡子。我甚至还在三把椅子上睡了几小时。虽然特工罗斯极力争取,我却没有被关进牢房。他们已经详细地审问了我,先是由沃尔特和另一个警探,然后是由沃尔特和助理警监,最后是由罗斯和他手下的一个特工,但沃尔特也在场,以免他们因为太懊恼把我打死。

有一两次,我看见菲利普·库柏在外面走来走去,就像一具把自己挖出来、想要起诉送葬人的尸体。我想,信托基金的公众形象已经彻底被毁掉了。

我几乎把一切都告诉了警察,包括西奥拉、海姆斯、阿德莱德·莫迪恩和桑尼·费雷拉的事情。我没有说出自己是在沃尔特·科尔的唆使下参与到案件中的。故事中其余的空白就要由他们自己来填补了。我只告诉他们,我凭借想象力得出了一些真相。罗斯当时气得不行,但是被按住了,无法发作。

后来,房间里只剩下沃尔特和我,还有两个咖啡杯。

"你去那边了吗?"我用这个问题打破了沉默。

沃尔特点了点头:"去看了一眼,没待多久。"

"有几具尸体?"

"当时挖出了八具,但他们还在挖。"

他们还会继续挖下去,不仅在那里,还有那个州的其他地方,也许还有更远的地方。这三十年里，阿德莱德·莫迪恩和康奈尔·海姆斯可以任意杀人。莫雷利酒库并没有被他们租用太久，所以可能还有其他的仓库、废弃地下室、旧车库、不用的停车场，里面都存放着失踪儿童的尸体。

"你怀疑多久了？"我问。

他大概以为我在问别的，比如汽车站厕所里的尸体，所以吓了一跳，问道："怀疑什么？"

"你怀疑巴顿家的某个人和贝恩斯的失踪有关吧？"

他几乎松了一口气。"带走那孩子的人需要熟悉那里，熟悉那栋房子。"

"你认为他是从房子里被带走的，没有到处乱逛。"

"对，我确实这样想。"

"所以才让我去弄清楚究竟发生了什么。"

"对。"

我对凯瑟琳·狄密特的死感到内疚，不仅是因为我没有在她活着时找到她，我甚至还在不经意间让莫迪恩和海姆斯找到了她。

"或许是我让他们找到了凯瑟琳·狄密特。"我沉默了一会儿后，对沃尔特说，"是我告诉克里斯蒂，我要到弗吉尼亚州追踪一条线索，这足以让她暴露行踪。"

沃尔特摇了摇头。"她雇你只是出于保险。被发现之后，她一定立刻提醒了海姆斯。海姆斯大概已经在找凯瑟琳了。只有她不回海文县，他们才会靠你来找。一旦你找到她，你们两个都会被杀死。"

我在废屋的地下室看到了凯瑟琳·狄密特的尸体，她的头周围都是血。我也看到了埃文·贝恩斯被塑料包裹着的尸体，还有那个半埋在土里的孩子的尸体。我还看到了莫雷利酒库的地下室中，以及其他地方那些尚未被发现的尸体。

在他们身上，我看到了我的妻子和女儿。

"你原本可以找另一个人。"我说。

"不，只有你可以。如果杀死埃文·贝恩斯的人藏在那里，你一定能找出来，因为你自己也是个杀手。"

这句话在空气中飘浮着，让我们之间形成了一条裂缝。它就像一把刀子，割裂了我们共同的过去。沃尔特转过身。

我沉默了一会儿，又重新开口，仿佛他没有说过那句话："她说她知道是谁杀死了詹妮弗和苏珊。"

由于我主动打破了沉默，他似乎有些感激："她不可能知道。她是个极其变态、极其邪恶的女人，就算死了，也要用她自己的方式折磨你。"

"不，她应该知道。至少临死前知道，但雇我的时候还不知道。否则她会有所怀疑，她不会冒这样的险。"

"你想多了。"他说，"别总想着这件事。"

我没有再说什么，但我知道，阿德莱德·莫迪恩认识旅人，他们的黑暗世界以某种方式彼此相通。

"我打算退休了，"科尔说，"我不想再面对死亡。我最近在读托马斯·布朗爵士的书，你读过他的书吗？"

"没有。"

"《基督徒道德》中说：'你不注视死亡，就不会看到它们。你不关注屈辱，就不会在意它们。'"他背对着我，但我能看见他的脸映在窗户上，目光有些恍惚，"我已经注视死亡太久了，不想再继续下去。"

他喝了一口咖啡："你应该远离这里，摆脱那些追随着你的鬼魂。你不再是从前的你了，但也许还能趁着没有彻底迷失，往后退一步。"

我的咖啡没有动过，上面已经结了一层膜。我没有回应他，沃尔特叹了口气，声音中充斥着我从未听到过的悲伤。"我宁愿以后再也不要见到你。"他说，"我和他们谈谈，看看能不能放你走。"

确实，我的内心发生了改变，但我认为沃尔特不知道这个改变是什么。或许只有我知道，只有我清楚阿德莱德·莫迪恩的死让我产生了怎样的想法。这些年里，她做了那么多恐怖的事，给无辜的人们带来了那么多伤害和痛苦，死亡不足以惩罚她的行为。

但一切总要有个结局，我给她带去了结局。

无论善恶，一切总会消亡，一切总会结束。阿德莱德·莫迪恩的死亡以残忍而炽烈的方式让我明白了这一点。如果我能找到阿德莱德·莫迪恩，让她的故事走向终结，那我也可以让别人的故事走向终结，比如旅人。

在某个黑暗的地方，我听见钟表嘀嗒作响，倒数着每一小时、每一分、每一秒。最终，旅人将会迎来他的末日。

一切总会消亡，一切总会结束。

我思考着沃尔特的话，以及他对我的怀疑，同时又想到了我的父亲和他留给我的遗物。对于我的父亲，我只有一些破碎的记忆。我记得一个高大的红发男人拖着圣诞树回到家中，呼出的白气就像是旧火车的蒸汽。我记得有一天晚上我走进厨房，发现他正在爱抚我的母亲，两个人都有些尴尬，于是我母亲笑了起来。我记得他夜里读书给我听，用粗笨的手指指着每一个字，这样当我再次遇到它们，就全都认识了。我还记得他死去的样子。

他的制服总是熨得很平整，枪也总是上好了油，擦得非常干净。他很喜欢警察这个职业，至少看起来是这样。我不知道他为什么会做出那样的事。或许看到那些孩子的尸体，沃尔特·科尔也有过同样的想法。或许我也有过。或许我会变得和我父亲一样。

唯一明确的一点是，他的心里有某些东西死掉了，世界在他眼中变得黑暗起来。他见证了太多的死亡，这一切在他心中留下了阴影。

那天的报案其实很普通：夜里两个孩子在一片郊区荒地中开着一辆车胡闹，一会儿打开车灯，一会儿按响喇叭。我父亲赶了过去，发现其中一个是当地的男孩，当时只犯过一些小罪，但可能用不了多久就会犯下重罪；另一个是他的女友，一个中产阶级的女孩，她很享受这份危险的爱情，并为此感到快乐。

我的父亲不记得男孩对他说了什么，毕竟那小子只是想在女友面前逞能。他们说了几句话，我能想象出我父亲的语气变得越来越严肃、越来越强硬。男孩把手伸进口袋，做出掏枪的动作，故意让我父亲紧张。旁边的女孩咯咯笑了起来，他便觉得更有趣了。

我父亲掏出了枪，女孩的笑声停止了。男孩举起了手，不停地摇头，说他们根本没有武器，只是闹着玩，他知道自己错了。我的父亲开枪射中了他的脸，血溅在车里、车窗上、坐在副驾驶位置的女孩脸上，以及他自己因震惊而张大的嘴里。女孩还没来得及尖叫，我的父亲又向她开了一枪。然后，他逃走了。

他在更衣室换衣服时，内务调查处的人找到了他。他们把他带到警察同伴们面前，打算杀鸡儆猴。没有人阻拦他们。他们已经知道了真相，或者以为自己知道。

他承认了一切，却无法解释原因。被问到杀人的理由，他只是耸了耸肩。他们收走了他的枪和警徽，只剩下卧室里的一把备用手枪，后来到了我手里。然后，他们把他送回了家，因为根据纽约警察局的规定，警察不能在事发四十八小时内接受审问。他回到家后神情茫然，不肯和我母亲说话。我从卧室的窗户看见两个内务调查处的工作人员坐在车里抽烟，他们大概知道接下来会发生什么。枪声响了。当回声消失在凉爽的夜空中时，他们才从车里走出来。

作为他的儿子，我继承了他的一切。

审讯室的门开了，雷切尔·乌尔夫走了进来。她穿着日常的蓝色牛仔裤、高帮运动鞋，以及一件卡尔文·克莱恩牌儿的黑色连帽棉布卫衣。她没有绑头发，发丝掠过耳朵，落在肩膀上。她的鼻子和脖子下方有几颗雀斑。

她坐在我对面，担心而关切地看着我："我听说凯瑟琳·狄密特死了，真遗憾。"

我点了点头，想起了凯瑟琳·狄密特，以及她躺在废屋地下室里的样子。这让我很难过。

"你现在怎么样？"她问。她的声音中既有几分好奇，又有几分温柔。

"我不知道。"

"你后悔杀死阿德莱德·莫迪恩吗？"

"是她自找的，我也没有办法。"她的死、律师的死，以及博比·西奥拉脑后插着一把刀、踮起脚尖的样子都让我感到麻木。心中的麻木和平静令我恐惧。我原本会比现在更加恐惧，却发现自己心中还有另一种感受没有消失：我为那些遇害或尚未找到的无辜死者感到深深的痛苦。

"我不知道你还会上门服务。"我说，"他们为什么叫你过来？"

"他们没叫我。"她简洁地回答。然后，她摸了摸我的手，动作有些奇怪，也有些迟疑。我感觉她不仅想要表达出于职业的理解，不过这可能只是我的愿望。我紧紧地抓住她的手，闭上了眼睛。我想在这个世界上慢慢找回自己的位置，或许这便是第一步。过去两天发生了许多事情，为了唤醒心中的希望，我需要触到一些积极的东西，哪怕只是短暂地触及。

"我没有救下凯瑟琳·狄密特。"我最终说，"我努力尝试过，也在这个过程中有了新的想法。我会找到那个杀死苏珊和詹妮弗的人。"

她迎上了我的视线，缓慢地点了点头："我知道你会找到他。"

雷切尔刚走没多久，我的手机就响了。

"喂？"

"是帕克先生吗？"里面传来一个女人的声音。

"对，我是查理·帕克。"

"我叫弗洛伦斯·阿吉拉德，玛丽·阿吉拉德婆婆是我母亲。你来找过我们。"

"我还记得，有什么事吗，弗洛伦斯？"我感觉自己胃部紧绷，但这一次是因为期待。玛丽婆婆可能掌握了更多关于那个女孩尸体的信息。

我听见电话对面传来爵士钢琴的声音，以及男人和女人的笑声，如糖浆般稠而甜蜜。"妈妈让我给你打电话，我整个下午都在找你。她要你立刻来见她。"我感觉，某种情绪正在促使她急切地开口。是恐惧，恐惧如同一团扭曲的迷雾，笼罩着她的话语。

"帕克先生，她让你立刻过来，不要告诉任何人。谁也不要告诉，帕克先生。"

"弗洛伦斯，我不太明白，到底发生了什么事？"

"我也不知道。"她说。她哭了起来，泣不成声："但她说，你一定要来，现在就来。"她恢复了平静，我听见她在开口前深吸了一口气。

"帕克先生，她说，旅人来了。"

世界上没有巧合，只有我们看不见的关联。这通电话便与阿德莱德·莫迪恩的死关联在一起，但我当时还不明白。我没有和任何人提到电话的事。我离开审讯室，从桌子上取回自己的枪，来到大街上，叫了一辆出租车回到公寓。我订了一张飞往莫圣特机场的头等舱

225

机票,当晚前往路易斯安那州的机票只剩下了这一张。快要停止值机时,我才把枪和乱七八糟的行李进行申报,办理值机手续。飞机坐满了人,半数的旅客都是去游玩的,他们不知道如何应对新奥尔良8月闷热的天气。空姐为我们递上棕色的纸袋,里面装着火腿三明治、薯条和一包葡萄干。小时候学校组织去动物园时便会分发这种纸袋子。

飞机起飞了,下方的地面一片黑暗,我的鼻子出现了挤压感。一滴鼻血流了下来,我用鸡尾酒餐巾擦去,但是挤压感很快就变成了疼痛,剧烈的刺痛使我蜷缩在座位上。

我旁边的乘客是一个商人。飞机还在跑道上时,他使用笔记本电脑,被空姐提醒过要按时关机。他有些惊讶地看着我,发现我在流鼻血,不禁十分震惊。我看见他反复按铃,想要叫空姐过来。然后,我就像是被打了一拳,头朝着后方仰了过去。血从我的鼻子中猛烈地喷涌出来,溅在前面座位的靠背上,我的手不停地颤抖,无法控制。

由于挤压感和疼痛,我的头快要爆炸了。然而,我听到了一个声音,一个黑人老婆婆的声音,来自路易斯安那州的沼泽。

"孩子。"那个声音说,"孩子,他在这里。"

声音消失了,我的世界变得一片黑暗。

> The concavities of
> my body are like
> another hell for their
> capacity.

第三部

"我的体内有另一个地狱。"

拉伯雷《巨人传》
托马斯·厄尔爵士译

31

虫子撞在挡风玻璃上,发出巨大的声音,是一只大蜻蜓。

"靠,这玩意儿都和鸟差不多大了。"开车的年轻联邦探员说,他叫奥尼尔·布沙尔。外面三十多摄氏度,但由于路易斯安那州非常潮湿,所以显得更热一些。空调使我的衬衫紧贴在身体上,让我又冷又不舒服。

挡风玻璃上满是虫子的血和翅膀,雨刮器很难清理干净。我的衬衫上也沾着血渍,这让我想起了飞机上发生的事情。不过,我的头现在依然很痛,鼻梁摸起来也很酸,因此并不需要血渍的提醒。

伍里奇坐在布沙尔旁边,没有说话,正在把新的子弹装进他的西格绍尔手枪中。这位高级助理探员和平时一样,穿着廉价的棕色西装,系着皱巴巴的领带。在我旁边,一件黑色的风衣堆在座位上,上面印着联邦调查局的字样。

我用飞机上的卫星电话联系过伍里奇,但是没有打通。在莫圣特机场,我给他的语音信箱留言,让他一接到消息就立刻联系我,然后雇一辆车,沿着I-10公路向拉斐特方向开。我刚刚离开巴吞鲁日,就听见手机响了起来。

"鸟哥吗?"是伍里奇的声音,"你到这里来干什么?"他的语气里流露出担忧。我听见电话中有汽车引擎的声音。

"收到我的消息了?"

"收到了。我们已经在路上。有人在弗洛伦斯家门口看到了她,衣服上有血，手里拿着一把枪。我们要在21号出口和当地警方会合。你在那里等我们吧。"

"伍里奇，会不会太迟了……"

"你就等着吧。鸟哥，这次不要冲动，我也要管这件事。我很担心弗洛伦斯。"

我们前面还有另外两辆车的尾灯，是圣马丁教区警长办公室的巡逻车。后面也有一辆车，它的车头灯照亮了我们这辆归属于联邦调查局的雪佛兰，也映出了挡风玻璃上的血渍。那是一辆很旧的别克汽车，里面坐着两位圣马丁教区的警探。我隐约认出了其中一个，他叫约翰·查尔斯·莫菲。以前，我和伍里奇在波旁街上的拉斐特铁匠铺酒吧遇到过他，当时他正随着莉莉·胡德小姐的歌声轻轻摇摆身体。

莫菲是保罗·查尔斯·莫菲的后代。保罗·查尔斯·莫菲是新奥尔良的国际象棋冠军，但1859年离开棋坛时只有二十二岁，据说他可以蒙着眼睛同时下三四盘棋。不过，约翰·查尔斯身材魁梧，在我看来并不像一个喜欢下棋的人。或许他可以去参加举重比赛，但不太可能参加国际象棋比赛。伍里奇告诉我，他有不可告人的过去：他以前是新奥尔良警察局的警探，两年前由于在沙特尔附近涉嫌杀害一个名叫卢瑟·伯伦德的年轻黑人，受到了公共诚信部门的调查，并因此被调走。

我回过头，发现莫菲也正在看着我，他的秃头在别克汽车内灯的映照下有些反光。他双手紧握方向盘，正沿着布满车辙的小路穿过河口。他的搭档图森特坐在旁边，两腿之间放着一把温彻斯特12型霰弹枪，枪托已经坑坑洼洼，枪管也很旧，我猜这不是公家的枪，而是他自己的。我们来到了考塔布劳河口与10号州际公路的交叉点。我隔着后面的车窗和莫菲说话，同时闻到了浓烈的汽油味。

车灯映照出矮棕榈树和山茱萸的枝干、垂落的柳枝，以及长满了西班牙苔藓的高大柏树，偶尔还有远方沼泽中古老的树桩。我们来到了一条漆黑如隧道的路上，柏树的枝条如屋顶一般遮住了星光。随后，我们摇摇晃晃地驶过了通往玛丽·阿吉拉德婆婆家的桥。

在我们前方，两辆警长办公室的车转到相反的方向，斜着停了下来，其中一辆车的车灯映照着通往沼泽的幽深灌木丛。另一辆车的车灯照着房子，在用作地基的树干、重叠的木板和通往纱门的台阶上投下了影子。纱门开着，那些夜间行动的野兽很容易进去。

停车时，伍里奇转过头问我："你准备好了吗？"

我点了点头，把史密斯威森手枪拿在手里，和他一起下车，呼吸温暖的空气。我嗅到了植物腐烂的味道和淡淡的烟味。有什么东西在我右侧的植被中发出声响，随后轻轻地落入了水中。莫菲和他的搭档来到我们旁边，我听见了给枪上子弹的声音。

两位警察迟疑地站在他们的车附近。另外两位警察拿着枪，缓慢地穿过了整洁的花园。

"什么情况？"莫菲问。他大概6英尺高，属于举重运动员式的V形身材，头发稀疏，嘴巴周围留着一圈胡子。

"还没有人进去过。"伍里奇说，"我让那两个家伙到房子后面去，但是不要进屋。再叫两个人守着前面，你们两个跟着我们。布沙尔，你留在这里，盯着这座桥。"

我们穿过草坪，小心翼翼地避开被丢弃的儿童玩具。房间里没有开灯，也没有任何有人的迹象。血流在我的大脑中奔涌，我发现掌心出了很多汗。距离门廊的台阶还有10英尺时，我听见了扳开击锤的声响，一个警察的声音从我们右侧传来。

"天哪，"他嚷道，"天哪，不会吧……"

距离水边10码远的地方有一棵枯死的树，只剩下一根长长的树干。它的树枝有些很细，有些和人的手臂差不多粗，从3英尺高的位置开始生长，一直延伸到八九英尺高。

老婆婆的小儿子蒂·吉恩·阿吉拉德抵着树，赤裸的身体反射出手电筒的光。他的左臂钩住了一根较粗的树枝，小臂和空着的手垂直伸向前方。他的头靠在另一根树枝的转弯处，脸部惨不忍睹，眼窝就像黑色的裂口。

我听到一位警察开始干呕，转过身后，看见伍里奇拎着他的领子，把他拖向了远处的水边。"别在这儿吐。"他说，"别在这儿吐。"他把跪在地上的警察留在水边，转身走向那栋房子。

"我们要找到弗洛伦斯。"他说。在手电筒的光线下，他的脸色很苍白："要找到她。"

一家当地鱼饵店的老板曾看见弗洛伦斯·阿吉拉德站在家门口的桥上，全身是血，手里拿着一支柯尔特警用手枪。鱼饵店老板停下车时，弗洛伦斯朝着驾驶室窗户开了一枪，差点儿击中他。于是，他在一家加油站打电话给圣马丁教区的警察，那些警察又打给了伍里奇。伍里奇曾对当地警方说，玛丽婆婆家出现任何异常，他们都要立刻向他汇报。

伍里奇跑上门廊的台阶，来到门口。我追上了他，把手搭在他的肩膀上。他回头看着我，眼睛瞪得很大。

"别紧张。"我说。他眼中的慌乱消失了。他恢复了正常，缓慢地点了点头。我又回过头，示意莫菲跟着我们进屋。莫菲从图森特那里拿来了温彻斯特霰弹枪，但他有些不情愿，似乎更想回去陪伴身体不舒服的搭档。

一道长长的走廊形状如同猎枪，通往房屋后方宽敞的厨房。两侧共有六个房间，每侧三个。我知道玛丽婆婆在右侧最后一个房间中，本想直接冲过去，但还是没有这样做。我们小心翼翼地向前走，一个房间一个房间地查看，手电筒的光线划破了黑暗，灰尘和飞蛾在光束中翩然起舞。

右侧的第一个房间是卧室，里面没有人，只有两张床，一张铺好了，另一张儿童床没有铺好，一半的毯子落在地上。对面的客厅也是空的。到了第二个房间面前，莫菲和伍里奇各自查看一个房间。两间都是卧室，也都没有人。

"这里的大人和小孩都去哪里了？"我问伍里奇。

"两英里以外有一场十八岁生日派对。"他说，"只有蒂·吉恩和老婆婆没去。弗洛伦斯应该也没去。"

在玛丽婆婆的卧室对面，有一扇门完全敞开，我看到里面有许多家具、成箱的衣服和孩子的玩具。一扇窗户开着，窗帘在夜色中微微摆动。我们转过身，看向玛丽婆婆的卧室门。门半掩着，我能看见里面被树影搅乱的月光。莫菲在我身后举起了枪，伍里奇双手拿着西格绍尔手枪，紧贴脸颊。我也把手指放在史密斯威森手枪的扳机上，用脚踢开门，压低身子一头扎进房间。

门口的墙上有一个沾血的手印，我听见窗外的夜色中传来野兽的吼叫。月光投下飘摇的影子，落在长长的餐具柜上，落在装满了同类衣服的大衣柜上，落在门口那个长方形的黑箱子上。但房间中最主要的还是远处墙边的大床，以及它的主人玛丽·阿吉拉德婆婆。

这个老婆婆曾看见一个女孩在临死前被夺走脸，于是安慰她，陪她度过了生命的最后一瞬。我上次来到这里时，这个老婆婆也曾用我妻子的声音与我交谈，以她独有的方式抚慰了我的痛苦。然而，在生命最恐怖的一刻，她却伸出了手，仿佛在向我求助。

她赤身坐在床上，即使死去了，身材也依然高大。她的头和上半身靠在一堆枕头上，染遍了鲜血。她的脸涨成了紫红色，下巴耷拉着，露出被烟草染黄的长牙。手电筒的光落在她的大腿、粗壮的胳膊以及双手上，照亮了她的身体中央。

"天哪，太可怕了。"莫菲感叹道。

刀口从胸骨一直延伸到腹股沟，她的肚子成了一个空空的洞。伍里奇把手电筒放低，照向她的腹股沟。我伸手阻止了他。

"不要。"我说，"别看了。"

一阵喊声从外面传来，打破了沉寂。我们一起跑向房屋的前门。

弗洛伦斯·阿吉拉德摇摇晃晃地站在草地上，面向她弟弟的尸体。由于悲伤，她的嘴角耷拉下来，下嘴唇向内翻卷。她的右手拿着长筒柯尔特手枪，枪口指向地面。她的白裙子上点缀着蓝花，但很多地方都被她母亲的血遮住了。她没有出声，身体却因无声的哭泣而不住颤抖着。

伍里奇和我缓慢地走下台阶，莫菲和另一个警察站在门廊上。另外两个警察也从房屋后方回来，站在弗洛伦斯对面。图森特站在他们右边。在弗洛伦斯左边，我看见蒂·吉恩的尸体挂在树上，布沙尔拿着没装在枪套里的西格绍尔手枪站在一旁。

"弗洛伦斯。"伍里奇温柔地呼唤着她，并把枪收回了肩上的枪套中，"弗洛伦斯，把枪放下吧。"

她的身体不断摇晃，只得用左手紧紧地扶着自己的腰。她微微弯下腰，缓慢地摇了摇头。

"弗洛伦斯，"伍里奇再次呼唤她，"是我。"

她转过头，看着我们，眼中充满了悲伤、痛苦、委屈、愧疚、愤怒，种种情绪在她心中争夺着位置。

她缓慢地举起枪，指着我们的方向。我看见警察们快速地拿起了各自的武器。图森特已经做出了狙击手的姿态，双臂举到身体前，手中的枪一动不动。

"不要！"伍里奇抬起右手，大声嚷着。警察们先是迟疑地看着他，然后又看向莫菲。莫菲点了点头，大家稍微放松了一些，但依然用枪指着弗洛伦斯。

柯尔特手枪不再指着伍里奇，而是指向了我，弗洛伦斯·阿吉拉德依然在缓慢地摇头。在夜色中，她用轻柔的声音咒语般地重复着伍里奇的话："不要，不要，不要。"然后，她把枪转向自己，枪口对着嘴，扣动了扳机。

　　爆炸声在夜空中响起，就像大炮的轰鸣。在弗洛伦斯的尸体倒在地上的瞬间，我听见鸟儿拍打翅膀，小动物们在灌木丛中飞奔。伍里奇跪倒在她身边，用左手触摸着她的脸，右手本能地去试探她脖子上的脉搏，却早已没有了动静。他抱起了她，把她的脸埋在自己被汗水浸湿的衬衫中，痛苦地张大了嘴。

　　远方，红灯正在闪烁，我听见直升机的桨叶划破了黑暗。

32

新奥尔良的黎明昏暗而潮湿，清晨的密西西比河散发出浓烈的气味。我离开了酒店，来到了法属区，想要缓解大脑和身体的疲惫。我最终来到了洛约拉，拥挤的车辆衬得天气更加炎热。头顶的天空灰蒙蒙的，像是要下雨，乌云笼罩着城市，仿佛将高温封锁在了其中。

我在自动贩卖机上买了一份《时代琐闻报》，站在市政厅前阅读。报纸中充斥着腐败的气息：两位警察因贩毒被逮捕、针对上次参议院选举进行的联邦调查、对前任州长的怀疑。这份报纸没有烂掉已算是奇迹了。新奥尔良的建筑破破烂烂，普瓦德拉购物区气氛阴森，伍尔沃斯商店贴着停业通知，到处都弥漫着腐坏的气息。我们无法知道究竟是这座城市污染了里面的人，还是某些人把整座城市都变得非常糟糕。

"二战"归来后不久，切普·莫里森把百万富翁市长马埃斯特里赶下台，将新奥尔良拖进了20世纪，并建造了壮观的市政厅。伍里奇的一些朋友现在依然很喜欢莫里森，不过是因为他的当政滋长了警察的腐败，以及诈骗、嫖妓和赌博行为。三十多年后，新奥尔良警察局依然在努力肃清他的流毒。将近二十年来，"贪污行为"这个分类依然在警察投诉榜上高居榜首，每年都会收到一千多条相关的控诉。

新奥尔良警察局以"削减开支"为原则。和其他南方城市，比如萨凡纳、里士满、莫比尔一样，这里的警察局建立于18世纪，主要为了监管奴隶，警方会获得一部分抓捕逃亡奴隶的奖金。19世纪，警方人员常常被指控强奸、谋杀、滥用私刑、抢劫，以及收取贿赂并纵容赌博和卖淫行为。警方每年都要组织选举，也就是说，他们必须服务于两大主要政党。他们操纵了政府选举，威慑选民，甚至参与了1866年机械学院的屠杀温和派事件。

20世纪80年代初，新奥尔良的首位黑人市长"荷兰人"莫里亚尔试图整顿警察局。然而，作为已经成立了二十多年的独立组织，大都会犯罪委员会当时尚且无法整顿警察局，一个黑人市长又能做些什么呢？以白人为主的警察工会开始罢工，狂欢节也被取消了。国家警卫队不得不出来维持秩序。我不知道后来情况有没有变好，但愿好了一些。

新奥尔良也是一个谋杀案频发的城市，每年都会有四百起代码为30号（这是新奥尔良警察局对谋杀案的编码）的案件。大概有一半可以破获，但还有很多人手上沾着鲜血走在新奥尔良的街道上。市政官员们不愿对旅客说出真相，虽然很多人即便知道这一点，也依然会来旅游。毕竟，如果一个城市很炎热，游船赌博、二十四小时酒吧、脱衣舞娘、卖淫等行业，还有现成的毒品供应彼此相隔都不远，那么必定有某些见不得人的阴暗处。

我继续向前走，离开了新奥尔良市中心的粉色建筑群，坐在一棵开花的树旁边等待伍里奇，身后是高耸的凯悦酒店大楼。在昨晚的混乱之中，我们约好今天一起吃早餐。我本想留在拉斐特或巴吞鲁日，但伍里奇说，当地的警察不想让我参与他们的调查。但是待在新奥尔良没有关系，毕竟他就在这里工作。

我等了二十分钟，但他没有出现。我便走到普瓦德拉大街上，那里高耸的办公楼已经挤满了商人和游览密西西比河的旅客。

杰克逊广场上的拉玛德莲餐厅挤满了吃早餐的人。烤面包的香气从炉子中飘来，就像漫画中那些有形状的气味一样，吸引了许多人。我点了一块酥皮面包和一杯咖啡，在那里读完了《时代琐闻报》。新奥尔良几乎买不到《纽约时报》。我听说，在美国的各个城市中，新奥尔良人最不喜欢买《纽约时报》，但他们非常喜欢买礼服。如果你每天晚上都有正式的宴会，大概就没有时间读《纽约时报》了。

在广场的木兰树和香蕉树之间，游客们正在观看踢踏舞和哑剧表演，还有一个身量苗条的黑人手拿两个塑料瓶敲打自己的膝盖，既有节奏感，又富有感情。一阵微风从河面吹来，却无法战胜清晨的高温。于是，当它看见画家们把画作挂在广场的黑色铁栅栏上，便掀起他们的头发；当它看见算命大师们在教堂外摆弄纸牌，便把他们的牌吹跑。

我感觉自己离昨晚在玛丽婆婆家看到的一切都很遥远。我本以为，那会让我想起曾在自家厨房看到的场景，想起我的妻子和女儿尸体的惨状。然而，我只是感到沉重，仿佛被一张黑色的、湿漉漉的毯子覆盖了全部的知觉。

我再次浏览报纸。这场杀戮位于首页的底部，但是并没有写出具体细节。没有人知道它会持续多久，谣言或许会在葬礼上开始传播。

报纸上有两具尸体的照片，分别是弗洛伦斯和蒂·吉恩，它们被抬到桥的另一边，装进正在等待的救护车。桥已经被车压得摇摇欲坠，我们担心如果救护车开过去，它会彻底坏掉。所幸，这里并没有刊登玛丽婆婆被特殊的担架抬到救护车上的照片。虽然躺在黑暗中，她那巨大的身躯却仿佛在嘲笑死亡。

我抬起头，看见伍里奇走到了桌边。他那身棕色的西装沾了弗洛伦斯·阿吉拉德的血，于是换了一套浅灰色的亚麻西装。他没有刮胡子，黑眼圈也很重。我给他点了一杯咖啡和一块酥皮面包，默默地看着他吃。

在我们认识的几年里，他改变了很多。他的脸变得消瘦，颧骨在某些瞬间的光线中就像皮肤下的刀片。我第一次意识到他可能生病了，但没有提起这个话题。等到伍里奇想说的时候再说吧。

他吃饭的时候，我想起了我们第一次见面，当时是在调查珍妮·奥尔巴克的尸体。她是个三十岁左右的漂亮女人，由于经常锻炼并注意饮食，身材保持得很好。她没有什么经济来源，却过着相当奢华的生活。

一个寒冷的1月的夜晚，我在上西区的一栋公寓中见到了她。那里距离百老汇的扎巴尔食品店只有两个街区，公寓中有两扇飘窗，外面是一个小阳台，从那里可以看到79街和河水。那里不是我们的辖区，沃尔特·科尔和我参与其中，是因为最初的作案手法和我们当时正在调查的两起严重入室抢劫案很像。其中一起抢劫案中有人死去，是一位年轻的客户经理，名叫黛博拉·莫兰。

公寓里的警察都穿着大衣，有些还戴着围巾。屋里很暖和，没有人急着回到寒冷的外面，包括我和科尔，虽然这并不是入室抢劫，而是故意谋杀。公寓里的任何东西都没有被翻弄，我们在电视下方的抽屉里找到了一个装有三张信用卡和700美元的钱包，完全没有人动过。有人从扎巴尔食品店买来了咖啡，我们用手捧着杯子，一边取暖一边喝。

验尸官结束了工作，医务人员正打算用救护车运走尸体，一个衣着邋遢的人却闯进了公寓。他穿着一件棕色长外套，和牛肉汤一个颜色，一侧的鞋底已经快掉了，一只红袜子和大大的脚趾从缝隙中露出来。他的棕色裤子就像是放了两天的报纸，白衬衫已经看不出原色，呈现出黄疸病人身上才会有的浅黄。他的头上戴着一顶软呢帽。自从安格丽卡剧院结束了最后一次黑色电影复兴，我就没看见过有人在犯罪现场戴软呢帽。

最吸引我的还是他的眼睛。它们很明亮，像是水中的水母一般，带着几分笑意，同时又很愤世嫉俗。虽然衣着十分邋遢，他的胡子却刮得很干净，双手也一尘不染。他从口袋里取出一副塑料手套，戴在了手上。

"外面太冷了。"他一边说,一边蹲下身,将一根手指放在珍妮·奥尔巴克的下巴处,"冷得要死。"

我感觉有人与我擦肩而过,发现是科尔站在旁边。

"你是什么人?"科尔问。

"我是个好人。"那个人回答,"好吧,我是联邦探员,信不信由你。"他向我们亮出证件:"特工伍里奇。"

他站起身,叹了口气,摘下手套,将手套和双手都塞进外套口袋。

"伍里奇特工,这么晚了,你来这里干什么?"我问,"联邦大楼的钥匙丢了吗?"

"你们纽约警察局的人真幽默。"伍里奇似笑非笑地说,"还好外面有救护车,以免我被你们气死。"他侧过头,再次查看尸体。"你们知道她是谁吗?"他问。

"我们只知道她的名字。"一个我不认识的警探说。当时我连她的名字都不知道,只知道她从前很美丽,但现在不再美丽了。她的脸和头被一根空心电缆击中,那根电缆被丢在她的尸体旁边。奶油色的地毯被她的血染成了暗红,血溅到了墙上,还有那些昂贵却不太舒适的白色皮革家具上。

"她是汤米·洛根的女人。"伍里奇说。

"那个回收垃圾的家伙。"我接道。

"正是他。"

在过去两年里,汤米·洛根的公司在这座城市中签下了许多高价的垃圾回收合同。他还发展了清洁窗户的业务。只要你有一栋大楼,而大楼里也有窗户,负责清洁的一定是汤米的人,不然你就会失去窗户,甚至失去大楼。这些客户之间总是互相关联。

"敲诈勒索的人对汤米有兴趣?"科尔问。

"许多人都对他有兴趣。如果他的女友死在地毯上,还会有更多人有兴趣。"

"你觉得这是有人在警告他？"我问。

伍里奇耸了耸肩："大概吧。或许有人在警告他，谁让他雇了一个老掉牙的装修设计师。"

他说得对，珍妮·奥尔巴克的公寓充满了怀旧气息，就像是一个穿着喇叭裤、留着山羊胡的家伙。不过这对珍妮·奥尔巴克来说已经不重要了。

没有人知道是谁杀了她。听闻女友死去的消息，汤米·洛根似乎非常震惊，甚至顾不上担心他的妻子会发现。或许由于珍妮·奥尔巴克的死，汤米决定对生意伙伴更加慷慨，但一切并没有持续太久。一年之后，汤米·洛根也死了，他的喉咙被割断，尸体被丢在皇后区的波顿桥下。

但伍里奇和我有了更多交集。我们偶尔会遇到，也一起喝过一两次酒，然后我回家，他回到特里贝克空荡荡的公寓中。他给过我尼克斯队比赛的门票，来我家吃过晚餐，也送过詹妮弗一只巨大的玩具大象作为生日礼物。当我一杯接一杯地把自己灌得酩酊大醉时，他只是在一边看着，既不评判也不打扰。

我还记得他来参加詹妮弗的三岁生日派对时，头上戴着用硬纸板做的小丑帽子，手里拿着本杰瑞的樱桃加西亚冰激凌。他穿着皱巴巴的西装，被三四岁的孩子和他们的父母包围着，显得有些尴尬。但是当他帮孩子们吹好气球，或者在他们耳朵后面变出硬币时，却又显得格外高兴。他模仿农场里的动物，教孩子们怎样用鼻子顶住汤匙。离开的时候，他的眼中充满了悲伤。我想他大概想起了他女儿从前的生日派对，那时他还没有失去她。

苏珊和詹妮弗死去后，他陪我去警察局接受审问，在外面等了四小时。第一天晚上，我在医院大厅里哭了一夜。我既不想回家，也不想和沃尔特·科尔待在一起，不仅因为他参与了调查，也因为我当时不想看到他的家人。于是，我去了伍里奇那间狭窄但整洁的公寓，墙上摆放着很多诗集，诗人有马维尔、沃恩、理查德·克拉肖、赫伯特、琼森，以及罗利。有时他会引用罗利的《虔诚信徒的朝圣》。他把自己的床让给了我。葬礼那天，他冒着雨站在我身后，任由雨水落在他身上，像眼泪一般顺着帽檐流下来。

"你还好吗？"我终于开口问道。

他鼓起了双颊，深呼一口气，轻轻地将头从一侧摆到另一侧，就像汽车后座上的点头狗装饰一般。灰色从他的鬓角蔓延至所有的头发，皱纹从他的眼角和嘴角生出，就像精美瓷器上的裂痕。

"不太好。"他说，"我只睡了三小时，每隔二十分钟还会醒一次。我总会想起弗洛伦斯朝自己嘴里开枪的样子。"

"你们经常见面吗？"

"也没有，只是偶尔见面。我们约会过几次，前几天我还去了她家，看看是不是一切都好。天哪，真是太糟糕了。"

他把报纸拿过来，浏览了关于谋杀事件的报道。他的手指沿着每一段文字边缘移动，很快便被油墨染黑了。读完文章后，他看着自己变黑的手指，先是用拇指蹭了蹭，然后又用纸巾擦了擦。

"我们得到了指纹，一个不完整的指纹。"他说。或许看到自己手指上的纹路，他才想到了这件事。

我感觉外面不再嘈杂，游客们仿佛都走远了。我只注意到伍里奇和他那温柔的眼睛。他喝光了咖啡，用餐巾擦嘴。

"一小时前才确认，所以我才会来晚。我们用它和弗洛伦斯的指纹对比，发现不是她的。这个指纹上还沾了老婆婆的血。"

"你们是在哪里发现的？"

"在床下。处理尸体时，凶手大概失去了平衡，也可能跌倒了。他并没有试图抹去那个指纹。我们正在用它与当地的资料和指纹识别记录进行对比。如果他在系统中，我们就能找到他。"除了罪犯，这些资料还包括了联邦职员、外国人、军队人员的指纹，还有一些进行过指纹鉴定的个人。未来二十四小时，系统将会用现场采集到的指纹与记录中的两亿人进行对比。

如果这真的是旅人的指纹，从苏珊和詹妮弗死去以来，这个案子便在此时第一次取得了真正的突破，但我觉得事情没有这么顺利。这个男人杀死我妻子后，仔细地清理过她的指甲。他不可能一不小心把自己的指纹留在犯罪现场。我看向伍里奇，知道他也想着同样的事情。他挥了挥手，又点了一杯咖啡，然后望着杰克逊广场上的人群，听着迪凯特街那些观光马车前的小马呼气的声音。

"事情发生之前，弗洛伦斯在巴鲁吞日买过东西，然后回家换衣服，准备去参加远房表亲的生日派对。她在布罗布里奇的一家小酒吧打电话给你，然后回到了家。她大概在家里待到晚上8点30分，9点左右回到布罗布里奇参加派对。根据当地警方获得的目击证词，她当时心不在焉，也没有待多久。大概是弗洛伦斯的妈妈坚持让她去的，说蒂·吉恩留下来照料就足够了。她待了一小时，也可能是一个半小时，然后就回来了。大约三十分钟后，鱼饵店老板布伦南看到了她。所以谋杀案发生的时段只有一到两小时。"

"谁在调查这个案子？"

"理论上应该是莫菲他们。但实际上，很多事情会移交给我们，因为这次案件和苏珊、詹妮弗一案作案手法相同，而且我也想亲自调查。布里约会监听你的电话，因为凶手可能还会来电。也就是说，他们会在你住的宾馆房间待一阵子，但我不知道还有什么可做的。"他避开了我的视线。

"你们把我排除在外了。"

"你不能涉入太深，鸟哥，你应该明白吧。我以前和你说过，现在还要再说一次：你能参与多少，需要由我们来决定。"

"那大概不会有多少。"

"确实不会有多少。鸟哥,你是连接这个家伙的纽带。他给你打过一次电话,可能还会再打。我们等等看吧。"他摊开了双手。

"她是因为那个女孩而被杀的。你们会找那个女孩吗?"

伍里奇沮丧地翻了个白眼:"去哪儿找呢,鸟哥?整个河口都找一遍吗?我们甚至不知道她是否存在。但我们有一个指纹,可以对它进行调查,看看结果如何。你去结账,咱们走吧,还有别的事情要做。"

我待在海滨大道的弗莱森斯小屋,那是一栋修复过的白色房子,呈现出希腊复兴式建筑风格,里面装满了老旧的家具。我选择了后方一间由马车房改造的房间,既因为它比较隐蔽,也因为前台的工作人员说院子里有两只大狗,只要有陌生人靠近,它们就会狂吠。其实,那些狗只会躲在旧喷泉的阴影下睡觉。我的房间很大,里面有一个阳台、一台黄铜吊扇、两把沉重的皮革扶手椅、一台小冰箱。我在冰箱里放了些瓶装水。

我们一到那里,伍里奇就打开了一个晨间游戏节目。我们没有说话,等着布里约过来。大约二十分钟之后,布里约才敲门,在这段时间里,节目中那个来自塔尔萨的女人已经赢得了一次前往毛伊岛的旅行。布里约是个小个子男人,衣着整洁,有些谢顶。每隔几分钟,他便用手抚摸自己的头,以此来确认上面还有头发。在他身后,两个穿着衬衫的男人用一台金属手推车笨拙地推着一套监控设备,小心翼翼地走上通往四个房间的木制室外楼梯。

"行头不错啊,布里约。"伍里奇说,"你们应该带本书看。"其中一个穿衬衫的男人从手推车底部翻出一捆杂志和一些破报纸。

"如果需要,我们要怎么找你?"布里约问。

"老样子。"伍里奇说,"我就在附近。"然后他便离开了。

我曾经跟着伍里奇去过联邦调查局纽约办事处的一个秘密房间。那是技术室，有组织犯罪调查或反外国间谍等长期调查小组需要在那里监听相关电话。六位特工坐在一排盘式声控录音机前，只要录音机开始运作，他们便详细地记录下日期、时间以及对话内容。那个房间很安静，只能听见机器的运转声和钢笔在纸上写字的声音。

联邦调查局很喜欢监听。1928年它还叫作"调查局"，没有"联邦"两个字，最高法院就已经赋予它几乎没有限制的监听权利。1940年，司法部部长安德鲁·杰克逊想要结束监听，但罗斯福说服了他，还把"危险分子运动"纳入了监听范围。在胡佛的理解中，"危险分子运动"范围很广泛，既包括外国人开一家洗衣房，也包括和别人的妻子上床。胡佛将监听运用到了极致。

现在，联邦探员们不需要冒着雨蹲在接线盒旁边，努力保护自己的笔记本不被淋湿。他们只需要获得司法批准，然后给电话公司打个电话，要求转接信号。如果获得了监听对象的同意，事情就更加简单了。比如这一次，布里约和他的同伴们甚至不需要坐在监听车里闻彼此的汗味。

布里约给我的手机和房间座机接线时，我离开了五分钟，告诉他我只是去主屋的厨房看看。其实，我走出了弗莱森斯小屋，穿过院子，其中一只狗蜷缩在阴影下，无聊地看了我一眼。我走到一条街区外的杂货店，给安格尔打了一通电话。他没有接，但语音信箱开着。我在留言中向他说明了情况，让他不要打我的手机。

根据规定，联邦调查局应该将监听或监视最小化。理论上，除了偶尔的抽查，如果一通私人电话显然与当前的调查无关，特工们应该按下录音机上的暂停键，不再监听。但实际上，只有傻瓜才会觉得自己可以在监听状态下保持隐私，所以我显然不该在这种情况下与一个入室抢劫犯和一个暗杀者通话。留过言后，我在杂货店买了四杯咖啡，回到了弗莱森斯小屋，看见布里约一脸担心地站在我的房间门口。

"我们可以自己点咖啡，帕克先生。"他有些不高兴地说。

"味道不一样。"我回答。

"你得试着习惯。"他一边说，一边关上了我身后的门。

第一通电话是下午4点打来的。当时，我已经看了几小时糟糕的电视节目，又读了一会儿往期《大都会》杂志的问答专栏。布里约快速从床上爬起来，向两个技术人员打了个响指，其中一位已经去拽耳机。他用手指比画着数到三，示意我接起手机。

"是查理·帕克吗？"一个女人的声音响起。

"请问你是？"

"我是雷切尔·乌尔夫。"

我看向联邦探员们摇了摇头。他们显然松了口气。我用手遮住话筒："喂，你们要遵守最小化原则，对吧？"有人按了一下录音机，将它关上了。布里约重新躺在干净的床单上，手指扣在脑后，闭上了眼睛。

雷切尔似乎感觉到电话对面发生了什么。

"你方便说话吗？"

"有人和我在一起。我能不能一会儿再打回去？"

她把家里的号码告诉我，又说自己晚上7点30分才会回家，我可以到时候再打。我谢过她，挂掉了电话。

"女朋友？"布里约问。

"是我的医生。我有低耐受综合征。她希望经过几年的治疗，我就能忍受别人无聊的好奇心了。"

布里约依然闭着眼睛，重重地哼了一声。

第二通电话是下午6点打来的。外面十分潮湿，游客的声音又很嘈杂，我们只能关上阳台的窗户，于是空气中充斥着汗臭味。这一次，我很清楚打来电话的人是谁。

"欢迎来到新奥尔良，鸟哥。"合成的声音说。他的声音很阴沉，如同雾气一般。

我没有说话，朝联邦探员们点了点头。布里约已经在给伍里奇的号码拨号。阳台旁边有一台显示器，我看见上面的地图不断变化，也隐约听到旅人的声音在联邦探员们的耳机中响起。

"但我可不欢迎联邦调查局的朋友。"那个声音说，它变成了年轻女孩高亢而欢快的音调，"伍里奇特工和你在一起吗？"

我没有回答，等待着时间一秒一秒地过去，看着手机屏幕上"匿名来电"的提示。

"你他妈别骗我，鸟哥！"依然是那个孩子的声音，但这一次听起来有些不高兴，就像是被父母要求不能出去和朋友玩时的语气。再加上她开始骂骂咧咧，这个效果便更加明显。

"他不在。"

"给他三十分钟。"电话挂断了。

布里约耸了耸肩："看来他知道，不想讲太久，以免留下痕迹。"他又躺在了床上，等着伍里奇过来。

伍里奇似乎很疲惫，由于睡眠不足，他的眼圈发红，呼吸带着一股臭味。他不停地挪动着双脚，仿佛鞋子已经装不下它们。他来到这里五分钟后，电话又响了起来。布里约数到三时，我接起了电话。

"喂。"

"你不要说话，听着就行。"这似乎是一个女人的声音，仿佛在向她的情人倾诉隐秘的幻想，但这份幻想是扭曲的、毫无人性的，"我要向伍里奇特工的爱人说声抱歉，但这是因为我错过了她。她也在我的计划中。我为她准备了特别的死法，不过她好像有自己的主意。"

听到这里,伍里奇使劲眨了一下眼睛,但是并没有其他的反应。

"希望你们喜欢我的作品。"那个声音接着说,"也许你们会明白我的想法。就算不明白,也不要担心,还有很多机会。可怜的鸟哥。可怜的伍里奇。你们都很痛苦吧。我还会让你们多一些伙伴。"

那个声音又变了,变得深沉而凶恶。

"我不会再打电话了。窃听私人电话是很卑鄙的行为。下一次,你们会收到带血的消息。"电话挂断了。

"靠!"伍里奇说,"你们有什么收获吗?"

"没有。"布里约把他的耳机丢在床上,"号码一直在变。他知道我们在监控。"

联邦探员们正在把设备收进白色的福特汽车中,我离开他们,穿过法属区来到拿破仑之家酒吧,打算给乌尔夫回个电话。我不想用手机,大概是因为它被用来联系杀手,染上了晦气。另外,我被关在房间里太久,也想走动一下。

电话响了三声后,她接了起来。

"我是查理·帕克。"

"嗯……"她好像不知道要如何称呼我。

"你可以叫我鸟哥。"

"好吧。"

我们都没有说话,气氛有些尴尬,然后她开了口:"你在哪儿呢?好像很吵的样子。"

"确实。我在新奥尔良。"然后,我努力向她讲述了这里发生的事。她安静地听着,有一两次,我听见对面传来用钢笔规律地敲击电话的声音。

"这些细节对你有用吗?"我讲完所有的事情后问道。

"我也不清楚。我隐约想起了学生时代学过的一些内容,但是已经太久远，我不确定是否还能找到从前的资料。我似乎已经从你们之前的对话中得到一些信息，不过也很难确定。"她又沉默了片刻，"你住在什么地方？"

我把弗莱森斯小屋的号码告诉了她。她一边写，一边重复着宾馆的名字和电话号码。

"你还会打给我吗？"

"不会。"她说，"我会订个房间。那我挂了。"

我挂掉电话后，扫视着拿破仑之家酒吧。这里都是当地人和波希米亚风格的游客，其中有些人就住在灯光昏暗的酒吧楼上。酒吧中播放着我没听过的古典音乐，烟味很浓。

旅人说的某些话让我感到不安，虽然我不知道究竟是哪一句。他打电话的时候知道我在新奥尔良，也知道我住在哪里。既然他知道我和联邦警探们在一起，就说明他对警方的办事流程很熟悉，而且正在监视调查，这和雷切尔的说法一致。

我们到达时，他应该还在犯罪现场，也许过了一会儿才离开。我理解他不愿意打电话的原因，这样会为联邦探员提供监控的机会。但是第二通电话……我回忆着当时的情境，想要弄清楚自己为什么感到不安，却一无所获。

我本该留在拿破仑之家，感受老酒吧里的生命力和快乐，却还是选择回到了弗莱森斯小屋。外面很热，我却走向落地窗，打开它们，来到了阳台上，看着上城区破旧的建筑和锻铁阳台，用力呼吸着附近餐厅烹饪食物的气味，其中还混合了烟味和尾气味。我听见爵士乐从尼科尔斯州长街上的一家酒吧传来，波旁街那些高价的店铺中充斥着叫嚷声和笑声，当地人和外地人正在一起唱歌，一切都充满了生命的气息。

我想起了雷切尔·乌尔夫，想起了她的头发落在肩膀上的样子，还有雪白的脖子上的点点雀斑。

33

那天晚上,我梦见了一座圆形剧场,高耸的看台上坐满了老人。墙上围着锦缎,两只高高的火把照亮了中间的长方形桌子。它的边缘弯曲,桌腿雕刻成了骨头的形状。弗洛伦斯·阿吉拉德躺在桌子上,一个穿着深色长袍、留着大胡子的男人用象牙柄的手术刀切开了她。她的脖子周围和耳后有绳子被烧断的痕迹,头在桌面上呈现出奇怪的角度。

当手术刀割开她的身体,许多鳗鱼从她的身体中钻出来,落在地上。死去的女人睁开了眼睛,想要叫出声。外科医生用粗麻袋堵住了她的嘴。后来,她的眼睛失去了光芒。

几个人站在剧场昏暗的角落里看着这一切。她们走向我,我发现原来是我的妻子和女儿,但是还有一个人。她留在了远处的黑暗中,只剩下一个影子。她来自一个寒冷而潮湿的地方,身上带有浓重的泥土气味、植被腐烂的气味,以及尸体膨胀、变形发出的腐臭。她躺着的地方很狭窄,四周的壁面十分坚硬,有时还会有鱼触碰到她的身体。我醒来时,似乎还能嗅到她的味道,听见她的声音……

"救救我!"

血流涌向了我的耳朵。

"我好冷,救救我!"

我知道自己一定要找到她。

我是被房间里的电话吵醒的。昏暗的光线透过窗帘射进来，我看见手表显示上午8点35分。我接起了电话。

"帕克吗？我是莫菲。快点收拾一下。一小时后我们在侯爵夫人餐厅见面。"

我洗了个澡，穿好衣服，走向杰克逊广场，跟随清晨的祈祷者们走进了圣路易主教座堂。教堂外面有一个小贩，想用吞火表演吸引祈祷者。还有一群黑人修女站在黄绿相间的阳伞下。

苏珊和我以前来这里参加过一次弥撒。教堂华丽的天花板描绘了耶稣与牧羊人的画面，圣坛上方摆放着十字军之王路易九世的雕像，他正在宣布第七次十字军东征。

教堂原始的木质结构建造于1724年，在1788年耶稣受难日的大火中被烧毁，那场火灾一共烧毁了八百多栋建筑。后来，教堂经历了两次重建。现在的教堂只有不到一百五十年的历史，它的彩色玻璃窗俯瞰着若望保禄二世广场，那是西班牙政府赠送的礼物。

多年以后，我竟然如此清楚地记得这些细节，真是一件奇怪的事。然而，这并不是因为我对它们感兴趣，而是因为这段回忆与苏珊有关。了解这段历史时，苏珊正和我在一起，我们牵着手，她的头发梳向脑后，扎了一个浅绿色的蝴蝶结。

站在同一个地方，听到同样的话语，我仿佛在那个短暂的瞬间回到了过去。她就站在我身边，和我牵着手，我的嘴唇上残留着她的味道，我的脖子上弥漫着她的香气。如果我闭上眼睛，便能想象出她牵着我的手在过道上漫步，呼吸着焚香和鲜花的气味。她经过一扇扇窗户，从黑暗走向光明，又重新回到黑暗中。

教堂后方有一座天使雕像，它的手中拿着洗礼盆，脚下踩着恶魔的幻影。我跪在雕像前，为我的妻子和女儿祈祷。

莫菲已经来到了侯爵夫人餐厅，那是沙特尔街上的一家法式甜品店。他坐在后院里,刚刚剃了头发。他穿了一条灰色运动裤,一双耐克鞋,一件添柏岚羊毛上衣。他面前的桌子上放着一盘牛角面包和两杯咖啡。我坐在他对面时,他正小心地将葡萄果酱涂在牛角面包上。

"我给你点了咖啡。吃个面包吧。"

"咖啡就行了,谢谢。你今天休假吗?"

"没有,只是早晨不用巡逻。"他用手指把掰了一半的面包塞进嘴里,鼓起双颊,露出了微笑,"我太太不允许我这样吃饭,说我就像在生日派对上狼吞虎咽的坏小孩。"

他咽下了面包,又开始对付剩下的一半。"圣马丁教区的警方没事干了,只能到处找找石头下带血的衣服。"他说,"伍里奇和他的同事接手了调查的主要部分。除了跑腿,我们也没什么可做的。"

我知道伍里奇会怎样做。玛丽婆婆和蒂·吉恩的死证实了连环杀手确实存在。案件的细节将会交给联邦调查局的调查支持组。这个部门压力很大,负责提供审讯技巧和人质谈判方面的建议,还要和暴力事件刑事拘捕计划、纵火与爆炸计划等项目的参与人员沟通。对于这个案子,他们最重要的任务是罪犯侧写。那个部门共有三十六位探员,只有十人负责侧写。他们待在地下60英尺的办公室中,那里以前是联邦调查局局长位于匡蒂科的防空洞。

当他们筛选证据、试图描绘出旅人的图像时,地面上的警察依然在玛丽婆婆家附近搜寻凶手留下的物理痕迹。我能想象到他们穿梭在低矮的灌木丛中,温暖的阳光透过树木照在每个人身上。他们探寻着眼前的每一寸土地,脚上沾满了泥,制服被荆棘划破。还有些警察潜入了阿查法拉亚河绿色的水中,汗流浃背,拍打着身上的蠓虫。

阿吉拉德家到处都是血。旅人完成自己的使命后,一定用河水清洗了身体。他一定穿了工作服,但一直穿在身上又太危险了。这些衣服或是被丢进了沼泽,或是被埋了起来,或是被销毁了。我猜测它们早已被毁掉,但调查依然要继续进行。

"我和这件事也没什么关系了。"我说。

"我听说了。"他又吃了一些牛角面包,也喝光了咖啡,"你吃完了吧?咱们走吧。"他在桌子上留了一些钱,我跟着他走了出来。那辆随着我们前往玛丽婆婆家的破旧别克停在半个街区之外,仪表盘上用胶带贴着一张手写的"执勤警察"牌子。雨刮器下有一张停车罚单。

"靠。"莫菲把罚单丢进了垃圾桶,"现在都没人遵守法律了。"

我们驶向了渴望居民区,那里环境很差,年轻的黑人或是在堆满垃圾的空地上游荡,或是在装有铁丝围栏的院子里胡乱投篮。两层的建筑就像营房,街道两边挂着一些好笑的牌子,比如"虔诚楼""富裕楼""仁善楼",等等。我们停在了一家酒铺附近,那里立着许多路障,就像堡垒一般。年轻人一嗅到警察的气味,便躲开了。即使在这里,莫菲那标志性的秃头辨识度也很高。

"你熟悉新奥尔良吗?"过了一会儿,莫菲问道。

"不熟悉。"我回答。在他的羊毛衣下方,我看到了凸起的枪。由于经常举哑铃和杠铃,他的手掌上结满了老茧,就连手指上也有厚厚的肌肉。他一扭头,脖子上的肌肉与肌腱便凸显出来,就像掩藏在皮肤下面的蛇。

和其他健美达人不同,莫菲身上有一种隐藏的危险气息,仿佛表明这身肌肉并不只是为了炫耀。我知道他在门罗的酒吧里杀过一个人,是个皮条客。那个皮条客在拉斐特的宾馆房间里杀死了手下的一个妓女和她的嫖客。皮条客是个克里奥尔人,足有220磅重,自称"血色魔头"。他用一个破碎的酒瓶砸向莫菲的胸膛,想要在地上掐死他。莫菲在他的脸上和身上打了几拳,最终也抓住了血色魔头的脖子。两个人就这样僵持着,抓着彼此的脖子,最终血色魔头脑袋里的血管爆了，侧着身子倒在吧台上。救护车来的时候，他已经断了气。

这是一场公平的打斗，但我坐在车里，看着旁边的莫菲，想知道卢瑟·伯伦德的死到底是怎么回事。他是一个千真万确的恶棍，年少时便多次施暴，还被怀疑强奸了一位年轻的澳大利亚游客。那个女孩没能从一群人中指认出他，身上也没有留下任何物理证据。他用了避孕套，又让女孩用矿泉水清洗了自己。但新奥尔良的警察知道是他干的。有时候事情就是如此。

死去的那一晚，伯伦德原本在法属区的一家爱尔兰酒吧喝酒。他穿着白色T恤和白色耐克短裤，正在和另外三位客人一起打台球。那些人后来做证，说伯伦德没有带武器。然而莫菲和他的搭档雷·加尔萨说他们本想例行审问伯伦德，他却对他们开枪，于是在反击中被打死。尸体旁边放着一把至少二十年前的史密斯威森60型手枪，开过两枪。手枪滑架下方的序列号被刮掉了，难以辨识来源，弹道报告表明它从未在新奥尔良市的犯罪行动中使用过。

这把枪像是故意扔下的，新奥尔良警察局的公共诚信部门也这样认为，但加尔萨和莫菲坚持自己的说法。一年之后，加尔萨在爱尔兰海峡街区阻止一场斗殴，结果被刺死。莫菲被调到了圣马丁教区警察局，还在那里买了一栋房子。这就是事情的结局。

莫菲看向那群年轻黑人，他们穿着低腰牛仔裤，超大号的运动鞋在马路上发出声响。那些小子毫不畏惧地回应我们的目光，仿佛在用"激将法"逼我们对他们动手。他们手中的录音机播放着说唱团体"武当派"的音乐，慷慨激昂。能听出这样的音乐，我竟有些莫名的开心。毕竟和我同名的查理·帕克也是个音乐人嘛。

莫菲做了个鬼脸："这也太吵了吧。靠，就是这些人把蓝调弄得乱七八糟。要是罗伯特·约翰逊[1]听到这些废话，肯定觉得自己把灵

---

[1] 罗伯特·约翰逊（Robert Johnson，1911—1938），美国蓝调吉他手。

魂卖给了魔鬼，直接下地狱了。"他打开了车上的音响，一脸不满地调换着音乐。最终，他拿出一盘磁带，让小威利·约翰[1]温暖的声音充斥在车中。

"我在梅泰里长大，当时这些居民区还没建好。"他开口道，"我不能说我有什么黑人朋友。大部分黑人都去公立学校，但我没有。不过我们关系还不错。

"这些居民区建起来之后，情况就不一样了。渴望、伊贝维尔、拉菲特，如果不是全副武装，你根本不想来这些地方。里根上台之后，事情变得更糟。你知道吗？他们说现在的梅毒患者要比五十年前多。这里的大部分孩子都没有接种过麻疹疫苗。如果你在市中心买了房子，不如把它扔了，让它烂掉。简直一分钱不值。"他摇了摇头，用手拍打着方向盘。

"这种贫穷的地方一旦存在，便可以让别有用心的人从中赚很多钱。许多人都在争夺这些居民区，也在争夺其他的东西：土地、财产、贩酒和聚赌的机会。"

"比如谁？"

"比如乔·博南诺。过去的十来年，他的人一直在经营这里，操控了酒和毒品的供应。他们还打算把生意扩张到其他地方。据说，他们想在拉斐特和巴吞鲁日中间开一家大型娱乐中心，也许还会建一家宾馆。当然，他们也可能只是随便堆一点砖头和水泥，再以税收亏损的名义注销，以此洗钱。"

他打量着这些居民区。"乔·博南诺就是在这里长大的。"他叹了一口气，似乎不明白为什么一个人会破坏自己长大成人的地方。他重新启动汽车，一边开车，一边和我讲乔·博南诺的故事。

乔的父亲萨尔瓦托·博南诺在爱尔兰海峡街区开了一家酒吧，

---

[1] 小威利·约翰（Little Willie John，1937—1968），美国蓝调歌手。

并且一直在对抗当地的黑帮。那里的人都用爱尔兰圣人的名字给孩子取名,而且依然相信"故国",当地黑帮认为一个意大利人无法在那里立足。萨尔[1]没有什么特别之处,但他是纯粹的实用主义者。如果一个人不怕承受打击,又擅长贿赂,便会在战后由切普·莫里森统治的新奥尔良获得很多赚钱机会。

后来,萨尔又有了许多家酒吧和俱乐部。他需要偿还贷款,一家酒吧的收入远远不够。于是他存钱买了第二家酒吧,这次是在沙特尔街,他的帝国便是从那里崛起的。有时候,他只需要付足够的钱,就能买下一家酒吧。还有些时候,他需要采取更有力的手段。如果手段不管用,他还可以用阿查法拉亚盆地的水掩藏自己的罪恶。渐渐地,他组建了自己的团伙,让他们负责收买城市里的权贵、警察、公职人员,也负责收拾那些打算和他鱼死网破的穷人。

萨尔·博南诺娶了玛丽亚·库法罗,她来自格雷特纳,那是一座位于新奥尔良东边的城市。玛丽亚的哥哥是萨尔的手下之一。她给他生了一个女儿,七岁的时候死于肺结核,还有一个儿子,死在了越南。玛丽亚自己也在五十八岁时死于乳腺癌。

但萨尔真正喜欢的是一个名叫罗谢尔·海恩斯的女人。据说,罗谢尔很高,皮肤偏棕黄,其实她是个黑人,但经过数代的混血,肤色已经浅了许多。莫菲说,虽然她的出生证明上写着"黑人,私生子",但她实际的肤色接近黄油色。她确实很高,留着黑色的长发,长着一对杏核眼和温柔、宽阔、惹人喜爱的嘴唇。她的身材青春常驻,有传言说她从前是个妓女。即便如此,萨尔·博南诺也很快就帮她远离了那个营生。

博南诺在花园区为她买了一栋房子,自从玛丽亚死后便声称她是自己的妻子。这并不是什么明智之举。20世纪50年代末,路易斯安那

---

[1] 萨尔瓦托的简称。

州正在推行种族隔离制度。由于路易斯安那州禁止黑人和白人一起组成乐队进行表演，就连在这里长大的路易斯·阿姆斯特朗也无法和白人乐手们在新奥尔良同台演出。

虽然白人男性可以和黑人女性保持情人关系，也可以找黑人妓女，但声称一个黑人女子是自己的妻子显然会给自己带来麻烦，哪怕这个女人的肤色并不黑。她生下了一个儿子，萨尔坚持让孩子随了自己的姓，还带着母子二人在杰克逊广场观看乐队演出。他推着巨大的白色婴儿车穿过草地，对着自己的儿子发出咯咯的笑声。

或许萨尔以为钱可以保护他，或许他只是毫不在意。他从不让罗谢尔独自出门，总是把她保护得很好，这样就不会有人威胁她的安全。然而最后，问题并没有出在罗谢尔身上。

1964年7月的一个炎热的夜晚，萨尔·博南诺失踪了，当时他的儿子五岁。三天之后，他的尸体被找到，被绑在卡托瓦奇湖岸边的树上，几乎尸首分离。似乎有人想要利用他和罗谢尔·海恩斯的关系夺取他的产业。全部酒吧和俱乐部的所有权都被转移给了一家在里诺和拉斯维加斯活跃的商业集团。

"丈夫"的尸体被发现后，为了避免被追踪，罗谢尔带着儿子消失了，只带走了少量的珠宝和现金。一年之后，她在现在的渴望居民区重新现身，她同父异母的姐姐在这里租了一处房产。萨尔的死毁掉了她：她变成了一个酒鬼，还染上了毒瘾。

乔·博南诺就在这些新建的居民区中长大，他的肤色比母亲更白，因此黑人和白人都不愿意接纳他，他也与双方为敌。乔·博南诺心中有一种愤怒，便将怒气发泄在周围的世界中。1980年，他的母亲死在了居民区一间肮脏的小屋里。十年后，乔·博南诺拥有的酒吧已经比父亲从前拥有的还多。每个月，他都会用飞机从墨西哥运来大量违禁品，将它们送至新奥尔良的每一个角落。

"现在乔·博南诺自称白人，不允许任何人反驳。"莫菲说。

"不过，那种蠢货能说出什么有意义的话？乔可没时间应付他的同胞。"他低声笑了，"和自己的人处不好才是最糟糕的事。"

我们在加油站停下来，莫菲给汽车加了油，又带回两瓶饮料。我们站在油泵旁边，一边喝，一边看着来往的车辆。

"还有一个名叫丰特诺的团伙，他们也盯着这些居民区。为首的是兄弟俩——大卫和莱昂内尔。这家人来自拉斐特，现在在那里应该还有亲戚，他们在20世纪20年代来到了新奥尔良。丰特诺兄弟很有野心，也很残暴，他们认为博南诺的时代可以结束了。双方僵持了一年，现在到了关键时刻，或许丰特诺兄弟正打算对付乔·博南诺。"

兄弟俩都不算年轻，已经四十多岁，但他们渐渐在路易斯安那州站稳了脚跟，现在住在德拉克洛瓦的一处大院中，那里围着铁丝网，有狗和保镖守着，还有一群来自阿卡迪亚的卡津人。他们的产业涉及各种犯罪行当。他们在巴吞鲁日开了酒吧，在拉斐特也开了一两家。如果能干掉乔·博南诺，他们便可以在违禁品市场占据重要位置。

"你对卡津人有了解吗？"莫菲问。

"不太了解，我只知道他们的音乐。"

"他们在路易斯安那州和田纳西州都是遭受迫害的少数群体。石油繁荣时期，他们根本找不到工作，因为田纳西人不肯雇用卡津人。在生活艰难的境况下，他们自然也会放手一搏。卡津人和黑人起了冲突，因为他们要争抢少量的工作机会。其间发生过一些混乱，但大多数人只希望在不太违反法律的情况下保住自己。

"两兄弟的祖父罗兰·丰特诺背井离乡，跟着某些亲戚来到了新奥尔良。但是兄弟俩从未忘记自己的根基。20世纪70年代，情况相当糟糕，他们身边聚集了很多不满于现状的人，大多数是年轻的卡津人，其中也有黑人。这些人不知用什么办法躲过了打压。"莫菲用手敲击仪表盘,"有时候我觉得我们都有责任。他们确实受到了不公平的待遇,才会展开报复。或许乔·博南诺的行为也是一样,这让我们意识到如果对一部分人赶尽杀绝,必然会遭到报应。"

莫菲说,乔·博南诺的手段极其残忍。有一次,他花费一个下午慢慢用酸烧死了一个人。有人说他的大脑缺失了一部分,正是那一部分能够让我们避免疯狂的行为。丰特诺兄弟却不一样。他们也杀人,但下手干净利落,就像商人发现某项业务不赚钱,就索性把它停掉一样。他们不会通过杀人获得乐趣,手法也相当专业。莫菲认为,这两方都是坏人,只是展现出了不同的个性。

我喝光饮料,踩扁了罐子。莫菲不会为了讲故事而讲故事,他讲这些有自己的目的。

"你想说什么,莫菲?"我问。

"我想说,我们在玛丽婆婆家发现的指纹属于托尼·雷马尔。他是乔·博南诺的人。"他启动汽车,驶到了街上,我思考着这件事,并将这个名字与纽约的事件联系在一起,努力回忆我和雷马尔之间的关联。但我什么也没有想起来。

"你觉得是他干的吗?"莫菲问。

"你觉得呢?"

"应该不是。一开始我也想到过这种可能。你知道,那片土地是老婆婆的,在那里动工不需要排掉太多水。"

"乔·博南诺又在考虑开宾馆和娱乐中心。"

"确实,而且就算只是堆一些砖头,他也要让人相信自己在认真打算。但沼泽毕竟是沼泽。就算他获得了建造许可,为什么要开在到处都是蚊虫的地方呢?"

"老婆婆不肯把地卖给他。她很精明,而且她们家祖祖辈辈都埋在那里。从前的地主是个南方老头,祖先可以追溯至波旁王朝。他在1969年便已去世了,遗嘱中说,这片土地应当以合理的价格出售给现在的租户。

"大多数租户都是阿吉拉德家族的人，他们用全部的积蓄买下了这片土地。老婆婆替他们做了决定。他们的祖先就在那里。曾经，这些祖先脚上戴着铁链，徒手在泥土中挖出了一道道沟渠。"

"于是博南诺向她施压，但她坚决不肯卖。所以他决定采取进一步的手段。"我说。

莫菲点了点头："或许他派雷马尔到那里继续施压，吓唬那个姑娘或她们家的孩子，甚至打算杀掉其中一个。但他到了那里，发现老婆婆已经死去。由于太过震惊，雷马尔没有留意，不知道自己留下了指纹，慌忙地逃走了。"

"伍里奇知道这些事吗？"

"基本知道。"

"你逮捕了博南诺？"

"昨晚我逮捕了他，一小时后又放他走了，一个自大的律师陪着他，此人名叫鲁弗斯·蒂伯多克斯。他不承认，说自己已经三四天没有见到过雷马尔，还说他也想找到那家伙，因为对方还欠着他一笔钱，涉及西巴吾鲁日的某些交易。虽然这些都是胡扯，但他一直坚持自己的说法。伍里奇大概会通过反敲诈勒索科和缉毒科给他施压，看看他会不会说出更多。"

"这需要一定的时间。"

"你有更好的办法？"

我耸了耸肩："或许吧。"

莫菲眯起了眼睛："别和乔·博南诺扯上关系。他和你那些纽约的朋友不一样，不会坐在小意大利的俱乐部里，手握咖啡杯，幻想着总有一天每个人都会尊敬他。乔没有这么多时间，也不在乎人们是否尊敬他。他只想让人们怕他，怕得要死才好。"

我们回到了海滨大道。莫菲打着方向灯，在距离弗莱森斯小屋两个街区的地方停了下来。他向窗外看了看，用右手的食指在方向盘上敲出脑海中的节奏。我感觉到他还有话要说，便决定任由他说下去。

"你和那个人通过电话，对吧？那个杀死你妻子和女儿的人。"

我点了点头。

"杀死老婆婆和蒂·吉恩的也是同一个人吗？"

"对，昨天他又联系我了。"

"他说了什么？"

"联邦警探们把通话录了下来。他说他还会再次动手。"

莫菲用手摸了摸后颈，紧紧地闭上了眼睛。我知道他又想起了玛丽婆婆的样子。

"你还会待在这里吗？"

"应该会待一段时间。"

"联邦调查局的人应该不太乐意。"

我露出了微笑："我知道。"

莫菲也回以微笑。他把手伸到座位下面，拿给我一个棕色的长条信封。"你随时可以联系我。"他说。我把信封塞进外套口袋，下了车。他轻轻地朝我挥手，然后开车穿过正午的人群，离开了这里。

我在宾馆的房间里打开了信封，里面是一些犯罪现场的照片和复印版的警方记录，全都钉在一起。另外还有一份验尸报告，其中一部分用亮黄色的签字笔标记了出来。

验尸报告上说，玛丽婆婆和蒂·吉恩的尸体中含有盐酸氯胺酮，摄入量为0.5毫克每磅。根据报告，这是一种罕见的药物，有时会在小型手术中用于麻醉。没有人知道它确切的作用，只知道它与苯环利定相似，能够作用于大脑，从而影响中枢神经系统。

在纽约和洛杉矶的俱乐部中，它是首选的违禁药品。当警察的时候，我经常遇到有人加热液体麻醉剂使水分蒸发，留下结晶，再加工成胶囊或药丸。服用这种药物后，他们说自己就像是"在药池里游泳"，因为它会扭曲身体的感觉，让人觉得自己浮在某种柔软的东西上面。它还有别的副作用，比如出现幻觉、时空错乱、灵魂出窍。

验尸报告上还提到，它可以作为化学抑制剂用在动物身上，产生麻痹效果，以减轻疼痛，同时吞咽反射仍然存在。法医猜测，杀手为玛丽婆婆和蒂·吉恩·阿吉拉德注射药物，就是出于这样的目的。

报告结尾说，凶手伤害他们时，他们是完全清醒的。

34

读完验尸报告,我穿上运动服和鞋子,在河滨公园跑了4英里,几次经过那些排队乘坐那切兹汽船的人,听见汽笛的声音像信使一样穿过密西西比河。跑完步后,我满头大汗,膝盖也很痛。即使在三年前,我跑下4英里也要比现在轻松许多。我还是老了。很快,我就要坐上轮椅,一到要下雨关节便会疼痛。

回到弗莱森斯小屋,我收到了雷切尔·乌尔夫的留言,说她晚上会飞过来。航班号和到达时间都列在了留言条最下方。我想到了乔·博南诺,觉得雷切尔·乌尔夫在前往新奥尔良的飞机上应该有人陪伴。

我打给了安格尔和路易斯。

那天晚些时候,阿吉拉德的家人取回了玛丽婆婆、蒂·吉恩和弗洛伦斯的尸体。一家拉斐特的送葬公司将玛丽婆婆的棺材放进了一辆宽背的灵车。蒂·吉恩和弗洛伦斯的棺材并排放在另一辆灵车中。

阿吉拉德家为首的是老婆婆的长子雷蒙德,一些亲友也都到场,坐在三辆小卡车上跟随着灵车。这些皮肤黝黑的男女避开车上的机器零件和农具,坐在麻袋布上面。我跟随他们离开高速公路,沿着布满车辙的小道行驶,先经过了玛丽婆婆家,看见警戒线在微风中轻轻飘动,然后来到了雷蒙德·阿吉拉德家。

雷蒙德个子很高,骨架很大,四十多岁或五十岁出头,虽然有些发胖，但身材依然不错。他穿着深色棉质西装，里面是一件白衬衫，系着修长的黑色领带。由于刚刚哭过，他的眼睛有些发红。发现尸体那一晚，我在玛丽婆婆家短暂地见过他。他是个坚强的男人，即使面对重创，也依然努力支撑着这个家庭。

几口棺材已经被卸了下来，准备运到屋里。几个人一齐抬着玛丽婆婆的棺材，但依然很吃力。雷蒙德看向我，毕竟我是人群中唯一的白人，有些显眼。有一个女人大概是玛丽婆婆的女儿，身边还跟着两个更年长的女人，她在路过时冷冷地瞪了我一眼。这是一栋架高的板条房，和玛丽婆婆家没有太大区别。尸体被抬进房间后，雷蒙德亲吻了脖子上挂的小十字架，缓慢地走向我。

"我知道你是谁。"他说。我向他伸出手，他迟疑了片刻，然后紧紧地握住了我的手。

"真遗憾。"我说，"发生这一切，真的太遗憾了。"

他点了点头："我理解你的心情。"他继续向前走，经过了房屋旁边的白色栅栏，站在道边，凝望着空荡的小路。一对绿头鸭飞过来，翅膀一沾到水，动作便慢了下来。雷蒙德有些嫉妒地看着它们，他太痛苦了，觉得一切生命都比他快乐。

"我的几个妹妹认为是你把那个人带到了这里。她们觉得你没有资格参加葬礼。"

"你也这样想吗？"

他没有回答，却说："她能感觉到他来了。所以她让弗洛伦斯去参加派对，这样才能避开他。也正因如此，她才会给你报信。她知道他要来，我觉得她也知道他是谁。我想她的内心深处一定知道。"雷蒙德的声音哽咽起来。

他轻轻地抚摩着十字架，拇指在上面来回摩擦。我能看出那个十字架原本很华丽，现在边缘处依然保留着一些细节曲线，但主要的部分都已经磨平。看来它已经陪伴了这个男人许多年。

"我妈妈、弟弟和妹妹的死不是你的责任。我妈妈总会做她认为正确的事情。她想要找到那个女孩,阻止那个杀死她的人。还有蒂·吉恩……"他悲伤地笑了笑,"警察说他被凶手从背后打中了三四次,关节处有瘀青,他大概想要制伏那个人。"

雷蒙德咳嗽了一下,然后用嘴深呼一口气,头微微向后仰,仿佛痛苦地奔跑了很长一段距离。

"他杀死了你的妻子和女儿?"他问。相比一个问题,这更像一个结论,但我依然回答了他。

"对,他杀死了她们。你刚刚也说了,玛丽婆婆认为他还杀死了另一个女孩。"

他用右手的拇指和食指擦了擦眼角,那里流下了一滴泪水。

"我知道。我见过她。"

周围的世界安静下来。我听不到鸟儿的鸣叫,风吹动树叶的沙沙声,远处流水拍打河岸的声响。我只想听到雷蒙德·阿吉拉德的声音。

"你见过那个女孩?"

"对,我刚刚已经说过。三天前的夜晚,我在蜂蜜岛的沼泽中梦见过她,那是我妈妈死去的前一天。我还梦见过她几次。我的妹夫在那里打过猎。"他耸了耸肩。蜂蜜岛是自然保护区。"帕克先生,你是一个迷信的人吗?"

"我会去找的。"我回答道,"你是说蜂蜜岛?"

"可能在那里。我妈妈不知道她在哪里,只知道在某个地方有这样一个女孩。帕克先生,我也不清楚这是怎么回事。我不明白我妈妈为什么会梦到她,但是后来,我也梦见了她。柏树下有一个人影,脸上笼罩着黑暗,就像被一只手遮住了。我知道这就是她。"

他低下头,用脚尖拨弄着一块嵌在泥土中的石头,最终挖出了它,将它踢到草地上。许多小蚂蚁受到惊吓,从洞里跑出来,它们的

265

洞口现在一览无余。

"我听说还有人看见过她。有的人是去钓鱼,有的人是去附近的小屋里查看他们酿的酒。"他看见蚂蚁围绕着他,有些还爬上了他的鞋跟,便缓慢地抬起脚摇晃几下,然后换了个位置。

雷蒙德说,蜂蜜岛的面积有7万英亩[1],是路易斯安那州第二大沼泽,长约40英里,宽约8英里。它是珍珠河的沉积平原,而珍珠河又是路易斯安那州和密西西比州的交界。蜂蜜岛的环境比佛罗里达大沼泽地更好,那里不允许挖泥、排水、伐木,也不允许开发和兴修堤坝,岛上的一部分甚至不能通航。岛屿一半的面积归州里管辖,还有一部分由自然保育协会负责管理。如果有人想把尸体丢在某个不会被发现的地方,蜂蜜岛是个好选择,毕竟那里只有旅客的游船经过。

雷蒙德把方向指给了我,又撕开万宝路香烟的包装,在上面画了一张粗略的地图。

"帕克先生,我知道你是个好人,而且为我们家发生的一切感到遗憾。但我希望你不要再来这里了。"他的声音很温柔,却十分坚决,不容置疑,"你最好也不要出现在葬礼上,我和我的家人需要很长时间才能走出痛苦。"

然后,他点燃了烟盒中的最后一支烟,点头与我告别,身后拖着一缕烟雾走向屋子。

我望着他离开的身影。一个留着蓝灰色头发的女人来到门廊上,用手搂住了他的腰。他也用粗壮的胳膊搂着她的肩膀,两个人一起回到了屋里。他们身后的纱门轻轻关上了。我想着蜂蜜岛和绿色河水之下的秘密,驾车离开了雷蒙德·阿吉拉德的家,身后扬起一阵灰土。

我开车的时候,蜂蜜岛其实已经准备好揭开自己的秘密了。二十四小时内,那里将会出现一具尸体,但死者并不是一个女孩。

---

[1] 英制单位,1英亩约为0.4公顷。

死亡收藏者

35

我提前到达了莫圣特机场,于是在书店待了一会儿。地上堆着许多安妮·赖斯的小说,我小心地避开,以免被绊倒。我到达航站楼坐了大约一小时,才看见雷切尔·乌尔夫从大门出来。她穿着深蓝色牛仔裤、白色运动鞋和一件红白相间的运动衫,红色的头发垂在肩膀上,妆容很淡,几乎看不出来。

她身上仅有的行李是一只棕色的皮革双肩包,其他的都拿在安格尔和路易斯手中。那两个人有些难为情地分别走在她的两侧。路易斯穿着奶油色的双排扣西装,里面是一件雪白的礼服衬衫,领口敞开着。安格尔穿着牛仔裤、破旧的锐步高帮运动鞋,还有一件绿色的格子衬衫,自从买来就几年都没有熨过。

"好了,好了。"他们站在我面前时,我说道,"该来的人都来了。"

安格尔抬起右手,他的手指被勒得发紫,手中拎着厚厚的三摞书,这些书用绳子捆在一起。"我们把半个纽约图书馆都带过来了。"他抱怨道,"自从《草原上的小木屋》[1]停播之后,我就没见过用绳子捆着的书了。"

我看见路易斯拿着一把女士的粉色雨伞和一个化妆盒。他的样子很奇怪,就像是明明被狗咬了,却还要佯装没事。"别说话。"他警

---

[1] 美国电视剧,描述19世纪明尼苏达州草原上的生活。

告我,"你别说话。"

他们中间还有两个手提箱、两只皮革背包和一套西装。"车停在外面。"我和雷切尔一起走向出口,"或许装得下这么多东西。"

"他们在机场和我碰的面。"雷切尔低声对我说,"帮了很大的忙。"她笑着回头看了一眼。我听见安格尔被一个大袋子绊倒,大声咒骂起来。

我们把行李放在了弗莱森斯小屋,不过路易斯更喜欢大学广场的费尔蒙特酒店。共和党人到达新奥尔良时常常住在那里,这也是它吸引路易斯的一个方面。他是我唯一认识的黑人共和党罪犯。

"杰拉尔德·福特在费尔蒙特酒店住过。"他一边打量着自己和安格尔的小套间,一边嘟囔着。

"那又怎么样?"我说,"保罗·麦科特尼[1]还住过黎塞留酒店呢,我也没住在那里。"我开着门,打算回到自己的房间洗个澡。

"保罗什么?"路易斯问。

我们顺应了路易斯的要求,在格兰维尔街的温莎苑酒店餐厅吃饭。我已经适应了法属区那些随意的小餐厅,很不习惯这里的大理石地板和厚重的奥地利式窗帘。雷切尔换上了深色牛仔裤和红色运动衫,外罩一件黑色外套。这身打扮不错,但显然太热了,我们等待上菜时,她一直在把粘在身上的衣服拉开。

吃饭时,我向他们说明了乔·博南诺和丰特诺的情况。这是我和安格尔、路易斯之间的事情。雷切尔基本没有说话,只是偶尔确认一下伍里奇或莫菲说的内容。她用一个小小的线装笔记本记录,字迹整齐而匀称。某一瞬间,她的手轻轻地触到了我的手臂,并停留了片

---

[1] 保罗·麦科特尼(Paul McCartney,1942—),英国歌手,披头士乐队成员之一。

刻,这让我感觉很温暖。

安格尔抿着嘴唇,正在思考我说的话。"雷马尔也太蠢了,至少比我们的人蠢。"他最终说道。

"因为留下了指纹?"我问。

他点了点头:"太大意了。"他的神情十分不满,就像是一位备受尊敬的神学家听到有人说耶稣是个怪胎,感觉自己的职业受到了侮辱。

雷切尔看着他的表情。"你好像很在意这些。"她说。我看向雷切尔,她似乎被逗笑了,眼神却有些疏离,好像正在思考什么。她应该正在心中回顾我刚才提到的事情,却对安格尔提起了他平时不太愿意说的话题。我很好奇安格尔会有怎样的反应。

他歪着头,对她笑了笑,承认道:"我对这些有职业兴趣。"他清理出面前的一块地方,向我们摊开双手。

"干我们这行……就是入室抢劫,我得和专家朋友说明一下嘛,都需要采取防范措施。"安格尔开始对我们进行科普,"我们这行倒是男女都可以做,最重要的是不能留下指纹。"

"所以你们会戴手套。"雷切尔说。她将身体向前倾,认真聆听着,不再去想其他的事。

"对。就算再蠢,也没有人不戴手套就去作案。无论是留下明显纹还是潜伏纹,都相当于在现场签了个名,自己认罪。"

明显纹指的是脏手或沾了血的手留下的有形痕迹;潜伏纹指的是皮肤自然分泌留下的无形痕迹。明显纹可以被拍下来,或者用胶带提取;潜伏纹需要用碘蒸气或茚三酮溶液等化学物质喷洒在上面才能显形,也可以使用静电和荧光技术。如果是留在人类皮肤上的潜伏纹,还可以使用特殊的X光摄影。

如果安格尔说得对,那么雷马尔确实很不专业。他作案时不戴手套,留下的不只有潜伏纹,还有明显纹。他应该会戴手套,一定是哪里出了问题。

"鸟哥,你再好好想想。"安格尔得意地说。

"接着分析,夏洛克神探,把你的才华全都展现出来。"我说。

他笑得更得意了,继续说道:"如果得到了一只手套,便可以从里面提取出指纹。橡胶或塑料手套比较容易提取,因为手戴上它们会出汗。

"然而,大部分人都不知道,手套的表面也有指纹的效果。就拿皮革手套举例吧,它的表面有褶皱、小洞、疤痕、裂缝,两只皮革手套不可能完全相同。然而在雷马尔的案件中,我们得到的线索却是指纹,而不是手套。除非雷马尔不摔倒就系不了鞋带,就算这样,我们找到的也应该是手套的痕迹,而不是指纹。这很奇怪。"他用双手比画出爆炸的动作,就像一个魔术师想要让兔子消失在烟雾中。然后,他的神情变得严肃起来。

"我的猜测是,雷马尔只戴了一副手套,或许是乳胶的。他觉得这份工作很简单,或是让老婆婆和她的儿子屈服,或是在房间里放一些吓人的东西,比如犯罪声明。不过根据我听到的内容,那个儿子绝不会允许别人恐吓他的妈妈,所以在到达之前,雷马尔就知道自己可能需要杀人。

"但是他到那里时,他们大概已经死了,也可能正在被杀死。不过我认为他们已经死了。如果雷马尔遇到了凶手,他现在肯定也不会活着。

"于是他戴着手套走向了房子。他大概看见了蒂·吉恩的尸体,吓了一跳,出了许多汗。他进了屋,又看见了老婆婆的尸体。天哪!他又被吓得够呛,却想凑近看一眼,于是为了站稳扶住了床。他沾到了血,本想把痕迹擦掉,却又觉得那样只会更加显眼,而且反正自己戴着手套。

"然而问题在于,一副乳胶手套并不够。如果戴得太久,他的指纹便会浮在上面。他被吓到了，出了汗，那么留下指纹的速度便会更快。雷马尔出发之前大概也吃过东西吧，比如水果或者加了醋的意大利面。这会让皮肤产生更多水分，雷马尔也就真正陷入了麻烦。他会不知不觉地留下指纹，警方、联邦调查局，还有我们这类麻烦的人都会找到他。明白了吧！"他结束了演说，微微鞠了一躬。雷切尔给了他一些掌声，路易斯却只是无奈地扬了扬眉毛。

"真精彩，"雷切尔说，"你读过许多书吧？"她的语气里充满了反讽。

"如果是这样，巴诺书店也会很欣慰，毕竟那些被偷的书都派上了用场。"路易斯说。

安格尔没有理会他："我年轻的时候或许研究过一些。"

"你'年轻'的时候还研究过什么？"雷切尔笑着问。

"很多，有些教训惨痛。"安格尔感慨道，"最重要的是，不要留下任何东西。只要手里没有，就没有人能证明是你拿的。

"我也被诱惑过。那是一尊骑马骑士雕像，来自法国，是17世纪的宝物。黄金雕像上镶嵌着钻石和红宝石，大概有这么高。"他把手掌举到桌子上方大约6英寸的位置，"那是我见过的最美的东西。"一想到这件事，他便两眼放光，就像一个孩子。

他将身体靠回到椅背上："但是我没有把它留下来，最终还是放弃了。如果留下了，我大概会后悔。"

"没有什么是值得留下的吗？"雷切尔问。

安格尔望着路易斯："有，但不是金子做的。"

"真浪漫。"我说。路易斯在喝水，发出被呛到的声音。

我们的咖啡已经冷了。"你还有什么要补充吗？"安格尔哗众取宠后，我问雷切尔。

她看着自己的笔记，微微皱眉，然后拿起一杯红酒。红酒的影子映在她的胸口，就像一道伤痕。

"你说你有照片,是犯罪现场的照片吗?"她问。

我点了点头。

"那就等我看了照片再说吧。根据你在电话里告诉我的内容,我有了一些想法。但我现在还不想说,等到看完照片并做完进一步的调查,我才会告诉你们。但我确实有新的发现。"

她从包里拿出另一个笔记本,翻开贴着黄色便利贴的一页。"'我是多么贪恋她,这才是我们这类人的弱点'。"她读道,"'我们的罪恶不是自负,而是对人的贪恋'。"

她扭头看着我,但我已经意识到这些句子是什么。"这些是旅人打电话时对你说的。"她说。我注意到安格尔和路易斯将身体凑了过来。

"只有主教院里的神学家才能找出它们的出处。除了神学家,谁也弄不明白。"她沉默了片刻,然后问:"为什么魔鬼会被逐出天堂?"

"因为自负。"安格尔说,"我记得艾格尼丝修女是这样说的。"

"对,因为自负。"路易斯看着安格尔,"弥尔顿也是这么说的。"

"你们说得对,"雷切尔中肯地说,"但是只对了一部分。从奥古斯丁的时代开始,魔鬼的罪恶是自负。但是在奥古斯丁之前,有一种不同的观点。4世纪以前,《以诺书》被认为是《圣经》正典的一部分。它的来源存在争议,原本为希伯来文或阿拉米文,也可能两者兼有,但它确实为一些如今《圣经》中依然存在的概念奠定了基础。'最后的审判'便来源于《以诺类撰》。'撒旦的烈火地狱'也首次出现在《以诺书》中。

"有趣的是,对于魔鬼的罪恶,《以诺书》有不同的看法。"她把笔记本翻到另一页,又读了起来。

"'随着时间的流逝,地球上的人类越来越多,他们生下了许多女儿。上帝的儿子认为人类的女儿很美丽，于是便任意选择她们为妻……'"

她又抬起了头。"这段话来自《创世记》，它的来源和《以诺书》类似。上帝的儿子就是天使，他们违背了上帝的意愿，选择了贪恋。魔鬼便是其中为首的天使，作为惩罚，他被丢进了沙漠的黑洞中，他的同伴们也被丢进了火中。他们的子孙，也就是地上的恶魔，也都随他们而去了。殉道者查士丁认为，天使和人类女性生下的孩子犯下了地球上的一切罪行，包括杀人。

"也就是说，贪恋才是魔鬼的罪恶。'我们的罪恶'是对人的贪恋。"她合上笔记本，露出了不易察觉的微笑。

"所以这个家伙认为自己是魔鬼。"安格尔总结道。

"也是天使的后代。"路易斯补充说，"这要看你怎么想。"

"无论他是谁，或者认为自己是谁，《以诺书》都不可能出现在奥普拉[1]的推荐书单上。"我说，"能查到这些话的来源吗？"

雷切尔重新打开笔记本。"最近的参考资料是1983年在纽约出版的《旧约伪典：以诺书》，编者是一个叫'以撒'的人，倒是很契合。"她说，"牛津大学也有一个早期的译本，是1930年由R.H.查尔斯出版的。"

我记下了这些名字："或许莫菲或伍里奇可以在新奥尔良大学查一查，看看当地有没有人对晦涩难懂的《圣经》研究感兴趣。伍里奇应该还可以查看其他大学的资料。这是一个起点。"

我们付过钱，离开了餐厅。安格尔和路易斯前往下法属区，想要了解当地居民的夜生活。雷切尔和我走回了弗莱森斯小屋。我们都感觉到了亲密的气氛，于是很久没有说话。

---

[1] 奥普拉·温弗瑞（Oprah Winfrey，1954—），美国脱口秀主持人，于1996年在节目中开设读书俱乐部环节。

"我或许不该知道他们两个现在靠什么谋生。"我们在一处十字路口停下来,雷切尔说。

"或许吧。你当他们是个体户就好。"

她露出了微笑:"他们对你很忠诚,这有些奇怪。我好像不太能理解。"

"我以前帮过他们。但如果说他们欠我什么,应该早就还清了。我现在欠他们很多。"

"但他们还是来了。如果有需要,他们也会帮忙。"

"我觉得也不全是为了帮我,他们喜欢这样做。这件事激发了他们的冒险精神,也可以说是对危险的兴趣。在各自的领域,他们都是危险人物。他们来这里,是因为嗅到了危险的气息,所以想要参与其中。"

"或许他们觉得你也是个危险人物。"

"我不知道,可能吧。"

我们在弗莱森斯小屋的院子里抚摸那些狗。我们的房间隔了两间屋子,一间是安格尔和路易斯的,另一间是空着的单人房。她打开了门,站在门口。我能感觉到里面空调的凉爽,也能听见它正在全速运转。

"我不知道你为什么要来。"我说。我的喉咙很干,而且不确定是否想要听到答案。

"我也不知道。"她说。她踮起脚尖,轻轻地亲吻了我的嘴唇,然后走开了。

我回到房间,从包里拿出了一本沃尔特·罗利爵士的书,来到拿破仑之家酒吧,坐在小下士[1]画像旁边的位置。一想到雷切尔·乌

---

1 小下士为1796年洛迪之战后法军士兵对拿破仑的爱称。

尔夫离我那么近，我便不愿躺在床上。她的吻既让我兴奋，又让我困扰，接下来可能发生的事情更是如此。

我和苏珊始终保持着难以置信的亲密。然而，由于我的酗酒，我们的亲密关系开始瓦解。我们做爱时不再是纯粹的给予，而是小心翼翼地环抱着对方，总是有所保留，总是希望进展不够顺利，这样我们就能各自缩回安全的壳中。

但我爱着她。直到最后，我依然爱她，而且现在也是如此。旅人将她杀死，切断了我们之间肉体和情感的纽带，但我感觉这些纽带依然存在，鲜活地存在于内心深处。

或许每一个失去了深爱之人的人都有这样的感受。如果还能与另一个人产生爱情，建立关系，便是一种重生。获得新生的不仅是爱情，还有自我。

但我无法放下我的妻子和女儿。每次想到她们，我不只是感觉空虚或悲痛，还会感觉她们依然存在于我的生命中。每次入睡或者从睡梦中醒来时，我都会在意识边缘看到她们的影子。有时，我会告诉自己，那只是愧疚产生的幻影，是内心失衡的结果。

然而，我从玛丽婆婆的话语中听到了苏珊的声音。还有一次，我陷入了错乱，在黑暗中醒来，感觉她的手正在抚摸我的脸，还在床上嗅到了她的香气。而且，我从每个年轻的妻子和小女孩身上都能看到苏珊和詹妮弗的影子。听见一个年轻女子的笑声，我便以为那是我的妻子。看见一个小女孩的脚印，我便以为那是我的女儿。

我对雷切尔·乌尔夫产生了复杂的感情，既有喜欢，也有感激，还有几分渴望。然而，只有等到我的妻子和女儿能够安息后，我才会和她在一起。

36

那天晚上，大卫·丰特诺死了。有人在190公路上发现了他的老式杰森拦截者汽车。那条路环绕着蜂蜜岛，一直延伸到珍珠河沿岸。那辆车的前胎瘪了，车门全都开着，挡风玻璃被打碎，里面布满了直径9毫米的小孔。

那里有一条小路，布满了断裂的树枝和被踏平的灌木。两位圣塔曼尼教区的警察沿着小路找到了一栋用废木搭建成的猎人小屋，它的锡制屋顶已经快被西班牙苔藓遮住了。小屋俯瞰河口，河边生长着许多桉树，水中满是石灰绿色的浮萍，回荡着野鸭和木鸭的叫声。

小屋已经被弃用很久了。现在没有多少人在蜂蜜岛打猎。大部分人会深入河口，猎捕河狸、鹿，有时也会捕到短吻鳄。

他们来到那里，听见声音从小屋里传来。门开着，他们听到了猛冲、撞击的声音，还有沉重的呼吸声。

"是野猪。"一个警察说。

报警的当地工作人员站在一旁，打开了鲁格步枪的保险装置。

"靠，这对野猪不管用。"另一个警察说。那个当地人涨红了脸，他是个大块头的谢顶男人，穿着杜兰大学绿浪队的T恤和几乎全新的打猎外套。他拿着一把带有瞄准镜的77V型枪，这在缅因州被称作"狐鼠步枪"。它适合抓捕一些小猎物，也会被某些警方用作狙击步枪，然而只有在枪法极其完美的情况下才能将一头野猪一枪毙命。

他们距离小屋还有几英尺远时，便被野猪发现了。它从敞开的门冲出来,邪恶的小眼睛瞪得很大,鼻子滴着血。为了躲避攻击,拿步枪的男人跳到了河水里。野猪转了个圈,被手持武器的人们逼到了水边,却又低着头朝他们冲过来。

水边响起了枪声,接下来又是一枪,野猪倒下了。它的头顶被炸飞,只在地上短暂地抽搐了一下,又刨了会儿土,便一动不动了。警察吹了吹柯尔特蟒蛇手枪中冒出的烟,将用过的44马格南子弹弹出,装进新的子弹。

"天哪!"他的搭档感叹道。这个人拿着枪站在小屋门口:"被野猪袭击的家伙就是大卫·丰特诺。"

野猪已经毁掉了丰特诺的大半张脸,还咬掉了右臂的一部分。即便如此,也依然能看出有人迫使大卫·丰特诺从车里出来,又在树林中追赶他,把他逼到了小屋中,在那里用枪打中了他的腹股沟、膝盖、手肘和头。

"靠,"那个开枪打死野猪的警察深呼一口气,"要是莱昂内尔知道了,一定会替他兄弟报血仇。"

我是从莫菲匆匆打来的电话中听说这一切的,后来又从电视6台——当地的全国广播公司分支频道得知了更多消息。然后,我和安格尔、路易斯一起去普瓦德拉街的老妈餐厅吃早餐。我们给雷切尔的房间打电话时,她还没睡醒,于是决定再睡一会儿,晚些时候再吃饭。

路易斯穿着一件象牙色的亚麻套装,里面是白色的T恤。我们两个都点了培根、自制饼干和浓咖啡。安格尔点了火腿、鸡蛋和粗玉米粉。

"只有老头子才吃粗玉米粉。"路易斯说,"老头子和疯子。"

安格尔擦去下巴上的白色碎屑,向路易斯竖起中指。

"今天一早怎么不爱说话了?"路易斯说,"看你接下来还找什么借口。"

安格尔又朝路易斯竖起中指。他刮去碗里最后一点玉米粉,把碗推开。

"你觉得是博南诺先对丰特诺兄弟动了手?"他问。

"似乎是这样。"我回答,"莫菲认为博南诺动用了雷马尔,把他从躲藏的地方找出来,然后再重新把他藏了起来。这种事情博南诺信不过别人。但我不知道大卫·丰特诺为什么要一个人去蜂蜜岛。他应该知道,只要有机会,乔·博南诺就会找他的麻烦。"

"是不是他自己的人陷害了他?随便找个理由叫他过去,再把消息告诉乔·博南诺。"安格尔说。

这种猜测有一定的可能。如果有人让丰特诺去蜂蜜岛,而他又会赴约,那么邀请者一定是他信任的人。更确切地说,或许有人能够为他提供他想要的东西,那件东西足以让他深夜冒险前往自然保护区。

我没有告诉安格尔和路易斯。让我在意的是,雷蒙德·阿吉拉德和大卫·丰特诺竟然在不到一天内以不同的方式将我的注意力吸引到了蜂蜜岛。我需要先和乔·博南诺谈谈,然后恐怕还得打扰悲伤中的莱昂内尔·丰特诺。

我的手机响了,是从弗莱森斯小屋的前台打来的,说路易斯收到了一个包裹,快递员正等着我们签字。我们搭乘出租车回到了宾馆。一辆黑色的货车停在外面,两个轮子轧在马路牙子上。

"喂,快递员。"路易斯招呼道。那辆车没有标志,看不出是商用的货车。

接待员坐在大厅内,紧张地看着挤在安乐椅上的大块头黑人。他留着光头,穿着一件黑色T恤,胸前潦草地印着白色的字"3K党杀手",黑色战术裤塞进九孔军靴中。他的脚边有一个长条的钢制箱子,上了锁和插销。

"路易斯老兄。"他一边招呼,一边站了起来。路易斯拿出钱包,给了他300美元。那个人把钱塞进裤子的大腿口袋,又从同一个口袋取出雷朋太阳镜,戴上并走到阳光下。

路易斯指着箱子:"你们把它抬进屋吧。"安格尔和我各抬着一端,跟随他进入套间。箱子很重,一路发出声响。

"现在的快递员块头都挺大。"我一边等他开门一边说。

"这是专门的服务,"路易斯说,"毕竟有些东西飞机运不了。"

他关上身后的门并锁好,从西装口袋中取出一串钥匙,打开了箱子。里面和工具箱差不多,共分为三层。第一层放着毛瑟SP66式步枪的组件,这是一种三重式狙击步枪,带有枪口制退器和避雷器,零件装在一个可拆卸的盒子里。

第二层放着两把卡利科M-960A小型机枪,都是美国制造,每支机枪还配有一个短枪管,长度超出前护木不到1.5英寸。收起枪托后,每支枪长约2英尺,净重不到5磅。这种小型机枪每分钟能发射750发子弹,杀伤力极大。第三层放着一些弹药,包括四盒100发的9毫米帕拉贝伦子弹弹匣,用于机枪。

"圣诞礼物?"我问。

"对。"路易斯说,他把一个15发的弹匣装进了西格手枪,"我希望过生日时能得到一把轨道炮。"

他把装着毛瑟步枪的盒子递给安格尔,又佩带好枪套,将西格手枪放入其中。接下来,他锁上了箱子,走进浴室,用螺丝刀把水槽下方的嵌板拆下来,将箱子放在里面,又重新装好嵌板。一切恢复原状后,我们便离开了。

"你觉得乔·博南诺看到一堆陌生人来到他家会高兴吗?"我们走向租来的车时,安格尔问。

"我们不是陌生人,"路易斯说,"只是从未谋面的朋友。"

乔·博南诺在路易斯安那州共有三处房产,包括一栋位于赛普雷默特角的周末别墅。很多体面人的周末度假别墅也在那里，都取了些好笑的名字，比如"太阳之泉"或"道路的尽头"，乔·博南诺的出现一定令他们十分不安。

他在市区的住所位于奥杜邦公园对面，几乎正对着新奥尔良动物园游客班车的车站。我曾乘坐圣查尔斯街的观光车仔细观察过那栋房子。房屋一片雪白，带有黑色的锻铁阳台，圆形的屋顶上方有一个金色风向标。到这个地方拜访乔·博南诺，就像是从婚礼蛋糕中挑出一只蟑螂一般。精心打理的花园中开着一朵我不认识的花。它的味道很浓郁，令人不舒服，花朵又大又红，与其说是盛放，不如说是腐烂。或许花朵会忽然爆开，顺着枝干流下浓稠的汁液，毒死所有的蚜虫。

夏天，乔·博南诺不住这里，而是住在西菲利西亚教区一栋修复过的种植园别墅中，位于新奥尔良北边100多英里的地方。由于丰特诺兄弟的敌意越来越重，继续待在西菲利西亚，他就可以指挥更多的人保护这栋乡间别墅，比起住城里时更方便。

这是一栋白色的八柱式建筑，占地大约40英亩，两面毗邻一条向南流入密西西比河的宽阔河流。四扇大窗户外面有一条宽阔的长廊，屋顶还有两扇天窗。黑色的铁门内有一条种着橡树的林荫道，穿过开满山茶花和杜鹃花的土地，树木一直延伸到宽阔的草坪前。草坪上有一小群人，有的围着烧烤炉，有的懒洋洋地躺在铸铁长椅上。

停车的时候，我在距离大门10英尺的范围内发现了三个监控摄像头。我们绕着房子兜了一圈后，就把安格尔留在了半英里之外的地方，我知道他现在应该已经爬上了大门口对面的柏树。如果乔·博南诺出了什么事情，我和路易斯待在一起要比和安格尔待在一起更方便应对。

第四个摄像头就在大门上方。大门紧紧地关着，也没有对讲机，我和路易斯站在车旁挥手，却没有人回应。

过了两三分钟，一辆改装过的高尔夫球车从房屋后面穿过林荫道，向我们驶来，里面走出三个穿着斜纹裤和运动衫的家伙。他们并不打算掩饰手中的施泰尔冲锋手枪。

"嗨，"我开口道，"我们是来找乔·博南诺的。"

"这里没有什么乔·博南诺。"其中一个人说。他的皮肤被晒成了褐色，个子很矮，可能不到5英尺6英寸，头发紧贴头皮，看起来就像一只蜥蜴。

"那么约瑟夫·博南诺呢，他住在这里吗？"

"你们是谁？警察？"

"我们是热心公民，希望博南诺先生为大卫·丰特诺的葬礼募捐。"

"他已经捐过了。"高尔夫球车旁边的男人说，他是蜥蜴男的胖版。门口的同伴们笑得肚皮都要破了。

我靠近大门，蜥蜴男立刻举起了枪。

"告诉乔·博南诺，查理·帕克来了。周日晚上我在阿吉拉德家，我现在正在找雷马尔。你说那个搞笑的家伙能记住这些话吗？"

他向门后退了几步，始终看着我们，把我的话转达给了高尔夫球车旁边的男人。他从后座拿起一个对讲机，说了几句话，然后对蜥蜴男点头："里基，他说让他们进去。"

"好吧。"里基说，他从口袋里拿出一个遥控信号机，"退到门外，转过身，把手放在车上。告诉我你们都带了什么。要是有什么没说的，我就开枪打死你们，用你们喂鳄鱼。"

我们承认带了一把史密斯威森手枪和一把西格手枪。路易斯还好心地交出了藏在脚踝边的刀。我们进了大门，跟着高尔夫球车走向那栋房屋。一个坐在后座上的男人用手枪指着我们，里基走在我们后面。

靠近草坪时，我闻到了烤虾和烤鸡的味道。一张铁桌上放着各种烈酒和杯子。钢制冰箱中装满冰块，里面放着阿毕塔和喜力啤酒。

一声低沉的咆哮从房屋一侧传来，充满恶意和威慑力。结实的铁链将一只巨大的猛兽拴在用混凝土固定的螺栓上。它的毛皮像狼一样厚，毛色却与德国牧羊犬相似。它的眼睛明亮而睿智，从而显得其残暴秉性更加可怕。它至少有180磅重，每次拉扯链子似乎都要将螺栓拔起来。

我发现它的注意力主要在路易斯身上。它一直盯着路易斯，甚至还抬起前腿，想要扑他。路易斯冷静地打量着它，就像一个科学家看着培养皿中的新型细菌。

乔·博南诺用叉子叉了一片鸡肉，放在瓷盘中。他只比里基略高一些，深色的长发从额头向后梳。他的鼻子至少骨折过一次，上嘴唇的左侧有一个小伤疤。他的白衬衫没系扣子，下身穿着一件莱卡牌儿运动短裤。他的腹肌很明显，胸肌和臂肌对矮个子而言也相当发达。他看起来既刻薄又聪明，和那只被铁链拴着的动物一样。正因如此，他才能在新奥尔良称霸长达十年。

他又在鸡肉旁边放了一些西红柿、生菜，还有拌了辣椒的冷米饭，把盘子递给身边的女人。我感觉女人比乔年纪大些，或许四十五岁左右。她的金发是天然的，也没怎么化妆，但是戴了一副旅行者牌儿太阳镜。她穿着一件短袖丝绸外套，里面是白色的上衣和短裤，和乔·博南诺一样光着脚。他们旁边还有两个保镖，都穿着衬衫和斜纹棉布裤，每人带了一把全自动手枪。我看见露台上也有一个保镖，还有一个坐在正门旁边。

"吃点什么吗？"乔·博南诺问。他的声音很低沉，只有轻微的路易斯安那州口音。他望着我，等待我的回答。

"不用了，谢谢。"我说。但他并没有问路易斯，我知道路易斯也注意到了这一点。

乔·博南诺自己盛了一些虾和沙拉，让两个保镖随便盛。于是，他们轮流盛菜，都用手指拿了一块鸡胸肉。

"杀死阿吉拉德一家的凶手真可怕。"乔·博南诺说。他坐下了，又指着唯一的空位置让我坐。我和路易斯对视了一下，耸了耸肩，然后坐了下来。

"提到你的私事很冒昧。"他接着说，"但我听说你的家人或许也是被他杀死的。"他的笑容中带有一丝同情。"真可怕。"他重复道，"真是太可怕了。"

我迎上了他的目光："你很了解我的过去。"

"只要有人到这里来寻找尸体，我就会弄清楚他的底细。这些人可能是很好的伙伴。"他从盘子里叉了一只虾，打量了一会儿，才放入口中。

"你应该很想买阿吉拉德家的土地吧？"我说。

乔·博南诺吃完虾，将虾尾小心地放在盘子的一侧。"我确实想要买，而且那不是阿吉拉德家的土地。虽然某个老家伙为了弥补自己的罪恶，把这些土地卖给了黑人，但不能说这就是黑人的土地。"看来伪装的礼貌并不能维持太久，而且此时他正在故意激怒路易斯。即使身边的保镖都带着枪，他这样做也不是什么明智之举。

"你的手下托尼·雷马尔好像在阿吉拉德家的人死去那一晚去过那里。我们想和他谈谈。"

"托尼·雷马尔不再是我的人了。"乔·博南诺说。他骂了一通脏话后，又恢复了正常的语气："我们已经闹掰了，我这几个星期都没有见过他。警察告诉我之前，我根本不知道他去过阿吉拉德家。"

他对我微笑，我也回以微笑。

"雷马尔和大卫·丰特诺的死有关吗？"

乔·博南诺的下巴绷紧了，但他依然保持着微笑："我也不知道，我今天早上在新闻中听到了有关大卫·丰特诺的事情。"

"这也很可怕吧？"我说。

"年轻生命的逝去总是很可怕。"他说道,"我为你的妻子和女儿感到遗憾,真的很遗憾,但我帮不了你。而且你也太无礼了,我希望你带着那个黑人滚出我的家。"

路易斯脖子上的肌肉抽动了一下,这是他听见乔·博南诺这样说时唯一的反应。乔·博南诺斜眼看着他,又拿起一片鸡肉,丢给被铁链拴着的野兽。它一开始没看见,直至主人打了个响指才扑过来,一口把肉吞掉了。

"你知道这是什么吗?"乔·博南诺问。他在对我说话,肢体语言却针对着路易斯,表现出彻底的轻蔑。我没有回答,他便接着说了下去。

"这叫獒。一个名叫皮特·海尔特的德国人培育了这个品种,用于军队和南非的防暴部队,是俄罗斯狼与德国牧羊犬的串种。它是白人的看门狗,能辨认出黑人。"他看着路易斯微笑起来。

"那你可要小心了。"我说,"万一它弄混了,去咬你呢?"乔·博南诺仿佛触电一般,在椅子上抽搐了一下。他眯起眼睛,想看出我是否意识到自己的话具有双重含义。于是我也看着他。

"你最好快点离开。"乔·博南诺用平静而威慑的口气说。我耸了耸肩,站了起来。路易斯凑近我,我们互相看了一眼。

"人家赶我们走呢。"路易斯说。

"是啊,但如果我们就这么走了,他大概会瞧不起我们。"

"嗯,不能让他瞧不起。"路易斯表示赞同。

他从桌子上拿起一个盘子,顶在头上。当温彻斯特300子弹射过来,撞进房屋的木墙时,盘子瞬间化作了碎片。坐在椅子上的女人扑向草地,两个保镖过来保护乔·博南诺,还有三个人从房屋侧面跑过来,而枪声依然回荡在空气中。

最先跑过来的是名叫里基的蜥蜴男。他拿起手枪,手指紧紧地按在扳机上,但乔·博南诺朝他那拿枪的手臂打了一拳,让枪口朝上。

"别开枪！你这个傻逼，是想害死我吗？"他看向房屋后方的树木，然后又看着我。

"你们到这里来，朝我开枪，还吓到了我的女人。你们到底想干什么？"

"是你先侮辱我的。"路易斯平静地说。

"是啊。"我表示赞同，"你确实侮辱了他。"

"我听说你在新奥尔良有一些朋友。"乔·博南诺用威胁的口气说，"就算没有联邦探员来找我，我的麻烦也已经够多了。"他停顿了片刻："如果你或你的朋友再来找我，我可就不客气了。明白了吗？"

"明白了。"我说，"我会去找雷马尔。如果我发现你对我们有所隐瞒，还帮他逃走了，那我就会回来找你。"

"我们回来，肯定也是因为你。到时候我们开枪打你的小狗。"路易斯有些悲伤地说。

"你要是回来，我就把你绑在草地上，让它吃了你。"乔·博南诺咆哮着。

我们回到了长满橡树的林荫道上，观察着乔·博南诺和他的手下。那个女人的白衣服上沾着草叶，她凑近乔·博南诺，正在安慰他。她用那双保养得很好的手轻轻地按压着他的斜方肌。乔·博南诺的口水溅到了下巴上。

来到橡树下，我听见身后的大门开了。我没指望从乔·博南诺那里获得太多信息，现在得到的更少，但至少我们已经惊扰了他。我猜测，他会联系雷马尔，或许还会让雷马尔现身。这是个不错的主意。但问题在于，总有人比你更早想到这个主意。

"我不知道安格尔的枪法这么好。"来到车旁边时，我对路易斯说，"你教过他？"

"哼。"路易斯有些不高兴。

"他能打中乔·博南诺吗?"

"哼,他没打中我就很不错了。"

我们身后的车门打开了,安格尔钻进了后座,那把毛瑟步枪也被放回了盒子。

"我们要和乔·博南诺一起玩吗,打打台球,对女孩吹吹口哨?"

"你什么时候对女孩吹过口哨?"路易斯困惑地问。我们离开了大门,驶向圣弗朗西斯维尔。

"男人不都这样吗?"安格尔说,"那我也能。"

37

我们回到弗莱森斯小屋时已将近傍晚,莫菲给我留了言。我打给警长办公室,然后转到了他的手机上。

"你去哪里了?"他问。

"去找乔·博南诺。"

"靠,为什么要找他?"

"为了惹点儿麻烦吧。"

"我提醒你,不要和乔·博南诺扯上关系。你一个人去的?"

"我带了一个朋友,乔不喜欢他。"

"你朋友是什么人?"

"是个黑人。"

莫菲笑了:"乔大概对自己的血统很敏感,但偶尔提醒他一下也不错。"

"他说要把我的朋友喂狗。"

"是啊。"莫菲说,"乔很喜欢他的狗。"

"你有什么新消息吗?"

"或许吧,你喜欢海鲜吗?"

"不喜欢。"

"好吧,那我们就去巴克敦。那里的海鲜很好,尤其是虾。两小时后我去接你。"

"为什么要去巴克敦,除了海鲜还有别的缘故吗?"

"雷马尔。他的一个前女友在那里有一处公寓，或许值得去看看。"

如果你喜欢鱼腥味，那么巴克敦便是一个有趣的地方。我关上了车窗，想要阻挡外面的腥味，莫菲却把他那一侧的窗子打开，还深深地吸了几口气。无论如何，巴克敦都不像是雷马尔这类人躲藏的地方，不过这或许就是他选择这里的理由。

卡罗尔·斯特恩住在一栋驼背屋[1]中。小屋距离巴克敦的主街只有几个街区，前半部分只有一层，后半部分有两层，外面有一个小花园。斯特恩曾在圣查尔斯街的一家酒吧工作，但目前正因为持有可卡因而服刑。有传言说在她出来之前，房租都是由雷马尔支付的。我们停在了那栋房子的角落处，拉开手枪的保险装置，从车里出来。

"这里不属于你的辖区，对吧？"我问莫菲。

"喂，我们只是来吃饭的，顺便到这里看一眼。"他有些委屈地说，"不会打扰到谁。"

他让我查看房屋的前半部分，自己去查看后半部分。前门处有一个小小的、架高的门廊，我来到门口，小心地透过玻璃往里看。玻璃上沾满了泥土，和房屋本身一样破旧。我数到五，然后试着开门。门发出嘎吱一声，便打开了，我小心地走进去，听见走廊尽头传来玻璃碎裂的声音，看见莫菲的手伸了进来，正要打开后门。

屋里弥漫着肉在阳光下晾晒的气味，虽然不算浓烈，却很明显。一楼只有一个厨房、一个放着沙发和旧电视的房间、一个放着单人床和衣柜的卧室，都是空的。衣柜里装着女人的衣服和鞋子。床上只有一个破旧的床垫。

莫菲先上了楼，我紧紧地跟在他身后，我们两个都用枪指向二

---

[1] 主结构为一层、后部有一部分为二层的美式住宅，最早出现在新奥尔良市。

楼。这里的气味更加浓烈。我们经过了一间浴室,淋浴头在滴水,把陶瓷浴缸染成了棕色。小镜子下方是一个水槽,上面放着剃须泡沫、剃须刀,还有一瓶博斯须后水。

另外三扇门都半开着。右边是一间女人的卧室,床上铺着白色床单,盆栽已经开始枯萎,墙上挂着莫奈的画。长条的梳妆台上放着化妆品,白色的衣柜占据了其中一面墙。衣柜对面的窗户朝向一个杂草丛生的小花园。衣柜里也有很多女人的衣服和鞋子。卡罗尔·斯特恩大概很喜欢用卖毒品赚来的钱买东西。

那个气味便是从第二扇门内传来的。在临街的窗户旁边,一口大锅放在露营炉子上,没有盖子。锅里有让人恶心的汤,正在用小火炖某种肉。这些肉似乎已经炖了很久,或许将近一天,散发着臭味,像是内脏。两把简易的椅子摆在红色的地毯上,还有一张小桌子上放着带有晾衣架形状天线的便携式电视。

第三个房间也面向街道,但门几乎关着。莫菲站在门的一侧,我站在另一侧。他数到三后,用脚踢开了门,跑向右侧的墙壁旁边。我用枪抵着胸,手指放在扳机上,来到房间的左侧。

落日给房间里的东西镀上了一层金色:一张没铺的床、打开的手提箱、梳妆台、墙上有一张海报,是为了宣传内维尔兄弟在蒂皮蒂纳音乐厅举行的音乐会,上面有两人潦草的签名。我脚下的地毯有些发潮。

天花板上的水泥基本被刮掉,露出了房梁。被抓去服刑之前,卡罗尔·斯特恩应该正在改造房屋。在房屋的尽头,房梁上挂着一段用于攀爬的绳子,现在却被用来固定托尼·雷马尔的尸体。

在即将消失的阳光下,他的尸体散发着奇异的光,就像一张怪异的人体解剖图。墙上钉着两根巨大的水泥钉,他的两只手臂分别搭在上面,但绳子依然承担着大部分的重量。

我向右走去,看见他脖子后面的墙上还有第三根水泥钉,支撑着他的头。他的头侧向右边,下巴下方还有另一根钉子。他的眼窝空荡荡的,牙齿紧咬着,在牙龈的衬托下显得很白。

雷马尔被小心地挂在墙上,摆好了姿势。他的左手伸向斜下方,手里拿着一把长长的刀,就像屠夫的工具,但是更宽、更重。刀似乎被粘在了他手上。

他的右臂抬了起来,与身体呈直角,前臂垂直,被一条拴在手腕上的绳子牵着。他的脸不见了。床、地板和墙壁都已被鲜血染红。

我向左边望去,看见莫菲正在胸前画十字,为托尼·雷马尔的灵魂轻声祈祷。

联邦调查局和新奥尔良的警察在斯特恩家走进走出,而我和莫菲靠在他的车旁边,用纸杯喝咖啡。许多人站在警戒线旁,等着看尸体被运走,其中有些是当地人,有些是去巴克敦的海鲜餐厅吃饭的。他们大概会失望。犯罪现场经过了凶手的精心布置,警方和联邦探员都需要详细记录情况,并不会立刻运走尸体。

伍里奇又穿上了那身褪了色的棕色西装。他走到我们旁边,从口袋里拿出吃剩的甜甜圈,递给我们。在警戒线外面,我看到了他的雪佛兰汽车,那是一辆1996年的红色款,光亮如新。

"你们都饿了吧?"但莫菲和我都不想吃。我的脑海中一直浮现出雷马尔的样子,莫菲脸色苍白,显得很虚弱。

"和当地警察打招呼了吗?"伍里奇问。

我们点了点头。我们向两位奥尔良教区的凶杀科警探进行了冗长的陈述,其中一位是莫菲的姐夫。

"那你们应该可以走了。"伍里奇说,"不过我还要和你们两个谈谈。"莫菲走向了驾驶座,我打开副驾驶侧的车门,伍里奇却抓住了我的胳膊。

"你还好吧?"他问。

"还可以。"

"看来莫菲的直觉很准,但他不应该带你过来。如果杜兰德发现你又第一时间出现在一个凶杀案现场,会找我的麻烦。"杜兰德是负责新奥尔良的联邦特工。我没有见过他,却知道大多数联邦负责人是什么样子。他们把自己的办公室当成一个王国,将特工分成几个小组,对其发布命令。这些职位竞争得非常激烈。不说别的,杜兰德至少应该很难缠。

"你还住在弗莱森斯小屋吗?"

"对,还住在那里。"

"我会去找你,有些事情我还想知道。"

他转过身,回到了斯特恩家。走向大门的路上,他把压碎了的甜甜圈递给两个坐在车里的巡逻警察。他们不情愿地接了过去,仿佛拿着一枚炸弹。伍里奇进入房子后,其中一个人跳出了车,把甜甜圈丢进了垃圾桶。

莫菲把我送回了弗莱森斯小屋。他离开之前,我把自己的手机号告诉了他。他把号码写在一个用橡皮筋紧紧捆着的黑色小笔记本上。"如果你明天有空,让安吉[1]给你做顿饭。你应该来吃一顿,吃了她做的饭,你保准不会后悔。"然后,他的语气变了,"对了,我们还需要讨论一些事情。"

我告诉他自己可以去,虽然我并不想见到莫菲,也不想见到伍里奇,或者任何一个警察。他快要驾车离开时,我用手拍了拍车顶。莫菲凑过来,拉下了车窗。

"你为什么要这样做?"我问。莫菲一直积极地和我保持联系,让我了解正在发生的一切,我需要知道原因,也需要知道自己能否信任他。

---

[1] 安吉拉的昵称。

他耸了耸肩:"阿吉拉德家的人死在我的辖区内。我想抓到那个杀死他们的家伙,而你又了解他的一些情况。他对你和你的家人动过手。联邦调查局也在调查,但他们不愿意把情况告诉我们。所以我只能找你。"

"仅此而已吗?"我看到他脸上还有其他的表情,一种我很熟悉的表情。

"不是。我也有妻子,将来也会有孩子。你明白我的意思吧?"

我点了点头,没有说话,但他的眼中还有别的情绪使我与他产生了共鸣。我又一次拍了拍车顶,与他道别,看着他驾车离开,想到他一定很想弥补曾经犯下的错误。

38

我回到弗莱森斯小屋的房间中,感受到强烈的腐烂气息。它侵入了我的鼻孔,让我几乎无法呼吸,又钻进了我的指甲,污染了我的皮肤。我感觉它充斥在我后背的汗水中,又看见它从地面的裂缝钻出来,漫上野草。城市似乎正在我的周围腐烂。我回到房间里,冲了个热水澡,直至皮肤变得又红又痛,然后穿上毛衣和斜纹棉布裤,去安格尔和路易斯的房间叫他们,并决定五分钟后在雷切尔的房间里开会。

雷切尔开门时手上沾着墨水。她的耳朵后面别着一支铅笔,又用另外两支铅笔将红发绾成一个髻。由于长时间阅读,她的眼睛红红的,还生出了黑眼圈。

她的房间重新收拾过,唯一的桌子上放着一台麦金塔笔记本电脑,周围有许多纸、书和笔记。电脑上方的墙上贴着一些图表、黄色便利贴,还有类似解剖图的东西。她的椅子旁有几页传真放在地上,托盘上还有吃了一半的三明治、一壶咖啡和一个弄脏的杯子。

我听见身后有人敲门,于是开门让安格尔和路易斯进来。安格尔有些难以置信地看着墙面:"前台的人看见传真机收了这么多乱七八糟的传真,肯定以为你疯了。他要是见了这个房间,应该会报警吧。"

雷切尔回到椅子上,取下发间的铅笔,将头发散开。她用左手抖了抖头发,然后又为了放松扭了几下脖子。

"那么谁先开始?"她问。

我把雷马尔的事情告诉了他们,雷切尔脸上的疲惫立刻消失了。她让我详细地讲了两遍尸体的状态,然后花费几分钟整理桌子上的文件。

"是这个!"她兴奋地递给我一张纸,"对不对?"

那是一张黑白插图,顶部用古老的字体写着:第一手图书馆资料,塞贡多。底部是雷切尔手写的字样:瓦尔韦德,1556。

插画上是一张男人尸体的怪异解剖图,皮肤缺失,它左脚踩在石头上,左手拿着一把钩柄长刀。他的脸部轮廓很清晰,眼睛也依然在眼窝中。除此之外,这幅插图和雷马尔被发现时的样子非常相似。身体的各个部位标记着希腊字母。

"确实。"我低声说。安格尔和路易斯在我身后沉默地看着插图。"他就是这个样子。"

"这本书叫《人体结构史》。"雷切尔说,"是西班牙人胡安·德·瓦尔韦德·德哈穆斯科在1556年写的一本医学教材。"她把那页纸拿起来,以便我们都能看到:"这张图是对玛息阿神话的诠释。玛息阿是个林神,也是女神西布莉的追随者。他因拾起了雅典娜遗弃的骨笛而被诅咒。骨笛依然受到雅典娜的影响,自己演奏起来,音乐非常动听。农民们说这比阿波罗演奏得还要动听。

"阿波罗决定和玛息阿比赛,由缪斯女神们作为裁判。玛息阿输了,因为他不能一边倒着吹笛子一边唱歌。

"阿波罗成功复仇。他剥了玛息阿的皮,把他钉在了一棵松树上。诗人奥维德叙述,玛息阿在死前的一刻叫道:'是谁让我的皮离开了我?'画家提香描绘过这个画面,拉斐尔也描绘过。我猜测雷马尔的尸体中含有氯胺酮。"

路易斯打断了她:"但是在这幅图里,他好像是自己对自己下的手,因为他拿着刀。为什么凶手选了这幅图?"

"虽然只是猜测,但我认为他想要表达,在某种意义上确实是雷马尔自作自受。"我说,"他在不该出现的时候出现在阿吉拉德家,旅人担心他看到了什么。雷马尔出现在他不该出现的地方,所以他的遭遇是自找的。"

雷切尔点了点头:"这个想法很有趣,但参考蒂·吉恩·阿吉拉德的状态,我觉得或许这还有别的含义。"她递给我两张纸。第一张是蒂·吉恩在犯罪现场的照片。第二张是另一幅图,标记着:人体解剖。底部是雷切尔写的:1545。

这幅图描绘了一个男人被钉在树上,背后是一面石墙。他的头被树枝夹住了,手臂用更远处的树枝支撑着。旁边的平台上放着某些无法辨识的器官。他的脸完好无损,但其他方面都与蒂·吉恩的尸体非常吻合。

"又是玛息阿。"雷切尔说,"至少也是这个神话的改编版。这幅图出自艾蒂安的《人类结构解剖》,也是一本早期的教材。"

"你是说这家伙根据希腊神话来杀人?"安格尔问。

雷切尔叹了口气:"没有这么简单。或许他对这个神话产生了共鸣,所以才会使用两次。但玛丽婆婆的尸体,还有鸟哥妻子、女儿的都不符合这个神话。我也是偶然发现了这些玛息阿的插图,但还没有为其他的尸体找到参照物。我依然在找。也许它们的共同点在于都出自早期的医学教材。如果是这样,我一定会找到。"

"那么我们找的人很可能有医学背景。"我说。

"或者很了解那些晦涩的知识。"雷切尔说道,"我们知道他读过《以诺书》,或者它的衍生品。目前,我们了解到的尸体摧残手段并不需要太多医学知识,但凶手也可能掌握了外科手术的技能,甚至对医疗流程很熟悉。"

"夺走眼睛和脸又是怎么回事?"我问,我的脑海中浮现出苏珊和詹妮弗的样子,"这有什么意义吗?"

雷切尔摇了摇头："我还在研究。脸似乎象征着什么。我猜他把詹妮弗的脸还了回来，是因为他还没有开始动手，詹妮弗就已经死了，当然也因为他想要恐吓你。尸体没有脸或许也代表着凶手并不觉得他们是活生生的人，也不在意他们的身份。毕竟，如果一个人失去了脸，就失去了最直接的个人特征，无法辨识身份。

"至于眼睛，传说杀手的身影会留在受害者的视网膜上。关于尸体的传说有很多，甚至在上世纪末，某些科学家依然在检验当一具尸体与杀死他的凶手共处一室时是否会流血。我还要再做一些功课，然后再和你们讨论。"

她站起身，伸了个懒腰："我不想赶你们走，但现在我要洗个澡，然后出去吃点好的。之后，我要睡上十二小时。"

安格尔、路易斯和我准备离开，她却伸手拦住了我们："还有一件事。你们不要觉得这个变态只是在模仿血腥的图片。我的信息还不够多，无法做出判断，需要咨询一些在这个领域更有经验的人。但我觉得他的行为背后存在着某些哲学理念，也就是说，他遵循了某种模式。在弄清这件事之前，我们应该无法抓到他。"

雷切尔正在清理文件，一阵敲门声却响了起来。我把手放在门把上，用身体挡住房间里的一切，缓慢地开了门。伍里奇站在我面前。借着房间内的灯光，我看到他的脸上长了一撮细细的胡子。"工作人员说，如果你不在自己的房间，可能就在这里。我能进去吗？"

我迟疑了片刻，然后让到一边。雷切尔站在墙上的资料前，用身体遮住了它们，但伍里奇对她根本不感兴趣，他一直盯着路易斯看。

"我认识你。"他说。

"我可不这么觉得。"路易斯回答，他的目光很冷酷。

伍里奇扭头对我说："鸟哥，你怎么把你的杀手带到我这里来了？"

我没有回答。

"哥们儿，你认错人了。"路易斯说，"我是个商人。"

"真的吗？你是做什么生意的？"

"害虫防治。"路易斯说。

气氛非常紧张，伍里奇却转过身，走出了房间。他站在走廊里，对我做了个手势："我要和你谈谈，我在世界咖啡馆等你。"

我看着他离开，又看向路易斯。他扬起一侧的眉毛："看来我还挺有名的。"

"你确实很有名。"说完，我便去追赶伍里奇。

我在街边追上了他，但他什么也没有说。我们入座后，他点了一份带馅煎饼，吃了一块，将糖末撒在了衣服上。然后，他又一口气喝了半杯咖啡，杯子内壁留下了棕色的痕迹。"喂，鸟哥。"他开了口，"你们打算在这里做什么？"他的声音疲惫而失望："那个家伙，我认识他，我知道他是谁。"他又吃了一块带馅煎饼。

我没有说话。我们望着彼此，直到伍里奇移开了目光。他擦去手指上的糖末，又点了一杯咖啡。我的咖啡还没怎么动过。

"你听过爱德华·拜伦这个名字吗？"他最终问道。他意识到我们最好还是不要讨论路易斯。

"没有什么印象，怎么了？"

"他是公园路医院的看门人。苏珊就是在那里生的詹妮弗，对吧？"

"对。"公园路医院是长岛的一家私立医院。苏珊的父亲坚持让我们去那里，还说那里有世界上最优秀的医务人员。他们收费也很高，接生詹妮弗的医生一个月便能赚到我一年的工资。

"然后呢？"我问。

"今年年初，那里发现了一具被肢解的尸体，拜伦被开除了。有人未经授权，便对一具女性尸体进行了解剖。"

"没有人发起诉讼吗？"

"医院的领导考虑了一下，但最终没有发起。他们在拜伦的柜子里发现了一个包，里面装着沾有死者血迹和组织的手套。他辩驳说这是有人要陷害他。这一证据并不确凿，从理论上讲，确实可能有人把东西放在他的柜子里。但医院还是开除了他。这件事没有经过庭审，也没有警方进行调查。我们拥有相关记录的唯一原因是，在同一时间，当地的警察正在调查那家医院药物失窃的情况，记录上还有拜伦的名字。偷窃事件发生后，拜伦被开除，然后偷窃几乎停止了。但每一次药物失窃，他都有不在场证明。

"那是所有人最后一次听说关于拜伦的消息。我们有他的社保账号，但他在被开除后没有申报失业，没有缴过税，也没有和州政府打过交道，甚至没有去过医院。1996年10月后，他的信用卡就没有使用过。"

"为什么现在会想起他？"

"爱德华·拜伦是巴吞鲁日的本地人。他的妻子，应该说是前妻，名叫史黛丝，现在依然住在那里。"

"你和她聊过吗？"

"我们昨天见了她。她说去年4月后就没再见过拜伦，他还欠她六个月的离婚抚养费。最后一张支票是在东德克萨斯州的一家银行开出的，但那个女人认为他可能还生活在巴吞鲁日，或者附近某处。她说他不喜欢纽约，一直想回来。我们还从公园路医院的任职记录中找到了他的照片，并公之于众。"

他把拜伦放大的照片递给了我。他是一个英俊的男人，美中不足的是下巴有些后缩，嘴和鼻子都很单薄，长着一对黑色的小眼睛。他留着深棕色的头发，从左边梳向右边。拍下这张照片时，他大概不到三十五岁。

"这是我们目前掌握的最大线索。"伍里奇说，"我告诉你，是因为觉得你有权知道。但我还要告诉你一些别的事：第一，不要靠近拜伦太太，我们叫她不要和任何人交谈，以免媒体听到风声；第二，不要靠近乔·博南诺。今天他的手下里基骂你的时候，被我们录进了监听。再出现这样的事，你也脱不了干系。"

他在桌子上放了一些钱："你的小分队有没有发现什么有用的消息？"

"还没有。我们认为凶手有医学背景，或许还有异常的癖好。如果再有什么新发现，我会告诉你。不过，我还要问你一个问题，公园路医院的什么药物被偷了？"

他微微歪头并扭动嘴角，似乎在犹豫要不要告诉我。

"盐酸氯胺酮，这种药和苯环利定相似。"我并没有表现出已经猜到的样子。联邦调查局已经在怀疑莫菲，如果得知他向我透露这些细节，肯定会收拾他。伍里奇停顿了一下，然后接着说："玛丽·阿吉拉德婆婆和她儿子的尸体中含有这种药物。凶手将它用于麻醉。"

他在托盘上转动咖啡杯，当杯子的把手指向我时，它停了下来。

"鸟哥，你害怕那个家伙吗？"他低声问，"我很怕他。你还记得吗？带你去找玛丽婆婆那天，我们讨论过连环杀手的事情。"

我点了点头。

"当时我以为自己什么都见识过了。暴力杀手、奸杀犯、因精神失常而杀人的凶手，但是他们根本不算什么，而且显然还在人类的范畴。而这一个……"

他看见一家人乘着马车经过，马夫一边拉动缰绳让马向前走，一边为乘客讲述着杰克逊广场的历史。一个深色头发的小男孩坐在最边缘的位置。他将下巴支在裸露的前臂上，默默地望着我们。

"如果一个人与众不同，作案动机并不是扭曲的性欲或虐待狂倾向，便会让我们感到恐惧。我们生活在关于痛苦和死亡的文化中，但大多数人一生都没有真正明白这一点。也许经历了足够的时间，便会出现一个比我们更能理解这件事的人——一个将世界看作献祭人类的祭坛的人、一个想要惩罚我们的人。"

"你觉得他是这样的人？"

"'我成了死神，世界的毁灭者。'《薄伽梵歌》是这么说的吧。也许他就是纯粹的死神。"

他走到了大街上。我跟在他身后，想起了昨晚看到的那页纸："伍里奇，还有一件事。"我给他看关于《以诺书》的解释时，他有些不耐烦。

"《以诺书》又是什么东西？"

"是次经的一部分。我认为他可能很了解这些知识。"

伍里奇折起那张纸，将它放在裤子口袋中。

"鸟哥，"他露出了一丝微笑，"有时我很为难，不知应该把一切都告诉你，还是什么都不告诉你。"他苦笑了一下，然后叹了口气，仿佛在表明这并不是值得争论的事情："远离这些麻烦吧，鸟哥，你的朋友们也一样。"他走开了，身影消失在夜晚的人群中。

我去敲雷切尔的房门，但是无人应答。我更加用力地敲了一次，听见屋里传来一些声响。她开了门，我看见她用毛巾包裹着身体，用另一块稍小的毛巾包裹着头发。她的脸有些发红，皮肤很光亮。

"抱歉。"我说，"我忘了你可能在洗澡。"

她微笑着挥手，让我进屋。

"你坐一会儿。我先换衣服，然后你请我吃饭。"她从床上拿了一条灰色的牛仔裤和一件白色的棉布衬衫，又从柜子里拿了一套白色内衣回到了浴室。她并没有把门彻底关紧，所以在她穿衣服时我们还可以说话。

"我能问问你们聊了什么吗？"她问。

我走向阳台的窗户，看向外面的街道。

"伍里奇对路易斯的评价没有错。虽然情况不是那么简单,但他从前确实杀过人。他现在的情况我也不清楚。我没有问过他,也无权对他做出评判。但我信任安格尔和路易斯。我让他们过来,是因为知道他们擅长什么。"

她一边系扣子,一边从浴室出来,湿漉漉的头发散落在肩头。她用一只便携吹风机吹干了头发,然后稍微化了一点妆。我常常看见苏珊做这些事,如今看见雷切尔这样做,却感觉到一种奇怪的亲密感。我发觉自己微微心动了一下,对她的感情发生了微小却显著的改变。她坐在床边,将光着的脚伸进一双黑色的露跟鞋,手指伸进鞋内挪动,调整着鞋跟位置,身体向前倾斜,背上弥漫着些许水汽。发觉我在看她,她小心翼翼地露出微笑,仿佛担心自己误解了我的意思。

"我们走吗?"她问。

我替她打开了门,我们一起离开房间。她的衬衫触到了我的手,发出摩擦声,就像水在滚烫的金属上咝咝作响。

我们在皇家大街的B先生餐厅吃饭,房间的墙壁是用桃花心木制成的,屋里很凉爽,也很昏暗。我点了又嫩又香的牛排,雷切尔点了烧鲑鱼,调味料有些辣,辣得她刚吃了一口就开始大口喘气。我们聊了一些无关紧要的事情,比如戏剧、电影、音乐、阅读。我发现我们两个1991年在大都会歌剧院看了同一场《魔笛》,而且都是独自一人去的。我看着她喝了一口酒。灯光映在她脸上,她的瞳孔在黑暗中跃动,就像湖边的月亮。

"你总是跟着陌生男人出远门吗?"

她笑了:"你大概一直在等着说这句话吧。"

"或许我对每个女人都这样说呢。"

"是吗?那你接下来该挥舞棒子,把服务员赶走了。"

"好吧,你说得对。我确实等了一段时间。"

我发现自己脸红了,却从她的目光中看出了几分玩味和迷茫。她好像有些悲伤,既担心伤害我,又担心被我伤害。在我的体内,某些情绪扭动了几下,伸出了爪子,仿佛正在撕扯我的心。

"抱歉,我感觉自己根本不了解你。"我低声说。

她温柔地伸出手,抚摩着我的左手,从手腕直至小指的指尖。她的手就像一片温柔的叶子,沿着我手指的曲线,仔细地描摹着上面的纹路和旋涡。最后,她把手放在桌子上,指尖停留在我的指尖上面,重新开了口。

她出生在奇尔森,那里靠近阿迪朗达克山脉脚下。她的父亲是个律师,母亲是幼儿园老师。她喜欢打篮球和跑步。她的毕业舞会舞伴在舞会前的两天得了腮腺炎,于是她最好的朋友的哥哥便充当了舞伴,在跳《只有孤独》时试图摸她的胸。她自己也有一个哥哥,名叫柯蒂斯,比她年长十岁。在他二十八岁的生命中,他当了五年警察。就在二十九岁生日的前两周,他死去了。"他在州警察局工作,当时刚刚晋升为警探。被杀那天,甚至不是他值班。"她讲述的时候毫不犹豫,既不快也不慢,仿佛已经讲过了一千遍,检查过其中的错误,明确过开头和结尾,删掉了一切不必要的细节,只剩下她哥哥死去的事实和由此带来的空虚。

"那是星期二下午2点15分,柯蒂斯去莫赖厄看望一个女孩。总有两三个女孩在追他,而他总是让她们心碎。他当时拿着一束花,是粉色的百合,花店与银行相隔四间店面。他听到呼喊声,看见两个人从银行里跑出来,是一男一女,都拿着武器,戴着面具。车里还坐着一个人,正在等他们出来。

"那些人看见柯蒂斯后,柯蒂斯便拿起了枪。那两个人都带着短猎枪,毫不犹豫地向他开了枪。那个男人朝他打了全部子弹,他倒在了地上,那个女人结束了他的生命。她击中了他的脸,他明明那么英俊,那么迷人。"

她停了下来,我知道她只在心里给自己讲过这个故事。这个故事应该被珍藏起来,而不是和人分享。有时,我们也需要痛苦,需要用它来唤醒自己。

"那几个人被抓住时,身上有3000美元。他们从银行只抢了这么多钱,却让我哥哥牺牲了性命。那个女人刚刚离开精神病院一周,有人觉得她不会再对别人造成威胁。"

她拿起杯子,喝光了最后的酒。我示意服务员倒酒,她没有继续说下去。

"我来到这里,是因为……"她说,"我在尝试理解那些人的想法。有时,我很接近他们的内心。有时,如果足够幸运,我还能阻止事情发生在一些人身上。但不是每次都能做到。"

我发现自己紧紧攥着她的手,却不知道其间发生过什么。我攥着她的手,多年来我第一次提到自己离开纽约、和母亲一起搬到缅因州的事情。

"她还在吗?"

我摇了摇头。"我惹恼了当地一个叫赫尔姆斯老爹的大人物。"我说,"我的外公和母亲都建议我去外面找个暑假工,等到事情平息了再回去。外公的一个朋友在费城开商店,于是我便去那里干了一阵子,帮忙整理货架,晚上打扫卫生。我睡在商店楼上的房间里。

"由于肩部神经压迫,我母亲开始做理疗。但其实那是误诊,她得了癌症。我认为她了解自己的病情,只是没有说。或许她觉得只要不承认,她就能骗过自己的身体,多活一段时间。然而有一天,在离开理疗师的办公室时,她一侧的肺萎缩了。

"两天后,我乘大巴回到了家。我已经两个月没有见到她,而且根本认不出病床上的她。她的变化太大了,我只能去看床尾的名牌。在那之后,她又坚持了六周。虽然服用了很多止疼药,但她在生命的最后时刻依然很清醒。这种事情经常发生。你甚至以为她的病情好转了,然而这只是癌症开的小玩笑。死前的一晚,她还在试着画医院的地图,这样就能知道自己死后会被送到哪里。"

我喝了一些水。"抱歉。"我说,"不知为什么,我想起了这些事。"

雷切尔对我微笑,我感觉到她的拳头在我的掌心攥得更紧了。

"那你外公呢?"

"他在八年前也去世了。他把自己在缅因州的房产留给了我,我正打算修缮一下。"我注意到她没有问起我的父亲,便猜测她知道其中的缘故。

后来,我们穿过人群,慢慢地走回旅馆。多家酒吧的音乐都混在一起,偶尔会听到一些熟悉的曲调。来到她的房间门口,我们又牵着手站了一会儿,然后她用手抚摩着我的脸,我们轻轻地接吻。之后,我们互相道了晚安。

虽然心中依然想着雷马尔、乔·博南诺,还有伍里奇和我说过的那些话,但那一晚我睡得很熟。在睡梦中,我仿佛依然牵着她的手。

39

这是一个凉快、清爽的早晨,我跑步的时候,感觉圣查尔斯街上的有轨电车带来了一阵风。一辆婚礼轿车从我身边经过,驶向教堂,上面装饰着丝带。我沿着北堡垒街向西跑到佩迪多,又沿着沙特尔街回到了法属区。天气很热,我跑步时,仿佛将脸裹进了一条温暖的湿毛巾中。我吸入了不少热气,身体很抗拒,但依然坚持跑了下来。

我习惯于每周这样锻炼三次到四次,坚持一个月左右,再换成力量训练,如此循环。由于几天没有坚持,我感觉自己身体臃肿、状态不佳,仿佛体内充满了毒素。在运动和服用结肠清理胶囊之间,我选择了运动,虽然这样会累一些。

回到弗莱森斯小屋,我洗了个澡,给受伤的肩膀换了药。虽然伤口已经开始愈合,我却依然感觉有些痛。接着,我把一些衣服送去洗衣房。由于没想到要在新奥尔良待这么久,我的内衣已经快要不够了。

我把史黛丝的号码记在了电话本上。她还没有恢复原名,至少电话公司的记录是这样的。于是安格尔和路易斯主动要求去巴吞鲁日走一趟,看看能得到多少关于她的消息。伍里奇大概会不高兴。然而,既然不希望她被打扰,伍里奇就不该向我提起这件事。

雷切尔把要找的插图的细节用邮件发给了哥伦比亚大学的两个学生和埃里克·沃德神父,埃里克是波士顿的一位退休教授,曾在新奥尔良的洛约拉大学教授文艺复兴文化。由于等待回复时无事可做,她便决定和我一起前往梅泰里。今天早上,大卫·丰特诺将被安葬在那里。

在路上,我们一直没有说话。我们从未提起过彼此日渐亲密的关系,以及这可能意味着什么,但我们两个人都意识到了这一点。雷切尔看着我时,我能从她的目光中感觉到特别的意味。我想她大概也有同样的感受。

"你还想了解我什么?"她问。

"我还不太了解你的私人生活。"

"只知道我很漂亮、很优秀。"

"确实。"我承认道。

"私人生活,你是指男女关系?"

"这是一种委婉的说法,我不想问得太直接。如果你愿意,可以先说说自己的年龄,昨晚你没有告诉我。这样其余的事情应该也不难说出口了。"

她对我歪嘴一笑,又伸出了中指。我忽略了她的手势。

"我三十三岁,但如果光线好,我会说自己三十岁。我有一只猫,在上西区有一间公寓,里面有两间卧室,现在一个人住。我每周做三次有氧运动,喜欢中餐、灵魂乐、奶油艾尔啤酒。我上一次恋爱是六个月前结束的,感觉处女膜都快要长回去了。"

我朝她扬了扬眉毛,她笑了起来。"你好像很惊讶。"她说,"你应该多见见世面。"

"说得好像你经验很丰富。那个男的是谁?"

"一个股票经纪人。我们约会了一年多,于是试着同居。他家有一个房间,我家有两个房间。于是他搬到了我家,我们把第二个卧室改成了共用书房。"

"听起来很和谐。"

"确实,但只维持了一周。他受不了我的猫,也不愿意和我睡一张床，因为我一翻身就会把他弄醒。我的衣服也都沾上了他的烟味。他的烟味太浓了，家具、床、墙壁、食物、卫生纸，甚至猫身上都是那股味道。一天晚上，他回到家，说他爱上了自己的秘书，三个月后就和她一起搬到了西雅图。"

"我听说西雅图挺不错的。"

"去他妈的西雅图。我希望他掉到海里。"

"至少你不再痛苦了。"

"有趣。"她朝窗外看了一会儿，我渴望伸出手去触碰她，她后面的话使我的渴望更加强烈了。"我还不想问你太多问题，"她温柔地说，"在发生了那些事情之后。"

"我明白。"我缓慢地伸出右手，轻轻地抚摩她的脸。她的皮肤很光滑，还有些湿润。她把头靠向我，使得我的手感受到更多重量。很快，那个奇妙的瞬间便过去了，我们把车停在墓地外面。

丰特诺家族的一些分支在19世纪末就搬到了新奥尔良，又过了很久，莱昂内尔和大卫的家人才搬过来。丰特诺家族在梅泰里墓园有一个很大的墓室。这是城市中最大的墓园，位于梅泰里路与庞恰特雷恩林荫道交界处。墓园占地150英亩，从前是梅泰里的老赛马场。如果你喜欢赌马，这里便是很好的安息之所，虽然事实证明，最终胜算总是属于庄家。

新奥尔良的墓园有些奇怪。大城市的墓园一般都经过了细致的修缮，只愿意安置小型的坟墓，但新奥尔良的死者却可以安息在华丽而壮观的陵墓中。这让我想起了巴黎的拉雪兹神父公墓，还想到开罗的死人城，那里活人和死人生活在一起。梅泰里墓园的布伦斯威格墓与它们有些类似，它的形状像金字塔，旁边摆放着狮身人面像。

这个墓园的特别之处并不只是西班牙和法国风格的坟墓。这座城市的大部分地方都低于海平面，在现代排水技术出现之前，建在地下的坟墓很容易积水。于是，人们自然会在地表之上建造坟墓。

我们到达时，丰特诺家的送葬队伍已经进了墓园。我把车停在远处，进去时经过了大门口的两辆警车，里面的人都戴着墨镜。我们跟着零零散散的人经过了墓园底部象征着信仰、希望、仁慈和回忆的四尊雕像，来到一间希腊复兴式建筑风格的墓室前，看见门口立着一对多立克柱。门楣上刻着"丰特诺"。

我不知道丰特诺家族有多少人被葬在墓室中。新奥尔良的传统是将遗体在墓中放置一年零一天，然后重新打开坟墓，把遗体安置在后面，将腐烂的棺材移出，为新的死者腾出空间。因此，梅泰里墓园的很多坟墓都很拥挤。

镶着天使头像的锻铁大门敞开了，一小群送葬者围着坟墓，形成了半圆形。一个男人站在最前面，我猜测他就是莱昂内尔·丰特诺。他穿着黑色的单排扣西装，系着厚实的黑色领带。他的脸饱经风霜，晒成了红褐色，额头和眼角都有深深的皱纹。他的头发很黑，但两鬓已经斑白。他身材高大，至少有6英尺3英寸高，体重足有240磅，也许达到了250磅，身上的西装显得有些紧。

在送葬者后面，四个神情严肃的男人穿着深色的外套和裤子，一会儿在坟墓之间的过道上徘徊，一会儿站在树下扫视整个墓室。他们的枪在外套内微微凸起。还有一个人披着宽松的深色外套，望着一棵老柏树，我发现树间藏着一支M16冲锋枪。莱昂内尔·丰特诺的两侧各站着一个人，看来这个高大的家伙完全不想冒险。

送葬者们都穿着黑白的衣服，年轻的白人男子身穿时髦的黑色西装，年迈的黑人女子身穿领口带有花边的黑色连衣裙。当牧师拿着一本镶着金边的破旧祈祷书为死者念悼词时，众人都安静了下来。由于没有风吹散他的话语，我们也能听见那个声音在周围的坟墓间回荡，就像是死者们自己的声音。

抬棺人走上前，笨拙地将棺材放入坟墓狭小的入口。棺材被放好后，两个新奥尔良的警察出现在人群西侧80英尺处的两座圆形坟墓之间。接着又有两个警察出现在东边。还有两个警察从北边出来,缓慢地经过一棵树。雷切尔看着我。

"这是在护送死者吗?"

"或许吧。"

我有些不安。这些警察应该是为了确保乔·博南诺不会打扰送葬者,但情况有些奇怪。他们走路的样子很别扭,制服似乎也不合身,不是领子太紧,就是鞋太小。

丰特诺的手下也注意到了他们,但好像并不担心。警察们的枪依然放在枪套中,手臂随意地垂到两侧,距离我们大约30英尺远。忽然,温暖的液体溅到了我的脸上。一位圆脸的老妇人穿着紧身的黑色裙子,原本正在我旁边低声哭泣,却忽然倒在地上,她的鬓角处有一个黑色的洞,头发沾满了鲜血。一块大理石碎片从坟墓中飞出来,把周围都染成了鲜红。

与此同时,低沉的枪声响了起来,就像拳头击打沙袋的声音。

送葬者们过了一会儿才反应过来发生了什么。他们默默地看着倒下的女人,她的头周围已经聚集了一摊血。我把雷切尔推到两座坟墓之间,用身体保护着她。有人发出了尖叫,更多子弹朝着这边飞来,落在大理石和石头上,人群四散。我看见莱昂内尔·丰特诺的保镖们冲过去保护他,将他推倒在地上。许多子弹从坟墓间弹出,击打着铁门。

雷切尔用手臂挡住头,蹲了下来,这样目标就变得小了一些。我看见北边那两个警察分头行动,各自拿起了一把藏在路边灌木丛中的冲锋枪。那是两把施泰尔冲锋手枪,安装了消音器,看来他们是乔·博南诺的手下。我看见一个女人想要跑到石头天使的翅膀后面,深色的外套在光着的腿上方摆动。然而,外套的肩部鼓起了两下后,她伸着手臂,朝前倒在了地上。她还想向前爬,可是外套又鼓起了一下,然后她便死去了。

309

枪声不断，丰特诺的手下也开始用半自动手枪回击。我拿出自己的史密斯威森手枪，蹲在雷切尔身边。一个穿着制服的身影出现在两座坟墓之间，双手握着施泰尔手枪。我开枪打中了他的脸，他倒在地上。

"可他们是警察啊！"雷切尔说，她的声音快要被周围的枪声淹没了。

我伸出手，把她的身体向下压了压："他们是乔·博南诺的人，是来对付莱昂内尔·丰特诺的。"但事情并没有这么简单：乔·博南诺还想制造混乱，造成流血、恐惧和死亡。他不仅想杀死莱昂内尔·丰特诺，还想杀死其他人——女人、孩子、莱昂内尔的家人和同伴，也让那些活着的人记住这个场景，从此更加害怕乔·博南诺。他想在墓室里击溃丰特诺家族，因为这里埋葬着他们的祖辈。这个人已经失去了理性，陷入了一片只有少许火光的黑暗，在那里被鲜血蒙蔽了双眼。

在我身后，传来了有人跌倒的声音。一个穿着大衣、拿着半自动手枪的男人倒在了雷切尔身边，是丰特诺的手下之一。血从他口中喷涌而出，他倒下了，头落在雷切尔脚边，我听见她尖叫起来。M16冲锋枪落在他旁边的草地上。我伸手去够它，雷切尔却将它拿在了手里，无法遏制的求生本能主宰着她的行为。她张大了嘴，也睁大了眼睛，越过俯卧在地上的保镖连续开枪。

我冲到坟墓尽头，也用枪指着那边，但乔·博南诺的手下已经倒下了。他仰面躺在地上，左腿在抽搐，胸前有一块血痕。由于体内肾上腺素激增，雷切尔的手开始颤抖。M16冲锋枪从她手中掉了下来。枪带缠绕在她的胳膊上，于是她摇晃着手臂，奋力想要把它甩开。在她身后，我看见送葬者们弯着腰跑在墓室的林荫道上。两个白人女子架着一个年轻的黑人男子的胳膊穿过草地，他的白衬衫在腹部的位置染上了鲜血。

我想到南边应该还有乔·博南诺的一组手下，他们也是最早开枪的人。他们的人至少死了三个，一个是雷切尔杀的，另一个是我杀的，还有一个躺在老柏树下。丰特诺的手下在中枪前杀死了那个人。

我扶着雷切尔站起来，迅速把她带到一座肮脏的坟墓旁边，它的门已经破烂不堪。我用M16冲锋枪的枪托底部打了一下，门锁便开了。她溜了进去，我把自己的史密斯威森手枪递给她，告诉她在我回来之前都不要出去。然后，我便拿着M16冲锋枪朝东跑去，经过了大卫·丰特诺的坟墓背面，用其他的坟墓作为掩护。这把枪被设置成了三连发模式，我不知道里面还有多少子弹。由于弹匣的容量不同，我只能判断出子弹可能还有10枚到20枚。

一座墓碑顶部刻着沉睡的孩子。当我靠近它时，有人打中了我的后脑勺，我跌向前方，M16冲锋枪也掉在了地上。有人狠狠地踢向我的肾，剧痛甚至蔓延到了肩膀。他又朝我的胃踢了一脚，让我不得不仰躺在地上。我看见里基站在我旁边，蜥蜴般的发型和矮小的身材与新奥尔良警服很不相称。他的帽子不见了，脸被石头打中，受了伤。他用施泰尔手枪的枪口指着我的胸膛。

我本想咽一口唾液，却感觉喉咙发紧。我意识到了草地的触感、身体的剧痛，以及对生命和存在的渴望。里基用施泰尔手枪指着我的头。

"乔·博南诺向你问好。"他说。他的手紧紧地按着扳机，头却忽然向后一仰，肚子向前伸，背拱了起来，先是跪倒在地，然后倒向了一旁，面朝下死在我的左腿上。施泰尔手枪的子弹射在了我的头旁边的草地上。他的衬衫背面有一个红色的洞。

莱昂内尔·丰特诺站在他身后，摆出神枪手的姿势，此时却缓慢地放下了手枪。他的左手上有血，西装的左臂上有一个弹孔。那两个葬礼期间站在他身边的保镖快步朝着坟墓跑来。他们看了我一眼，又看向丰特诺。我听见警笛声从西边传来。

"跑了一个，莱昂内尔。"其中一个保镖说，"其余的都死了。"

"我们的人呢？"

"至少死了三个，受伤的更多。"

里基在我旁边动了一下，他的手虚弱地摸索着。我感觉他碰到了我的腿。莱昂内尔走了过去，在他旁边站了一会儿，然后朝他的后脑勺开了一枪。他又好奇地看了我一眼，拾起M16冲锋枪，递给自己的保镖。

"帮忙照顾一下受伤的人。"他说。他用右手抱着受伤的左臂，回到了大卫·丰特诺的坟墓旁边。

我把里基的尸体踢开，准备回去找雷切尔。我的肋骨很痛。由于我把史密斯威森手枪留给了她，现在只能格外小心。我到了那里，发现雷切尔已经不在了。

我在50码之外的地方找到了她。她蹲在一个小女孩旁边，那个孩子才十几岁。我走近时，雷切尔拿起身边的枪，转过身用它指着我。

"是我，你还好吗？"

她点了点头，将枪放回原来的位置。我注意到，她一直用手捂着小女孩的肚子。

"她怎么了？"我问。我看了一眼，便明白了是怎么回事。黑色的血从她的伤口渗出来，应该是打中了肝脏。女孩痛苦地咬着牙，无法控制地颤抖着。她活不了多久了。送葬者们都从藏身的地方走了出来，有的在啜泣，有的因受到惊吓而不住颤抖。我看见莱昂内尔·丰特诺的两个手下朝我们跑来，都拿着手枪。于是，我抓住了雷切尔的手臂。

"我们该走了，不能等到警察到这里来。"

"我要留下，我不能丢下她。"

"雷切尔。"她看着我，我也迎上了她的目光。我们都知道那个女孩快要死去。"我们不能留下。"

丰特诺的手下已经来到了我们身边，比较年轻的那一个跪在女孩身旁，握住了她的手。女孩紧紧地抓着他的手，他低声呼唤女孩的名字。"克拉拉。"他说，"坚持住，克拉拉。坚持住。"

"求求你了，雷切尔。"我说。

她拿起年轻男子的手，将它按在克拉拉的肚子上。伤口上的重量让女孩叫出了声。

"用手按着这里。"雷切尔叮嘱道，"一直按到医生过来。"

她拾起枪，把它递给了我。我接过枪，上好保险，将它放回到枪套中。我们离开了混乱的中心，叫嚷声也渐渐消失了。我停下脚步，她伸出双手，紧紧地抱住了我。我把她搂在怀里，亲吻着她的头顶，嗅着她身上的香气。她抱得很紧，我的肋骨疼得更加厉害，于是倒吸了几口气。

雷切尔立刻松开了手："你受伤了吗？"

"被踢了一脚，没受别的伤。"我用双手捧着她的脸，"你已经为她做了很多。"

她点了点头，但嘴唇依然在颤抖。那个女孩对于她的意义不只是救下一个生命这么简单。"我杀了那个人。"她说。

"他会杀掉我们两个。你没有选择，如果不这样做，你就死了。我可能也死了。"这是事实，却不足以安慰她。她哭泣的时候，我紧紧地抱着她。相比于她的痛苦，我的痛苦显得微不足道。

40

  我已经很多年没有想起过赫尔姆斯老爹了。直到昨晚向雷切尔提起,我才想到正是因为他,我才没有陪伴临终的母亲太久。
  赫尔姆斯老爹是我见过的最丑陋的人。从20世纪60年代末到80年代初,他掌管着波特兰的大部分地方,从"赫尔姆斯老爹酒仓"起家,建立了一个不大不小的王国,并将业务发展为在三个州贩卖毒品。
  赫尔姆斯老爹有300多磅重,患有皮肤病,全身长满了肿块,脸上和手上的最为明显。那些肿块是深红色的,使脸部的皮肤呈现出鱼鳞状。所以,谁也看不清赫尔姆斯老爹的五官,只觉得它们蒙着一层红色的雾。他总是穿着西装三件套,戴着一顶巴拿马草帽,喜欢抽温斯顿·丘吉尔牌儿的雪茄。还没看到他,你便能先闻到他身上的烟味。如果你很机灵,便可以赶在他出现之前躲去别的地方。
  赫尔姆斯老爹很小气,而且还是个怪人。如果他不够狡猾、不够刻薄、不总是暴跳如雷,或许就会一直住在缅因州的小木屋里,每年挨家挨户向富有同情心的客人兜售圣诞树。然而,他的心灵和道德也和那张脸一样丑恶,你甚至会觉得皮肤病根本不是他最大的缺点。他总是对周围的一切发火。
  我的外公从小就认识赫尔姆斯老爹。他总是很同情身边的人,担任副警长时甚至还会同情他逮捕的罪犯,但他也只能看到赫尔姆斯老爹身上恶毒的一面。"我以前以为,是那张脸让他变成了这个样子。"他曾经说，"或许他这么恶毒，是因为长得丑。他想用自己的方式报复这个世界。"当时他坐在门廊上。父亲去世后，母亲和我也搬到了那里，和外公、外婆一起生活。外公有一只巴吉度猎犬，名叫多克，是以乡村歌手多克·沃森的名字命名的。外公喜欢他唱的《阿尔伯塔》。当时，多克蜷缩在外公脚边睡得正熟，肋骨向外扩张，偶尔轻哼几声，做着属于一只狗的美梦。

外公用蓝色的锡杯喝了一口咖啡，然后把杯子放回脚下。狗微微动了一下，微微睁开一只眼睛，发觉并没有什么有趣的事情，便回到了睡梦之中。

"但赫尔姆斯老爹不是这种人。"他接着说，"他好像有些问题，但我也说不清楚。我很好奇如果他长得没有这么丑，性格会变成什么样子。如果他想，人们也愿意的话，没准儿他还能当上美国总统呢。小子，你要离他远一点儿。昨天的教训你学到了吧？他可不好惹。"

从纽约搬去那里时，我觉得自己很厉害。我既聪明又敏捷，如果和缅因州的乡巴佬打起来，也比他们更有劲儿。然而赫尔姆斯老爹让我意识到自己错了。

克拉伦斯·约翰斯和他的醉鬼父亲一起住在缅因州商业路附近，他也得到了这个教训。克拉伦斯性格随和，却很蠢，是天生的好伙伴。我们在一起玩耍过一年，在慵懒的夏日午后练习气枪，偷喝他从他老爸的储藏室里拿来的啤酒。我们有些无聊，想要找点乐子。所有人都知道了这件事，甚至包括赫尔姆斯老爹。

他在国会街上买了一家破旧的酒吧，正在慢慢地把它改装成自己想象中的高档酒吧。当时港口地区还没有翻新，那些T恤商店、工艺品店、艺术影院还没有出现，晚上5点到7点免费向客人供应零食的酒吧也尚未存在。或许赫尔姆斯老爹有所预感，他换掉了酒吧所有的旧窗户，又装了一个新屋顶，还从贝尔法斯特的某个废弃的旧教堂买来了家具。

某个周日下午，克拉伦斯和我觉得生活格外无趣。赫尔姆斯老爹的酒吧只完成了一半，我们坐在后面的墙头，用石头砸向每一扇新窗户，精确地把它们全都打碎了。最后，我们还找到了一个废弃的化粪罐。作为破坏行为的最后一环，我们从酒吧后方的拱窗将它扔进了酒吧。赫尔姆斯老爹本想让这面扇形拱窗覆盖酒吧。

后面几天，我没有见到克拉伦斯，也没觉得那件事情造成了什么后果。直到一天晚上，我们拿着非法买来的六瓶装啤酒走在圣约翰街上，赫尔姆斯老爹的三个手下逮住了我们，把我们拖向一辆黑色的凯迪拉克黄金帝国汽车。他们铐住了我们的手，用胶带粘住了我们的嘴，用脏兮兮的布条蒙上了我们的眼睛，把我们丢到后备厢里，关上了门。克拉伦斯·约翰斯和我并排躺在那里，我嗅到了他身上的酸臭味，便猜测我身上大概也有同样的味道。

然而，除了汽油、破布和两个少年的汗臭味，后备厢里还有别的味道，好像是来自人的粪、尿、呕吐物和胆汁。这些气味激发了我对死亡的恐惧。即使在当时，我也知道很多人都乘坐那辆凯迪拉克兜过风。

时间在黑暗中流逝，我不知道车开了多远才停下来。后备厢被打开了，我听见左侧传来了海浪的声音，嗅到了空气中的咸味。我们被拖了出来，穿过灌木丛和乱石。我感觉脚下有沙子，而克拉伦斯·约翰斯已经抽噎起来，也可能那其实是我自己的哭声。然后，我们被丢到了沙子上，脸朝下，有人摸索着我的衣服和鞋子。我的衬衫被扯掉了，裤子也被扒去，只得疯狂乱踢。那个人用指关节重击了我的后腰，我才停下了动作。我眼睛上的破布被摘掉，看见赫尔姆斯老爹站在我身前。他身后是一栋巨大建筑的轮廓——黑点旅馆。原来我们在普劳茨内克的西部沙滩，那里是斯卡伯勒的一部分。如果我还能回头，便会看到老果园海滩的灯光，但我不能。

赫尔姆斯老爹用他那丑陋的手拿着雪茄，对我微笑。他的笑容就像刀上的寒光。他穿着白色西装三件套，马甲前挂着金色的表链，棉布衬衫的领子上整齐地系着一个红白斑点的蝴蝶结。克拉伦斯趴在我旁边，鞋子在沙地上发出了声音，想要努力站起来，但赫尔姆斯老爹那个名叫老虎马丁的金发手下用鞋底踩在克拉伦斯胸前，让他趴回到沙滩上。我注意到克拉伦斯没有被脱光衣服。

"你是鲍勃·沃伦的外孙子？"过了一会儿，赫尔姆斯老爹问道。我点了点头，感觉自己快要窒息了。我的鼻孔里全是沙子，几乎喘不上气来。

"你知道我是谁吗？"赫尔姆斯老爹依然望着我。

我再次点头。

"你不可能知道我是谁，小子，要不然不会在我的地盘干出那种事。除非你是个傻子，这比不知道我是谁还要糟糕。"

他把注意力暂时转向克拉伦斯，但什么也没有说。他看着克拉伦斯，眼中似乎闪过了一丝怜悯。确实，克拉伦斯很蠢。在那个瞬间，我产生了一种错觉，以为只有克拉伦斯不是赫尔姆斯老爹的人，我们五个正打算对他做某些可怕的事情。然而，我也不是他的人。想到可能会发生的事，我的思绪回到了现实中。我感觉身上沾了沙子，又看见老虎马丁拿着一个似乎很重的黑色垃圾袋走过来。他看向赫尔姆斯老爹，对方点了点头，于是他将袋子翻了过来，里面的东西都被倒在了我身上。

袋子里有土，但也有别的东西：我感到几千条细小的腿在我身上移动，爬过我腿上和腹股沟处的毛，像恋人一般探索着我身上的每一处缝隙。我紧紧闭着眼睛，感觉到它们爬上了眼睑，于是用力甩头，试图将它们赶走。这些火蚁开始咬我，我的手臂、眼睑、腿都感到些微的疼痛。它们爬进了我的鼻孔，开始咬我的鼻子。我扭动身体，在沙子上摩擦，试图尽可能杀死这些火蚁，但这就像一粒粒地移走沙子一般徒劳。我又踢又扭,感觉眼泪流到了脸上。就在我彻底受不了的一刻,一只戴手套的手抓住了我的脚踝,把我丢向海边。我的手铐也被摘去。我冲进水中,不顾疼痛,一把扯下了嘴上的胶带,只想使劲揉搓自己的身体。我把头埋进拍在身上的海浪,但还是有针似的蚂蚁腿在我身上爬。我感觉那些火蚁在被淹死之前,依然抓住了最后的机会咬我。由于痛苦和恐惧,我不断地叫喊着;由于羞耻、伤心、愤怒和害怕,我不住地哭泣着。

接下来的几天,我常常在头发里找到火蚁的尸体。有些火蚁比我的中指指甲还要长,还长着带刺的钳子。我身上起了很多肿块,和赫尔姆斯老爹脸上的肿块很像,鼻子里面又酸又肿。

那天晚上,我从水里出来,跌跌撞撞地上了岸。赫尔姆斯老爹的手下已经回到车里,沙滩上只剩下克拉伦斯、赫尔姆斯老爹本人和我。他没有动过克拉伦斯。赫尔姆斯老爹打量着我的脸,知道我明白了,抽了一口烟,笑了起来。

"昨晚我找到了你的朋友。"他一边说,一边将厚实而臃肿的手搭在克拉伦斯的肩膀上。克拉伦斯有些畏缩,却没有动。"他把一切都告诉了我们。我们甚至不需要动他一下。"

我的皮肤依然又痛又痒,但背叛带来的痛苦超过了它们。我开始用新的眼光看待克拉伦斯·约翰斯,那是一种大人的眼光。他站在沙滩上,双臂环抱着身体,瑟瑟发抖。他的眼中充斥着发自内心的痛苦。我很想因他的所作所为而恨他,赫尔姆斯老爹也希望我恨他,但我只感到深深的空虚,并对他产生了几分怜悯。

我对赫尔姆斯老爹也产生了怜悯。他得了皮肤病,脸上和身上坑坑洼洼,却要因为打碎玻璃的事情惩罚两个少年,不仅要惩罚他们的肉体,还要破坏他们的友谊。

"今晚你学到了两个教训。第一,再也不要惹我;第二,你知道了什么是友谊。你唯一的朋友就是你自己,因为其他人总会让你失望。到了最后,我们总会变得很孤独。"他转过身,穿过滨草和沙丘,回到了车里。

他们开车走了,我们走到一号公路上。我的衣服都破了,而且被海水浸湿。我们什么都没有说,即使最后在我外公家大门前分别时,也没有讲一句话。于是,克拉伦斯走进了夜色中,廉价的塑料鞋在地面发出啪啪的声响。从那以后,我们不再一起玩耍。我甚至快要忘了他,直到十二年后听说他的死讯。当时,有人想要抢劫奥斯丁郊区的一个电脑仓库,克拉伦斯是那里的保安。他想要保护一批电脑,却被抢劫者开枪打死。

我回到外公家,从药箱里拿出一些消毒剂,脱光衣服,站在浴缸中给自己涂药。那些伤口很痛。涂完药后,我坐在浴缸里哭了起来,最后被外公发现了。他什么也没说,只是走了出去,带回一个红色的碗,里面装着兑了水的小苏打,仔细地将它抹在我的肩部、胸部、腿和胳膊上,又往我的手里倒了一点,让我抹在腹股沟。他用一条白色的棉布毛巾裹着我,让我坐在厨房的一把椅子上,给我们两个各倒了一大杯白兰地。我记得那酒是人头马XO,很珍贵。我喝了很久,但我们都没有说话。我起身准备去睡觉,他轻轻地拍了拍我的头。

"他很不好惹。"外公喝光了最后一口咖啡,又说了一遍。他站起身,狗也跟着他站了起来。

"你要陪我去遛狗吗?"

我拒绝了。他耸了耸肩。我看着他走下门廊的台阶,狗已经跑到了他前面,时而叫几声,时而嗅几下,时而回过头看看老人有没有跟上它,然后又跑远了一些。

两年之后,赫尔姆斯老爹死于胃癌。他死的时候,有人估计他直接或间接地参与了四十多起谋杀案,有些甚至发生在远在南方的佛罗里达州。他的葬礼没有多少人参加。

当我和雷切尔一起远离梅泰里墓园中的杀戮时,我又想起了赫尔姆斯老爹。我不知道这是为什么。

或许我在乔·博南诺身上看到了他的影子。乔·博南诺也一样发自内心地憎恨着这个世界。我想起了我的外公,想起了赫尔姆斯老爹,想起了他们带给我的教训,但这些教训我到现在也没有彻底吸取。

41

在墓园大门外，新奥尔良的警察们正在会集目击者，并为伤员清出一条通往救护车的道路。电视4台和电视6台的记者都想要采访幸存者。我和莱昂内尔·丰特诺的一个手下一起迂回地接近大门，那把M16冲锋枪就在他手里。我们跟着他来到高速公路旁边一处断裂的围栏前，看见他坐上了在那里等候的林肯汽车。他离开后，雷切尔和我越过栅栏，向东走，来到我们的车旁边。我们一路都没有说话。我们的车没有停在中心位置，即使悄悄溜走也不会引起注意。

"怎么会发生这种事？"我们驶回城里时，雷切尔低声问，"这里应该有警察。他们应该阻止那些人……"她的声音渐渐低了下去。回到法属区的路上，她没再说话，双臂交叉放在胸前。我也没有打扰她。

对于刚刚发生的事情，其中一个可能是警方没有为梅泰里分配足够的警力，他们并没有想到乔·博南诺会在大卫·丰特诺的葬礼上试图当众干掉莱昂内尔·丰特诺。那些枪应该是在前一天晚上或当天早晨藏好的，但没有人搜查过墓园。另一种可能是莱昂内尔让警察不要来，毕竟他也要求媒体不要来，他不想把兄弟的葬礼变成一场混乱的闹剧。还有一种可能是乔·博南诺收买了梅泰里的部分或全部警察，他开始行动时，那些警察都躲了起来。

回到旅馆后，由于不想让雷切尔看到墙上的那些图片，我把她带到了我的房间。她直接走进浴室，关上了身后的门。我听见了淋浴响起的声音。她在里面待了很久。

　　最终她出来了，用一条白色的大浴巾包裹着从胸到膝盖的部分，用一条小一些的毛巾擦头发。她看向我，我发现她的眼睛很红，下巴在颤抖。她又哭了起来。我抱住了她，亲吻她的头顶，然后是额头、脸颊和嘴唇。她的嘴唇很温暖，而且回应了我的亲吻。她的舌头掠过我的牙齿，和我的舌头交缠在一起。我用力扯下了她身上的毛巾。她笨拙地解开我的腰带和拉链。她的另一只手开始解我的衬衫扣子，同时亲吻着我的脖子。

　　我踢掉了鞋子，笨拙地俯下身，打算脱掉袜子。袜子可真难脱。我脱左边的袜子时差点儿摔倒，她笑了起来，帮我脱掉了裤子。

　　结束之后，她睡着了。我从床上起来，穿上T恤和牛仔裤，从她的包里拿出了她房间的钥匙。我关上身后的门，光着脚穿过走廊，走进她的房间，在墙上的图片前站了一会儿。为了记录下自己的想法，雷切尔买了一面很大的白板。我从上面取下两页纸，把它们粘在一起，放在墙上的图片旁边。这样，我便可以同时看着玛息阿的解剖图片和玛丽婆婆、蒂·吉恩的遇害现场照片。我拿起一支毡头笔，开始在纸上写字。

　　我在一个角落写下了詹妮弗和苏珊的名字。写下苏珊的名字时，我感到一阵悔恨和愧疚，于是努力将这些情绪驱逐出脑海，接着往下写。我在另一个角落写下了玛丽婆婆、蒂·吉恩的名字，又在旁边加上了弗洛伦斯。在第三个角落，我写下了雷马尔的名字。在第四个角落，我画了一个问号，又在旁边写下了"女孩"。我在中间写下"旅人"，又像画星星图案的孩子一般从中心延伸出许多射线，尽量写下我对杀手的全部了解，或者说我以为自己对他的了解。

　　我写下的内容有：声音合成系统，《以诺书》，对希腊神话或早期医学教材的了解，对警方流程和行动的了解。最后一点的依据是：雷切尔对詹妮弗和苏珊死亡情况的推测，他得知联邦调查局正在监听我的手机，他杀死了雷马尔。一开始，我认为如果旅人在阿吉拉德家见到了雷马尔，可能会当场杀死他。但我后来意识到，或许旅人不想留在现场或者让雷马尔发现他，因此决定另寻机会。另一种可能是他先知道了指纹的存在，然后才通过某种方式找到了雷马尔。

根据这些猜测，我还添加了其他内容：白人男性，或许年龄处于二十岁到四十岁之间；在路易斯安那州有住所，这样才方便杀死雷马尔和阿吉拉德一家；为了掩盖血迹，他需要换衣服，或者用什么东西把自己的衣服遮住；对氯胺酮有所了解并且能够得到。

我在旅人和阿吉拉德一家中间画了另一条线，因为他知道玛丽婆婆说过的话。我又在旅人和雷马尔之间画了一条线。我在他和苏珊、詹妮弗之间画了一条虚线，写上了爱德华·拜伦的名字，旁边加了一个问号。接着，我忽然来了灵感，在阿吉拉德一家和雷马尔之间也画了一条虚线，并写下了大卫·丰特诺的名字，因为他们与蜂蜜岛这个地点有所关联。有可能是旅人把大卫·丰特诺引诱到蜂蜜岛，又告诉乔·博南诺他会去那里，这样旅人便应该与丰特诺家族相识。最后，我单独用一张纸写下爱德华·拜伦的名字，把它钉在了主要的关系网旁边。

我坐在雷切尔的床边，一边嗅着她留下的香味，一边看着自己写下的内容，不停地思考，希望能找到某些关联。然而我什么都没有找到。我打算回到自己的房间，等待安格尔和路易斯从巴吞鲁日回来，但是临走之前，我又补充了一条信息：我在大卫·丰特诺和代表沼泽中的女孩的问号之间连了一条浅浅的线。我当时不知道，这条线让我向旅人的世界迈出了一大步。

我回到自己的房间，坐在露台上，发现雷切尔睡得并不安稳。她的眼睑常常快速移动，有一两次还发出轻微的呻吟，双手不停地推搡，脚也在毯子下动来动去。还没看见安格尔和路易斯，我便先听到了他们的声音。似乎由于愤怒，安格尔的音调抬高了，路易斯平静地回答了他,语气中还带着一丝嘲讽。

没等他们敲门,我便打开了门,要求去他们的房间谈话。安格尔说,他们在租来的车里没有听广播,所以并不知道梅泰里的枪击事件。他的脸很红,说话时嘴唇发白。我从未见他如此生气过。

回到他们的房间,两个人再次争吵起来。史黛丝·拜伦是个四十岁出头的白人女子,身材保持得很好,显然在谈话过程中对路易斯产生了好感。路易斯也做出了一些回应。

"我勾引她,只是想获得更多信息。"他解释道。他侧目看向安格尔,忍不住笑了起来。安格尔根本不想理他。

"你确实勾引了她,但只知道了她的胸罩尺码和臀围吧。"安格尔埋怨道。路易斯故意夸张地翻了个白眼,我还以为安格尔要冲上来打他。他握紧拳头,微微向前挪动一下,但还是控制住了自己。

我为安格尔感到难过。我并不觉得路易斯和爱德华·拜伦的妻子有什么特殊的关系,他大概只是自然地回应了对方的好感,并且知道这样能让她说出更多关于前夫的事情。但我知道路易斯对于安格尔有多重要。安格尔有着灰暗的过去,路易斯更是如此。我还记得安格尔从前的事情,有时我觉得路易斯可能已经忘记了。

安格尔被送到赖克斯岛的监狱时,吸引了一个名叫威廉·万斯的人的注意。在一次位于布鲁克林的笨拙抢劫中,万斯杀死了一名韩国店主,因此被送进了赖克斯岛,但他身上还有其他嫌疑。他可能在尤蒂卡强奸并杀死了一位老年女性,并在死前折磨过她。他可能还和一起发生在特拉华州的类似杀人事件有关。除了传言和猜测,警方并没有得到任何证据,但是既然出了韩国人的事情,地方检察官便抓住这个机会把万斯送进了监狱。

基于某些原因,万斯想要杀死安格尔。我听说万斯想要和安格尔亲热,但安格尔骂了他一顿,还在浴室中打掉了他一颗牙。谁也不知道万斯这种人会做出怎样的事。他的想法令人难以理解,他的心中充满了仇恨和怪异的渴望。万斯不仅想要强奸安格尔，还想杀了他，而且是慢慢杀死他。安格尔的刑期由三个月延长至五个月。可他只在赖克斯岛待了一周，就知道自己难以活过一个月了。

安格尔在监狱里没有什么朋友，外面的朋友也很少，所以他联系了我。我知道这让他很痛苦，因为他是一个骄傲的人，如果是一般的问题，他一定会尝试着自己解决。但威廉·万斯手臂上文着血淋淋的刀，胸前文着蜘蛛网，他不是一般的人。

我做了自己能做的事。我调取了万斯的文件，将关于尤蒂卡杀人案和其他类似案件的审问内容复印了一份。我还复印了所有对他不利的证据，以及一位证人的证词。但后来万斯给她打电话，威胁说如果她提供了对他不利的证据，他就会弄死她和她的孩子们，证词就被撤回了。我带着这些资料去了赖克斯岛。

我隔着透明的玻璃和万斯谈话。他在左眼下方用印度墨水又文了一滴眼泪，现在眼泪共有三滴，每一滴都代表着一个逝去的生命。他的脖子下方还有一个蜘蛛的身影。我温和地与他谈了十分钟左右，提醒他只要安格尔出了一点事，我就会让这里的每一个犯人都知道，他涉嫌奸杀了几位毫无防卫能力的老年女人。在获得保释资格之前，万斯要在监狱里待五年。如果同伴们知道了他可能犯下的罪行，狱警就只能把他单独关起来，以免在这五年内被杀死。即便如此，他依然需要检查食物中是否掺了碎玻璃。当他在院子里放风时，或者由于压力太大影响到健康、不得不去看医生时，也要祈祷保安们千万不能走神。

万斯明白这些道理，然而两天之后，他依然试图用小刀阉掉安格尔。安格尔的脚跟踢到了万斯的膝盖，才勉强脱险。然而，当他摔倒在地上后，万斯又用小刀疯狂地割向他的肚子和大腿，让他缝了二十多针。

第二天清晨，有人把万斯带到了浴室。不知道是谁按住了他，用扳手撬开他的嘴,将加了洗涤剂的水倒了进去。毒素侵蚀了他的内脏,烧坏了他的胃,差点儿要了他的命。后来的日子里,他成了一具躯壳,每天夜晚都因为胃疼而号啕大哭。这一切只需要一通电话,而那通电话是我打的。

安格尔出狱之后,便和路易斯在一起了。我不知道这两个孤僻的家伙是如何遇见的,但他们已经在一起六年了。安格尔需要路易斯,路易斯也需要安格尔,但有时我觉得安格尔更在意他们的关系。无论是男人和男人,还是男人和女人,在一段关系中,总有一方比另一方更在乎,也因此更加痛苦。

他们大概没有从史黛丝·拜伦那里获得太多信息。警察监视着房屋的正面,但路易斯和安格尔是从后门进去的。安格尔穿了自己唯一的一套西装。路易斯拿出健身俱乐部会员的卡片,又露出了微笑,告诉史黛丝·拜伦他们只是例行查看她的花园,然后花一小时聊了聊她的前夫,聊到路易斯多久健身一次,以及他有没有和白人女性约会过。安格尔大概就是从那时开始生气的。

"她说自己已经四个月没见过他了。"路易斯说,"上一次见面,他没有说什么,只是问候了她和孩子们,又从阁楼里取走了一些旧衣服。他当时拿着奥珀卢萨斯一家药店的手提袋,联邦探员们正在调查那里。"

"她知道联邦探员们为什么在找他吗?"

"不知道。那些人只是对她说,他可能会为一些未解决的案件提供信息。但她又不傻,所以我又试探问了一下。她说他对医学很感兴趣,而且曾经还想过当医生,不过他没受过相关的教育,连给树木整形都不会。"

"你有没有问,她是否认为他杀过人?"

"这还用问吗?闹离婚的时候,他曾经扬言要杀了她。"

"她还记得他是怎么说的吗?"

路易斯重重地点了一下头。

"记得,他说他会扯掉她的脸。"

安格尔和路易斯生气地分开了,安格尔去了雷切尔的房间,路易斯坐在他们房间的露台上,感受着新奥尔良的声音和气味。他们两个都不太高兴。

"我想吃点东西。"他说,"你要去吗?"

我有些惊讶。我猜他想和我说些什么,但是在安格尔不在场的情况下,我从未和路易斯单独相处过。

我回去找雷切尔。床已经空了,我听见了淋浴的声音,于是轻轻地敲了敲浴室的门。

"门开着。"她说。

我进去时,她用浴帘包裹着身体。"很适合你。"我说,"现在挺流行透明塑料的。"

睡眠似乎并不管用。她的黑眼圈依然很重,身体也摇摇晃晃的。她努力挤出了一个微笑,但更像是苦笑。

"你想出去吃饭吗?"

"我不饿。我想工作一会儿,然后吃两片安眠药,试着好好睡一下,不要再做梦了。"

我告诉她我和路易斯要出去,又准备去告诉安格尔。我发现他正在翻阅雷切尔的笔记。他指了指我在卧室墙上写的图表:"还有很多空白。"

"我还有一两个细节需要弄明白。"

"比如是谁干的,为什么要这么做。"他对我露出了怪异的笑容。

"对,但我打算忽略一些小问题。你还好吗?"

他点了点头。"这些东西让我很难受……"他朝着墙上的插图挥了挥手。

"路易斯和我打算出去吃饭。你要来吗？"

"不了，有我多别扭。你可以独占他。"

"谢谢你。明天我就会告诉《体育画报》上的泳装模特们，我喜欢的是男人。她们知道后会伤心死的。照顾好雷切尔，你能做到吗？她今天不怎么好。"

"好的，如果她有需要，可以叫我。"

路易斯和我坐在波旁街与伊贝维尔路转角处的菲力克斯餐厅牡蛎酒吧。这里并没有多少游客。他们都被吸引到了街对面的阿克姆牡蛎屋，那家店在空心的法式面包里放上红豆和米饭，作为一种特色食物进行售卖。还有些人去了高档的法属区餐厅，比如诺拉餐厅。菲力克斯餐厅更朴素一些，不太受游客欢迎。毕竟，他们在家的时候总是去朴素的餐厅吃饭。

路易斯点了一份牡蛎三明治，涂上了辣酱，一边吃一边喝阿毕塔啤酒。我点了薯条和鸡肉三明治，还有一瓶矿泉水。

"服务员会觉得你很娘。"我喝水的时候，路易斯评价道，"如果城里有芭蕾舞演出，他会向你要票。"

"管他呢。"我说，"要是非得遵从刻板印象，你走路的时候步子还得小一点呢。"

他的嘴角抽动了一下。然后，他又挥手叫了一瓶阿毕塔啤酒，酒很快就来了。服务员动作很敏捷，既没有让我们等待太久，又没有在我们的桌边停留很长时间。其他用餐者也都尽量不靠近我们的桌子，那些只能坐在我们附近的人要比其他人吃得快一些。路易斯总会令人感到恐惧，就仿佛身上写着"暴力"两个字，而且还不仅如此，人们会感到他不是第一次使用暴力。

"你的朋友伍里奇。"路易斯一口喝光了半瓶酒，"你信任他吗？"

"我不知道,他有自己的计划。"

"他是个联邦探员。那些人都有自己的计划。"他抬起头,看了我一眼,"打个比方。如果你和你的朋友一起爬上一块巨岩,你滑倒了,但是抓着绳子的一头,而另一头绑在他身上,他会割断绳子。"

"你可真会冷嘲热讽。"

他的嘴角又抽动了一下:"如果死人会说话,他们会说我们这种人才是现实主义者。"

"如果死人会说话,他们会让我们趁着有机会多多做爱。"我拿起薯条,"联邦调查局盯上你了吗?"

"只是有些怀疑而已,但没有真凭实据。"

他的眼睛没有眨一下,目光也没有任何温度。我知道,如果伍里奇接近他,他一定会杀掉伍里奇,而且事后根本不会在乎。

"伍里奇为什么要帮我们?"他最终问道。

"我也想过这件事。"我说,"我不太确定。一方面是因为他想要掌控事情的动态。如果他向我提供信息,就可以控制我的参与程度。"

但我知道这不是全部原因。路易斯说得对,伍里奇有他自己的计划。我只能偶尔猜到他的目的是什么,就像通过海面的颜色推测出水下的陡坡和深度一样。在某些方面,他并不是一个很好相处的人。他和我交往全凭自己的意愿,有时几个月都联系不上。为了弥补这一点,他展现出一种奇特的忠诚,仿佛想要告诉我,即使在他消失的时候,也从未忘记过我是他最亲密的朋友。

但是作为联邦探员,伍里奇不择手段。通过实施逮捕、参与知名的计划、在其他探员试图阻碍他时暗中报复,他已经升职为高级助理探员。他非常有野心,也许旅人也是他走向更高职位的跳板:高级探员、助理主管、副主管。也许他还想成为第一个直接被任命为主管的特工。伍里奇身上的压力很大,但如果能终结旅人的行动,他便会在联邦调查局获得很好的发展。

而我能起到一定的作用。伍里奇知道,他可以利用我们的友谊来终结现在发生的一切。"他把我当成了诱饵,"我最终说,"而鱼竿在他手里。"

"你觉得他对你隐瞒了多少?"路易斯喝完啤酒,愉快地舔了舔嘴唇。

"他就像一座冰山。"我说,"我们只能看到表面的10%。无论联邦探员们知道什么,都不会告诉当地警察,伍里奇也不会告诉我们。这里一定还发生了更多的事,只有伍里奇和少数联邦探员知道。你会下棋吗?"

"只会用我自己的方式下。"他冷淡地说。不知为何,我觉得标准棋盘不在他的方式里。

"这一切就像是一局棋。"我接着说道,"然而不同的是,只有在被吃子的时候,我们才能看到对方的行动。其余的时候,我们就像是在黑暗中下棋。"

路易斯挥了挥手,示意结账。服务员似乎松了一口气。

"那拜伦先生呢?"

我耸了耸肩,莫名地感觉自己距离发生的一切都很遥远。一是因为我们处于调查的外围;二是因为只有距离才能让我思考。下午我和雷切尔之间发生了那样的事,促使我对苏珊悲痛的感情发生了变化。这也使我产生了一些距离感。

"我也不知道。"我们刚开始对拜伦形成印象,他就像是拼图中间的一个空白轮廓,是由其他拼图的边缘连接起来的。"我们会继续调查他。首先,我想知道在玛丽婆婆和蒂·吉恩死去的那一夜,雷马尔看到了什么;其次,我还想知道大卫·丰特诺为什么要去蜂蜜岛。"

现在很清楚的一点是,莱昂内尔·丰特诺会报复乔·博南诺。

乔·博南诺也知道，所以他才会在梅泰里发起攻击。只要莱昂内尔回到大院，乔·博南诺的手下便无法对付他。下一个采取行动的将是莱昂内尔。

账单被送了过来。我付了钱，路易斯故意慷慨地留下了20美元的小费。服务员看了看那张纸币，小心翼翼地把它拿了起来，就像纸币上的安德鲁·杰克逊打算咬住他的手指。

"我们应该和莱昂内尔·丰特诺谈谈，"离开的时候，我说道，"还有乔·博南诺。"

路易斯露出了微笑："乔可不太想和你谈，他的手下甚至想杀死你。"

"我也知道。"我说，"或许莱昂内尔·丰特诺能够帮我们解决这个问题。"

我们回到了弗莱森斯小屋。虽然新奥尔良的街道不是最安全的，但我觉得没有人敢惊扰我们。

我的想法是对的。

42

第二天早晨,我起得很晚。雷切尔回到自己的房间睡觉了。我敲门时,她的声音疲惫而尖厉。她说想要在床上躺一会儿,等到好些了就再去一趟洛约拉大学。我让安格尔和路易斯照看她,自己开车离开了弗莱森斯小屋。

我依然为在梅泰里发生的事情感到后怕,很不想再次面对乔·博南诺。我也为发生在雷切尔身上的一切感到愧疚,认为自己不该把她拉进来,更不该让她被迫亲手杀人。我需要离开新奥尔良,至少短暂地离开一段时间,清空脑子里的一切,从不同的角度看待事物。我在圣彼得街上的浓汤小馆喝了一碗鸡汤,然后出了城。

莫菲家距离塞西利亚大约4英里,而塞西利亚位于拉斐特的西北部。他在一条小河边买下了一栋种植园住宅,正在翻修之中。它很像19世纪末路易斯安那州常见的经典老房子,只是更朴素一些,综合了法国殖民地、西部印第安和欧洲的建筑风格。

房屋的角度有些奇怪,最底层是一间高于地面的地下室,曾用于储存物品和预防洪水,上面才是主要的生活空间。房屋是用砖块砌成的,莫菲重新设计了拱门,并安装了带有雕刻图案的框架。上层生活区的墙面通常应该覆盖着挡风板或灰泥,却被他换成了木条。屋顶的两侧都有斜坡,部分相连,一直延伸到门廊上方。

我提前打过电话,告诉安吉我在去她家的路上。我到的时候,莫菲回到家没多久。我在屋后的院子里找到了他。他正打算在晚风中做两百个卧推。

"你觉得这房子怎么样？"我走近时，他问道。他并没有停下动作。

"很好啊，不过好像还要一段时间才能完成。"

在我的见证下，他完成了最后一个动作，把杠铃放回了原位。他站了起来，拉伸了几下，打量着房屋背面，眼中的满意无法掩饰。

"这是一个法国人在1888年建造的。"他说，"他的目标很明确，房子建在东西轴线上，主要面向南方。"他一边说，一边指着屋顶的轮廓："欧洲人都会这样设计房子。冬天，低角度的太阳可以给屋里带来温暖。夏天，太阳只有早晨和傍晚才会照进屋里。美国人的房子一般不是这样。他们很随意，信手丢一根棍子，它落在哪里，就在哪里盖房子。我们都被便宜的能源惯坏了。后来，阿拉伯人抬高了各种能源的价格，人们才开始考虑房屋的布局。"

他微笑起来："不知道东西向的房子在这儿行不行，恐怕光照总是很充足。"

他洗过澡后，我们坐在厨房的一张桌子边和正在做饭的安吉聊天。安吉比她丈夫矮1英尺左右，身量苗条，肤色较深，红褐色的头发披在背后。她是一位小学老师，业余时间也会画画。家中的墙上挂着她的几张油画，是印象派的风格，色调很深，以水和天空作为背景。

莫菲喝了一瓶布罗布里奇酒，我喝了一瓶苏打水。安吉给自己倒了一杯白葡萄酒，一边做饭一边喝。她把四块鸡胸肉切成十六片，放在一边，开始准备面糊。

卡津浓汤以面糊为底，这样可以使汤更加浓稠。安吉把花生油倒入放在大火上的铸铁煎锅中，又加了同样剂量的面粉，用搅拌器不停地搅拌，这样就不会烧糊了。面糊渐渐由金色变成了浅棕色，又变成了红褐色，最终变成了黑巧克力的颜色。然后，她把锅从火上取下来，继续搅拌，等待冷却。

莫菲在一旁看着，我帮安吉切碎了洋葱、绿胡椒和芹菜，看着她把它们倒入油中，又加了一些百里香、牛至、红辣椒粉、卡宴辣椒粉、洋葱盐和大蒜盐，然后把切成厚片的西班牙香肠放了进去。接下来，她加入鸡肉和更多调味料，香气弥漫整个房间。大约半小时后，她用盘子盛好米饭，将浓郁的汤汁浇在上面。我们静静地吃着，感受口中的味道。

我们一起洗过碗后，安吉便去睡觉了。莫菲和我坐在厨房里，我把雷蒙德·阿吉拉德曾梦见在蜂蜜岛有一个女孩的事情告诉了他。我还讲了玛丽婆婆的梦，并表明或许大卫·丰特诺的死与这个女孩有关。

很长一段时间，莫菲都没有说话。他并没有嘲讽幻象，也没有嘲弄老婆婆坚信自己听到了某个声音的行为。他只是问："你知道那个地方在哪里吗？"

我点了点头。

"那我们试试吧。我明天有空，所以你今晚最好住在我家，正好我家有一间空屋。"我给雷切尔打了电话，告诉她我明天打算做什么，我们会去蜂蜜岛的哪个地方。她说她会转达给安格尔和路易斯，还说睡醒后感觉好了一些。她大概需要很长时间，才能放下亲手杀死了乔·博南诺的手下这件事。

清晨6点50分，我们便准备出发。莫菲穿了一双厚实的卡特彼勒牌儿钢趾工作靴、一条旧牛仔裤、一件长袖T恤，外罩无袖的运动衫。运动衫上面沾了油漆，牛仔裤上也有焦油的痕迹。他刚刚剃过头，还散发着金缕梅水的味道。

我们在门廊上喝咖啡、吃面包，安吉穿着白色的睡袍走了出来，揉了揉她丈夫新剃过的头，对他笑了笑，然后坐在他身边。莫菲似乎有些恼火，却又很享受她的每一下抚摸。我们准备离开时，他用右手的手指缠绕着她的头发，深情地吻了她。她本能地从椅子上起身，回应他的吻，可莫菲却笑着走开了，安吉的脸涨得通红。这时，我才注意到她那鼓胀的肚子：我猜测她怀孕还不到五个月。当我们穿过房屋前方的草地时，她站在门廊上，歪着身子目送丈夫离开，微风吹拂着她的睡袍。

"结婚很久了？"我问。我们走向了一片长满柏树的空地，从这里已经看不清他的家。

"是两年前的1月结婚的。我本来过得很知足，也没想过要结婚，但这个姑娘改变了我的人生。"他并不尴尬，而是微笑着承认了自己的想法。

"孩子什么时候出生？"

他又笑了起来。"12月底。同事们知道这件事，还给我办了一个派对，庆祝我总算射中了一个活人。"

一辆旧福特卡车停在空地上，连接着拖车，拖车上放着一艘宽大的平底铝船，上面盖着防水布。为了固定住，它的发动机向前倾斜。"昨天晚上图森特的弟弟送过来的。"他解释道，"他常常做一些运输方面的兼职。"

"图森特在哪里？"

"食物中毒了，正卧床呢。他吃了不新鲜的虾，至少他自己是这么说的。我觉得他只是太懒，不想这么早起来。"

卡车的后车厢中也铺着防水布，下面有一把斧子、一把锯、两段铁链、一些结实的尼龙绳和一台冰箱，还有一套干式潜水服和潜水面具、两只防水手电筒、两个空气罐。莫菲又放了一瓶咖啡、一些水、几条法棍面包、四块涂了K.保罗牌儿卡津香料的鸡胸肉，这些东西都放在一个防水的袋子里。然后，他爬上卡车的驾驶座，启动了它。卡车喷了一些烟，发出响声，但发动机运转正常，而且很强劲。我也爬

335

了上去，坐在他身边。我们驶向蜂蜜岛，卡车破旧的音响播放着克利夫顿·谢尼埃的磁带。

我们在斯莱德尔进入了自然保护区。这里以民主党参议员约翰·斯莱德尔的名字命名，位于庞恰特雷恩湖北岸，聚集了一些商场、快餐店、中式自助餐厅。在1844年的联邦选举中，斯莱德尔用两艘汽船载着一群爱尔兰和德国选民从新奥尔良来到普拉克明教区投票。这种行为并不违法，违法的是让他们沿途在其他投票点投票。

在珍珠河护林站，我们把小船放入了水中，看见水面和林间依然蒙着一层雾。岸边浮着一些废弃的钓鱼小屋。我们把铁链、绳子、锯、潜水装置和食物也卸了下来，放入小船。在我们旁边的一棵树上，清晨的阳光映照出一张巨大而错综复杂的蜘蛛网，中间有一只金圆蛛，一动不动。我们沿着珍珠河航行，发动机的声音伴随着昆虫和鸟儿的鸣叫充斥在耳边。

河岸边生长着高高的紫树、水桦、柳树，还有一些高大的柏树，上面爬满了藤蔓，红色的花盘绕着树干。许多树上拴着塑料瓶作为标记，表明在这里下鱼线会被水草钩住。我们经过了一个村子，村里有一些沿河的房屋，大多数都很破旧，外面绑着平底独木舟。一只蓝鹭站在柏树的树枝上，冷眼看着我们。一只黄腹龟正躺在它脚下的一根圆木上晒太阳。

我带上了雷蒙德·阿吉拉德给我画的地图，但我们找了两次，才发现他标记出来的捕猎点。入口的地方有一片桉树，它们的树干就像花的球茎般鼓胀，还有一棵绿叶白蜡树几乎盖住通道。再往里走，树枝被西班牙苔藓压弯，几乎垂到了水面，空气中混杂着植物生长与腐烂的味道。在清晨的阳光下，变形的树桩被浮萍包围着，就像一座座纪念碑。我看向东边，发现了一栋猎人小屋的灰色屋顶。观察周围的状况时，一条蛇滑入了距我们不足5英尺的水中。

"是菱斑响尾蛇。"莫菲说。

在我们周围，柏树和紫树正在滴水，鸟儿的歌声回荡在林间。

"这里有鳄鱼吗？"我问。

他耸了耸肩："可能有吧。但只要人类不打扰它们，它们也不会打扰人类。沼泽里更容易觅食。我下去之后，如果你看到了鳄鱼，就开一枪告诉我。"

河口开始收紧，只容一艘船驶过。我发现船底被下方的树干刮了一下。莫菲关掉了小船的发动机，我们用手和一副木桨向前划去。

当时我们以为自己看错了地图，因为我们很快就遇到了一面野生稻墙，高高的、绿色的稻秆就像插在水中的刀子，只有一条狭窄的缝隙，仅能让一个孩子通过。莫菲耸了耸肩，重新开启了发动机，将船对准那个缝隙。我们的船继续向前，我用船桨击倒了那些稻秆。某些生物在我们身边掠过水面，露出巨鼠般的黑色身影，激起了水花。

"是海狸。"莫菲说。它停在树干旁，好奇地嗅着空气中的味道，我看见了它的鼻子和胡须。"这种动物比鳄鱼还难吃。"

稻秆和锋利的水草混在一起，割破了我的手。不过河道变得宽敞起来，我们来到了淤泥堆积形成的潟湖中。湖岸边生长着桉树和柳树，枝条垂落在水里。东岸有一片坚实的土地，生长着几株箭根百合，土地上有野猪的脚印，这些动物大概是被百合的根吸引了。再往前，我看见了一艘破旧的T形快艇帆船，或许是在最初开凿河道时用过的。它那巨大的V-8发动机不见了，外表也有许多洞。

我们把船拴在唯一的枫树上，它的树干上长满了复活蕨，正在等待雨水降临，恢复生机。莫菲脱下衣服，身上只剩下一条耐克骑行短裤，然后给自己抹了一层润滑剂，穿上干式潜水服。他戴上了脚蹼，又安装好空气瓶，测试了一下。"这附近的水基本不到10英尺深，至少不到15英尺，但这个地方不一样。"他说，"通过水面反光能看出这里更深一些，或许超过了20英尺。"树叶、树枝和圆木漂浮在水面上，昆虫在水面掠过。水呈现出深绿色。

他用沼泽的水冲洗了潜水面具,然后转身对我说:"真没想到我还要利用假期来寻找沼泽里的鬼魂。"

"雷蒙德·阿吉拉德说他在这里见过那个女孩。"我说,"大卫·丰特诺也死在河边。这里一定有什么。你知道要找什么东西吗?"

他点了点头:"应该是某种容器吧,很重,是密封的。"

莫菲打开了手电筒,戴好面具,开始呼吸瓶中的空气。我把攀爬绳的一端系在他的腰带上,另一端系在枫树的树干上,用力一拉,然后拍了拍他的后背。他伸出大拇指示意,并跳入水中。游了两三码后,他便开始潜水,我将绳子一点一点地放了出去。

我没怎么潜过水,只在和苏珊去佛罗里达群岛度假时上过几节基础课。我并不羡慕莫菲可以在这片沼泽中游泳。少年时代,我和朋友夏天会去波特兰城南的萨科河游泳。那片水中生活着又细又长的梭子鱼,那些凶恶的家伙带着一丝原始的气息。每当它们掠过你光着的腿时,你便会想到一些故事,比如梭子鱼喜欢咬小孩,还会把游泳的狗拖到河底淹死。

与萨科河相比,蜂蜜岛的沼泽完全不同。这里有蛇和考恩斯,后者是卡津人为啮龟取的名字。蜂蜜岛似乎比缅因州的水湾更加凶险。这里也有鳄雀鳝、光鳞鱼、鲈鱼、弓鳍鱼,以及鳄鱼。

我想着这些事情时,莫菲已经潜入了水中。我还想到了那个可能被丢在水下的女孩,许多她叫不上名字的生物每天撞击着她的坟墓,有些还打算穿过那些生锈的窟窿,去吃里面的腐肉。

五分钟后,莫菲浮了上来,指着东北方较短的河岸摇了摇头。然后,他又沉了下去,向南边游,地面上的绳子蜿蜒拉长。又过了五分钟,绳子开始向外拉。莫菲再次浮出水面,但距离绳子入水的位置有些距离。他游回岸边,摘下面具和咬嘴,深吸了几口气,指着河口的南端。

"那里有两个金属箱子,大约4英尺长,2英尺宽,18英寸深。"他说,"其中一个是空的,另一个上了锁和插销。在大约100码之外的地方,有一堆油桶,上面印着红色的百合花。它们属于从前的布雷维斯化学公司,曾经开在巴吞鲁日西郊外,1989年的一场大火将它烧毁了。大概就是这样。水下没有别的东西。"

我望向河口边缘,看见许多粗壮的树根淹没在水中。

"我们能用绳子把箱子拽出来吗?"我问。

"能,但是箱子很重,如果我们搬运的时候把它弄坏了,就得不到里面的东西。我们应该把船开过去,再把它拉上来。"

虽然河岸边的树木遮挡了阳光,但这里已经非常暖和。莫菲从冰箱中取出两瓶无气泡矿泉水,我们坐在河岸上喝。喝完后,我和莫菲回到船上,朝着他标记的位置进发。

我试图把箱子拉起来,可它两次都撞到了水底的障碍物。我只能等莫菲给我信号再拉。最终,灰色的金属箱子浮出水面。莫菲先是将它推了上来,又回到下面,将作为标记的绳子系在其中一个油桶上,以便之后再来查看。

我把船划到岸边,将箱子搬到了地面。箱子上的铁链和锁都很破旧,已经生锈,完全无法使用。我拿出斧子,砍向固定铁链的锁。莫菲上岸时,锁已经坏掉了。他跪在我身边,背上依然背着空气瓶,面具被推到了额头上。我本想打开箱盖,可它被卡住了,于是我用斧头较钝的一侧沿着边缘向上掀,终于揭开了盖子。

箱子里面是一批后装式的斯普林菲尔德点50口径步枪,还有一些骨头,像是小狗的。枪托底部几乎已经烂掉,但我看见金属的枪托底板上印着"LGN"的字样。

"偷来的步枪。"莫菲说,他拿起一支枪查看,"大概是19世纪70年代或80年代的货。这些武器被偷走后,当局可能发布了公告。于是小偷把它们藏在这里,打算之后再回来取。"

他又用手戳了戳小狗的骨头："这些骨头应该是某种标志。可惜这里没有巴斯克维尔的猎犬，要不然一切都清楚了。"他看了看猎枪，又回到了油桶所在的位置，叹了口气，朝着标志游去。

搬运油桶是一项非常费力的工作。拉动第一个油桶时，绳子滑落了三次。莫菲又取来了一根锁链，用打包的方式将油桶捆紧。我想把油桶打开，但船已经快翻了，于是我们只得把船划到岸边。我们最终上了岸，发现那些锈迹斑斑的棕色油桶中只有陈年的燃油。每个桶上都有一个洞，可以把油倒进去或倒出来，但是也可以撬开整个盖子。我们又打开了另一个油桶，发现里面甚至没有油，只有一些用来让桶沉下去的石头。

此时莫菲已经很疲惫。我们停下来，吃了一些鸡肉和面包，喝了一点咖啡。已经过了正午，河口又热又潮。休息过后，我决定接过潜水的任务。莫菲没有拒绝，于是我把自己的枪套递给了他，穿好潜水服，把剩下的一个空气瓶装在身上。

水格外凉。它刚一没过我的胸部，我便觉得呼吸困难。我单手牵着作为标记的绳子，感觉肩上的铁链很重。绳子在目标位置深入水下，我便取下腰间的手电筒，潜入水中。

水比我想象中更深，而且水下非常黑，头顶成片的浮萍遮住了阳光。鱼儿在我的视线之外旋转、游动。剩下的五个油桶堆在一起，围着一棵被水淹没的古树，它的树根深深地埋在水底。所有靠近河口的船都会避开这棵树，因此油桶不会被发现。树根附近的水颜色要比其他地方更深，只有借助手电筒才能看到那些油桶。

我给最上面的油桶缠好铁链，猛地拉了一下，感受它的重量。它却从一堆桶上方滚了下去，落在水底，使我松开了绳子。水变得混浊起来，泥土和植被模糊了我的视线。油从桶中泄漏后，水中变得一片漆黑。我正要回到上方清澈的水中，却听见头顶传来一阵低沉的枪响。我还以为莫菲遇到了麻烦，却忽然想起枪声代表着什么。看来遇到麻烦的不是莫菲，而是我。

正要浮出水面时，我看到了鳄鱼。它很小，或许只有6英尺长，可手电筒的光线却照到了它下巴上突起的可怕牙齿以及浅色的肚子。它也和我一样，被油和泥土弄得晕头转向，却游向了我的手电筒。我关掉手电筒，便再也看不到鳄鱼了，于是又蹬了一下腿，终于浮了出来。

作为标记的绳子大约距离我15英尺远，莫菲正在那里划船。

"过来！"他嚷道，"没有别的河岸了。"

我拼命划水，朝他游去，同时一直关注着水下的鳄鱼。我在左侧的水面看到了它，距离我大概20英尺远。我能看到它背上的鳞片和饥饿的眼睛，它的下巴朝着我的方向。我转过身，确保它在我的视线之内，然后拼命朝着小船划去，有时借助绳子拉动自己的身体，有时完全徒手。

距离小船还有5英尺时，鳄鱼飞快地朝我游了过来。我摘下了咬嘴。

"快开枪打它。"我嚷道。我听见一声枪响，然后又是一声，鳄鱼面前的水花飞溅。它暂时停下了，一堆粉白相间的东西落在了我的右侧，吸引了它的注意。接下来又有一堆东西落在更远的右边，它追了过去，我感觉小船触到了我的后背，莫菲伸出手，把我拽了上去。我们朝着岸边行驶，莫菲又往水中丢了一捧棉花糖。我看向他时，他咧嘴笑了，把剩下的一块棉花糖塞进嘴里。河里的鳄鱼也在吃最后一块棉花糖。

我卸下了空气瓶，平躺在船底。"吓到了吗？"莫菲微笑着问。

我点了点头，踢开一只脚蹼。

"你的潜水服需要清洗一下了。"我说。

我们坐在一根圆木上，看了一会儿鳄鱼。它在河里游来游去，寻找着更多棉花糖,后来便决定将身体半藏在作为标记的绳子附近,先观望一阵子。我们用锡杯喝了咖啡,又吃光了最后的鸡肉。

"你应该开枪打它。"我说。

"这里是自然保护区,法律禁止猎杀鳄鱼。"莫菲有些恼火地说,"如果谁都可以进来,随便杀死各种野生动物,还要自然保护区干什么。"

我们又喝了一些咖啡,忽然听见一只小船穿过稻秆和水草,朝着我们的方向驶来。

"靠。"当船头从水草间冒出来时,船上的人用熟悉的布鲁克林口音骂道,"当纳聚会[1]啊。"

我先看到了安格尔,路易斯在他身后掌舵。他们平稳地朝着我们划来,把船拴在了枫树上。安格尔扑通一声跳进水里,和我们一起望着鳄鱼的方向。一看到那只半掩在水中的动物,他便高抬膝盖,双手胡乱扑腾着,笨拙地跳上了岸。

"喂,这是什么地方,侏罗纪公园吗?"他看着路易斯。路易斯从他们的船跳到我们的船上,又跳上了岸。"你有没有告诉你妹妹不要在陌生的池塘里游泳?"

安格尔穿着平日的牛仔裤和破旧运动鞋,一件《杜恩斯比利》漫画系列的T恤,上面印着杜克叔叔和他的"在昏迷前死亡"格言,外面罩着一件牛仔外套。路易斯穿着黑色的李维斯牌儿鳄鱼皮靴子和一件无领的丽诗加邦牌儿衬衫。

"我们过来看看你们怎么样。"安格尔说。我向莫菲介绍他时,他一直不安地盯着那只鳄鱼,手里还拿着一包甜甜圈。

"路易斯,如果我们的朋友看见你把它的亲戚穿在身上,一定会不高兴的。"我说。

---

[1] 1846年,乔治·当纳带领八十七人前往加利福尼亚州,遇大雪被困于湖边。

路易斯吸了吸鼻子，来到水边。"遇到什么问题了吗？"他问。

"我们本来在潜水，结果鳄鱼先生来了。"我回答。

路易斯又吸了吸鼻子，说："这样啊。"他拿出了西格步枪，打掉了鳄鱼的尾巴尖。鳄鱼痛苦地扑腾了几下，它周围的水都被染红了。然后，它转过身，拖着一道血迹游向了河口深处。"你应该开枪打它。"他说。

"不说这个了。"我说道，"伙计们，卷起袖子来。我们需要帮忙。"

我还穿着干式潜水服，所以主动要求潜水。

"你想向我证明自己不是菜鸟？"莫菲对我咧嘴笑了笑。

"不，"我说，"我是要向自己证明。"于是我们解开了船。

我们划向作为标记的绳子，然后我带着钩子和铁链潜入水中，把安格尔和莫菲一起留在了上面。他们带着枪，如果鳄鱼再次出现便可以打它。路易斯划着另一艘船追上了我们。水面漂着厚厚一层黑色的油渍，一直蔓延到水底。最上面的油桶掉下去后，其余的桶都散开了。我用手电筒照向那只裂开的桶，发现里面除了油什么都没有。

我们每绑好一个油桶，就将它拽上去，这真是一项费力的工作。但我们现在有两艘船，可以一次运两个油桶。或许还有比这更简单的办法，但我们并没有想到。

太阳快要落山了，河水被余晖染成了金色。我们也终于找到了她。

43

我的手刚一触到那个油桶,想要给它系上锁链,身体便产生了某种反应,我的胃部硬邦邦的,就像一只攥紧的拳头。我的身体忽然抖动了一下。一把刀在我眼前闪过,一股鲜血染红了河水。当然,或许只是水面的落日映在了我的潜水面具上。我闭上眼睛,感觉周围有什么动静,既不是水流,也不是水里的鱼,而是另一个游泳的人缠绕着我的身体和腿。我感觉她的头发触到了我的脸,可是伸出手后,却只抓到了一些水草。

这个油桶比别的重一些,我们发现它被整齐地劈成两半的砖石固定住了。莫菲和安格尔一起用力,才把它拉了起来。

"是她。"我对莫菲说,"我们找到她了。"然后,我又潜入水下,将它缓慢地从水底的岩石和树干之间托起。对待这个油桶,我们都更加小心,仿佛里面的女孩只是睡着了,谁也不想打搅她,又仿佛她的尸体并不是早已腐烂,而是昨天才被运到这里。上岸之后,安格尔拿起撬棍,伸进桶盖的边缘,但是盖子没有动。他仔细地检查了一番。

"是密封的。"他说。他用撬棍刮了一下油桶表面,查看留下的痕迹:"这个油桶也被处理过,所以才会比其他的桶保得更好。"

确实是这样。这个油桶基本没有生锈,侧面的百合花也很清晰,仿佛前几天才刷好。

我思考了一会儿。我们可以用锯把油桶割开,但如果女孩真的在里面，我便不想破坏尸体。我们还可以寻求当地警方，甚至联邦调查局的帮助。我并不希望这样，只是出于责任才如此建议，但连莫菲都不同意。他大概担心如果桶里什么都没有，情况会很尴尬。但我看着他的眼睛，发现事情并不是这么简单。他希望我们尽可能自己处理这个油桶。

最后，我们用斧头轻轻敲击油桶，检查情况。根据声音的差异，我们便可以判断出从哪个位置割开比较合适。莫菲小心地在油桶被密封的一端割开一道口子，我们又用锯和撬棍将它延伸至周长的一半，再用撬棍将裂缝拨开，借助手电筒查看里面的情况。

尸体的皮肉都已经烂掉，只剩下骨头和一些碎片，头部朝下。由于空间有限，她的腿被折断了。当我将光束照向油桶的另一端时，看到了牙齿和几缕头发。我们沉默地坐在她旁边，被水流拍打河岸的声响和沼泽中的声音包围着。

我回到弗莱森斯小屋时已经很晚。我们留下来等待斯莱德尔的警察和护林员，安格尔和路易斯经过莫菲的同意先行离开。我留下来讲述事情经过，和莫菲对了口供。在莫菲的建议下，当地警方联系了联邦调查局。我没有继续等下去。如果伍里奇想和我聊聊，他知道可以去哪里找到我。

雷切尔房间的灯依然亮着，于是我停下脚步，敲了敲门。她穿着一件卡尔文·克莱恩的粉色睡衣，遮住了一半大腿。

"安格尔和我说了今天的事。"她说。她把门开得更大一些，让我进去："可怜的女孩。"她拥抱了我，然后打开了浴室的淋浴。我在淋浴下站了很久，用双手抵着瓷砖，任由水流冲洗着我的头和后背。

擦干身体后，我把毛巾系在腰间，看见雷切尔正坐在床上翻阅文件。她朝我扬了扬眉毛。

"这么保守吗?"她露出了一丝微笑。

我坐在床边,她用手臂从后面环抱住了我。她的脸贴在我背上,我感觉到了温暖的呼吸。"你还好吗?"我问。

她抱得更紧了:"还好。"

她把我的身体转了过来,于是我便正对着她。她跪坐在我面前,双手放在腿间,咬着嘴唇。然后,她伸出手,轻轻地、小心翼翼地抚摸我的头发。

"我以为你们心理学专业的人更善于面对这些。"我说。

她耸了耸肩。"我也会和其他人一样混乱呀,只不过我知道自己陷入了哪种类型的混乱。"她叹了口气,"昨天的事情……我不想给你什么压力。我知道这对你来说很艰难,因为苏珊和——"

我一只手捧着她的脸,用拇指轻轻蹭着她的嘴唇。然后我亲吻了她,感觉到她也张开嘴回应我。我想要抱紧她,和她做爱,赶走那个死去的女孩的幻影。

"谢谢你。"我一边吻她,一边说,"但我知道自己在做什么。"

"那就好。"她说。她缓慢地倒在床上:"至少我们两个中有一个人知道。"

第二天一早,女孩的尸体被放在了一张金属桌子上。由于油桶的挤压,她像胎儿一般蜷缩着,仿佛在保护自己。根据联邦调查局的流程,她被带到新奥尔良,进行了称重、测量、X光检验、指纹验证。他们也检查了将她从蜂蜜岛运往这里的尸体袋,确认里面是否存在尸体的碎片。

干净的瓷砖、反光的金属桌子和医疗器械、头顶的白色灯光实在是太刺眼、太冷酷了,毕竟它们的使命便是检查和揭露一切。经过了死亡前的恐怖时刻,如今她又被陈设在这个空荡荡的房间中,被所有人观看,这简直是最后的侮辱。我感觉自己被分成了两半。一半的我想为她盖上裹尸布，小心而温柔地将她埋在水边的一个深洞中。从此，只有树木掩映着她，再也没有人打扰她了。

但另一半的我还保留着理智，知道我们应该确认她的名字。为了结束这段无人知晓的痛苦遭遇，也为了更加靠近那个杀死她的人，我们需要得知她的身份。所以，当身穿长袍的法医和他的助手们拿着卷尺、刀子，戴着白手套走进来时，我们都向后退了几步。

区分男性和女性的骨骼时，骨盆是最容易辨识的部位。坐骨大切迹位于髋骨后方，包括了臀部、坐骨、髂骨和耻骨。女性的坐骨大切迹更宽，耻骨下方的角度大约和拇指与食指之间的角度相似。女性的骨盆下口也更大，但大腿槽更小，骶骨更大。

女性的头骨也和男性不同，这是两性之间身体差异的缩影。女性的头骨就像女性的胸部一样平滑、圆润，但比男性的头骨小一些。前额更高，更接近圆形。眼眶也更高，边缘不如男性清晰。女性的下颌、上颌和牙齿都更小。

从骨盆和头骨来看，我们面前的骨骼很符合女性的特征。为了确认死亡时的年龄，法医检验了她的骨化中心征象——也就是骨骼形成情况——以及牙齿。女孩的股骨已经完全融合，但锁骨与胸骨顶部只是部分融合。法医又检查了她头部的骨缝线，推测她的年龄在二十一二岁。她的前额、下巴底部和左侧的颧骨都有印记，这说明凶手的刀划到了骨头。

她的牙齿特征被记录下来，与失踪人口的文件进行对比，这种检验方式被称作法医牙科学。她的骨髓和毛发也被采样，用于DNA测试。然后，伍里奇、莫菲和我看着他们用保鲜膜将尸体包裹起来，并推走了。分别之前，我们说了几句话，但我根本不记得他们讲了什么。我只能看到那个女孩，只能听到耳朵里的水声。

如果DNA测试和牙齿特征记录无法确认她的身份，伍里奇便打算采用颅面复原，用激光照射头骨，根据反射的光线确认轮廓，这样就可以和一些相似尺寸的头骨进行对比。他打算洗个澡,喝一杯咖啡,然后就联系匡蒂科,进行初步安排。

但是,颜面复原已经没有必要。不到两小时,沼泽地里的年轻女子身份便已确认。虽然她在水下躺了将近七个月,却在三个月前才被报告失踪。

她叫卢蒂斯·丰特诺,是莱昂内尔·丰特诺同父异母的妹妹。

44

丰特诺家族的大院位于德拉克瓦洛以东5英里处。一条抬高的私家公路通往那里，是最近才建成的，蜿蜒地穿过沼泽和腐烂的树木，抵达一块没有任何植被、只剩下黑色泥土的空地。高高的栅栏顶部装了铁丝网，围住了2~3英亩的土地，中间有一栋低矮的马蹄形单层混凝土建筑。一辆黑色的敞篷车和三辆黑色的探险者汽车并排停在建筑旁边的混凝土停车场中。后面还有一栋年代久远的房子，是标准的单层木头建筑，有一条门廊，以及许多并排的房间。我把租来的金牛座汽车停在大院门口，发现周围没有人。路易斯坐在我旁边的副驾驶位置上。雷切尔开着另一辆租来的车，最后一次前往洛约拉大学。

"或许我们应该提前打电话。"我看着寂静的大院说道。

路易斯缓慢地将双手抬起来举过头顶，又用下巴朝前方示意。两个穿着牛仔裤和褪色衬衫的男人站在那里，用带有可伸缩枪托的黑克勒-科赫53式冲锋枪指着我们。通过后视镜，我看见后面也有两个人，还有一个人腰带上别着一把斧头，站在副驾驶一侧的车窗对面。这些人都是饱经风霜的硬汉，其中有些人胡子已经灰白。他们的靴子沾满了泥，双手伤痕累累，一看就是干体力活的人。

一个中等身高，穿着蓝色牛仔衬衫、牛仔裤、工作靴的男人从主建筑走向大门。他来到门口，并没有将大门打开，而是隔着栅栏望向我们。他从前被烧伤过，右脸的皮肤有严重的疤痕，右眼失明,那一侧的头发也没再长出来。那只坏了的眼睛眼皮皱巴巴的,根本睁不开。他说话的时候,右边的嘴角也完全不会动。

"你们来这里做什么?"他说话带有浓重的卡津口音。

"我叫查理·帕克。"我打开车窗,回答道,"我想见莱昂内尔·丰特诺。"

"他是谁?"他用一根手指指着路易斯。

"贝西伯爵。"我说,"乐队里的其他人没来。"

那个家伙没有露出笑容,半点儿也没有:"莱昂内尔谁也不见。要是不想受伤,就离开这里。"他转过身,朝着大院里面走去。

"喂。"我说,"你们有没有统计乔·博南诺的手下都是谁杀的?"

他停下脚步,回头看着我们。

"你说什么?"他的语气很愤怒,就像是我痛骂了他的妹妹一顿。

"我猜在梅泰里的葬礼上,有两具尸体无人认领。如果有奖赏,我愿意领功。"

他似乎思考了一会儿,然后说:"你在开玩笑吧?一点儿也不好笑。"

"你觉得我不好笑?"我问。我提高了音调。他的左眼皮动了一下,黑克勒-科赫冲锋枪距离我的鼻子只有两英寸。我嗅出这把枪大概最近使用过:"那我说一点有趣的事吧:我从蜂蜜岛的沼泽地中把卢蒂斯·丰特诺的尸体捞了上来。你去告诉莱昂内尔,看他能不能笑出来。"

他没有说话,却按动了大门上的红外信号器。大门默默地打开了。

"从车里出来。"他说。打开车门,我看见两个人用枪指着我们,盯着我们的手,还有两个人走上前,让我们靠在车上,检查通信装备和武器。他们把路易斯的西格手枪和小刀、我的史密斯威森手枪交给了脸上有疤的男人，又查看车里是否藏了别的武器。他们打开了发动机罩、后备厢，又检查了车下。

"你快要赶上和平队了，"路易斯低声说，"走到哪里都能交朋友。"

"谢谢。"我说，"这是一种天赋。"

他们检查完，便允许我们缓慢地将车开进大院。那个带斧头的男人也是丰特诺的手下之一，他坐在我们的车后排。另外两个男人走在车的两侧。我们把车停在那些吉普车旁边，被带到那栋较老的房子前。

莱昂内尔·丰特诺站在门廊上，手里拿着装咖啡的瓷杯，正在等待我们。那个曾被烧伤的手下走到他旁边，对他耳语了几句，但莱昂内尔挥手制止了他，冷冷地看向我们。我感觉一滴雨水落在了额头上，没过多久，我们便站在了倾盆大雨中。莱昂内尔并没有叫我们避雨。我穿着丽诗加邦的蓝色亚麻西装、一件白衬衫，系着蓝色的丝绸领带，不知道它们是否会掉色。雨下得很大，房屋周围的土都变成了泥。莱昂内尔让他的手下离开，在门廊上搬了一把椅子坐下，点头示意我们上来。我们坐在两把带有编织坐垫的木头椅子上，而莱昂内尔坐的是一把木头躺椅。曾被烧伤的手下站在我们身后。路易斯和我轻轻移动椅子，以便可以一直看见他。

一个年迈的黑人女仆从屋里走出来，手中拿着华丽的银托盘，上面是银咖啡壶和配套的糖及奶精。我在梅泰里的葬礼中见过她。托盘上还有三个瓷杯和小杯托。杯子边缘装饰有许多彩色的鸟儿，一只追着另一只的尾巴。每个杯子把手下方都有一只沉重的银勺，末端装饰着一艘航船。女仆把托盘放在小小的柳条桌上，之后便离开了。

莱昂内尔·丰特诺穿着黑色棉布裤子和开领白衬衫，配套的黑色外套挂在椅背上。他的粗革皮鞋刚刚打过油。他凑向桌子，倒了三杯咖啡，在其中一杯里加了两份糖，把它递给曾被烧伤的手下，没有说话。

"要奶精和糖吗？"他看着路易斯和我问道。

"不用了。"我说。

"我也一样。"路易斯说道。

莱昂内尔十分客气地给我们各倒了一杯咖啡。雨水敲打着门廊的屋顶。

"能说说你为什么要找我的妹妹吗？"莱昂内尔最终问。他的表情就像是发现一个陌生人正在替他清洗挡风玻璃，他不知道要给那个人小费，还是用卸胎棒揍他一顿。他拿起杯子，跷着小指，喝了一口咖啡。我看见那个曾被烧伤的手下也喝了一口。

我把自己当时知道的一些事情告诉了莱昂内尔。我提到了玛丽婆婆看到的幻象和她的死亡，以及蜂蜜岛的沼泽里有一个女孩的传说。"杀死你妹妹的人也杀死了玛丽·阿吉拉德婆婆和她的儿子。他还杀死了我的妻子和女儿。"我说，"所以我才会找你的妹妹。"

我没有说我为他的痛苦而难过。他应该知道这一点。如果他不知道，也没必要说出来了。

"你在梅泰里杀死了两个人？"

"一个，"我说，"另一个是别人杀的。"

莱昂内尔看着路易斯："是你吗？"

路易斯没有回答。

"是别人。"我重复道。

莱昂内尔放下杯子，摊开双手："那你们为什么要来这里？想让我感激你们吗？我现在正要去新奥尔良取回我妹妹的尸体。我可没有什么可感谢的。"他把脸转到了别的方向。他的眼中充满痛苦，却没有眼泪。莱昂内尔·丰特诺的泪腺似乎并不发达。

"那倒不是。"我低声说，"我想知道为什么卢蒂斯在三个月前才被报告失踪。我还想知道你兄弟在被杀的那一晚在蜂蜜岛做些什么。"

"我的兄弟。"他说。爱、懊悔和内疚在他的语气中互相追逐,就像是那些漂亮瓷杯上的鸟儿。然后,他控制住了自己。他大概本想让我滚开,告诉我如果还想活命,就不要参与他们家的事情。但我望着他,发现他沉默了好一会儿。

"我没有理由信任你。"他说。

"我能找到凶手。"我说道。我的声音低沉而平静。莱昂内尔点了点头,更像是在向自己确认,然后做出了决定。

"1月底2月初的时候,我的妹妹离开了这里。"他开始讲述这个故事,"她不喜欢——"他轻轻地挥了挥左手,"这里的一切。乔·博南诺总是找麻烦,有人受伤了。"他停了下来,仔细思考着要怎么说,"有一天,她关闭了银行账户,收拾行囊,留下了一张便条。她没有当面和我们告别。无论如何,大卫都不可能让她离开。

"我们努力寻找她,询问市里的朋友,甚至她在西雅图和佛罗里达州认识的人,但完全没有她的消息。大卫真的很担心她。她是我们同父异母的妹妹。我妈妈死后,父亲再婚了,又生下了卢蒂斯。1983年,我的父亲和她的母亲死于车祸,后来一直都是我们照顾她,尤其是大卫。他们真的很亲密。

"几个月后,大卫开始做关于卢蒂斯的梦。他一开始没有说,只是日渐消瘦,脸色苍白,神经衰弱。他告诉我时,我以为他疯了,也是这么对他说的,但他依然不停地做梦。他梦见她被丢到了水下,还听见了她在夜里撞击金属的声音。他知道她出事了。

"但我们又能怎样?我们已经搜遍了半个路易斯安那州。我甚至接近了乔·博南诺的几个手下,想知道这件事和他有没有关系。但我们什么也没有找到。她消失了。

"后来,大卫报告了卢蒂斯的失踪,警察在大院里翻了个遍。

靠,那天我差点儿杀了他,但他坚持要这样做。他说卢蒂斯一定出事了。当时他已经失去了理智,而我还有自己的事情要处理。乔·博南诺就像一把剑悬在我头上。"

他看向那个曾被烧伤的手下。

"电话打来的时候,利昂和他在一起。他没有说自己要去哪里,只是开走了那辆黄色的车。利昂想要拦住他,他用枪指着利昂。"我看向利昂。或许他也为大卫·丰特诺的遭遇感到内疚,但他掩藏得很好。

"你知道是谁打的电话吗?"我问。

莱昂内尔摇了摇头。

我把杯子放在托盘上。咖啡已经冷了,但我一口都没有喝。

"你打算什么时候干掉乔·博南诺?"我问。莱昂内尔眨了眨眼,仿佛被打了一个耳光似的。我借着眼角的余光看见利昂朝前迈了一步。

"你他妈在说什么?"莱昂内尔问。

"等到警方把你妹妹的尸体还给你,你便又要举行葬礼了。要么你只请极少的人,要么葬礼上便会充斥着警察和媒体。不管怎样,我想你都会在这之前干掉乔·博南诺,或许是在西菲利西亚的房子里。你要替大卫报仇。你不死,乔是无法安心的。你们两个必有一个人死。"

莱昂内尔看向利昂:"搜过身了?"利昂点了点头。

利昂身体前倾,声音中带着威慑的意味:"这他妈和你有什么关系?"

我没有被他吓到。他的脸上写满了威胁,但我需要莱昂内尔·丰特诺。

"你知道托尼·雷马尔死了吗?"

莱昂内尔点了点头。

"雷马尔之所以被杀死,是因为他在玛丽婆婆和她儿子被杀死之后去了阿吉拉德家。"我解释道,"玛丽婆婆的血迹上有他的指纹,乔·博南诺听说了这件事,让他躲起来。但凶手也知道了,我不清楚他是如何知道的。他应该是利用你兄弟大卫作为诱饵,把雷马尔引了出来,然后杀死了他。我想知道雷马尔对乔·博南诺说了什么。"

莱昂内尔考虑了我的话:"如果不通过我,你就没法联系乔·博南诺。"

路易斯的嘴角抽动了一下,被莱昂内尔注意到了。

"也不完全是这样。"我说,"但如果你本来也想去找他,我们可以一起去。"

"我会去找他。我离开的时候,他那个鬼地方准保一片安宁。"莱昂内尔轻声说。

"你自然可以这样做。"我说,"但我需要乔·博南诺活着,一会儿就好。"

莱昂内尔站了起来,系好了衬衫扣子。他从外套口袋里拿出一条黑色的丝绸宽领带,系在脖子上,借着窗户里的影子检查结打得好不好。

"你们住在哪里?"他问。我说出了地址,还把手机号告诉了利昂。"保持联系。"莱昂内尔说,"不过不要再来这里了。"

我们的谈话结束了。然而,当路易斯和我快要回到车上时,莱昂内尔又开了口。他穿好外套,调整衬衫领口,把衣领抚平。

"还有一件事。"他说,"我知道卢蒂斯的尸体被发现时,圣马丁教区的莫菲也在场。你们还有警察朋友?"

"对,我们还有联邦调查局的朋友呢。有什么问题吗?"

他转过身:"只要你们不找我的麻烦,就没什么问题。如果你们找我的麻烦,我会用你们和你们的朋友喂螃蟹。"

路易斯摆弄着车上的收音机,发现有一个频道正在播放约翰博士的歌。"这才叫音乐,对吧?"他说。

歌曲从《马金的惊呼》切换到《格里格里古博呀呀》,约翰沙哑的声音充斥在车中。路易斯继续调台,发现一个乡村音乐频道正在连续播放加斯·布鲁克斯的三首歌曲。

"简直是魔鬼的音乐。"路易斯嘟囔道。他关掉了收音机,用手指敲击仪表盘。

"你知道吗?"我开了口,"如果你不想待在这里,可以离开。事情很麻烦,伍里奇和联邦探员们也都可以给你找麻烦。"我知道,安格尔说路易斯处于半退休状态,只是一种委婉的说法。他的意思是路易斯已经不再在乎钱。然而,那个"半"字意味着他可能会为了别的东西而杀人,虽然我还不知道是什么。

他没有看我,而是看向窗外:"你知道我们为什么会来吗?"

"不完全知道。我邀请了你们,但不确定你们会过来。"

"因为我们欠你的;因为在我们需要帮助的时候,你照顾过我们;因为你的妻子和女儿出事之后,总要有人照顾你。除了这些,还因为安格尔觉得你是个好人。我也这样觉得,我还觉得,既然你了结了莫迪恩那个婊子的事情,就也能了结这件事情,它们都该有个了结。你明白我的意思吗?"

听到他这样说话,我感觉很奇怪,但又有些感动。"我明白。"我低声回答,"谢谢你。"

"你打算了结这里发生的一切吗?"他问。

"应该会,但我们错过了什么,大概是某个细节或规律吧。"我看到了它的影子,就像一只从街灯下经过的老鼠。我需要知道更多关于爱德华·拜伦的事。我需要和伍里奇谈一谈。

我们在弗莱森斯小屋的大厅里遇到了雷切尔。我猜她一直在等待我们的车回来。安格尔懒洋洋地坐在她旁边,正在吃热狗。他手里的热狗形似棒球棒，上面放着洋葱、辣椒和芥末。

"联邦调查局的人来过。"雷切尔说，"你的朋友伍里奇也和他们一起，还带着搜查令，拿走了很多东西。我的笔记、墙上的插图，他们把所有能找到的东西都带走了。"她带我们回到她的房间。墙上的图片都被撕掉，连我的笔记也不见了。

"他们也搜查了我们的房间。"安格尔对路易斯说，"还有鸟哥的。"我想起了那一盒枪，忽然抬起了头。安格尔注意到我的反应："你的联邦探员朋友认出路易斯后，我们就把它们转移了。它们现在在贝永的一个仓库里，我们两个都有钥匙。"

我们随着雷切尔进屋。相比于难过，她似乎更加愤怒："还剩下了什么吗？"

说完，她又笑了笑："我刚刚说过，他们带走了所有能找到的东西。安格尔看见他们来了，就告诉了我。我在牛仔裤的腰带和衬衫下面藏了一些笔记。其余的都由安格尔收着。"

她从床下拿起一小叠纸，略显得意地挥动着。她把其中一页单独拿在手里，那张纸对折了一下。

"你们应该很想看这个。"她把那张纸递给了我。我打开它，感觉胸口一阵剧痛。

图片上是一个全身赤裸，坐在椅子上的女人。她的身体上，有一道从脖子延伸至腹股沟的创口。她的大腿上躺着一个年轻男子，身体上也有一道大创口，里面空无一物。除了某些解剖细节和其中一位受害者的性别，其余的一切都与苏珊和詹妮弗的情况非常相似。

"这是埃蒂安纳的《圣殇》。"雷切尔说，"知道它的人很少，所以我到现在才查清楚。即使在当时，人们也认为它过于露骨，甚至可以说是一种亵渎。它的形象和死去的耶稣及玛利亚太过相似，引发了教会的不满，埃蒂安纳差点儿因此被烧死。"

她从我手中接过那张插图，悲伤地看了一会儿，然后把它放在床上，和其他几页纸摆在一起。"我知道他在做什么了。"她说,"他在进行死亡警告。"她坐在床边,双手合十,放在下巴下方,就像一个祈祷者。

"他在给我们上关于死亡的课。"

He had a mind to be acquainted with your inside, Crispin.

第四部

"克里斯潘,他想了解你的内在。"

爱德华·雷文斯克罗夫特
《解剖学家》

45

在马德里康普顿斯大学医学院，有一间解剖学博物馆，是由国王卡洛斯三世创建的。大部分藏品都来自朱利安·德·贝拉斯科医生从19世纪初期到中叶的收藏。贝拉斯科医生对待自己的工作很认真。正如威廉·哈维解剖了自己父亲和姐姐的尸体，从而发现了血液循环的奥秘，贝拉斯科医生也把自己女儿的尸体做成了木乃伊。

长方形的展厅中放置着许多玻璃盒子，里面是各种展品：两具巨大的骨骼、胎头的蜡制模型等。展厅的一端还有两个模型。它们以夸张的姿态站在那里。没有了皮肤的遮挡，参观者便可以更清晰地看到肌肉和筋腱的动态。维萨里、巴尔韦德、埃蒂安纳，还有他们的前辈、同辈、后辈，都致力于研究这一领域的知识。米开朗琪罗、达·芬奇等艺术家也根据自己参与解剖的经验画下了一些没有皮肤的人物。

他们创造的形象并不只是解剖范例，还以自己的方式展现出人类的缺陷、人体承受痛苦的能力，以及死亡。他们警告我们，追求肉体的快乐是徒劳的，今生永远充斥着疾病、痛苦和死亡，只有来世才拥有美好的承诺。

在18世纪的佛罗伦萨，解剖学模型的制造达到了巅峰。在修道院院长菲利斯·方塔纳的赞助下，解剖学家和艺术家们开始用蜂蜡制作雕塑。解剖学家们提供尸体，艺术家们给尸体浇上液体石膏，制作出模具。他们将一层层的蜡放入模具中，必要时用猪油改变蜡的温度，从而形成分层，体现出人体组织的透明感。

然后，他们用线、刷子和针管笔将人体的轮廓和纹理刻画出来，再一根一根地添加眉毛和睫毛。波伦亚画派艺术家莱利用真实的骨骼作为蜡像的框架。奥地利皇帝约瑟夫二世非常喜欢这些模型。他订购了1192个模型，用它们来推动本国的医学教育发展。而阿姆斯特丹雅典学院的解剖学教授弗瑞德里克·鲁谢则使用化学固定剂和染料来保存自己的标本。他在家中展出了许多不同姿态的婴儿、儿童骨骼，以提醒我们生命的短暂。

然而，展示真实的人体最能震撼人心。人体解剖的公开展览吸引了大量观众，其中有些以此为乐。表面上，他们是为了学习；实际上，他们认为解剖是公开处决的延伸。1752年，英国的《谋杀处置法》宣布允许杀人者的尸体被解剖，让解剖和处决建立了更直接的联系。死后的解剖成为对罪犯的进一步惩罚，因为这样他们就无法被埋葬。1832年，《解剖法》允许对穷人的尸体进行解剖，将富人对穷人的剥削延伸到了死后。

随着科学的发展，死亡与解剖之间的关系也越发密切。那么痛苦呢？为什么人们在文艺复兴时期会对女性的身体产生厌倦，从而引发了对摘除子宫的病态迷恋？痛苦、性和死亡都被包含在解剖的过程中。

身体的内部构造暴露在外面，便会让我们想到死亡。但是，有多少人能亲眼看见自己身体的内部构造呢？我们只能通过别人的死亡联想到自己的死亡。即便如此，我们也只能在某些特殊的情况下见证死亡和它的直接后果，比如战争、意外、谋杀。充满鲜血的死亡能够让我们印象更加深刻。

雷切尔认为，旅人试图用暴力、残忍的方式打破这些限制。通过这种方式杀人，他让死者们见证了自己的死亡，让他们看到了自己身体内部的构造，使他们感受到了真正的痛苦，同时提醒其他人，死亡和死前的痛苦总有一天也会发生在他们身上。

旅人打破了折磨与处决之间的界限、身心上的好奇与虐待之间的界限。13世纪的《解剖医学操作规范》中记载了一段隐秘的历史：古代人不仅会对死者进行解剖，也会解剖活人。他们把死刑犯的手脚捆起来，慢慢肢解，先解剖四肢，然后是体内的器官。塞尔苏斯和奥古斯丁也指控过活体解剖的现象，但至今依然受到医学史学家的质疑，而旅人延续了这段历史。

现在，旅人开始书写自己的历史，将科学与艺术结合起来，以自己的方式记录死亡，在人类的心中创造一个地狱。

我们坐在雷切尔的房间里，听她解释这一切。天黑了，外面传来了音乐声。

"我觉得摘除眼睛可能和'无知'这一概念有关，代表着人们并不理解真正的痛苦和死亡。"她说，"但这也体现出，凶手本人与普通人拥有本质上的差异。我们在死亡之前，总会以各种方式经历痛苦，经历他人的死亡。他却觉得只有他可以教会我们这些。"

"或许他认为我们对这些视而不见，需要被提醒。他想说，我们这些普通人是微不足道的。"我补充道。雷切尔点头表示赞同。

"如果是这样，为什么要把卢蒂斯·丰特诺装在油桶中？"安格尔问。他坐在露台上，望着外面的街道。

"她只是习作。"雷切尔说。路易斯扬起了一侧的眉毛，但是没有说话。

"旅人认为他在创造艺术品：精心地展现出尸体的样子，将它们与古老的医学教材关联在一起、与神话和艺术作品关联在一起，让尸体呈现艺术性。但艺术家也有最初的尝试。诗人、画家、雕塑家都会有一些习作，有些是正式的，有些是非正式的。他们的习作会影响日后的作品，但这些习作往往不会公开展出。他们可以在习作中犯错误——又不会被批评，也可以尝试自己能做到什么、不能做到什么。或许这就是卢蒂斯·丰特诺对他的意义：一件习作。"

"但她是在苏珊和詹妮弗之后死去的。"我轻声补充道。

"他杀死苏珊和詹妮弗,是因为想要杀她们,但结果并不理想。我想,在回归公众视野之前,他用卢蒂斯进行了练习。"她避开了我的目光,"杀死玛丽婆婆和她儿子的理由就比较复杂,既是出于渴望,又是出于必要。这一次他的时间很充足,可以实现自己追求的效果。然后,他不得不杀掉雷马尔,可能因为雷马尔看到了他,也可能因为雷马尔看到了某些东西,但他依然用雷马尔发出了死亡警告。在某些方面,他很务实,充分利用了那些不得不杀死的人。"

雷切尔的话让安格尔有些不高兴。"我们通常是怎样面对死亡的呢?"他说,"既然知道一定会死,我们便更想活下去,甚至更想做爱。"

雷切尔看了我一眼,然后继续看笔记。

"我想知道,"安格尔接着说,"这个人想让我们做什么?他渴望死亡,认为来世更好,所以就希望我们所有人不吃不喝,也不再爱别人吗?"

我拿起《圣殇》的插图,查看尸体的细节、详细标记着名称的内脏,以及男人和女人脸上平静的表情。死在旅人手中的几个人都没有这样的表情,他们的脸因痛苦而变得扭曲。

"他才不管什么狗屁来世。"我说,"他只在乎能把一个人折磨成什么样子。"

我站起身,和安格尔一起待在窗前。楼下,那些狗在院子里蹦蹦跳跳,嗅来嗅去。我闻到了食物和啤酒的味道,又想象着自己能闻到每一个路过这里的人的味道。

"为什么他不杀我们呢?还有你?"安格尔问。他原本指的是我,回答的却是雷切尔。

"因为他想让我们明白他的意图。"她说,"他所做的一切都是在引导我们。他在尝试以此和我们沟通,而我们是他的观众。他不想杀死我们。"

"只是现在还不想。"路易斯轻声说。

雷切尔点了点头,与我对视。"只是现在还不想。"她低声赞同道。

我决定晚些时候在沃恩酒吧和他们碰面。回到房间,我给伍里奇打电话,在他的语音信箱中留了言。五分钟后,他就拨了回来,约我一小时内在拿破仑之家酒吧见面。

在将近晚上10点时,他按时赴约,穿着灰白色的斜纹棉布裤,胳膊上搭着一件配套的外套。一进酒吧,他就把外套穿上了。

"这里好冷啊,还是说只有服务台那边比较冷?"他的眼角仍有睡意,由于没有洗澡,身上散发着酸臭味。他已经不再像我的记忆中那么自信。当时在珍妮·奥尔巴克的公寓,他从一群隐约怀有敌意的警察手中夺走了全部的控制权。现在,他看起来老了许多,也更加犹豫。拿走雷切尔的文件不是他的行事风格。从前的伍里奇或许也会将文件带走,但一定会先征得我们的同意。

他给自己点了一瓶阿毕塔啤酒,给我点了一杯矿泉水。

"你能告诉我为什么要到旅馆搜罗资料吗?"

"我没想没收你们的资料,鸟哥,只是借用一下。"他喝了一口啤酒,看着镜子里的自己,似乎不太喜欢自己现在这副样子。

"你原本可以征得我们的允许。"我说。

"那你还会给我吗?"

"不会,但我会和你讨论里面的内容。"

"我觉得杜兰德不会答应的。说实话,我也不会答应。"

"是杜兰德让你去拿的?为什么?你有你自己的侧写师,也有你自己的特工。为什么你觉得我们会有更多发现呢?"

他在椅子上转过身,向我凑近,我甚至能嗅到他的呼吸。"鸟哥,我知道你想要抓住他,因为他对苏珊和詹妮弗、老婆婆和她的儿子、弗洛伦斯、卢蒂斯·丰特诺，甚至那个操蛋的雷马尔做出了如此残忍的事。我一直在向你同步案情，而你却像个穿着新靴子的小孩一样到处走来走去。你的隔壁住着一个暗杀者，鬼知道他的朋友又是做什么的。你的女友又在四处像收集商品标签一样收集医学图片。你什么都不愿意告诉我，所以我只能这样做。你觉得我对你有所隐瞒吗？你惹了这么多事，我没把你送回纽约已经很不错了。"

"我需要知道你了解到的信息。"我说，"关于那个人，你还有什么没有说？"

我们的头几乎碰在了一起。伍里奇做了个奇怪的表情，向后退了一些。

"我有没说的内容？鸟哥，你可真厉害。确实有一些：你想知道拜伦的妻子大学时的专业是什么吗？是艺术。她的论文主题是文艺复兴时期的艺术及其对人体的描绘。你觉得其中会包含一些医学行为吗？她的前夫会不会从中获得了灵感？"

他深吸一口气，又喝了一大口啤酒。"你是个诱饵，鸟哥。这件事你知我知，但我还知道别的事。"他的声音强硬而冷酷，"我知道你去了梅泰里。停尸房里有个人头上有弹孔，警察从他身后的大理石中取出了一枚10毫米的子弹，来自史密斯威森手枪。你想和我聊聊这件事吗，鸟哥？梅泰里发生杀人事件那天，你是一个人去的？"

我没有说话。

"鸟哥，你在和她上床，对吧？"

我看着他。他的眼中没有笑意，也根本没有笑。他的脸上写满了敌意和不信任。看来如果我想了解爱德华·拜伦和他前妻的情况，就只能自己调查了。如果当时我打他一顿，我们两个都会伤得很重。我没再理会他，而是径直离开了酒吧，没有回头。

我搭出租车去了傍水街区，在沃恩酒吧门前下车，那里位于多菲内街和莱塞普斯路的转角处。我在门口付了5美元餐位费。酒吧里面，克米特·鲁芬斯的《烧烤浪子》爵士曲混合着新奥尔良的铜管乐狂想曲，桌子上摆放着几盘红豆。雷切尔和安格尔正围着桌椅跳舞，路易斯露出忍耐的表情。我进来时，音乐的节拍放慢了一些，雷切尔抓住了我的手臂。我陪她跳了一会儿，闭着眼睛，任由她抚摸我的脸。然后，我喝了一口苏打水，思考着自己的事情。路易斯从座位上起身，坐到我身边。

"刚才在雷切尔的房间里，你没怎么说话。"我说。

他点了点头："全都是胡扯。什么宗教、医学图片，应该只是掩饰。也许他相信这些，也许不相信。他可能并不是迷恋死亡，而是迷恋死亡的颜色。"

他喝了一口啤酒。

"这家伙只是喜欢红色。"

回到弗莱森斯小屋，我躺在雷切尔身边，在黑暗中聆听她的呼吸声。

"我在思考杀手的事情。"她说。

"想到了什么？"

"我觉得或许这个人不是男性。"

我用手肘撑起身体，看向她。我能看到她的眼白，又大又明亮。

"为什么？"

"我还不确定。犯下这些罪行的人具有女性的敏感，对于事物的内在联系和潜在的象征意义很有洞察力。我也不清楚。或许是我多虑了，但这并不是现代男性的典型思维。或许也无法判断凶手是女性，毕竟案件的特征、残忍度、所需的力量都指向男性。但至少现在我有这种感觉。"

她摇了摇头，然后再次陷入沉默。

"我们现在算是情侣吗?"她最终问道。

"我也不知道。算是吗?"

"你在回避这个问题。"

"我没有。我只是不太习惯回答这个问题,也没有想到自己还有机会再回答一次。但如果你问我想不想和你在一起,我会说想。虽然这样我的行李恐怕要比肯尼迪机场的包裹运送员还要多,但我还是想和你在一起。"

她温柔地吻了我。

"为什么你要戒酒?"她问,随后又补充道,"既然我们已经开始交心了,问一问也无妨吧。"

我决定先回答她的问题:"如果我现在喝一杯酒,可能一周之后才会在新加坡醒来,而且满脸胡子。"

"你没有回答我的问题。"

"我恨自己,也因此开始恨身边的人,哪怕是最亲密的人。苏珊和詹妮弗被杀的那晚,我在喝酒。我当时总是喝酒,不仅是那一晚,还有许多个晚上。我喝酒的理由有很多,比如工作压力,比如觉得自己不是合格的丈夫和父亲,也许还有其他的理由,一些陈年旧事之类的。如果我当时不是个酒鬼,苏珊和詹妮弗可能就不会死。所以我戒酒了。虽然已经太迟,但我还是戒了。"

她没有说话,没有说"这不是你的错"或"你不要责备自己"。她知道不该这样说。

我本想和她说更多,比如没有酒的世界是什么样的,比如我多么害怕如果没有酒,我的生活就会失去期待,未来的每一天都是一个样。有时,当我陷入低谷,便会觉得寻找旅人或许只是一种打发时间的方式,只是为了让自己不至于偏离正轨。

后来,她睡着了。我也躺在床上,想着卢蒂斯·丰特诺和那些变成了艺术品的尸体,最终缓缓睡去。

46

那天晚上,我睡得很糟糕,脑海中回荡着我和伍里奇的对话,又一直在做关于幽暗河水的梦。第二天,我在杰克斯啤酒厂旁边的河滨报摊找到了新奥尔良教区唯一的一份《纽约时报》,然后一个人去吃早餐。接着,我和雷切尔约在世界咖啡馆门口见面。我们穿过法国市场,经过了卖T恤、唱片和便宜钱包的摊位,又经过了农贸市场卖新鲜蔬果的摊位。胡桃就像深色的眼睛,蒜头显得干瘪而苍白,西瓜鲜红的果肉像是新鲜的伤口。白色眼睛的鱼堆在冰里,旁边是小龙虾的虾尾。无头的虾躺在一排排用棍子穿着的死鳄鱼身上,混浊的水箱里装着小鳄鱼。一些摊位上摆着茄子、米茄、甜洋葱、象趾蒜、新鲜的罗马番茄和熟透的鳄梨。

一个多世纪以前,在兵营街与乌尔苏拉街之间的沿河码头,盖拉廷街占据了两个街区。除了纽约包厘区,这里是世界上最乱的几个地方之一,充满了妓院和下等酒厂,到处都是凶恶的男人和女人。如果有人没带武器,走错路来到这里,那他一定会后悔。

现在,盖拉廷街已经消失了,也从地图上被抹去,这里只剩下游客和从拉斐特或更远的地方赶来的卡津渔民。在密西西比河浓郁而令人陶醉的气味中,渔民们兜售着自己的商品。这种城市总是如此:街道会消失;开了一个世纪的酒吧会消失;建筑也会变得破旧,被夷为平地,又被新的建筑取代。一切总是在变化,但城市的内核没有变。这个闷热的夏日清晨,它似乎正在云层下沉思,感觉来来往往的人类就像是病毒,想要用一场雨洗去一切。

我们穿过院子,却发现我房间的门半开着。我让雷切尔靠墙站着,然后拿出史密斯威森手枪,踩在木头楼梯的边缘,以免它发出声响。我的耳朵里忽然回荡起里基那把施泰尔手枪的声音和他的那句"乔·博南诺向你问好"。我想,要是乔·博南诺再敢向我问好,我一定用火药把他轰回地狱。

我听了听门内的动静,但是没有声音传出来。如果是女佣打扫房间,大概会一边吹着口哨,一边弄出很大的声响,或许还会用袖珍便携收音机听蓝调音乐频道。如果我的房间里有女佣,那她或是睡着了,或是正在修炼魔法。

我用肩膀狠狠地撞开门,冲了进去,伸直手臂持枪,查看整个房间。我看到利昂坐在露台的一把椅子上,正在翻阅一本路易斯给我的《绅士季刊》。利昂可不是那种会根据杂志推荐买东西的人,除非这家杂志和杰西潘尼签下了一笔大合作。利昂似乎对我毫无兴趣,觉得我还不如《绅士季刊》。他那只受伤的眼睛眨了一下,就像一只螃蟹从贝壳中爬了出来。

"等你看完这本杂志,淋浴喷头都已经长毛,衣柜也粘住了。"我说。

"要是屋子也塌了,我帮你顶着。"他说。利昂很会开玩笑。

他把杂志丢在地板上,越过我看向雷切尔,她也跟着我进了房间。但他似乎对她提不起任何兴趣。或许利昂已经死了,只是没人敢告诉他。

"她是和我一起的。"我说。利昂依然格外冷漠。

"今晚10点,在966号公路路口处的斯达希尔碰面。你和你那个黑人朋友。如果带别人,莱昂内尔就拿猎枪干掉你们。"

他起身准备离开。我退到一旁让他通过,同时拿起手枪指着他。他的两只手都闪着金属的光芒,两把刺刀在我眼前掠过。我看到他的袖子里还藏着几把弹簧刀,因此根本不需要带枪。

"真不错。"我说,"但要是戳瞎了眼睛怎么办?"利昂那只瞎了的右眼仿佛在凝视我的灵魂,想要腐蚀它,或是让它化为灰烬。然后,他离开了,走下楼时毫无脚步声。

"你的朋友?"雷切尔问。

我走出房间,向下望着已经空了的院子:"如果他也算朋友,那我比想象中还要孤单。"

路易斯和安格尔出去吃早饭了。他们回来后,我去敲门。过了几秒,才有人应答。

"谁?"安格尔嚷道。

"是我,鸟哥。你们两个方便吗?"

"还行,进来吧。"

路易斯坐在床上,正在读《时代琐闻报》。

安格尔坐在他旁边,没穿衣服,也没盖被子,只用毛巾围住了大腿。

"是因为我进来才围上的吗?"

"要不然你会改变性取向。"

"本来我可能还有一点儿兴趣,到时候也会没有了。"

"真幽默,不愧是和心理学家上床的人。你用不用和其他人一样,每小时付80美元?"

路易斯抬起头,用无聊的目光看着我们。或许利昂和路易斯是亲戚。

"莱昂内尔·丰特诺的手下来见我了。"我说。

"那个漂亮小妞?"路易斯问。

"还能有谁?"

"我们要去吗?"

"今晚10点。最好把你的东西取回来。"

"我也派我的手下去。"他在被子里踢安格尔的腿。

"这个丑小妞?"

"还能有谁?"路易斯说。

安格尔继续看游戏节目:"发表评论有损我的尊严。"

路易斯的目光回到报纸上:"你裹着个破毛巾,能有什么尊严?"

"这可是条超大号的毛巾。"安格尔奚落道。

"是啊,你根本用不到这么大的。"

我没有理会他们。回到自己的房间,我看见雷切尔靠墙站在那里,双臂交叉,一脸愤怒。

"怎么回事?"她问。

"我们要去找乔·博南诺。"我回答。

"莱昂内尔·丰特诺打算杀死他。"她嚷道,"他也不比乔·博南诺强多少。你现在站在他这边是权宜之计。如果丰特诺杀了乔·博南诺,又会发生什么?情况会变好吗?"

我没有回答。我知道会发生什么。黑市交易会出现短暂的动荡,丰特诺或是会将乔·博南诺的生意据为己有,或是会终结它们。有些人会和他争夺乔·博南诺的地盘,违禁品价格会上涨,还会死掉一些人。莱昂内尔·丰特诺会杀掉他们,这一点我毫不怀疑。

雷切尔说得对。我和莱昂内尔合作只是权宜之计。乔·博南诺知道玛丽婆婆死去的那一晚发生了什么,这会让我进一步了解那个杀死我妻子和女儿的人。如果只有借助莱昂内尔的枪才能获得这些信息,那我便愿意站在他这边。

"路易斯也会和你一起去。"雷切尔低声说,"天哪,你怎么变成这个样子了?"

接下来,我开车前往巴吞鲁日,并坚持让雷切尔和我一起去。我们两个都很不安,谁也没有说话。雷切尔用手肘抵住车门,右手撑着脸,望向窗外。我们始终沉默着,从166出口下了高速,驶向路易斯安那州立大学的方向,然后前往史黛丝·拜伦家。我觉得至少应该试着解开我们之间的误会,于是开了口。

"雷切尔,为了找到杀死苏珊和詹妮弗的人,我什么都愿意做。"我说,"我要找到他,要不然我的心会死掉。"

她没有立刻说话。我本以为她什么都不会说。

"你的心已经死了。"她终于开了口,却依然望着窗外。我从车窗里看到了她的眼睛。"你打算这么做,就是最好的证明。"

她把目光转向我:"鸟哥,我不想对你进行道德批判,也不能代表你的良知。但我关心你、在乎你,现在却不知道要如何表达。一半的我想要离开,再也不回来找你;另一半的我想要,也需要和你在一起。我想阻止这件事。为了所有人,我希望一切就此终结。"她说完后,又转过身去,让我独自思考这番话。

史黛丝·拜伦住在一栋白色的隔板小屋中,门是红色的,油漆有些剥落。旁边是一栋小商场,里面有一家大型超市、一家照相馆、一家二十四小时营业的比萨店。这里距离路易斯安那州立大学不远,到处都是学生,有些房屋的一层开了商店,售卖旧唱片、旧书、嬉皮风长裙和宽檐草帽。我们来到史黛丝·拜伦家附近,将车停在照相馆前方的停车场中。我看见一辆蓝色的福特探针跑车停在不远处,两个人百无聊赖地坐在里面。司机把一张报纸折叠四叠,放在方向盘上,一边咬铅笔一边做填字游戏。他的同伴望向史黛丝·拜伦家的前门,用手指敲击着仪表盘。

"联邦探员?"雷切尔问。

"可能吧。也可能是当地警察。这是苦力活儿。"

我们观察了他们一阵子。雷切尔打开广播,我们听了一会儿成人摇滚乐电台:狂奔乐队、冥河乐队、理查德·马克斯。音乐风格陡然变化，就像是一辆汽车从马路中间穿过。

"你要进去吗？"雷切尔问。

"可能不需要。"我朝着房子的方向点了点头。

史黛丝·拜伦穿着一件白色棉布连衣裙，金发在脑后梳成马尾。她走出家门，左臂上挎着一个草编购物篮，径直朝着我们走来，对车里那两个人点了点头。他们扔了个硬币，然后副驾驶位置上的男人下了车，此人中等身材，小肚子在外套的缝隙中若隐若现。他伸了伸腿，跟着史黛丝·拜伦走向商场。

史黛丝·拜伦很漂亮，虽然这条短裙腿部有些紧，勒到了大腿上的肉。她的手臂结实而瘦削，皮肤晒得有些黑。她走路的姿态很优雅。走进超市时，一个老头差点儿撞到她，她却只是轻盈地旋转右脚，便避开了。

我感觉脸上有一阵温柔的风，原来是雷切尔朝我吹了一口气。

"喂，"自从离开新奥尔良后，她的嘴角第一次露出了一点儿笑意，"你明明和我在一起，却又被她迷住了，这不太好吧。"

"我没有被她迷住。"我说，"我只是在监视她。"我们从车里走了出来。

我不知道自己为什么要来这里，但伍里奇对史黛丝·拜伦的评价以及她对艺术的兴趣让我想要亲自见一见她，也想让雷切尔见一见她。我不知道如何才能和她说上话，但这种事情总会有解决方法。

史黛丝在过道上浏览着各种货物。她好像没有什么明确的目标，总是拿起一样东西，看一眼标签，再把它放回去。警察跟在她身后10英尺的位置，渐渐地变成了15英尺，后来便被某些杂志吸引了注意力。他走到结账台附近，挑选了一个能同时看到两条过道的位置，只是偶尔才会朝史黛丝·拜伦的方向瞄一眼。

我看见一个年轻黑人男子正在把包好的肉放在货架上，他穿着白色外套，戴着一顶带有绿色绑带的白帽子。他把托盘里的肉都放好后,又在本子上做好记录,然后走进了一扇写着"工作人员专用"的门。我让雷切尔留意拜伦,自己跟上了他。我推开那扇门时,差点儿撞到他,发现他正忙着拿起另一个装着肉的塑料托盘。他好奇地望着我。

"喂,伙计。"他说,"你不能进来。"

"你一小时赚多少钱?"我问。

"25美元。你想干什么?"

"我给你50美元,你把衣服和本子借给我十分钟怎么样?"

他思考了一会儿,说:"60美元。有人问我,我就说是你偷的。"

"成交。"我说。他脱下了衣服,我数了三张20美元,递给了他。衣服肩膀的部位有些紧,但我只要不系扣子,也没有人会发现。我正要回到超市,那个年轻人却叫住了我。

"喂,再给我20美元,帽子也借你。"

"20美元,够我自己买顶帽子了。"我说,"你去男厕所躲一下。"

我在化妆品区找到了史黛丝·拜伦,雷切尔也在不远处。

"打扰了,女士。"我走近她,"能问你几个问题吗?"

从近处看,她的年龄要大一些。她的颧骨下方有些静脉曲张,眼睛周围有几道细纹,嘴角边也有皱纹,双颊凹陷而下垂。她看起来很疲惫,而且不仅如此,她还有些害怕,甚至可以说是恐慌。

"不必了。"她假笑了一下,绕开了我。

"我想和你聊聊你的前夫。"

她停下脚步,转过身,用目光搜寻着监视她的警察:"你是谁?"

"一个侦探。拜伦太太,你对文艺复兴时期的艺术有哪些了解?"

"什么?你在说什么?"

"你大学学的是这个专业,对吧?你知道巴尔韦德这个名字吗?

你的丈夫有没有用过它？你有没有用过？"

"我根本不知道你在说什么。求求你放我走吧。"她向后退去，弄倒了几瓶体香剂。

"拜伦太太，你听说过旅人吗？"

她的眼中闪过了什么东西，我却听到身后传来低沉的口哨声。我转过身，看见那个胖警察穿过过道，朝着我的方向走来。他经过了雷切尔，但是没有注意到她，于是她走向门口，打算回到车上，而我也回到了员工区。我丢掉外套，直接走到了后面的停车场，那里停着许多运货的卡车。我沿着商场侧面溜到前方，雷切尔已经发动了汽车。离开的时候，我一直压低身体，以免被人看到。我们向右拐，没有经过史黛丝·拜伦的家。通过后视镜，我看见胖警察正在四处张望，朝着对讲机说话。拜伦站在他旁边。

"我们有什么收获吗？"雷切尔问。

"我提到旅人时，你注意到她的眼神了吗？她知道这个名字。"

"她知道什么，"雷切尔表示赞同，"也可能是听警察说的。鸟哥，她好像很害怕。"

"或许吧。"我说，"可她害怕什么呢？"

这天晚上，安格尔拆掉了金牛座汽车的门板，我们把卡利科机枪和弹夹藏在了后面，然后又重新安装好门板。我擦拭了史密斯威森手枪，给它装好子弹，雷切尔在一旁看着我。

我把枪放入肩部的枪套中，在黑色的T恤外面罩了一件阿尔法工业短夹克，再配上黑色牛仔裤和黑色的添柏岚鞋，我看起来就像是夜总会的看门人。

"乔·博南诺命该如此，就算我想救他也救不了。"我对雷切尔说，"梅泰里墓园失控那一瞬间，他就已经死定了。"

雷切尔开了口："我已经决定，再过一两天就离开这里。我不想再参与这些事情了,想想你在做什么,而我又做了什么。"她没有看我,我也不知道该对她说些什么。她说得对,而且也不只是在劝我。我从她的眼中看到了痛苦。每一次做爱,我都能感受到她很痛苦。

路易斯等在车旁边,他穿着黑色的运动衫、深色牛仔裤、爱步牌儿靴子,还有一件黑色的斜纹布外套。安格尔最后一次检查门板,确认它们可以正常地拉开,然后站在路易斯身边。

"如果凌晨3点还没有我们的消息,你就带上雷切尔,把旅馆里的东西收拾好,订两张从庞恰特雷恩出发的机票,明天搭首班飞机回去。"我说,"就算事情不顺利,我也不想让乔·博南诺得逞。你自己想办法对付警察吧。"

他点了点头,又和路易斯对视了一会儿,然后回到了弗莱森斯小屋。路易斯把一盒艾萨克·海耶斯的磁带放入音响,我们伴着《走过》的旋律驶离了新奥尔良。

"真刺激。"我说。

他点了点头:"谁让我们是男人呢。"

我们来到了斯达希尔的公路交叉点,看见利昂懒洋洋地站在一棵长了许多结的老橡树下。路易斯的左手随意地放在身侧,西格手枪的枪托从副驾驶座下方露出来。快要靠近碰面地点时,我把史密斯威森手枪放在了司机车门放置地图的隔层中。看见利昂独自靠着树站在那里,我的心情一点儿也没有变好。

我们把车速放慢,转向了一条经过橡树的小路。利昂似乎没有注意到我们。我关掉了引擎,坐在车里等他过来。路易斯把手伸向西格手枪,将它拉起来,让枪靠在他的大腿上。

我们互相看了一眼。我耸了耸肩,从车里出来,靠在打开的车门上,确保随时可以拿到史密斯威森手枪。路易斯从副驾驶一侧走出来,伸出手,让利昂看到他的手是空的,然后也靠在汽车侧面,此时西格步枪就在他旁边的座位上。

利昂离开橡树，朝着我们走来。还有一些人出现在周围树下。那五个人肩上都背着黑克勒-科赫冲锋枪，腰带上别着长刃猎刀，围住了我们的车。

"靠在车上。"利昂说。我没有动。我们周围传来了拉开保险装置的声音。

"别动，要不然你们就死定了。"他说。我迎上了他的目光，然后转过身，将双手放在车顶。路易斯也做出同样的动作。利昂站在我身后，一定看到了副驾驶座位上的西格手枪，但他并不在意。他拍了拍我的胸膛、腋下，又检查了我的脚踝和大腿。确认我没有带窃听器后，他又检查了路易斯，然后退了几步。

"离开你们的车。"他对我们说。车灯在我们周围闪烁，引擎也发动了。一辆棕色的道奇轿车和一辆绿色的日产途乐汽车从树后开出来，还有一辆福特平板卡车，上面绑着三只独木舟。如果某个人被派去监视丰特诺家族的大院却没有发现情况，他的视力一定有问题。

"我们的车里有些东西，"我对利昂说，"需要拿出来。"他点了点头，看着我拿出藏在门板后面的小型机枪。路易斯拿了两个弹夹，递给我一个。当我检查扳机护环旁边的安全装置时，长长的旋转弹膛触到了机匣的后方。路易斯又往外套口袋里放了一个弹夹，把剩下的那个递给了我。

我们坐在道奇汽车的后座上，两个人把我们的车开到了一边，跳上了日产途乐汽车。一个五十多岁的男人负责开道奇汽车，他把灰色长发梳成了马尾。利昂坐在副驾驶位置，示意他准备出发。其余的车与我们拉开了一段距离，这样就不会让沿途的警察觉得我们是一伙的。

我们沿着东菲利西亚和西菲利西亚的边界行驶，汤普森河位于右侧。然后，我们来到了一条通往河岸的岔路上。岸边停着两辆车，一辆是很老的普利茅斯，另一辆是更老的大众甲壳虫，它们旁边放着两只独木舟。莱昂内尔·丰特诺穿着蓝色的牛仔裤和工装衬衫，站在埃德塞尔汽车旁边。他看了一眼我们带的卡利科机枪，但是没有说话。

现在共有十四个人，大部分背着黑克勒-科赫冲锋枪，两个背着M16冲锋枪。莱昂内尔和道奇汽车的司机驾驶一艘小船打头阵，其余的人三人一船。路易斯和我被分开了。我们各拿了一支船桨，朝着上游驶去。

我们沿着西岸划了二十分钟，看见一个幽暗的黑影出现在夜色下。窗子里闪烁着灯光，穿过一排树木，便能看到一个小码头，那里停着一艘汽艇。乔·博南诺的院子中一片漆黑。

前方传来一阵低沉的口哨声，独木舟里有人举起手，示意我们停下。树木伸向水面，遮住了我们的身影。我们默默地等待着。码头上亮起了一道光，原来是一个保镖点燃了一支烟，火光映亮了他的脸。我听见前方某处水花飞溅，一只猫头鹰站在高高的河岸上叫了起来。保镖朝着月光笼罩下的水面走来，我听见他的靴子在木制的码头上嘎吱作响。一个黑影出现在他身边，水面的月光被搅乱了。一把刀子闪过，保镖倒在了地上，香烟红色的余火在夜色中翻滚了几下，像是在发出遇到危险的信号。保镖的尸体被丢进水中，没有发出一点儿声音。

梳马尾辫的男人站在码头上等待。我们尽量靠近河边的草地，从独木舟上爬下来，并把它们放在干爽的地面。岸边是一片广阔的草坪，既没有花，也没有树。草坪向上延伸，到达房屋背面，几级台阶通往中庭。房屋一层有两扇落地窗，二层有一个阳台，正面的二层有一个同样的阳台。我看见阳台上有人走动，还有声音从中庭传来。这里至少有三个保镖，或许房屋正面还有更多。

莱昂内尔伸出两根手指，选中了我左边的两个人，让他们小心地朝着房子匍匐前进。他们向前走了大约20码后，房子和院子忽然亮起了白色的灯光，那两个人就像是被车头灯照到的兔子一般。有人在房屋中叫嚷，自动手枪从阳台上射出子弹。其中一个人转了个圈，动作就像起跳失误的滑冰运动员，血像是绽放的花朵，染红了他的衬衫。他倒在了地上，双腿扭在一起。而他的同伴躲在一张金属桌子下面。那张桌子是草坪的布置之一，被河岸挡住一半。

落地窗打开了，许多黑影出现在中庭。阳台上除了原本的保镖又多了两三个人，他们开始猛烈地扫射我们前方的草地。乔·博南诺的更多手下冲了出来，房屋侧面闪烁着枪口的火光。

我趴在地上，莱昂内尔·丰特诺在我旁边咒骂起来。由于草坪向下倾斜，通往河岸，我们在一定程度上受到了斜坡的保护，但阳台上的保镖正在调整位置朝我们射击。丰特诺的几个手下想要回击，但每次一开枪，他们便暴露在那些保镖的视线之下。其中有一个四十多岁的男人，表情冷酷，嘴部的线条就像是用纸剪出来的。一枚子弹射中他的肩膀，但他只是哼了一声。他一直在开枪，直至血把他的衬衫染成了鲜红色。

"这里距离房子有50码。"我说，"保镖正从房屋侧面围过来，切断我们的路线。我们现在必须行动，要不然就死定了。"丰特诺的左手攥成拳头，砸在地上，溅起了一些泥土。乔·博南诺的一个手下从房屋前方冲向这里，快要到达河岸。那个躲在金属桌子下的人用M16冲锋枪开了两枪，对方跌倒了，沿着草地滚入河中。

"让你的人准备好。"我低声说，"我们掩护你们。"莱昂内尔把命令依次传了下去。

"路易斯！"我嚷道，"准备好家伙了吗？"隔着两个人，他朝我挥了挥手。接下来，卡利科机枪便派上了用场。路易斯用9毫米子弹射中了阳台上的一个保镖，使他的身体直接弹了起来。我推动扳机护环上的模式选择器，朝着中庭自动发射一串子弹。落地窗炸裂，引起了一阵玻璃雨，一个保镖从台阶上滚下来，躺在草地上一动不动。

莱昂内尔·丰特诺的手下冲出掩体，一边开枪一边穿过草坪。我把机枪更改为单发射击模式，瞄准房屋的东侧。木头碎片在空中飞舞，那里的人不得不寻找掩体。

丰特诺的手下已经快要到达中庭，却有人从坏掉的落地窗内开枪，打死了其中两个。路易斯朝着屋里开了一枪，丰特诺的手下趁机来到中庭，进入了那栋房子。里面开始交火，路易斯和我站起身，跑步穿过草坪。

在我的左侧，那个躲在桌子下的人也离开掩体，加入了我们。此时，却有一只又大又黑的猛兽冲出暗影，来到草地上，发出一声低沉而凶恶的吼叫，是乔·博南诺养的獒。它扑向了那个人的胸膛，用巨大的身躯将他压在地上。他大喊一声，用手捶打猛兽的头。然而，獒咬住了他的脖子，一边摇着头，一边撕开了他的喉咙。

獒抬起头，一看到路易斯，眼中便闪烁着光芒。它丢开了尸体，跃入空中，路易斯用卡利科机枪指着它的方向。獒的动作十分敏捷，它奔向我们，黑色的身影遮住了天上的星星。当它跳到最高点时，路易斯开枪了，子弹射入它的身体，使它在半空中痉挛起来，最终落在距离我们两英尺的草地上，骨头碎裂。尽管已经口吐白沫，满嘴是血，它的爪子却依然做出抓的动作，牙齿也依然在撕咬。路易斯又朝它开了几枪，最后，它不动了。

靠近台阶时，我注意到房屋的西边角落有动静。一道火光闪过，路易斯痛苦地叫了一声。他捧着自己受伤的手跳上了台阶，卡利科机枪掉在了地上。我朝着那个袭击路易斯的保镖开了三枪，他倒下了。在我身后，丰特诺的一个手下一边走向那栋房子，一边用M16冲锋枪单发射击。走到转角处时，他把枪挂在了肩带上，站在那里等待。借着月光，我看到了他手里的刀。一支施泰尔手枪出现了，接着便是拿它的人。我认出他是乔·博南诺的手下之一，我们第一次找乔·博南诺时，正是他开着高尔夫球车去大门口迎接。然而，就在这一瞬间,刀划过了他的脖子。他的动脉被割开,鲜红色的血涌向空中,身体也倒了下去。但丰特诺的手下还是拿出M16冲锋枪,开枪击中了他,然后走向了房屋正面。

我来到路易斯身边,看见他正在查看自己的右手。子弹射穿手背,留下了一道恐怖的裂口,还伤到了食指的关节。一个死去的保镖四肢摊开,躺在中庭,我把他的衬衫扯下一块,包住了路易斯的手。我又把卡利科机枪捡起来,递给他。他将枪带套在头上,中指伸进扳机护环中,又用左手取出西格手枪,对我点了点头:"我们最好找到乔·博南诺。"

从中庭进入房屋中,眼前是一间正式的餐厅。餐厅的桌子可以轻松地坐下十八个人,现在却已被子弹打得千疮百孔。墙上有一幅画像,画的是一个南方绅士站在他的马旁边。马的肚子被打出一个大洞。玻璃陈列柜也被击碎,里面散落着碎掉的古董瓷盘。房间里有两具尸体,其中一具是梳着马尾辫、驾驶道奇汽车的男人。

餐厅通往一条铺着地毯的宽阔走廊,然后是待客室,挂着白色的枝形吊灯。一座楼梯从这里通往楼上。一层所有的门都开着,却没有任何声音。我们向楼梯前进时,更高的台阶上还有枪声。乔·博南诺的一个手下穿着条纹睡裤躺在楼梯底端,血从头部丑陋的伤口涌出来。

我们来到了楼梯顶端,看见左侧和右侧各有几扇门。丰特诺的手下似乎清理了大部分房间,但他们被房屋西侧两个房间里传出的枪击困在了壁龛内或门口。一个房间面向右边的河岸,墙板上满是子弹的痕迹,另一个房间面向房屋正面。我们看到一个身穿蓝色衣服的男人一手拿着短柄斧头,一手拿着捡来的施泰尔手枪,从自己的藏身之处快步跑到面向正面的房间门口。右边的门内射出一枚子弹,他抓着自己的腿倒在了地上。

我也藏在了一个壁龛里,看见长茎玫瑰落在一摊水中,旁边是瓷器的碎片。我朝着面向正面的房间连续开枪。与此同时，丰特诺的两个手下朝着门口匍匐前进。路易斯站在我对面，朝着右侧那扇半掩的门开枪。丰特诺的人来到门口，准备闯入房间，于是我便不再开枪了。又有两声枪响，其中一人走出房间，用裤子擦拭自己的刀。是莱昂内尔·丰特诺。利昂站在他身后。

两个人分别站在那扇门的两侧。另外六个人也冲了上来。

"乔，都结束了。"莱昂内尔说，"我们会终结这一切。"

两声枪响从房间传出。利昂举起黑克勒-科赫冲锋枪，打算开枪，莱昂内尔却扬起手，越过利昂，看了看我的方向。我走上前，站在利昂身后等待。莱昂内尔用脚踢开了门，收回身体紧贴在墙上。又有两声枪响传来，接着便是空枪的击锤声，就像坟墓关闭的声音。

利昂先走进房间，手中不再拿枪，而是拿着他的那些刀。我跟着他，莱昂内尔则走在我身后。这里是乔·博南诺的卧室，墙壁上布满枪孔，夜晚的风从碎裂的窗户吹进来，白色的窗帘飘动着，就像愤怒的鬼魂。那个曾和乔一起吃饭的金发女子已经死去，躺在远处的墙边，她的白色丝绸睡袍左胸的位置有一块鲜红的血渍。

乔·博南诺穿着红色的丝绸睡袍站在窗前。他手中的柯尔特手枪已经失去了作用，垂在身旁。他的眼中充满了愤怒，嘴唇上的疤痕显得很白，痛苦地扭曲着。他放下了枪。

"来啊，你们这群浑蛋。"他厌恶地对莱昂内尔说，"杀了我，算你们厉害。"

莱昂内尔关上了我们身后的门。乔·博南诺扭头望着那个女人。

"你问吧。"莱昂内尔说。

乔·博南诺仿佛没有听见。他望着女人的面部轮廓，脸上现出强烈的悲痛。"八年了。"他轻声说，"她和我在一起八年了。"

"你问啊。"莱昂内尔·丰特诺又说了一遍。

我走上前。乔·博南诺转过头，冷笑了一下，眼中的悲伤消失了。"你这个死了老婆的家伙。你把那个黑人也带来了吗?"

我狠狠地扇了他一巴掌。他后退了一步。

"乔,我也救不了你,但如果你帮了我,或许我会让你死得快一些。告诉我,在阿吉拉德一家死去的那晚,雷马尔究竟看到了什么。"

他擦了擦嘴角的血,然后抹在了脸上:"你他妈根本不知道你在面对什么,你根本不了解这个世界。你可真他妈自不量力,非得撞个头破血流。"

"乔,他杀女人和孩子,以后还会再杀人。"

乔·博南诺咧了咧嘴,仿佛在笑。他嘴上的疤就像镜子的裂痕,让整个嘴唇都变得扭曲起来。"你杀了我的女人,而且无论我说什么,你都打算杀了我。你没有什么可交换的筹码。"他说。

我看向莱昂内尔。他轻轻地摇了摇头,却被乔·博南诺发觉了。"看,我说得对吧。你只能让我少一点痛苦,但我根本就不在乎。"

"他杀了你的手下。他杀了托尼·雷马尔。"

"托尼在黑人家时留下了指纹,他太不小心,应该付出代价。那个家伙帮我杀死了老婊子和她的孩子们。要是我遇到他,还会和他握握手呢。"

乔·博南诺咧开了嘴,他的笑容就像一缕阳光,划破了幽暗而刺鼻的烟雾。他体内的血已经腐坏,他不再具备人性、同理心,以及常人的爱和痛苦。他穿着鲜艳的红色睡袍,就像时空中的一道伤口。

"去地狱告诉他吧。"我说。

"我还会遇到你的婊子,我会替你上她。"他的目光平静而冷漠。死亡的气息如古老的雪茄味一般萦绕在他周围。在我身后,莱昂内尔打开了门,他的手下全都默默地走进了房间。直到现在,当我看见他们站在同一间破败的卧室中时,才意识到这两个人有一定的相似之处。莱昂内尔帮我扶着门,示意我出去。

"这是我们家族的事情。"我离开时,他说道。门发出"咔嗒"一声,就像是用手敲击骨头的声音,在我身后轻轻地关上了。

乔·博南诺被杀死之后,我们在房屋前的草坪上将丰特诺这一方的尸体收集在一起。那五个人并排躺着,身体皱巴巴的,呈现出尸体才会有的样子。种植园的大门打开了,道奇汽车、大众汽车和小型卡车驶了进来。我们轻手轻脚并迅速地抬起尸体,将它们放入后备厢,又帮助伤员们坐在后座上。然后,我们又给独木舟浇上汽油,用火点着,任由它们顺着河流漂去。

我们离开种植园,一直开到了斯达希尔的碰面地点。三辆黑色的探险者汽车等在那里,我在德拉克洛瓦的大院中见过它们。它们的发动机在空转,车灯没有开。那些人把死者的尸体搬下来,用防水布包好,放在其中两辆吉普车的后备厢中,然后,利昂给那些汽车和小型卡车也浇上了汽油。路易斯和我安静地看着。

吉普车启动后,利昂将点燃的破布丢向废弃的汽车。莱昂内尔走向我们,站在我旁边,看着它们燃烧。他从口袋里取出一个绿色的小笔记本,写下一串号码,把那一页撕下来。

"这个人会帮你朋友疗伤。他做事很小心。"

"莱昂内尔,他知道是谁杀死了卢蒂斯。"我说。

他点了点头。"或许吧。但他不肯说,直到最后也没有说。"他用手指抚弄着右手手掌的新伤口,掸去灰尘,"我听说联邦调查局正在巴吞鲁日附近找一个人,那个人以前在纽约的医院工作。"

我没有说话,他却微笑起来。"我们知道他的名字。只要知道路,一个人就可以在河口里躲很久。联邦调查局可能找不到他,但我们可以。"他做了个手势,就像是国王正在向忧心忡忡的臣子展示自己最精锐的部队,"我们在找他。只要找到,一切就都结束了。"

然后他转过身,爬上领头那辆吉普车的驾驶座,利昂坐在他旁边。他们都消失在夜色中，红色的尾灯像是黑夜中的烟蒂，又像幽深的水面上漂浮着被点燃的小船。

回到新奥尔良的路上，我给安格尔打了电话。我在一家二十四小时药店买了消毒剂和急救箱，以便帮路易斯处理手上的伤口。他的脸上沁了一层汗珠，手上的白布也被染成了深红色。回到弗莱森斯小屋，安格尔用消毒剂帮路易斯清理伤口，并试图用外科缝线将它缝合好。路易斯的关节看起来很糟糕，由于剧痛，嘴绷得紧紧的。虽然他极力反对，但我依然拨通了莱昂内尔给我的号码。电话响了四声后，一个昏昏沉沉的声音接了起来，似乎刚从梦中惊醒。我提到了莱昂内尔的名字。

安格尔载着路易斯去了医生的办公室。他们离开后，我来到雷切尔的房门前，不知道要不要敲门。我知道她没有睡。接到电话后，安格尔告诉了她，而且我能感觉到她还醒着。但我没有敲门。然而，当我打算回到自己的房间时，她的房门打开了。她站在门口，穿着一件长至膝盖的白色T恤，小心地让到一边，要我进去。

"看来你还是完整的。"她说。她似乎并不高兴。

我很疲惫，又因为看见血而感到恶心。我想把脸埋在冰水中。我的舌头已经肿了，只有喝上一瓶结了霜的阿毕塔啤酒或一杯知更鸟威士忌才能恢复过来。我的声音很嘶哑，就像是一个躺在病榻上的老人。

"我还是完整的。"我说，"但很多人不是。路易斯的手被子弹打穿了。很多人死了。乔·博南诺、他的大部分手下，还有他的女人。"

雷切尔转过身，走向阳台的窗户。房间里只有床头灯开着，映照着那些没有被伍里奇带走的插图，她已经将它们挂回了原处。半明半暗的光线映出了只有肌肉的手臂，还有一个女人和一个年轻男子的脸。

"死了这么多人,你有什么收获吗?"

这是一个好问题。和所有的好问题一样,它也没有一个好答案。

"没有,我只知道乔·博南诺宁愿死得很痛苦,也不肯把自己知道的一切告诉我。"

她朝着我转过身:"那你现在打算做什么?"

我已经厌倦了问题,尤其是这类难解的问题。我知道她说得对,也很厌恶我自己。由于和我在一起,雷切尔已经被玷污了。或许我应该把一切都告诉她,但我太疲惫、太难受,鼻孔中充满了血腥味。而且,她应该已经知道了大多数事情。

"我想睡一觉。"我说,"之后再见机行事吧。"然后我离开了她的房间。

47

第二天早晨,我醒来的时候手臂一阵疼痛。我昨天扛着卡利科机枪,加重了之前在海文县受到的枪伤。我还能嗅到手指间、头发里,还有破烂的衣服上的火药味。房间里充斥着枪战的味道,于是我打开了窗户,新奥尔良闷热的空气就像一个笨拙的窃贼般溜了进来。

我去查看路易斯和安格尔的情况。医生十分专业地取出了伤口中的骨片,填充好指关节,又帮他包扎好了手掌。我站在门口,和安格尔低声交谈了几句,而路易斯基本没有睁眼。虽然我知道他们两个都不会责怪我,却依然为发生的一切感到愧疚。

我注意到,安格尔现在很想回纽约。乔·博南诺死了,虽然莱昂内尔·丰特诺有所怀疑,但警察和联邦调查局或许已经接近了爱德华·拜伦。另外,我相信用不了多久,伍里奇便会联系我们,询问乔·博南诺身上发生的事情。如果发现路易斯的手受了枪伤,他会更加怀疑。我把这一切告诉了安格尔,他也认为他们应该等我一回来就尽快离开,这样也不会让雷尔落单。对我而言,整个案件似乎陷入了停滞。警察和丰特诺家族正在别的地方追踪爱德华·拜伦,但他似乎离我很遥远。

我给莫菲留了言,想要知道他们追踪拜伦的进展。我还想补充一些内容。旅人的身份就像那些被他剥去脸皮的死者一样模糊。或许联邦调查局的猜测是正确的。在当地警察的帮助下,他们的调查要比一群从纽约来到这里、妄想能够抓到旅人的家伙更加充分。我本想从另一个角度切入调查，但乔·博南诺死后，这条路似乎被一片黑暗的灌木丛挡住了。

我拿着自己的手机和罗利的诗集，来到了普瓦德拉街上的老妈餐厅，喝了许多杯咖啡，又吃了一些培根和全麦吐司。当你的人生走到死胡同时，罗利似乎是很好的陪伴。"去吧，灵魂……我必须死去／给世界一个谎言。"罗利知道如何以坚忍的态度面对逆境，却不知道如何才能不被砍头。

一个人坐在我旁边，正在全神贯注地吃火腿和鸡蛋。蛋黄沾在他的下巴上，就像映照着金凤花的阳光。有人在吹口哨，旋律是《有什么新消息吗？》，但由于曲调太复杂，很快便陷入了混乱。临近中午，空气中弥漫着人们谈话的声音，电台中播放着乏味的摇滚音乐，远处缓慢行驶的车辆发出低沉而恼人的嗡鸣。新奥尔良的天气永远如此潮湿，情侣会因此而吵架，孩子们也会愁眉苦脸。

一小时过去了。我给圣马丁教区的警队打电话，得知莫菲请了一天假，打算在家里装修。我没有什么可做的，只好结了账，给车加了点油，又一次驶向巴吾鲁日。我发现一家拉斐特电台正在播放"奶酪"里德刺耳的歌声，接下来是"荞麦"柴迪科和克利夫顿·谢尼尔。主持人说，这一小时属于卡津音乐和柴迪科。我渐渐远离了城市，音乐和风景开始融为一体。

我站在莫菲家门外，听见一张塑料布在午后的风中发出声响。他正在更换房屋西侧的部分外墙。风想要把塑料布吹走，却只是让固定塑料的绳子也跟着噼啪作响起来。绳子拉着一扇还未固定好的窗户，纱门像一个疲惫的客人，不停地拍打着窗框。

我在门口喊他，但是没有人回答。我走到房屋后方，发现后门开着，用一块砖头固定。我又喊了他几声，听见自己的声音空洞地回荡在中央的走廊中。一楼的房间全都没有人，楼上也没有任何声响。我拿出枪，上了楼。楼梯刚被刨平了，正要准备重新装修。卧室里也没有人，浴室的门敞开，洗漱用品整齐地摆在水池旁边。我又到阳台上看了一眼，然后下楼。当我朝着后门走去时，冰冷的金属触碰到了我的脖子。

"把枪放下。"一个声音说。

我的枪从指间滑落。

"慢慢转过来。"

脖子上的力量消失了。我转过身，看见莫菲站在我面前，手里拿着射钉枪，距离我的脸只有几英寸。他松了一口气，把射钉枪放下了。

"靠，你快要吓死我了。"他说。

我感觉自己的心脏狂跳不止。"谢谢你。"我说，"我连着喝了五杯咖啡，很需要这种肾上腺素激增的感觉。"我重重地坐在底层的台阶上。

"你的状态不大好。昨晚熬夜了？"

我抬起头，本想通过莫菲的神情看出他是否知道了什么，可他却转过了身。

"算是吧。"

"你听到新闻了吧？乔·博南诺和他的手下昨晚都被干掉了。他在死前也被刀子砍得够呛。如果不查看指纹，警察都不能确定那就是他。"他走到厨房里，给自己拿了一罐啤酒，给我拿了一杯饮料，是不含咖啡因的可乐。他的胳膊下夹着一份《时代琐闻报》。

"你看今天的报纸了吗？"

我从他手中接过报纸。报纸折成了四叠，头版的下半部分正对着我。标题写道：警方正在追踪仪式性谋杀的连环杀手。下面的内容包含了玛丽·阿吉拉德婆婆和蒂·吉恩死亡情况的细节。这些内容只可能来自调查组：尸体的样子、发现尸体的过程、部分伤口的性质。这篇文章推测，卢蒂斯·丰特诺的尸体被发现可能与一位男子在巴克敦死亡有关，与某位知名犯罪头子也有所关联。最糟糕的是，它还指出，今年年初在纽约也发生了两起类似的案件，警方正在调查其中的关联。文章中没有提到苏珊和詹妮弗的名字，但这位作者对案件如此了解，显然知道她们的名字。作者没有署名，只是笼统地自称为"时代琐闻报记者"。

我疲惫地放下了报纸。"是你的人泄露了消息吗？"我问。

"可能吧，但我认为不是，虽然联邦调查局觉得我们有问题。他们总是对我们指手画脚，说我们阻碍调查。"他喝了一口啤酒，继续说了下去。

"可能会有一两个人觉得是你泄露了消息。"说出这句话时，他显然有些不自在，却没有移开目光。

"不是我。如果他们知道了詹妮弗和苏珊的事，很快就会把我和现在这些事情联系起来。我最不想要的就是被媒体围攻。"

他考虑了我的话，点了点头："你说得有道理。"

"你联系过编辑吗？"

"第一版出来时，有人联系过他，他还在家里。他只会说，我们媒体有自己的自由，也要保护新闻来源。我们也不能强迫他说，但是……"他揉了揉脖子后面的筋，"这种事情很奇怪。对于具有危害性的调查，报纸报道时总是很谨慎。提供消息的应该是某个很相关的人。"

我思考着他的话。"如果它们愿意刊载这种内容，说明信息很真实，来源也非常可靠。"我说，"这有可能是联邦调查局的把戏。"这再次证实了伍里奇和他的团队有所隐瞒，不仅是对我，或许他们也欺瞒了警方的调查队。

"我们不会有什么新消息。"莫菲说，"联邦调查局什么都不告诉我们，他们觉得自己可以蒙混过关。你觉得这是他们故意散布的消息吗？"

391

"是某个人散布的。"

莫菲喝光了啤酒，踩扁了脚下的罐子。光秃秃的木头上留下了一小块啤酒渍。他从门口的帽架上取下一条工具腰带，系在腰间。

"需要帮忙吗？"

他看着我："你搬木板会不会摔跤？"

"会。"

"那正好。厨房里有一副备用手套。"

那个下午，我一直在帮他干活，举东西、搬材料、钉钉子、锯木头。我们把西侧的木板基本换掉了。劳作的时候，微风将我们周围的木屑和刨花吹起。后来，安吉从巴吞鲁日购物回来，提着许多食材和购物袋。莫菲和我收拾残局时，她便煎好了牛排，还配上了红薯、胡萝卜和克里奥尔米饭。夜幕降临时，我们在厨房里吃饭。风环抱着他们的房子。

莫菲陪我走到了车旁边。我启动汽车时，他靠在车窗上，低声说："昨天有人去找史黛丝·拜伦，你知道是怎么回事吗？"

"或许吧。"

"就是你，对吧？他们杀死乔·博南诺的时候你也在，对不对？"

"你不会想知道这个答案。"我说，"正如我也不想知道关于卢瑟·伯伦德的事情。"

我离开时，他正站在自己未完工的房屋前。后来，他转身进屋，回到了妻子身边。

回到弗莱森斯小屋，我看见安格尔和路易斯正在打包行李准备离开。他们祝我好运，又告诉我雷切尔早早就上床睡觉了。她订了明天的航班。我不想打扰她，于是回到了房间。我不记得自己是如何睡着的。

外面有人敲门，我的夜光手表显示现在是上午8点30分。我刚刚还在沉睡，只好缓慢地让自己苏醒过来，就像一个潜水者努力浮出水面一样。我正要从床上起身，门却被猛地推开了。许多光线照在我脸上，许多健壮有力的手臂把我拽起来，将我推到墙边。房间里的主灯亮起，一支枪指着我的头。我看见一些人穿着新奥尔良警察局的制服，还有一些人穿着便服。莫菲的搭档图森特径直走到我的右侧。警察们把我的房间翻了个底朝天。

我知道，一定发生了某些非常可怕的事情。

他们允许我穿上运动服和运动鞋，然后给我戴上了手铐。他们押着我穿过旅馆，经过那些不安地探出头的客人，来到了一辆警车前。雷切尔坐在另一辆警车上，她面色苍白，由于刚睡醒，头发还很凌乱。我无助地朝她耸了耸肩，然后这支车队便驶离了法属区。

我被审问了三小时。随后，他们给了我一杯咖啡，又审问了我一小时。房间很小，灯光明亮，充斥着烟味和汗臭味。一处角落的水泥破损了，上面好像还有血迹。问话的主要是两个警探，戴尔和克莱因。戴尔扮演着凶悍的角色，扬言说既然我杀死了路易斯安那州的一个警察，就该被开枪打死，丢进沼泽中。克莱因扮演着通情达理、善解人意的角色，既要保护我，又要确保我说出真相。即使他们面对的是个前任警察，也依然会遵循"一个唱红脸，一个唱白脸"的惯例。

我把自己知道的一切都告诉了他们。我说了许多遍。我说了我去看望莫菲，帮他装修，我们一起吃饭，然后我便离开了，所以他的家中才会有我的指纹。不，我房间里的警方档案不是莫菲给我的。我不知道是谁杀了他。只有夜班门房看见我走进了旅馆，我没有和别人说过话。那天晚上我没再离开过房间。没有人能为我证明。没有。没有。没有。没有。

然后，伍里奇来了，又从头走了一遍讯问流程。他们问了更多问题，这一次联邦探员也参与其中。然而，没有人告诉我为什么要带我来这里,也没有人告诉我莫菲和他的妻子究竟怎么了。最后,克莱因回到房间,告诉我可以离开了。一面带有围栏的板条隔断将警队办公室和大走廊分开,雷切尔端着一杯茶坐在隔断后面,周围的警察都故意不理睬她。在她身后10英尺的牢房中,一个瘦骨嶙峋、有文身的白人男子正在对她说一些下流的话。

图森特出现了。他大概五十岁出头,有些发胖,头顶光秃秃的,周围长着一圈散乱的白色鬃发,就像是山顶弥漫在雾中。他的眼睛红红的,神情疲倦,和我一样茫然无措。

一个巡警走向雷切尔:"女士,我们现在把你送回旅馆。"她站了起来。在她身后,牢房里的家伙深深吸气,用手抓住了胯部。

"你还好吗?"她从我身边经过时,我问道。

她默默地点头,又问:"你也一起回去吗?"

图森特站在我的左边。"他一会儿就回去。"他说。巡警带领雷切尔离开时,她回头看了我一眼。我对她微笑,想让她放下心来,但我根本没有这样的心思。

"过来吧。我开车载你回去,路上给你买一杯咖啡。"图森特说。我跟着他走出大楼。

我们最终来到了老妈餐厅。不到二十四小时前,我曾坐在这里等待莫菲的电话。而现在,图森特选择在同一个地方告诉我约翰·查尔斯·莫菲和他的妻子安吉拉是如何死去的。

莫菲那天早晨本来要出特勤,图森特开车去他家接他。他们两个总是轮流开车,那天轮到了图森特。

纱门关着,但后面的门并没有关。和昨天下午的我一样,图森特也在门口喊莫菲。然后,他也穿过了中央的走廊,查看厨房和左右两侧的房间。虽然莫菲从不迟到,但图森特觉得他可能还在睡觉,于是打算去楼上的卧室叫他。楼上依然无人应答。图森特想起他在上楼时胃部便已经绷紧了。他嚷着莫菲和安吉的名字,冲向卧室。卧室的门半开着，但是看不到床。

他又敲了一次，然后缓慢地推开了门。在那个短暂的瞬间，他以为自己打扰了他们做爱。看到旁边的血迹，他才发觉那两个人只是被摆成了做爱的姿势。他为自己的朋友和朋友的妻子流下了眼泪。

即使是现在，我也只能想起他说的一些片段，却能够在脑海中浮现出尸体的场景。他们全身赤裸，彼此面对着躺在不再雪白的床单上，双腿缠绕在一起。在腰部以上的位置，他们保持着一臂的距离。两人胸口有一道纵向的创口，贯穿胸腔。他们都将一只手放在对方胸前。图森特靠近后，发现他们的手掌中握着对方的心脏。他们的头都向后耷拉着，头发几乎贴到背部。他们没有眼睛，没有脸，嘴因为痛苦而张得很大。他们似乎在向其他的恋人证明，一切的爱情都是徒劳。

图森特讲述时，愧疚侵袭了我的全身，冲撞着我的内心。是我把这可怕的遭遇带到了他们家。因为帮助我，莫菲和他的妻子才会如此恐怖地死去。而阿吉拉德一家也是因为试图联系我才惨遭杀戮。我的身上散发着死亡的气息。

然而，回想这一切时，几行诗浮现在我的脑海中，我不知道自己是如何想起它们的，也想不起是谁最先告诉我的。不知为何，我觉得这些诗句的来源很重要，不仅仅是因为它描绘了图森特看到的场景。但我却想不出是谁曾向我吟诵过它们，这份记忆消失了，无论如何也找不回来。只剩下那些诗句，我认为它们来自某个玄学派诗人。或许是但恩吧。几乎可以确定是但恩。

尚未出生的人看着我
被切割、撕裂，从而学会一切。
爱神，请杀死我、解剖我，只因
这折磨与你的目的矛盾：
历尽拷打的尸体做不成好标本。

《爱经》里是这样说的吗？情人遭遇折磨和死亡，是对爱情的疗愈。

"他想要帮助我。"我说，"是我让他参与到了这件事情中。"

"是他自己参与的。"图森特说，"他想要这样做，他想找到那个人，终结他的一切。"

我迎上了他的目光。

"为了弥补杀死卢瑟·伯伦德的过错吗？"

图森特移开了目光："这还重要吗？"

然而，我却不能告诉他，我在莫菲身上看到了我自己，我能感受到他的痛苦，也相信他做得比我好。所以我想知道关于卢瑟·伯伦德的事情。

"伯伦德是加尔萨杀的。"图森特最终说道，"加尔萨杀了他，莫菲参与了抛尸。他是这么告诉我的。莫菲当时很年轻，加尔萨不该把他卷进去，可事已至此。从那以后，莫菲一直背负着这件事。"讲到这里，他想起莫菲已经死去，于是陷入沉默。

外面的人们开始了新的一天：工作、旅行、吃饭、调情。无论发生了什么，无论正在发生什么，生活都要继续。我总是觉得，一切似乎都该按下暂停键，钟表不再走动，镜子被遮挡起来，门铃无法发出声响，所有的话语都变得恭敬而低沉。如果世间万物看见苏珊和詹妮弗、玛丽婆婆和蒂·吉恩、莫菲和安吉死去时的惨状，它们都会停下自己的动作，陷入思考。这便是旅人想要的：以他人的死亡提醒我们，每个人都会死去，爱和忠诚毫无意义，家庭和友谊毫无意义，性、需要和快乐毫无意义，最终一切都将是一场空。

我起身准备离开，却又想起了另一件事，一件几乎被我遗忘却又十分恐怖的事。我感到腹部一阵剧痛，甚至蔓延到整个身体，只得抵着墙，试图用手抓住什么。

"噢，天哪，她怀孕了。"

我看向图森特,他飞快地闭上了眼睛。

"旅人知道,对吧?"

图森特没有说话,眼中却充满了绝望。

在那一瞬间,我想起了近几个月内发生的一切。我先是见证了我的女儿詹妮弗的死去,又见证了许多孩子被阿德莱德·莫迪恩和她的搭档海姆斯杀死,最后见证了所有人的死去。旅人所做的一切都具有超越行为本身的含义:莫菲的孩子还未出生便已经死亡,这让我看到未来的一切希望都变成了一摊破碎的血肉。

"我要把你送回旅馆。"图森特开口道,"新奥尔良警察局要求你今晚坐飞机返回纽约。"

我几乎没有听到他的话。我只想到旅人始终在看着我们,他的游戏还会继续。无论是否愿意,我们都是游戏的参与者。

我又想起一个名叫索尔·曼恩的骗子在波特兰对我说的话。我认为这句话对我很重要,却想不出为什么。

他说,你无法吓到一个根本不在意的人。

48

图森特把我送回了弗莱森斯小屋。回到马车房改装的部分,我看到雷切尔的房门半开着。我轻轻敲门,然后走了进去。她的衣服都堆在卧室地板上,床单揉成皱巴巴的一团,丢在角落。所有的文件都不见了。她的行李箱敞开,放在空荡的床垫上。我听见浴室里有声音,又看到她拿着化妆盒走了出来。盒子沾上了一些粉末和液体,或许是警察在搜查时打碎了里面的某些化妆品。

她上身穿着一件褪了色的蓝色尼克斯队运动衫,下身是深蓝色的牛仔裤。她刚刚洗过澡,湿漉漉的头发垂到脸旁,光着脚。我从未发觉她的脚这么小。

"抱歉。"我说。

"没事。"她没有看我,而是开始收拾衣服,努力将它们叠得整齐一些,然后放到行李箱中。我弯下腰,从脚边拾起一双团成了球的袜子。

"你别弄了。"她说,"我自己收就好。"

敲门声再次响起,一位巡警走了进来。他很客气地告诉我们,晚些时候会有人送我们去机场,在这之前,我们只能待在旅馆。

我回到房间,洗了个澡。一位女佣走进来,收拾了房间。我坐在干净的床单上聆听街道上的声音。我想到自己把一切都搞砸了,许多人因此而死去。我感觉自己就像是死亡天使,如果站在一片草坪上,或许连小草也会因我而死掉。

我大概打了一会儿瞌睡，因为醒来的时候，屋里的光线发生了变化。黄昏似乎已经来临，但时间不可能过得这么快。房间里充斥着一股气味，既像是腐烂的植物，又像是充斥着水草和死鱼的水。我呼吸时，这种气息在我口中变得温暖而潮湿。我感觉周围有动静，仿佛有人正在房间角落的阴影中移动。我听到了很轻的说话声，还有丝绸划过木头的声音，接下来，是一个孩子从树叶之间踩过的轻微声响。树木沙沙作响，鸟儿在我的头顶扇动翅膀，它的动作很不均匀，就像在痛苦中挣扎。

房间变得更暗，我对面的墙壁已经发黑。蓝色和绿色的光线从窗外射进来，像是穿过了一层热腾腾的雾气。

或是穿过了水。

黑色的身影从墙内走出，伴着绿色的光线移动。它们带来了浓烈的血腥味，甚至蔓延到了我的舌头上。我张开嘴，想要呼唤什么。即使是现在，我也不知道自己当时想呼唤什么，也不知道谁能听到我的呼唤。然而，潮湿的空气让我的舌头无法动弹，就像一条海绵浸泡在温暖而肮脏的水中。我的胸口很重，无法起身，而且呼吸困难。我的手紧紧地攥成拳头，却又松开，最终也无法移动了。我知道这就是血管中充满氯胺酮的感觉——只能一动不动，等待着解剖学家的刀子落下来。

那些身影停在了黑暗边缘，停在了窗外微弱的光线照不到的地方。它们模糊不清，轮廓时而消失，时而重现，就像是透过毛玻璃看到的形状，又像是投影失去焦点，又重新找回了焦点。

然后我听到了那些声音，

鸟哥……

温柔而坚定的声音，

鸟哥……

渐渐变弱又渐渐增强的声音，

鸟哥……

有些声音我没有听过，还有一些声音充满感情，

鸟哥……

饱含着愤怒、恐惧和爱。

爸爸……

她是这些身影中最小的一个，还有一个人站在她身边，牵着她的手。在她们周围，其他人的身影显现出来，共有八个。在他身后，还有更多更加模糊的身影，有女人、男人、小女孩。我的胸口越来越重，呼吸变得越来越微弱。我想起了那个曾经萦绕在玛丽·阿吉拉德婆婆脑海中的影子，雷蒙德也相信自己曾在蜂蜜岛见过她。那个女孩似乎正穿过幽深的河水向我求救，她好像不是卢蒂斯·丰特诺。

孩子……

每一次呼吸都像是最后一下，它们只能到达我的喉咙。

孩子……

这个声音苍老而低沉，就像古钢琴的乐声从遥远的房间中传出。

醒醒，孩子，他的谜团就要被揭开了。

我听到了自己最后的呼吸声，接下来，一切陷入寂静。

一阵敲门声吵醒了我。外面，太阳快要落山，黄昏即将来临。我打开门，看见图森特站在我面前，雷切尔等在他身后。"时间到了。"他说。

"我以为我们归新奥尔良警察局管。"

"是我主动要求的。"他说道。他跟着我进入房间，看着我把剃须刀丢进旅行包中，又将包合上并扣好。这个包是伦敦雾的，是苏珊送我的礼物。

图森特朝新奥尔良警察局的巡警点了点头。

"你确定没问题吗？"那个警察问。他看起来有些焦躁，又有些

犹豫。

"喂,新奥尔良警察局还有更重要的事情,不该管这些小事。"图森特说,"我会把他们送去机场,你去忙着抓坏人吧,好吗?"

我们沉默地驶向莫圣特机场。我坐在副驾驶的位置上,雷切尔坐在后面。我本以为图森特要在通往机场的出口转弯,可他却一直开到了10号高速出口。

"你走错路了。"我说。

"我没有。"图森特回答。

真相快要揭开时,进展总是很快。那天我们很幸运。每个人都会有幸运的时候。

格兰德河上游有一个交汇处,靠近通往拉斐特的高速公路的10号出口,位于东南方向。那里正在进行疏浚工程,用机器从河底将淤泥和垃圾挖出来。因为河床上有一些废弃而生锈的铁丝网,机器被卡住了。最终,人们把铁丝网解开,准备将它拉上来,却发现网里还有别的东西。一张旧铁床;一副手铐,大概是一百五十年前的物品;水底还有一个油桶拉扯着铁丝网,上面印着百合花图案。

工程队的人把油桶捞上来时,还以为这只是一个玩笑。此前,各家新闻曾纷纷报道,有人在印着百合花图案的油桶中发现了一个女孩的尸体。那天,《时代琐闻报》还在不显眼的位置用九十行文字报道了这个消息。

为了把铁丝网拉出来,工程队的人只得先把油桶捞出水面,或许他们一边捞,一边还在互相逗趣。或许他们都变得很沉默,只在其中一个同伴打开盖子时,发出了紧张而怪异的笑声。油桶生锈了,盖子也没有完全焊好,脏水、死鱼和水草纷纷涌了出来。

女孩的腿也从打开的盖子中伸出,虽然已经部分腐烂,却包裹着一层奇怪的蜡质膜。而她的身体卡住了,一半在桶里,一半在桶外。

水中的生物几乎吃净了她的尸体。然而，当一个人用手电筒照向油桶的尽头时，却看见女孩额头上残破的皮肤和她的牙齿。她仿佛在黑暗中对他微笑。

  我们到达时，那里只有两辆车。尸体从水中捞出来还不到三小时。两个穿着制服的警察站在工程队的人旁边。尸体旁边还站着三个便衣警察，其中一个人的西装要比其他人昂贵一些，银色的头发剪得短而整齐。莫菲死后，我才认识他。他是圣马丁教区的詹姆斯·杜普雷警长，也是图森特的上司。

  从车里出来后，杜普雷示意我们过去。雷切尔躲在我们身后，但她依然走到了装在油桶中的尸体。这是我见过的最寂静的犯罪现场。即使后来验尸官也来了，现场依然很安静。

  杜普雷把一双塑料手套摘了下来，手指尽量不碰到手套外部。我注意到他的指甲虽然没有做美甲，却很短，而且非常干净。

  "你想靠近看一看吗？"他问。

  "不必了。"我回答，"想看的我都看到了。"

  工程队挖出的淤泥散发着腐烂而刺鼻的味道，甚至比女孩的尸体气味更加浓烈。鸟儿在周围徘徊，寻找死鱼或濒死的鱼。其中一位工程队人员用嘴衔着香烟，弯下腰去捡石头，并将它丢向一只在土里钻来钻去的大灰老鼠。石头砸中了泥土，发出"砰"的一声，就像一块肉掉在了屠夫的砧板上。老鼠飞快地溜走了。它的身边还有一些灰色的东西在移动。这里生活着许多鼠类动物，它们受到工程队人员的惊扰，纷纷从洞里爬了出来，互相撞来撞去，尾巴在泥地上留下蜿蜒的线条。其余的工程队人员也都开始擦着地面扔石头，大部分都扔得很准。

  杜普雷用金色的朗森打火机点燃了一支烟。他抽吉坦尼斯，我还没见过别的警察抽这种烟。烟雾浓烈而刺鼻，被风直接吹到了我脸上。杜普雷向我道歉，然后转过身，用身体遮挡了一部分烟雾。这种善解人意的行为让我又一次思考为什么此时我没有坐在莫圣特机场。

"他们告诉我，是你找到了纽约的那个连环杀手，那个姓莫迪恩的女人。"杜普雷终于开了口，"而且是在三十年后，这不容易。"

"她犯了一个错误。"我说，"到了最后，这些人总会犯错误。所以我们只需要利用机会，在正确的时间出现在正确的地点。"

他把头微微歪向一边，似乎并不同意我的话，却又担心错过了什么，所以打算认真地思考一番。他又深深地吸了一口烟。这是一个高档品牌，但他吸烟的方式却像是纽约码头上的工人。他把烟蒂夹在拇指和食指、中指之间，用手掌挡住了烟灰。这种拿烟的方式一般是小时候学会的，那时抽烟是一种隐秘的乐趣，一旦被抓到，就会被老爸狠狠地朝着后脑勺揍上几拳。

"每个人都有幸运的时候。"杜普雷说。他仔细地打量着我："我感觉或许我们的幸运就在这里。"

我等着他继续说下去。发现女孩的尸体似乎是某种幸运。而我还记得那个梦，许多身影从卧室的墙壁中钻出来，告诉我，旅人编织的陷阱中有一条线忽然松动了。

"莫菲和他妻子死去时，我的本能反应是把你叫出来，揍个半死。"他说，"莫菲是个好人，也是个好警察，无论他做过什么事。他还是我的朋友。

"但他信任你，图森特好像也很信任你。他觉得或许你能将这一切联系起来。如果情况果真如此，就不能让你坐飞机回纽约，否则谜团就无法解开了。你的联邦探员朋友伍里奇好像也是这样想的，但是还有更多人想要把你送走。"

他又吸了一口烟。"我感觉你就像是粘在头发上的口香糖。"他接着说，"我们越是想甩掉你，你就陷得越深，或许我们可以利用这一点。把你留下来非常冒险，但莫菲和我说过你对那个家伙的印象，你认为他正在观察我们、操控我们。你能说说为什么这样想吗？当然，你也可以在莫圣特机场的椅子上睡一晚。"

我看见女孩的脚和腿从油桶里伸出来，奇特的黄色蜡质膜像茧一般覆在她身上。她就这样躺在路易斯安那州西部的一条河流中，这里到处都是垃圾、污水，还有许多老鼠出没。验尸官和他的手下拿着裹尸袋和担架走了过来。他们在地面铺了一层塑料，小心地将油桶移到上面，其中一个人戴着手套，用手扶着女孩的腿。然后，验尸官将手缓慢而轻柔地伸进油桶，准备将尸体取出来。

"目前为止，我们的一切行为都被那个家伙追踪、预测到了。"我开口道，"阿吉拉德一家知道了什么，于是他们死了。雷马尔看见了什么，于是他被杀了。莫菲想要帮助我，现在他也死了。那个家伙让我们失去了别的选择，只能遵循他设置的模式。现在，有人向报纸泄露了案件调查的细节。或许他也把消息泄露给了那个家伙，可能是无意的，也可能是故意的。"

杜普雷和图森特互相看了一眼。"我们也考虑过这种可能。"杜普雷说，"参与这件事的人太多了，不可能完全保持沉默。"

"重要的是，"我接着说道，"联邦调查局对此有所隐瞒。你觉得伍里奇把他知道的一切都告诉你了吗？"

杜普雷差点儿笑出声来："联邦调查局总是这样。我对那个拜伦的了解就像对诗人拜伦的了解一样少。"

油桶中传来了摩擦声，是女孩的骨头碰到了金属内壁。他们将女孩赤裸、褪色的尸体从桶中取了出来，并用戴手套的手扶着。

"这些细节我们可以保密多久？"我问杜普雷。

"不会太久。我们需要通知联邦调查局，媒体很快也会知情。"他摊开双手，显得很无助，"就算你建议我，不要把这件事告诉联邦调查局……"从他的脸上，我看出他已经有了这样的打算。正因如此，验尸官才会在尸体刚被发现几小时后就来检验。正因如此，现场的警察才这么少。他不想让更多人知道案件的细节。

我决定支持他的看法，让他的信念更加坚定："我建议你不要告诉任何人。否则，那个家伙也会被惊动，他会再次切断我们的线索。如果你必须要说些什么，就糊弄过去吧。不要提到油桶，把地点讲得模糊一些，还可以说你觉得这个发现与其他调查没有关联。在女孩的身份被证实之前，最好什么都不要说。"

"但我们不一定能证实她的身份。"图森特有些悲伤地说。

"喂，你就这么喜欢打击我们吗？"杜普雷有些生气。

"抱歉。"图森特说道。

"他说得对。"我开了口，"我们可能无法证实她的身份，但依然需要冒这个险。"

"如果我们自己的记录不够用，就只能使用联邦调查局的数据库了。"杜普雷说。

"船到桥头自然直。"我说，"先秘密调查一段时间，能做到吗？"

杜普雷挪了挪脚，抽完了烟。他靠在打开的车窗边，把烟蒂丢进了烟灰缸。

"最多二十四小时。"他说，"如果再久，我们就会被指控为能力不足或故意妨碍调查。我不知道在这么短的时间内能有什么进展。不过……"他先是看了图森特一眼，又看着我，"或许根本到不了这一步。"

"你想对我说什么吗？"我问，"还是需要我猜？"

回答的是图森特。

"联邦调查局认为他们找到了拜伦，上午就打算去找他。"

"如果是这样，我们这边的王牌在他们那里只能算是备用牌。"杜普雷说。

但我没有听他们讲话。联邦调查局去找拜伦了，而我不能去。如

405

果我也去，路易斯安那州执法部门的许多人员便会把我送上回纽约的飞机，或者把我关进监狱。

施工队的人员是最有可能泄露机密的。我们把他们叫到一边，请他们喝咖啡，然后杜普雷和我尽量向他们表现出诚意。我们告诉那些人，如果他们不能在一天之内保守秘密，那个杀死了女孩的凶手便有可能逃脱，以后还会继续杀人。我们的说法有一定的准确性。既然无法参与对拜伦的追捕，我们只能尽可能地继续调查。

施工队的人员都是当地人，他们工作很努力，大多数都结婚了，也有自己的孩子。在得到我们的允许之前，他们保证什么都不会说。虽然嘴上这么讲，但我知道有些人一回到家，就会把这件事告诉自己的太太或女友，于是消息便会传出去。我的第一位警司曾说过，那些说自己与妻子无话不谈的男人不是在说谎，就是脑子有问题。然而不幸的是，他离婚了。

电话打过来时，杜普雷在办公室里，他挑了几个最信任的副手和警探参与调查。算上图森特、雷切尔和我，还有验尸官的团队和施工队人员，或许有二十个人知道发现尸体的事情。对保守秘密而言，这个人数已经太多了，但没有办法。

经过最初的检验和拍照后，他们会将尸体运往拉斐特郊外的一家私人诊所，验尸官有时会在那里工作。他答应立刻开始验尸。杜普雷准备了一份声明，声称在距离真实地点5英里的地方发现了一具年龄不明、死因不明的女尸。他写好了日期和时间，将声明压在桌子上的一堆文件下面。

我们到达停尸房时，尸体已经经过了X光照射和测量。运送尸体的拖车被推到了角落里。解剖台下方有一个圆形的水缸，既能把水输送到解剖台上，又能收集从解剖台表面的孔中流下的液体。金属架子上挂着给器官称重的天平，旁边还有一个小的局部解剖台，它被放置在底座上，准备投入使用。

除了验尸官和他的助手，参与验尸的只有三个人，分别是杜普雷、图森特和我。尸体的气味很浓烈，并没有完全被防腐剂冲淡。深色的头发从头骨上垂下来，剩余的皮肤都已经萎缩、破损。女孩的整个身体几乎都覆盖着一层黄白色的物质。

杜普雷提出了这个问题："医生，请问尸体表面的物质是什么？"

验尸官名叫埃米尔·哈克斯特，大概六十岁出头，身材高大而健壮，面色红润。他戴着手套，在回答之前先用手指摸了摸那种物质。

"尸体形成了尸蜡。"他说，"这种现象很罕见，我只在两三个案子中见过。或许是河道里的淤泥和水导致了尸蜡的形成。"

他眯起眼睛，凑近尸体："她体内的脂肪在水中分解、凝固，就形成了尸蜡。她已经在水中待了一段时间。身体周围形成尸蜡至少需要六个月，脸上不用那么久。我刚刚戳了一下，感觉她在水中待了不到七个月，一定不会超过七个月。"

哈克斯特拿起固定在绿色手术服上的小麦克风，详细地介绍了验尸结果。他说，女孩十八岁，没有被绳子捆绑的痕迹。她的脖子上有一条明显的刀口，深深地划破了颈动脉，或许这就是死因。她的颅骨有痕迹，表明脸曾受到严重的伤害，眼窝上有同样的痕迹。

验尸快要结束时，杜普雷离开了。过了几分钟，他和雷切尔一起回到了这里。雷切尔在拉斐特的一家汽车旅馆办理了入住，把我们两个的行李存放在那里，然后回来了。最初看到尸体时，她有些畏缩，随后便沉默地站在我身边，牵着我的手。

验尸完成后，哈克斯特摘下了手套，开始清洗双手。杜普雷从案件信封中取出X光照片，一张接一张地举到灯光下。"这是什么？"过了一会儿，他问道。

哈克斯特接过X光照片，看了一会儿。"右胫骨有创骨折。"他用手指着说，"或许是两年前的事情。报告里应该写了，如果没有的话，我会尽快写上去。"

我感觉自己的胃开始下坠，又感到一阵剧痛。我伸出手，努力保持平衡，手指掠过天平的边缘，又听见天平发出叮叮当当的撞击声。然后，我的手不由自主地伸向验尸台，手指触碰到女孩的尸体，慌忙收回来，却依然嗅到了她的气味。

"帕克，你怎么了？"杜普雷问。他走到我身边，扶住了我的胳膊。我的手指上还有女孩的触感。

"天哪！"我嚷道，"我知道她是谁了。"

在熹微的晨光中，一群联邦探员出现在一个位于库塔布洛河口北端、克罗兹斯普林斯南端的地方，那里距离拉斐特大约20英里。那些探员获得了圣兰德里教区警长办公室的支持，正在靠近一座背对着河口的猎枪小屋，房屋的正面被茂密的灌木和树木遮挡着。有些特工穿着黑色的雨衣，背面写着黄色的大字"联邦调查局"，还有些戴着头盔，穿着防弹衣。他们拉开了手枪的保险装置，缓慢而安静地行进，即使要交流，也尽量简洁而快速地说完。他们很少使用对讲机。这些人清楚自己在做什么。在他们周围，还有许多配备了手枪和猎枪的警察，他们聆听着自己急促的呼吸和心跳，随时准备冲向爱德华·拜伦的房子。警察们相信，这个人杀死了他们的同事约翰·查尔斯·莫菲，还有他年轻的妻子，以及至少五个人。

房屋很破旧，屋檐上的石板已经损坏并裂开，屋梁也已经腐烂。房屋正面的两扇窗户都破碎了，主人用胶带将纸板粘在上面，作为替代。门廊上的木头也已弯曲，有些地方根本没有木头。房屋右侧的金属钩子上吊着一只野猪，刚刚被剥去皮。血顺着它的鼻子滴下来，流到了下方的地面上。

早上6点刚过，伍里奇便发出信号，让那些身穿凯拉夫防弹衣的联邦特工从前后两个方向靠近房屋。他们先是查看了前门和后门两侧的窗户,然后撞开门,冲向中央的走廊,发出嘈杂的声音,手电筒的光线穿透了屋内的黑暗。

两支队伍遇到了彼此。这时,猎枪的声音在屋后响起,昏暗的灯光照亮了鲜血。一个名叫托马斯·赛尔茨的探员身体前冲,那枚子弹击中了他的腋窝处,那里没有防护,半身盔甲的弱点便在于此。他死去之前,手指收紧,最后一次扣动了全自动手枪的扳机。他倒下时,子弹飞到墙上、天花板、地面,溅起满屋尘土,还伤到了两位特工,一个腿上中了弹,另一个嘴部中了弹。

枪声掩盖了另一枚子弹被放入猎枪的声响。第二枪击中了室内的一道门框,木片四处飞溅,特工们纷纷趴在地上,朝着空荡的后门射击。第三枪击中了一位正在房屋侧面快步奔跑的特工。地上散落着许多用来烧柴火的木材和旧家具,那个开枪的人拨开它们,从下方的藏身之处溜了出来。有些特工蹲下来照顾受伤的同事,有些冲上去追赶他,然而,他的枪声已经冲到了河口。

一个穿着破旧的蓝色牛仔裤、红白相间的格子衫的身影消失在河口。特工们小心地跟着他,有时膝盖甚至陷入了泥泞的沼泽中,枯死的树干总是挡住道路,让他们无法笔直前进。终于,他们来到了一块坚硬的土地上,用树木掩藏起自己,缓慢前行。每个人都把枪扛在肩头,一边观察,一边前进。

猎枪的声音又在前方响起。鸟儿从林间散开,一棵高大的柏树被击碎,木头在与头部平行高度四处飞溅。一位特工的脸被碎片刺穿,痛苦地叫喊着,出现在人们的视野中。又是一声枪响,他被震倒在地,左侧的股骨断了。他倒在泥土和树叶上面,痛苦地弓着背。

警察们开始用自动手枪扫射树林,树枝和树叶落得到处都是。经过了四五秒的集中射击,有人下令停火,沼泽又恢复了平静。特工和警察们继续向前,在树木之间快速移动。有人在一棵柳树下发现了血迹,叫嚷起来。断裂的树枝就像白骨一般。

409

身后传来了狗的叫声,原来是追踪小队被叫来帮忙了,他们原本在3英里之外的地方待命。那些狗嗅了嗅拜伦的衣服和柴堆。驯狗的人很瘦,留着胡子,还把牛仔裤塞进了沾满了泥的靴子中。他追上了大部队后,又指挥自己的狗嗅了嗅柳树下的血迹。然后,那些狗被套上了绳子,仔细地搜索起来。

然而,爱德华·拜伦没有再开枪,因为沼泽中并不只有警察在找他。

他们继续寻找拜伦时,我、图森特还有两个年轻的警察坐在圣马丁教区的警长办公室中,持续搜寻迈阿密的牙医,并在必要时用答录机上的紧急号码给他们打电话。

唯一一次打断我们的是雷切尔,她端着咖啡和冒着热气的丹麦糕点走了进来。她站在我身后,将一只手轻轻地放在我的脖子后方。我伸出手,抓住了她的手指,拉到嘴边亲吻了指尖。

"我没想到你会留下来。"我说。我看不到她的脸。

"快要结束了,对吧?"她轻声问。

"我觉得是。我好像看到了结局。"

"那我也想看到结局。一切结束的时候,我希望自己在场。"

她又站了一会儿,几乎快要把倦意传染给了我们。于是,她便回到汽车旅馆睡觉。

我们打了39通电话,最终拨通了位于布里克尔大道上的埃尔温·霍德曼牙科诊所的号码。那里的牙医助理找到了丽莎·斯托特的记录,但她甚至不肯告诉我们丽莎·斯托特在近六个月有没有去过那里。助理说,霍德曼医生正在打高尔夫球,不想被打扰。图森特对她说,我们根本不在乎霍德曼医生高不高兴,助理只好把医生的手机号告诉了他。

助理说得对,霍德曼医生不喜欢在打高尔夫球时被打扰,而且他正要在第15洞打出一个小鸟球。两人吵嚷了一阵后，图森特向他索要丽莎·斯托特的牙科记录。医生说，这需要获得她母亲和继父的同意。图森特把电话递给了杜普雷，杜普雷告诉医生不必如此。他还说，我们需要记录只是为了在搜查中排除这个女孩的可能性，贸然惊动她的父母或许不太好。霍德曼医生原本还想拒绝，杜普雷却警告他，如果不配合，他的所有行医记录都会被扣押，纳税情况也会受到详细的调查。

霍德曼医生终于答应配合。他说记录都在电脑上，X光照片和牙科就诊表也被扫描了进去。一回到办公室，他就会把这些文件发送过来。他的助理是新来的，没有他的密码，所以无法发送邮件。只要打完这一杆……

他们又吵嚷起来，最终，霍德曼决定不再继续打球。如果不堵车，他一小时就能回到诊所。于是我们坐下来等待。

拜伦向沼泽内走了大约1英里。警察们正在逼近，而他的胳膊流了很多血。子弹击碎了他左侧的手肘，疼痛蔓延至整个身体。他在一小块空地上停下来，将枪托撑在地面上，又上了一枚子弹，用没受伤的手笨拙地举起了枪。狗的叫声越来越近了。只要看见那些狗，他便可以立刻开枪打死它们。这样，警察就无法在沼泽中找到他。

他站起来，却注意到面前有一些动静。那些人不可能绕路过来找他。西边的水更深一些，如果他们没有船，便无法从路边进入沼泽。即使他们有船，他也应该能听见声音。他对沼泽中的声音非常敏感。只有幻觉能够搅乱他的耳朵，可它们曾经出现过，现在已经消失了。

拜伦笨拙地把枪夹在右臂下方，一边向前走，一边四处观察。他缓慢地朝着树林走去，但那些动静似乎停下了。或许他还摇了摇头，希望幻觉不要出现，而它们确实没有现身。然而，死亡却现身了。四周的树林动了起来，他被许多黑色的身影包围。他只开了一枪，手中的猎枪便被夺走了。他感觉胸口一阵剧痛,两肩之间的皮肤被刀子割裂。

那些人包围着他。他们神情冷酷,其中一个人肩上扛着M16冲锋枪,其他人拿着刀子和斧头。为首的是一个高大健壮、长着红褐色皮肤的男人,深色的头发夹杂着灰发。拜伦跪倒在地,雨点般的拳头落在他的背部、手臂和肩膀上。他痛苦而疲惫地抬起头,看见那个高大健壮的男人拎起斧头,朝他挥来。

接着,一切陷入了黑暗。

我们借用了杜普雷的办公室,准备用他的新电脑接收霍德曼医生传来的牙科记录。我坐在一把红色的塑料椅子上,这把椅子用胶带修补了许多次,犹如坐在碎裂的冰面。当我扭动它并将脚搁在窗台上时,它发出了嘎吱的声响。沙发在我对面,此前我曾在上面别扭地睡了三个小时。

三十分钟前,图森特离开了这里,去买咖啡,现在还没有回来。听到远处警队办公室中的骚动,我有些不安。我经过杜普雷的办公室那扇开着的门,来到了警队办公室,那里有一排排灰色的金属桌子、几把旋转椅、几个帽架、一些公告板、一些咖啡杯,还有吃了一半的百吉饼和甜甜圈。

图森特正在激动地与一个穿着蓝色西装和开领衬衫的黑人警探说话。在他身后,杜普雷正在与一个穿着制服的巡警交谈。图森特看见了我,于是拍了拍黑人警探的肩膀,朝我走来。

"拜伦死了。"他说,"现场很混乱。联邦调查局损失了两个人,还有很多人受伤。拜伦逃进了沼泽里。他们找到他时,已经有人将他的身体割开,又用斧头砍碎了他的头骨。他们只找到了斧头和许多脚印。"他用手指抚摸着下巴,"联邦调查局认为或许是莱昂内尔·丰特诺干的,他想用自己的方式终结这一切。"

杜普雷把我们带到他的办公室，却没有关门。他站在我身边，轻轻地触碰我的手臂。

"确实是他，但还有很多谜团没有解开。不过，他们找到了一些样品罐，和装你女儿的那个一样。"他停顿了一会儿，然后重新组织语言，"就是你收到的那个罐子。他们还找到了一台笔记本电脑、自制变声器的碎片、残留着人体组织的手术刀。这些基本都是在房子后面的小屋里发现的。我和伍里奇简单地聊过。他提到了古老的医学教材，还说要告诉你，你之前说得对。他们还在寻找受害者的脸皮，但可能需要一段时间。晚些时候，他们应该会挖掘房屋周围的土地。"

我不知道自己是什么感受。我感到轻松，感到身上的重压被移开了，一切都将走向终结。但我也有另一种感觉：我有些失望，因为结束的那一刻我没有在场。我做了这么多事情，看着这么多人死去，有些死在我手中，有些死在别人手中，然而到了最后，我却没有见到旅人一面。

杜普雷离开了。我重重地坐在椅子上，看见阳光透过百叶窗照进屋内。图森特坐在杜普雷的桌子边缘看着我。我想起了与苏珊、詹妮弗一起在公园里度过的时光。我还想起了玛丽·阿吉拉德婆婆的声音，愿她现在已经安息。

杜普雷的电脑每隔一段时间就会发出两声提示。图森特从桌子上起身，来到了一个能看到屏幕的位置。他输入一串密码，然后阅读屏幕上的内容。

"霍德曼的文件发过来了。"他说。

我也来到屏幕前，看到了丽莎·斯托特的牙科记录，先是详细的文字说明，然后是一张口腔的二维图，标记着填充物和摘除物，最后是口腔的X光照片。

图森特从一份单独的文件中取出法医拍下的X光照片，将两幅图片放在一起。

"是一样的。"他说。

我点了点头,不敢去想这意味着什么。

图森特打电话给哈克斯特,告诉他我们拿到了什么,并让他赶快过来。三十分钟后,埃米尔·哈克斯特医生查看了霍德曼发过来的文件,并与他的笔记和尸体的X光照片进行对比。最后,他把眼镜推到了额头上,按了按眼角。

"就是她。"他说。

图森特深深地呼了一口气,悲伤地摇了摇头。这似乎是旅人最后的玩笑。死去的女孩是丽莎·斯托特,她从前的名字是丽莎·伍里奇。这个女孩是她父母痛苦婚姻的牺牲品。离婚之后,她的母亲急于迎接新生活,不想带着一个充满愤怒和委屈的青春期女儿,于是抛弃了她。而她的父亲也无法给她稳定的生活。

她是伍里奇的女儿。

49

电话里的声音很沉重,充满了疲惫和紧张。

"伍里奇,是我,鸟哥。"我一边开车一边说话。圣马丁教区的一位警察把我租来的车从弗莱森斯小屋取了出来。

"是你啊。"他的话语不带任何感情,"你听说什么了?"

"拜伦死了,你的一些人也死了。我替你感到难过。"

"是啊,简直一团糟。他们往纽约打电话通知了你,是吗?"

"不是。"我犹豫着是否告诉他实情,但最终还是没有说,"我没赶上飞机,现在正要去拉斐特。"

"拉斐特?靠,你来拉斐特干什么?"

"随便转转。"我和图森特以及杜普雷讨论过,他们认为我应该和伍里奇谈谈。总要有人告诉他,我们发现了他女儿的尸体。"我能见一见你吗?"

"靠,鸟哥,我都快疯了。"可他还是答应了我的要求,"行,我可以见你。我们可以聊聊今天的事。给我一小时。我们在高速公路外面的卡津爵士乐酒吧见,这个地方谁都知道。"我听见他在电话另一头咳嗽了几声。

"你的女友回家了吗?"

"没有,她还在这里。"

"挺好的。"他说,"这时候应该有人陪着你。"

然后他便挂掉了电话。

卡津爵士乐酒吧是一家灯光昏暗的小酒吧，附属于一家汽车旅馆，里面有几张台球桌和一台乡村音乐点唱机。酒吧里播放着威利·纳尔逊的歌，一个女人正在吧台后方给啤酒补货。

我开始喝第二杯咖啡时，伍里奇便出现了。他手里拿着一件淡黄色的外套，衬衫腋窝的部位被汗水浸湿，背部和袖子上沾满了泥土，一只手肘处破了。他的棕色裤子裤脚沾满了泥，高及脚踝的靴子上也全都是泥浆。他点了一杯波旁威士忌和一杯咖啡，然后坐在我身边靠门的位置。我们沉默了一阵子。伍里奇喝了半杯波旁威士忌，又开始喝咖啡。

"鸟哥，"他开了口，"我为上周的事情道歉。我们两个都想用自己的方式结束这件事。现在，事情已经结束了……"他耸了耸肩，将杯子朝我倾斜，然后喝光了里面的酒，又要了一杯。我看见他的眼睛下方有黑色的斑点，脖子根部新起了一处脓肿。他的嘴唇很干，快要裂开了。波旁威士忌进入口中时，他皱了皱眉头。"口腔溃疡。"注意到我的目光，他解释道，"真他妈烦！"他又喝了一口咖啡，"你应该想听听发生了什么事情吧？"

我摇了摇头。我想要推迟把糟糕的消息告诉他的时刻，但不是以这种方式。

"你现在打算做什么？"我问。

"睡觉。"他回答，"然后或许休个假，去一趟墨西哥，看看能不能把丽莎从那些信仰狂魔手里救出来。"

我感觉心口一阵疼痛，于是站了起来。我想喝一杯酒，这种渴望比从前任何时候都更加强烈。我已经十分不镇定，但伍里奇似乎没有注意到，他甚至没有发现我正打算走向厕所。汗水从额头上流下来，我的皮肤变得十分敏感，仿佛就要发烧了。

"鸟哥，她还常常问候你呢。"我听见他说道。我忽然停下了脚步。

"你说什么?"我没有转身。

"她常常问候你。"他重复了一遍。

我转过身:"你上次联系她是什么时候?"

他挥动着杯子:"应该是几个月前。两三个月前吧。"

"你确定吗?"

他不再说话,而是望着我。我仿佛被一根绳子悬挂在黑暗的空间里,看见一个小小的、明亮的东西从整体中分离出来,消失在漆黑之中,再也找不到了。酒吧里的一切都消失了,只剩下伍里奇和我,我们只能听到对方的话。我的脚下没有地面,头上没有天空。画面和记忆纷纷浮现在我的脑海中,我听见自己心底发出了一声咆哮。

伍里奇站在门廊上,用手指抚摩着弗洛伦斯·阿吉拉德的脸。

"我把它称为玄学领带,也叫乔治·赫伯特领带。"

罗利有两句诗,来自《虔诚信徒的朝圣》,伍里奇很喜欢引用:

"血是我的护身符／没有什么比它更美好。"

我在弗莱森斯小屋接到了旅人打来的第二个电话,当时他不允许我问任何问题。当时,伍里奇也在场。

"他们没有目标,也不知道自己在做什么。他们漫无目的。"

伍里奇和他的手下拿走了雷切尔的笔记。

"有时我很为难,不知应该把一切都告诉你,还是什么都不告诉你。"

警察们把他碰过的甜甜圈丢进了垃圾桶。

"鸟哥,你在和她上床,对吧?"

你无法吓到一个根本不在意的人。

阿德莱德·莫迪恩。"他们可以嗅到彼此。"

还有纽约一家酒吧里的身影,手中拿着企鹅经典版的玄学派诗集,正在引用但恩的诗:

"*历尽拷打的尸体做不成好标本。*"

他对玄学非常感兴趣，这正是旅人所拥有的特质。雷切尔在几天前得出了这个结论。在他杀死我的妻子和女儿之后那一晚，我住在他位于东村的公寓中，也看见他的书架上摆满了玄学派诗人的诗集。

"鸟哥，你还好吗？"他的瞳孔缩小了，就像是两个黑色的小洞，正在吸收房间里的光。

我又转过身去："还好，就是忽然有些难受。我很快就回来。"

"你要去哪里？"他的声音中有些疑惑，但也有其他的情绪：警告、暴虐。我想知道，当我的妻子试图逃脱，又被他抓住的时候，当他将她的鼻子往墙上撞的时候，她是否也听到了这样的声音。

"我要去趟厕所。"我说。

我不知道自己为什么要转过身去。胆汁涌上了喉咙，让我差点儿吐在地板上。我的胃灼烧起来，心脏感到一阵剧痛。我觉得自己要死去了，然而就在这一刻，一层面纱被拉了下来，里面只有一片冰冷而黑暗的空虚。我想要转过身去，逃离一切，想象着再次回头时所有的事情都会变得正常。我的妻子还在，我的女儿长得很像她的妈妈。我有一栋温馨的小房子，一小片草坪。在我的一生中，始终有人支持着我，直到生命的尽头。

厕所里很黑，那些没有冲水的便池散发出难闻的尿味，但水龙头还能用。我用冷水冲洗着自己的脸，然后将手伸进外套口袋，去拿手机。

手机不在。我把它放在了桌子上。我用右手握着手枪，猛地推开门，绕过吧台，却发现伍里奇已经离开了。

我给图森特打电话，但他已经离开了办公室。杜普雷也回家了。我让接线员拨通了杜普雷家中的号码，告诉他给我回个电话。

五分钟后，他拨了回来，似乎有些没睡醒。

"最好是好消息。"他说。

"拜伦不是凶手。"我说道。

"什么？"他立刻清醒了。

"他没有杀那些人。"我说。我站在酒吧外面，手里拿着枪，却找不到伍里奇了。我撞上了两个黑人女子，她们还带着一个孩子。然而一看到我手中的枪，她们便后退了几步。"拜伦不是旅人，伍里奇才是。他逃跑了。我发现这一点，是因为他在他女儿的事情上说了谎。他说两三个月之前，他还和他女儿联系过。你也知道这不可能。"

"或许是你弄错了。"

"杜普雷，你听我说。伍里奇陷害了拜伦。他杀了我的妻子和女儿。他杀了莫菲和他的妻子、玛丽婆婆、蒂·吉恩、卢蒂斯·丰特诺、托尼·雷马尔，他还杀死了自己的女儿。他逃跑了，你听到我的话了吗？他逃跑了。"

"我听到了。"杜普雷说。意识到我们犯了多么严重的错误后，他几乎说不出话来。

一小时后，他们突袭了伍里奇位于阿尔及尔的公寓，那里是密西西比河的南岸。奥珀卢萨斯大道上有一栋修复过的房子，底层是一家古老的杂货店。一条点缀着栀子花的铸铁楼梯通往楼上的走廊，伍里奇的家就在那里。建筑中只有一户人家，有两扇拱形窗户和一扇结实的橡木门。新奥尔良警察局获得了六位联邦探员的支援。警察们先冲到门口，联邦探员守在大门两侧。透过窗户观察，他们发现屋里没有动静。当然，警方也猜到了这一点。

两个警察挥动着铁锤，锤子的扁头上印着白色的字"各位好啊"。他们只砸了一下，门便打开了。联邦探员们进入房间，警察们把守着街道和周围的院子。他们查看了狭窄的厨房、没有铺好的床、摆放着新电视的客厅、空了的比萨盒和啤酒罐。牛奶箱子上摆放着企鹅经典版的诗集，套几上则摆放着伍里奇及其女儿的照片，两个人都在微笑。

卧室里有一个打开的衣柜，里面装着一些皱巴巴的衣服和两双棕色的鞋。还有一个金属箱子，上了一把巨大的钢锁。

"把它打开。"负责此次行动的助理高级特工卡梅隆·泰特说。奥尼尔·布沙尔用自动手枪的枪托砸开了锁，他就是那个开车载我去玛丽婆婆家的年轻联邦探员。他砸了三下后，将箱子的门拉开了。

一阵爆炸声响起，奥尼尔·布沙尔被气流冲到了窗子上，他的头几乎被撕裂了。玻璃碎片如冰雹一般落入狭小的卧室，落在泰特的脸上、脖子上、凯拉夫防弹背心上，他瞬间失明了。另外两位联邦探员脸部和手部也受了重伤。同时，伍里奇收藏的空玻璃罐、他的笔记本电脑、一台改装过的H3000声音合成器、一台能够改变音调和音色的便携式变声器、一个用来遮住鼻子和嘴的肉色面具也都化成了灰烬。在火焰、烟雾和玻璃碎片之间，燃烧的书页像黑色的飞蛾一般落在地上，大量次经灰飞烟灭。

就在奥尼尔·布沙尔生命垂危的时候，我坐在圣马丁教区的警探办公室中，看见许多人提前结束了假期，被调过来协助工作。伍里奇的手机关机了，但警方已经和电话公司打过招呼。一旦他重新开机，电话公司便会试着定位。

有人用鳄鱼皮的杯子给我倒了一杯咖啡，我一边喝，一边再次给雷切尔住的汽车旅馆打电话。电话响了十声后，被前台的人接了起来。

"你是……他们都叫你鸟哥，对吗？"他问。他的声音很年轻，也很犹豫。

"确实，有些人叫我鸟哥。"

"抱歉,先生。我想问一下你之前打过电话吗?"

我告诉他这是我第三次打电话。我意识到自己的声音有些咄咄逼人。

"我刚才在吃饭。这里有一条联邦调查局给你的留言。"

提到联邦调查局,他的语气中有几分好奇。我却感到一阵恶心。

"是伍里奇特工留给你的。他说,他和乌尔夫女士去旅行了,你会知道要去哪里找他们的。希望这件事只有你们三个知道,他不想让其他人破坏气氛。他让我着重向你强调这一点,先生。"

我闭上眼睛,听见他的声音渐渐消散。

"他只说了这些,先生。你还在听吗?"

图森特、杜普雷和我把地图放在杜普雷的桌子上。杜普雷拿出一支红色的签字笔,在克劳利和拉马附近画了一个圈,将这两个城市之间的连线作为圆圈的直径,拉斐特位于圆心。

"我认为他应该在这里找了一个地方。"杜普雷说,"如果你的猜测正确,就算他不需要离阿吉拉德一家很近,也需要离拜伦很近。那我们要找的地方向北可至克罗兹斯普林斯,向南可至索雷尔河口。如果他带走了你的朋友,或许会耽搁一些时间。他需要查明她住的汽车旅馆,还要把她带出来。虽然这不会耗时太久,但如果他找错了地方就比较麻烦。他不会待在外面,而是会躲起来,可能躲在汽车旅馆,如果足够近,也可能躲在自己的地盘。"

他用笔在圆心处敲了几下:"我们已经通知了当地警方、联邦调查局和州警察局。现在就看我们要怎么办了,还有你。"

我思考着伍里奇的留言。他说我会知道要去哪里找他们,但到目前为止,我并没有收到什么消息。"我也不知道。比较明显的地点都已经搜查过了,比如阿吉拉德家或他在阿尔及尔的公寓,但我认为他不会出现在那些地方。"

我用双手抱着头。对雷切尔的担心影响了我的推断,我需要平静下来。我拿起外套,走向门口。

"我要找个地方安静地思考。随时保持联系。"

杜普雷似乎想要阻止我,但最终什么也没有说。我的车停在警方的专用停车位上。我坐在里面,关上车窗,从手套箱里拿出路易斯安那州的地图,用手指划过一个又一个地名:阿诺维尔、格兰德科托、卡伦科、布鲁萨尔、米尔顿、加泰霍拉、科托霍姆斯、圣马丁维尔。

最后一个名字有些熟悉,但是在当时,所有的地名看起来都差不多,这也让它们全都失去了意义。这就像是在脑海中一遍又一遍地重复自己的名字,你便会觉得不再熟悉它,也开始怀疑自己的身份。我决定离开这里,前往拉斐特。

然而,我又想起了圣马丁维尔,还想到了新伊比利亚和一家医院及一个护士,一个名叫朱迪·纽博尔特的护士。疯子朱迪。开车的时候,我想起了我在苏珊和詹妮弗死后第一次来新奥尔良时与伍里奇的对话。疯子朱迪。"她说我在前世杀死了她。"

这个故事是真的吗,还是另有深意?难道从那时起,伍里奇就已经开始玩弄我了?

我越是思考,便越是确定。他告诉我,他们分手后,朱迪·纽博尔特要到拉荷亚工作一年。我怀疑她是否去了那么远的地方。

朱迪·纽博尔特不在当前的通讯录中,也不在一年前的通讯录中。我在一家加油站的旧通讯录里找到了她,她的号码一直无法接通。这表明,我能够在圣马丁维尔找到更多线索。然后,我打给了哈克斯特,把朱迪·纽博尔特的地址给了他,告诉他如果一小时内没有收到我的消息,就联系杜普雷。他很不情愿地答应了。

我一边开车,一边想到了大卫·丰特诺。伍里奇打电话把他叫到蜂蜜岛,承诺这次一定会找到他的妹妹。他死去的时候,还不知道自己已经离妹妹所在的地方很近了。

我又想到是我造成了莫菲和安吉的死，脑海中又回荡起玛丽婆婆看到他时所说的话。我还想起了雷马尔，他的尸体映照在夕阳下。我明白了为什么那些细节会出现在报纸上：伍里奇想用这种方式把他的作品呈现给观众，就相当于现代的公开解剖。

我最终想到了丽莎：一个矮小的、有点儿胖的、深色眼睛的女孩。父母的离婚令她十分痛苦，她前往了墨西哥，在怪异的组织中寻求庇护，然而最终还是回到了父亲身边。她究竟看到了什么，才让父亲杀死了她？看到了他在水池中洗净手上的血吗？看到了卢蒂斯·丰特诺或另一个不幸的受害者漂浮在罐子里的脸吗？

或者，他只是在肢解她的过程中获得了快乐。残害自己的血脉就像是把刀子指向自己，他也想解剖自己，亲眼看见心底那片深红色的黑暗吗？

50

我行驶在96号公路的柏油路面上,前往圣马丁维尔,经过了"神爱世人"的标牌和波德努赫的夜总会,样子就像一间仓库。沿途到处都是平整的草地和茂密的柏树。蒂伯多克斯咖啡厅位于整洁的城市广场,我在那里询问怎么前往朱迪·纽博尔特家。他们都知道那栋房子,也知道那个护士要去拉荷亚工作一年,可能还会更久,房子由她的男友打理。

帕金斯街的起点几乎位于伊万杰林州立公园对面。在街道的末端,有一个丁字路口,右边是乡村的景致,所有的房屋都间隔很远。朱迪·纽博尔特的房子就在这条街上,那是一栋小巧的两层建筑,却十分低矮,纱门两侧各有一扇窗户,楼上还有三扇更小的窗户。东边的屋顶倾斜下来,相当于只有一层。房屋的木板最近刚刚刷了纯白色的油漆,屋顶坏掉的石板也被更换过,但院子里的草长得很高,远处的树林已经侵入了院子的边界。

我把车停在一段距离之外,穿过树林,在林子边缘停下了脚步。太阳已经开始落山,将红色的光芒映在屋顶和墙壁上。后门上了锁。我没有别的选择,只能从前门走进去。

进门时,我感到前所未有的紧张。所有的声音、气味和颜色都变得十分强烈,我似乎能分辨出周围树林里的每一个声响。我的手开始对大脑中的信号迅速做出反应,不断地用枪指着不同的方向。我的手指能够清晰地感受到扳机,手掌也能准确地感受到枪柄的每一道凸起与凹陷。血流在我耳边涌动，就像一只大手正在敲击沉重的橡木门。我的脚踩在树叶和树枝上，就像一场大火正在噼噼啪啪地燃烧。

楼上和楼下的窗帘都拉着，里面的门也挂着门帘。透过门帘的缝隙，我看见屋里挂着黑色的东西，防止人们从缝隙中偷窥。我用右脚轻轻地推开纱门，听见生锈的铰链发出嘎吱的响声。我看到门框上方有一张厚厚的蜘蛛网，一些虫子被困在上面，开门的振动使它那棕色的干瘪外壳颤动起来。

我把手伸进去，转动大门的把手。门轻松地打开了。我将它开到最大，看见了屋内昏暗的灯光。在这里，我能看到沙发的边缘、对面的一扇半窗户，我的右侧还有一条走廊。我深深地吸了一口气，呼吸的声音回荡在脑海中，就像一只生病的动物低沉而痛苦的喘息。然后，我关上身后的纱门，快速朝着右边走去。

我现在可以完整地看到主屋的场景了。它的外部具有欺骗性。朱迪·纽博尔特或其他人在设计房子的内部结构时移除了中间的楼板，因此房间直通屋顶。屋顶有两扇天窗，沾满了污渍，一部分被黑色的窗帘遮住了。只有少量的阳光可以照射到光秃秃的木板上。仅有的灯光来自一对昏暗的落地灯，分别位于房间两侧。

房间里有一张长沙发，套着带有红色和橙色锯齿图案的沙发罩，面向房屋正面。沙发两侧各有一把配套的椅子，中间是一张矮咖啡桌。电视柜位于一扇面向沙发的窗户下方。沙发后面有一张餐桌和六把椅子，后面还有一台壁炉。墙壁上装饰着印度风格的艺术品，还有一幅神秘的画，上面画着一个女人站在山上或海边，一袭白裙随风飘扬。由于光线太暗，我很难看出细节。

我的左边有几级台阶，可以来到房屋东侧架高的木制平台上。这里是休息区，摆放着一张松木床和配套的衣柜。

雷切尔被倒挂在这里，一根绳子将她的脚踝系在栏杆上。她全身赤裸，头发垂到距离地面不足两英尺的位置。她的胳膊没有被绑起来,双手垂落在发梢旁边。她的眼睛瞪得很大,嘴也张着,可是看到我却没有任何反应。她的左臂上扎着一根针,连着塑料管,输液袋挂在一个金属架子上。氯胺酮正在缓慢而持续地注入她的身体。她脚下的地板上铺着一张干净的塑料布。

平台下方是昏暗的厨房区,里面有松木橱柜、一台高大的冰箱,水池旁边还有一个微波炉。三个凳子摆放在早餐桌旁边。我右侧的墙壁面向平台,上面有一幅刺绣挂毯,图案与沙发和椅子相似。一切物品上面都蒙着薄薄的灰尘。

我看了看身后的走廊,它通往另一个卧室,卧室里只有一张光秃秃的床垫,上面放着军绿色的睡袋。床边有一个打开的绿色背包,里面装着几条牛仔裤、一条奶油色的裤子和几件男士衬衫。这个房间带有斜顶,占据了整个房屋宽度的一半,也就是说,在墙壁另一头还有一个类似的房间。

我回到了主屋,始终确保雷切尔在我的视线之内。这里没有伍里奇的踪迹,不过他可能躲在房屋另一侧的走廊里。雷切尔无法把他的位置告诉我。于是,我便沿着装饰了挂毯的墙壁缓缓移动,来到了房屋的另一边。

我走到一半,却发觉有动静从雷切尔身后传来。我转过身,将枪举到与肩齐平的位置,本能地摆出要开枪的姿态。

"把枪放下,鸟哥。要不然她立刻就会死。"他站在雷切尔身后的阴影中,用她的身子遮挡着自己。他已经离她很近,身体的大部分都被挡住,我只能看到棕色裤子的边缘、白衬衫的袖子和头部的一小部分。如果我朝他开枪,一定会击中雷切尔。

"我正用枪指着她的后腰,鸟哥。我可不想用弹孔毁掉如此美丽的身体,所以请你把枪放下。"

我弯下腰,轻轻地把枪放在地面。

"把它踢开。"

我用脚背踢了几下,看着它在地板上滑过,停在最近的椅子旁边。

他从阴影中走了出来,但已经不再像是我认识的他。随着本性的暴露,他似乎发生了某种蜕变。他的脸更加憔悴,浓重的黑眼圈使他显得瘦骨嶙峋,但那双眼睛却像是黑色的宝石,在半明半暗的房间中闪烁着光芒。当我的双眼适应了光线后,发现他的虹膜几乎消失了。他的瞳孔又大又黑,贪婪地吸收着屋里的灯光。

"为什么会是你?"我仿佛并没有和他交谈,而是在对自己说话,"你曾是我的朋友。"

他笑了起来,冷漠而空洞的笑容如雪花一般拂过他的脸。

"你是怎么找到她的?"他低声问,"你是怎么找到丽莎的?是我把卢蒂斯·丰特诺抛给了你,但你怎么可能找到丽莎?"

"或许是她找到了我。"我说。

他缓慢地摇了摇头,似乎有些失望。"无所谓了。"他轻声说,"我没有时间管这些事。我有新的计划要完成。"

他已经完全出现在我面前,一只手拿着改装过的宽管气手枪,另一只手拿着手术刀,腰带里还别着一把西格手枪。我发现他的袖口处还有泥。

"为什么杀了她?"

伍里奇转动着手术刀:"因为我可以杀她。"

房间里的光线变暗了,仿佛一片云遮住了从头顶的天窗射进来的阳光。我微微移动身体,改变重心,眼睛盯着放在地上的枪。我的动作似乎有些夸张,相比于氯胺酮缓慢的药效,一切的举动都显得太快了。伍里奇忽然举起了枪。

"别动,鸟哥。不会让你等太久,所以不要急着结束一切。"

光线变得稍微明亮了一些,但太阳正在落山,很快就会陷入一片黑暗。

"结局一定会是这样的,鸟哥,你和我在一个房间里对峙。从一开始,我就计划过了。你一定会以这种方式死去,也许是在这里,也许是在另一个时间和地点。"他再次露出了微笑,"毕竟他们要给我升职了,我也应该开始新的生活。但是最终,我们一定会迎来这样的结局。"

他向前迈了一步,手里的枪却没有摇晃一下。

"你是个微不足道的家伙,鸟哥。你知道我杀死过多少个微不足道的家伙吗?从这里到底特律那些住在拖车公园里的废物、那些只知道看奥普拉秀或者像狗一样做爱的婊子、吸毒上瘾的人、酒鬼。鸟哥,你也恨这种人吧?你也知道他们活着毫无价值、毫无意义,什么都不做,对社会没有任何贡献吧?你有没有想过,你可能也是其中之一?是我在告诉你,他们毫无价值。是我在告诉你,他们有多么微不足道。我还告诉过你,你的妻子和女儿也是如此微不足道。"

"那拜伦呢?"我问,"他也是微不足道的人吗?还是说你把他变成了这种人?"我想让他一直说话,这样或许我就有机会拿回自己的枪。只要他停下来,或许就会杀死雷切尔和我。但更重要的是,如果这一切有原因,我想要知道这个原因是什么。

"至于拜伦,"伍里奇微微笑了一下,说道,"我需要给自己争取时间。当我在公园路肢解那个女孩的时候,所有人都怀疑他,于是他跑回了巴吞鲁日。我去找他,在他身上试验了氯胺酮,不断地给他供货。他又一次想要逃跑,但我找到了他。最终,我找到了所有人。"

"是你提醒他联邦警察要来了,对吗?你让他去袭击你的人,又要确保他在说出什么之前就死掉。你嗅出了阿德莱德·莫迪恩之后,是不是也提醒过她?你有没有告诉她我在追踪她?你有没有帮她逃跑?"

伍里奇没有回答,而是用手术刀较钝的一边朝着雷切尔的手臂划去。"你有没有想过，为什么人的皮这么薄……里面却能装这么多血？"他把手术刀转过来，用锋利的一头划过雷切尔的肩胛骨，从右侧的肩膀一直划到两个乳房之间。雷切尔没有动。她的眼睛依旧睁着，却忽然闪了一下，一滴眼泪从左侧的眼角流到了发根。血从伤口中涌出来，沿着脖子汇聚在下巴处，然后流到脸上，形成了一道道红色的线。

"看，鸟哥。"他说，"血快要流到她的头顶了。"

他歪着头："下一个就是你。鸟哥，你应该很喜欢这样的循环吧？你死掉之后，每个人都会知道我做了什么。然后我会消失，没有人找得到我。鸟哥，他们会用的每一个把戏我都了如指掌，我会重新开始。"

他微微一笑。

"你好像不太喜欢呢。"他说，"其实，杀死你的家人，是我送给你的一个礼物。如果她们还活着，也会离开你，你会变成另一个酒鬼。在某种意义上，是我让你们一家保持了团圆。我选中她们，是因为你，鸟哥。你在纽约和我成为朋友，你把你的家人介绍给了我，于是我杀了她们。"

"玛息阿。"我低声说。

伍里奇看着雷切尔："鸟哥，她是个聪明的女人，是你喜欢的类型，和苏珊一样。很快，你就又有了一个死去的恋人，然而这次你却没有多少时间为她悲伤。"

他来回挥动着手术刀，在雷切尔的手臂上划出一条又一条细线。我想，他甚至根本不清楚自己正在做什么，也意识不到接下来会发生什么。

"我不相信来世，鸟哥。那只是一种空想。而现世是地狱，我们全都身在其中。你可以在这里找到所有能够想象到的痛苦、伤害、绝望。唯一值得信仰的宗教是死亡。鸟哥，这个世界就是我的祭坛。

"但我知道，你无法明白这一点。一个人只有在自己走向死亡时，只有在面对最后的痛苦时才会真正理解死亡。这便是我的作品存在的弱点，却也使它们变得更加人性化。或许这就是我的骄傲吧。"他转动着手术刀，余晖和血在刀片上融为一体，"她的推测一直很正确，鸟哥。现在轮到你了。我会给你上一节关于死亡的课程。

"我会再创作一次《圣殇》，这次是用你和你的女友。你还不明白吗？这是历史上最著名的痛苦和死亡，是为了人类更伟大的利益、为了希望、为了复活而选择自我牺牲的鲜明象征，而你会成为其中的一部分。只不过，我的作品反对复活，因为一切肉体都是由黑暗构成的。"

他又向前走了一步，眼睛十分明亮，令人恐惧。

"你不会死而复生，鸟哥。你只是为自己的罪恶而死。"

我正要向右移动，他却开了一枪。铝制注射器插入我的身体，我感到身子左侧一阵剧痛，而伍里奇走在木头地板上，正在向我靠近。我用左手痛苦地拔出了针头，发现药物的剂量很大。我伸手去拿枪时，已经感觉到它正在发作。我紧紧地抓住枪托底部，试图瞄准伍里奇。

伍里奇关掉了所有的灯。我看见他在房屋中央，距离雷切尔很远，开始向右移动。我看见一个身影经过窗户，于是开了两枪，听见了痛苦的呻吟和玻璃破碎的声音。一缕阳光照进了房间。

我向后退，来到了第二条走廊。我本想寻找伍里奇的身影，却发现他似乎消失在了阴影之中。又一支注射器落在我旁边的墙壁上，我只能俯身向左侧躲去。我的四肢很沉重，艰难地支撑着身体，胸口仿佛有什么东西重重地压在那儿。我知道，如果现在起身，我根本支撑不了自己的重量。

我继续向后退，每一步都无比艰辛，但我知道如果停下来，可能就再也无法移动了。我听见主屋的地板嘎吱作响，也听见了伍里奇刺耳的呼吸声。他短促地笑了几下,我能听出其中的痛苦。

"去你妈的,鸟哥。"他说,"靠,真疼啊。"他又笑了起来,"我要让你付出代价,鸟哥,你和这个女人。我要把你们的灵魂撕烂。"

他的声音有些失真,仿佛穿过了一场浓雾,使我无法分辨距离和方向。走廊的墙壁变得模糊,支离破碎,黑色的血从裂缝中渗出。一只手伸向我,那是一个女人纤瘦的手,手指上戴着一个窄窄的金色婚戒。我看见自己伸出手,去触碰它,虽然我知道其实我的双手还在地板上。女人的另一只手出现了,胡乱地挥动着。

鸟哥……

我继续向后退,不断地摇头,想要让幻象消失。然而,两只小手从黑暗中出现了,是孩子纤细的手。我紧紧地闭上眼睛,咬紧了牙关。

爸爸……

"不。"我低声说。我把指甲扎进地板,听到了碎裂的声音,又感到左手的食指一阵剧痛。我需要这种疼痛,需要用它来战胜氯胺酮的作用。我使劲向下按压受伤的手指,疼痛使我倒吸了一口气。墙上依然有影子在移动,但我妻子和女儿的幻象已经消失。

我意识到,走廊里有一抹淡红色的灯光。我的背部碰到了一个又冷又硬的东西。我抵着它,发现它正在缓慢地移动。原来那是一扇半开着的加固钢门,左侧有三个螺栓。中间的螺栓非常大,直径足有1英寸,上面挂着一个巨大的黄铜锁,但是没有锁住。红色的光线从门缝中渗了出来。

"鸟哥,快要结束了。"伍里奇说。他的声音已经离我非常近,但我依然看不到他。我想他应该站在角落里,等着我最终变得无法动弹。"很快,药物的作用就会让你动不了。把枪丢开吧,鸟哥,我们可以开始了。早一点开始,就能早一点结束。"

我更加用力地抵在门上，感觉它已经完全打开了。我用脚跟推了一次、两次、三次，最终发现自己抵着一个从地面延伸至天花板的架子。房间里仅有的光亮来自一个红色的灯泡，它毫无遮拦地挂在天花板中央。窗户用砖堵住了，而那些砖块并没有被涂上水泥。这里没有任何自然光。

在我对面，也就是门的左侧，有一排金属架子，铁条上面钻了一些孔，用螺丝固定住。每个架子上都有一些玻璃罐子，每个罐子里都有一张脸映照在暗红色的灯光下，大多数难以辨认。它们被泡在福尔马林中，有些已经缩成一团。我数了数，我的面前或许有十五个罐子。身后那个架子正在轻轻摇晃，我听到了玻璃撞击和液体流动的声音。

我抬起了头。一排排的罐子直至天花板，每个里面都盛着苍白而无力的脸。

"我的收藏怎么样，鸟哥？"伍里奇的身影缓慢地从走廊向这里靠近。他的一只手拿着枪，另一只手拿着手术刀，拇指轻轻掠过平滑的边缘。

我没有动，也没有眨眼。我的身体抵在架子上，被死者的脸包围着。我想到，我的脸很快也会出现在这里，永远和雷切尔、苏珊的脸放在一起。

伍里奇继续向前，来到了门口。他举起了气手枪。

"鸟哥，以前没有人能坚持这么久，即使是蒂·吉恩。他可是个强壮的家伙。"他的眼中闪着红光，"我告诉你，鸟哥。到了最后，你会很疼的。"

他用手指紧扣扳机，注射器从枪管中射出，发出尖厉的声响。我正要拿起枪，却感到胸口一阵剧痛，手臂疼痛而沉重。眼前的幻影不断移动，模糊了我的视线。我紧紧地按着扳机，希望能够增大压力。伍里奇意识到危险，冲上前，用手术刀劈向我的胳膊。

扳机缓慢地向后弹，非常缓慢，整个世界都随之慢了下来。伍里奇似乎悬在了半空，手术刀在他手中向下划去，就像是在水中一般。他的嘴张得很大，喉咙里发出声音，如同风在隧道中怒吼。扳机又向后弹了一些，我的手指僵住了，封闭的空间中响起巨大的枪声。伍里奇距离我只有3英尺，第一枪打中了他的胸口，使他猛地一颤。接下来的八枪仿佛是同时射出来的，它们的声音连在一起，10毫米的子弹接连冲进他的身体，撕裂了衣服和血肉。然后，枪因为空膛而被锁住。子弹穿出他的身体，玻璃纷纷破裂，地板上满是福尔马林。伍里奇向后倒在地上，身体不住地颤抖着、抽搐着。他挣扎着起身，肩膀和头离开了地面，但眼中的光芒已经消失。然后，他便再次倒下，一动不动了。

我的手已经拿不住枪，它落在了地上。我听见液体流动的声音，感觉到那些死去的人都围在我身边。远方传来了警笛声。我知道不管怎样，至少雷切尔是安全的。有什么东西如游丝一般拂过我的脸颊，就像恋人睡前最后的爱抚，我的心中忽然变得很平静。在意识清醒的最后一刻，我闭上了眼睛，等待寂静到来。

尾　声

我在斯卡伯勒的十字路口向左转，驶下陡坡，经过了马克西米利安·科尔贝天主教堂和古老的墓园。我的右侧是消防署，傍晚的太阳凄凉地照着道路东西两侧的沼泽地。天很快就会黑了，当地人的房屋中将会亮起灯光，但普劳茨内克路的夏日度假别墅不会亮灯。

普劳茨内克的海水安静地翻卷着，缓慢地冲刷着沙子和石头。旅游季已经结束了，黑点旅馆在我身后隐约可见，它的餐厅没有开，酒吧很安静，员工宿舍的纱门也锁着。夏天，波士顿和纽约州北部的老人、富人会来这里度假，坐在泳池边吃自助午餐，然后精心打扮一番，去赴晚宴。烛光映照在他们沉重的首饰上，就像一群金色的飞蛾围绕着桌子跳舞。

隔着海水，我能看到老果园海滩的灯光。冷风从海上吹来，侵袭着最后几只海鸥，把它们吹得摇摇晃晃。我站在沙滩上，用大衣紧紧地裹着身体，看着沙砾在我眼前翻滚。风把它们从沙丘上举起，形成古老鬼魂的形状，然后再放下，发出的声音就像一个母亲把手指放在唇边，轻轻吹气，要求孩子安静下来。

我站的地方距离克拉伦斯·约翰斯当年的位置不远。他就站在这里，看着赫尔姆斯老爹的手下将泥土和火蚁倒在我身上。这是一个很难吸取的教训，即使经历了第二次也依然如此。我想起了他站在我面前颤抖的样子，如此凄凉，他一定意识到自己做了什么，又失去了什么。

我想要用手臂环住克拉伦斯·约翰斯的肩膀，告诉他没有关系，我可以理解，我知道他所做的一切都没有恶意。我想听见他那廉价的鞋子踩在马路上的声音。我想看着他把一块石头丢向水面，知道他依然是我的朋友。我想和他一起走很长的路回家，听他用口哨吹起那段他只知道三个小节的旋律。每次走在路上，那段乐曲都会萦绕在他的脑海中。

然而，我只是回到了车上，伴着秋日的余晖回到波特兰。我在圣约翰教区的旅馆订了一个房间，里面有开阔的飘窗、洁白的床，还有一个单独的浴室，与我的房间相隔两扇门。我躺在床上，看着车辆驶过窗外，灰狗巴士到达街道对面的终点站又再次离开，人们推着装满瓶瓶罐罐的购物车走在人行道上，出租车司机们安静地等在车里。

在渐暗的夜色中，我会拨通雷切尔在曼哈顿的电话号码。电话响起——一声、两声——然后便转入了她的语音信箱："你好，我现在不在家，但你可以……"自从她出院之后，这句话我听了一遍又一遍。她的接待员说，她不能告诉我雷切尔在哪里。她取消了自己在大学开的课。我只能在旅馆房间里给她的语音信箱留言。

如果我想，也可以找到她。我找到了其他人，只是那时候他们都已经死了。我不想一直追着她。

我没有想到结局会是这样。她现在本应该和我在一起。她的皮肤光滑而洁白，不应该被伍里奇的刀子留下疤痕。她的眼睛明亮而迷人，不应该被夜晚折磨着她的可怕幻象所扰。她的手在黑暗中向我伸来，不应该是为了把我推开，仿佛我的每一次触碰都会给她带来痛苦。我们都会接受过去，接受曾经发生的一切。但现在，我们只能独自承受。

清晨，收音机里会播放埃德加的歌，大厅的桌子上摆放着橙汁和咖啡，还有用塑料包好的松饼。我会开车去外公家，在那里开始工作。一个当地人答应帮我修整屋顶和墙壁。等到冬天时，这栋房子就可以住人了。

风会把常青树捧在手里，将它们的枝干吹成新的形状，用它们的叶子写出一首歌，而我会坐在门廊上，望着这一切。我会听到一只狗的叫声，看着它的爪子在陈旧的木板上抓来抓去，尾巴在凉爽的晚风中慵懒地摇晃。我会听到外公借用栏杆"啪、啪、啪"地抖灰，准备将烟草塞进他的烟斗中，他的身边放着一杯温暖的威士忌，就像家人的亲吻一样柔和。我会听见我母亲把盘子摆在厨房桌子上，衣裙发出沙沙的摩擦声，桌上的青花盘比她年纪还大，和这栋房子年纪一样大。

我也会听见那双塑料鞋子的声音渐行渐远，消失在黑暗里，拥抱着最后的平静。这份平静属于死去的一切。

致　谢

为这本小说收集资料时，我受到了许多书籍的启发，其中最主要的是《作为装饰的尸体》（Routledge，1995）。在这本书中，乔纳森·索达耶对文艺复兴文化中的解剖和人体进行了非常全面的研究。我还参考了另外一些书，包括弗兰克·冈萨雷斯-克鲁西的《假死状态》（Harcourt Brace & Co., 1995），丹尼斯·C.鲁西的《南方城市治安监管情况》（Louisiana State University Press，1996），卢瑟·林克的《魔鬼》（Reaktion Books，1996），莱尔·沃森的《黑暗本性》（Hodder & Stoughton，1995）以及罗伯特·K.雷斯勒、道格拉斯·约翰·E.、伯吉斯·安·W.和伯吉斯·艾伦·G.的《犯罪分类手册》（Simon & Schuster，1993）。

从个人层面，我要感谢我的代理人达利·安德森。没有他的努力，《死亡收藏者》便不会出版。我还要感谢霍德与斯托顿出版公司的编辑苏·弗莱彻，以及纽约西蒙与舒斯特出版公司的编辑鲍勃·麦考伊，他们始终在鼓励、支持我，还为我提供了许多建议。

读客
悬疑文库

认准读客读悬疑，本本都是大师级。

专注出版中、英、美、日、意、法等世界各国各流派的顶尖悬疑作品。

为读者精挑细选，只出版两种作品：
经过时间洗礼，经典中的经典；口碑爆表、有望成为经典的当代名作。

跟着读客悬疑文库，在大师级的悬疑作品中，
经历惊险反转的脑力激荡，一窥人性的善恶吧。

扫一扫，立即查看悬疑文库全书目，
收集下一本精彩悬疑！

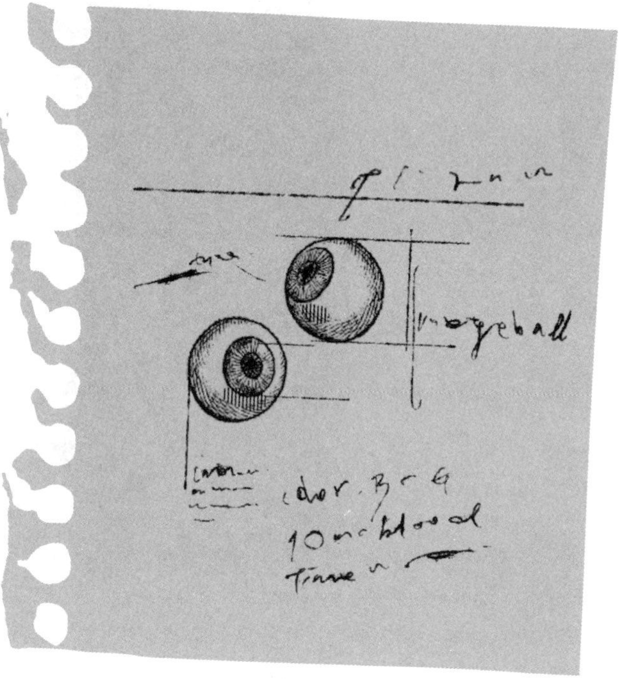

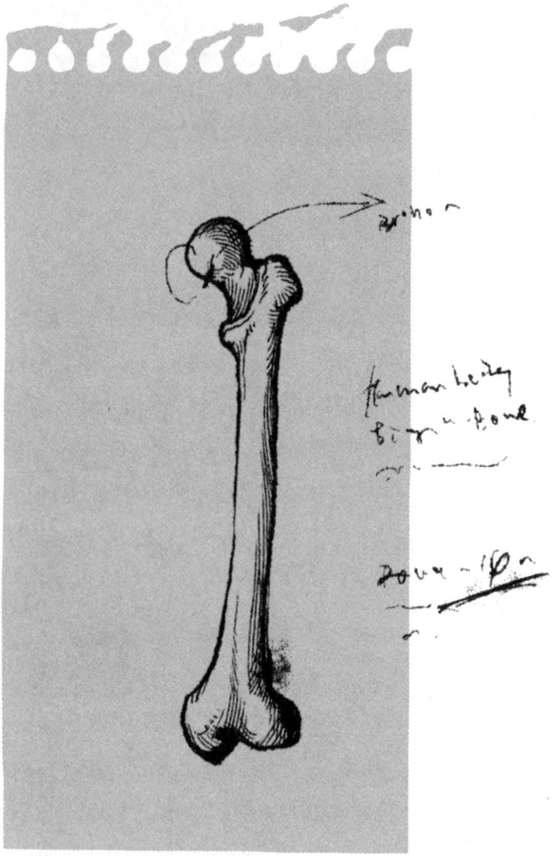